奈保尔家书

〔英〕V.S.奈保尔 著
冯舒奕、吴晟 译

南海出版公司

新经典文化股份有限公司
www.readinglife.com
出 品

家　谱

西帕萨德·奈保尔（1906–1953）

V.S.奈保尔的父亲

帕萨德（或拉姆帕萨德，小说人物拉普奇的原型）：西帕萨德的哥哥

普拉巴兰：西帕萨德的姐姐

哈里帕萨德：西帕萨德的弟弟

苏克迪欧·米西尔：西帕萨德的姨父

尤索德拉：苏克迪欧的女儿，西帕萨德的表妹

柏斯黛：苏克迪欧的女儿，西帕萨德的表妹

德拉帕蒂·卡皮迪欧（1913–1991）

V.S.奈保尔的母亲

九个姐妹中排行第七，在全部十一个兄弟姐妹中也排行第七。兄弟姐妹包括：

拉吉达叶：依纳若炎和科索的母亲

拉姆杜拉莉：嫁给迪那纳特（西帕萨德《古鲁德瓦的冒险》中古鲁德瓦的原型），后离异

丹：欧华德、萨汀、塞萝曼尼的母亲

昆塔：因达尔吉特（博西）的母亲

阿伊拉：傅露、布拉马南德和迪欧昆沃的母亲

卡拉瓦蒂：谢卡尔、柏德瓦蒂、拉宾德拉纳特、达悠的母亲

辛伯胡纳特（卡珀 S）：大弟，迪万德拉纳特、苏伦德拉纳特、希塔的父亲

塔拉：第八个女儿

楼陀罗纳特（卡珀 R）：小弟

宾玛蒂：第九个女儿

西帕萨德 & 德拉帕蒂

育有七个子女：

卡姆拉（1929－2009）

维迪亚（1932－2018）[①]

萨蒂（1934－1984）

米拉（1936－ ）

萨薇（1938－ ）

希万（1945－1985）

娜里妮（1952－ ）

[①]即 V. S. 奈保尔。——译注

目录

1 简介

7 编者的话

13 **第一部分**
1949.8.21 ~ 1950.9.22
从西班牙港到牛津

49 **第二部分**
1950.10.5 ~ 1950.12.16
在牛津的第一学期

81 **第三部分**
1951.1.1 ~ 1951.4.14
春季学期,复活节假期

131 **第四部分**
1951.4.20 ~ 1951.9.13
夏季学期,暑假

179 **第五部分**
1951.9.20 ~ 1952.1.8
秋季学期,圣诞节假期

209 第六部分
1952.1.16 ~ 1952.4.15
春季学期，复活节假期

249 第七部分
1952.4.21 ~ 1952.9.28
夏季学期，暑假

291 第八部分
1952.10.3 ~ 1953.8.8
最后一学年

351 第九部分
1953.8.10 ~ 1953.12.14
家庭悲剧

397 第十部分
1954.1.8 ~ 1957.6.30
作家

457 后记

简 介

要介绍这么一本不寻常的书信集，实非易事。在父与子的往来书信中，年迈的那位要照顾一大家子，还要承受因抱负未酬而生的苦恼，因此疲惫不堪；年轻的那位正踏在光辉灿烂的笔墨生涯的门槛上，为二十世纪最好、最有生命力的小说之一《毕司沃斯先生的房子》积累原始素材。然而，这些书信同时也昭示了西帕萨德作为一名作家的成就，这不仅仅体现在他唯一出版的小说《古鲁德瓦的冒险》的起源和演变上，或许更令人印象深刻的是，这些书信展现了一位真正的艺术家的潜心奉献。对于西帕萨德(爸爸)而言，精神生活——作家的生活——即一切：用一双敏锐、幽默、仁慈的眼睛记录男人和女人的生活方式，并且带有自己的独创性，这就是高贵的生活。他在长子维迪亚身上发现，这种信仰得到了不可思议的共鸣——说不可思议，是因为儿子并非刻意要跟随父亲的脚步，父亲也不曾力劝儿子这么做。这两个人步调一致，完全没有因分属两代人而难以沟通——写下本书中第一封信的时候，维迪亚才十七岁。年龄的差距、西帕萨德的英年早逝让维迪亚认识到了他对父亲的亏欠，于是他抓住一切机会，用不同的方式在自己的作品中表达这份歉意。读者会在这些书信中读出儿子以一种微妙的、不经意的方式弥补着对父亲的亏欠。爸爸对维迪亚的关爱对这个聪慧、敏感的年轻人来说是一份慷慨的、从不让人失望的礼物。

维迪亚同家人书信往来较频繁的时段不过三年多一点。他获得特立尼达政府奖学金，于一九五〇年第一次离开特立尼达赴牛津大学学院，大体上从那时起到西帕萨德一九五三年突然离世，随后维迪亚从大学毕业为止。

这是至关重要的几年……这种政府奖学金名额很少，是逃离狭小落后的岛国社会的局限的一个绝佳机会，因此竞争异常激烈。"回顾过去，"一九五〇年十二月，维迪亚在第一个学期结束后写道，"我意识到自己完成了多么艰巨的任务。"同样艰巨的还有从特立尼达那个大家庭远赴战后英国（宗主国）和牛津大学的旅程，这所大学（莫里斯汽车公司的故乡）主要从英国的公学招生。

在《寻找中心》（1984）一书中——本书的读者应该会注意到西帕萨德经常嘱咐儿子要"保持你的中心"——在那篇标题为《自传之前言》的文章中，维迪亚是这样描写他的父亲和他的家庭情况的：

他大半辈子都在从事记者工作。对他那一辈特立尼达印度人来说，记者是一项很不寻常的职业。我的父亲生于一九〇六年。那个时候，特立尼达的印度人自成一个圈子，主要说印地语，居住在乡下，集中在特立尼达中部和南部的甘蔗产区。一九〇六年出生的很多印度人都出生在印度，然后以五年契约劳工的身份来到特立尼达。

一九二九年，我父亲开始间或在《特立尼达卫报》上发表印度题材的文章。到一九三二年我出生的时候，他已经是《卫报》驻小集镇查瓜纳斯的通讯记者了。查瓜纳斯位于甘蔗产区的中心，也是特立尼达印度人聚居区的中心。我母亲的娘家就落户在那儿。他们是大地主，远非契约劳工所能及。

我出生后两年左右，父亲离开了《卫报》。随后几年，他四处打零工，有时依附我母亲娘家，有时到他姨父那儿干活。他姨父很有钱，是岛上最大的公交公司的创始人和股东之一。父亲自身很穷，近亲都还是农民，他一生都在这两个有势力的家族之间摇摆，过着半依赖他人、半自尊的生活。

父亲于一九三八年再次进入《卫报》工作，这次成了一名城市记者。我们——父亲、母亲、他们的五个孩子，即我母亲那边那个大家族中的我们这个小家庭——搬到了西班牙港，住在我外婆名下的房子里。就是从那时起，我开始了解我父亲。

一九四五年，第六个孩子，即维迪亚唯一的弟弟希万出生。一九五二年，在牛津念书的维迪亚获悉第七个孩子，即第五个女孩娜里妮即将降临人世。这个消息是他的姐姐卡姆拉写信（本书收录）告诉他的。维迪亚的母亲德拉帕蒂·卡皮迪欧（妈妈）也是家中第七个孩子，但她是九个女儿中的第七个。在从西班牙港寄到牛津的航空信件中，庞大的卡皮迪欧家族——尤其是妈妈的两个弟弟辛伯胡纳特（卡珀 S）和楼陀罗纳特（卡珀 R）——扮演着形象生动的配角，总是不太友善。不过，大部分信件内容还是关于小家庭的。就个人而言，是爸爸对于笔墨生涯的专注；就家庭而言，是爸爸为不在身边的两个大孩子卡姆拉（在贝拿勒斯）和在牛津的维迪亚过得是否幸福，以及他和妈妈的几个性格各异、都到了青春期的女儿萨蒂、米拉、萨薇的成长牵肠挂肚。

卡姆拉在本书中占据了一个非常特殊的地位。她年长维迪亚两岁，第一个离家赴贝拿勒斯印度大学求学。她在那儿的生活并非一帆风顺，由于爸爸的心脏病，她的日子愈发难熬，于一九五三年返回家中。姐弟俩关系很亲密。本书也收录了一些他们俩之间的信件，在这些信件中，两人总是责备对方没有及时回信,而爸爸则一视同仁地责备他们俩。在本书所收录的信件中,父子之间的交流平和收敛,而维迪亚和姐姐之间就比较无拘无束,直截了当。

就维迪亚的信件而言,这并非一本关于牛津的书。信中讲到了大学生活,以及维迪亚在其中的角色,但是牛津对他而言并非那么重要。他学习刻苦,身体不好,生活拮据,经常焦虑沮丧。他结交朋友,体验到快乐,尽管紧张,也渐渐树立起自信。有两件事是真正重要的:一是家人,特别是爸爸和卡姆拉,还有妈妈(外加所有姓卡皮迪欧的亲戚们)和姐妹们,以及日渐长大的希万;二是,当然,越来越诱人的当一名优秀作家的憧憬……

维迪亚离开特立尼达赴牛津的时候,希万才五岁。这两兄弟直到六年之后才再次相见。在希万死后出版的《未完成的旅程》(1986)一书中,他在《兄弟》这篇散文中回忆了维迪亚寄到家中的信件以及他回特立尼达时的情景:

> 有时,邮递员会带来蓝色的航空信件,全家因此激动万分。偶尔,我会惊讶地听着这个抽象的人物——我的哥哥——在收音机里念短篇小说。大概在我十一岁的时候,这位神秘人物突然降临我们身边。我不知道他为什么要这样出现。不过,这仍然是个神奇的插曲,我非常激动。我会走到他的卧室前,站在门口,好奇地看着他躺在床上,从绿色的锡盒中拿出香烟来抽。这样的画面让我回想起逐渐淡去的父亲的形象。他也会在温暖安静的午后,躺在同一张床上,边看书边抽烟。

这个令人难忘的形象很好地抓住了本书的精神,它是如此意味深长,充满生命和故事;阅读这些书信,看着一个好人和他的儿子的关系逐渐变化，微妙地发展，看着他们自然地传承，是一种令人感动的体验。

特别感谢俄克拉荷马州塔尔萨大学的麦克法林图书馆，这些书信的原件即藏在该图书馆的奈保尔档案馆。感谢《纽约客》的威廉·布福德先生，他的主动支持和干劲对本书的出版至关重要；感谢艾玛·帕里对本书初版的编辑给予的独具判断力的协助。最重要的，我要对卡姆拉表示谢意，感谢她允许我们出版她写给维迪亚的信，也要感谢维迪亚本人，感谢他无条件地同意出版本书。想到这是一本他永远都不会读的书，我心情颇为愉快。

吉伦·艾特肯
一九九九年七月

编者的话

第一版《奈保尔家书》让 V. S. 奈保尔的读者得以近距离窥探他的家庭背景、他早熟的天赋和野心,以及他早年在英国的奋斗,那时他正努力寻找自己的风格和主题,想要出版第一本书。一些读者为奈保尔杰出的作品《毕司沃斯先生的房子》中自传性素材的细节而着迷。另一些读者在这些信中看到了他以后作品中所有重要主题的线索。十年后(奈保尔已获得诺贝尔文学奖),他有了更多读者。现在看来是推出新一版奈保尔早年家书的好时机。这一版纠正了错误,重新做了注释,还增加了几十封新的信件。

原来的版本收录了一百七十封信,多数为维迪亚和他的父亲西帕萨德所写,也包括一些他的姐姐卡姆拉写的信。新版保留了旧版的所有信件,此外新增了七十九封,全部来自塔尔萨大学的奈保尔档案。其中维迪亚所写的有三十一封,父亲西帕萨德二十三封,卡姆拉十七封,母亲德拉帕蒂七封,妹妹萨蒂一封。这里面有三封十分重要的信:第156号信,由西帕萨德起头,因为他心脏病发作而中断,由萨蒂写完;第198号信和第199号信,分别是卡姆拉和萨蒂写的,(通过维迪亚在牛津的导师)

告诉他西帕萨德去世了。此外,还有几封信是维迪亚在离开特立尼达赴牛津之前写给卡姆拉的。在第一版中,这些信被放在全书开头。它们代表了保留下来的奈保尔最早的文字,仅凭这点就很有趣。此外,如果说本书讲了一个故事,那么这些信使其开篇更加有血有肉。

第一版主要涉及一九五〇年奈保尔离开特立尼达到一九五三年西帕萨德去世这个时段。但第一版的编辑还以"附录"的形式收录了之后奈保尔的七封信,这些信大体勾勒了他完成他最早的三本书并且出版第一本小说的那三年半时光。我将这一部分大幅扩充,增加了三十多封维迪亚与母亲以及姐姐之间的通信。在此期间,维迪亚在BBC出了名,在他对特立尼达的记忆中找到了第一本书的主题——他后来在《自传之前言》中描述了这一过程。这些信清楚地表明,奈保尔写作的动力不仅来自他自己的文学野心,也来自西班牙港家中的期盼和经济需要。这本父子通信集所讲述的故事的真正高潮是一九五七年《通灵的按摩师》的出版,维迪亚和西帕萨德如愿以偿。此处提到的这些新增的信件被放在本书最后一部分。

增加这些信件并不影响对西帕萨德和维迪亚之间关系的聚焦。这本书实质上讲的仍是一对由爱和尊重以及文学野心紧紧联系在一起的父子的故事,收录了所有留存下来的维迪亚和父亲之间的通信。西帕萨德去世后,维迪亚发电报回家(第201号信),发自内心地说:"我的一切都是他给的。"这句话在这本书信集中一次次回响。他那些写给"所有家人"的信,很明显主要是在和父亲交流。但很重要的是,奈保尔的其他家人,特别是卡姆拉和德拉帕蒂,也不应被忽视。在某种意义上,卡姆拉是维迪亚最亲密的知己。如果将维迪亚同母亲和兄弟姐妹从一九四九年到一九五七年间的所有通信全都收入,这本书会有现在两倍厚。

虽然这些信里有奈保尔日后作品中的主题的雏形,例如后帝国和后殖民的更迭以及写作提供救赎的可能性，但其主要关注点毫无意外很实际：钞票、学业以及作家的必需品（时间、空间和一台好用的打字机）。维迪亚获得的牛津大学奖学金对奈保尔家来说——就像对那个年代许多有追求的西印度群岛家庭一样——是获得稳定的生活和社会尊重的好机会。当时这项奖学金被称作岛国奖学金，旨在帮助青年男女成为专业人士，通常指律师或医生。维迪亚选择了研究英语文学和写作，选择了作家这项危险的职业，这对他来说是一个大胆的决定，对他在特立尼达的家人来说也是如此——家人还在为贷款、年幼孩子的学费、修车费和电费担忧。最后一封信中德拉帕蒂于一九五七年六月三十日（《通灵的按摩师》出版后不久）列出的家庭开支清单告诉我们，这本书赌上的不止年轻作家的名誉，还有别的。

本书第一版的编辑吉伦·艾特肯"所持的原则是不介入，让故事自己说话"。我也一样。只有一次，我在第238号信和第239号信之间加了一小段连接性的叙述，以填补因为一九五六年维迪亚回特立尼达所造成的通信中断。

这些信件均由塔尔萨大学保存的原始信件转录而来。我的主要目标是在常规排版允许的范围内提供给读者最接近手写或机打信件阅读体验的文本。因此，我在不影响阅读的前提下保留了许多第一版中被修改的作者的习惯拼写、句法和标点。例如，在机打信件中，维迪亚经常省略don't和can't这样的词中的撇号，但在手写信件中则不省略；类似的还有，在手写信件中，他经常用&来代替and。只有对引号的处理例外，所有信件在双引号和单引号之间随意转换，因为不会影响句子的意思和节奏，我把它们统一为单引号。

许多信件用的是蓝色的航空信纸，两次对折后封口。维迪亚和西帕萨德有时候手写，有时候用打字机。维迪亚的打字机的各种故障成了整个故事的陪衬情节。卡姆拉和德拉帕蒂从不使用打字机。这四个人笔迹的可辨认度差别很大。偶尔，信件被损毁，或者有的词句因为写得太急而无法辨认，我也束手无策，只能做出删减。除此之外，我呈现了每一封信件的全文，包括信末附言和信纸边缘的注解。

所有编者补充信息都被放在方括号里面。在我添加文字使句意更明晰或推测受损信件原来文字的地方，显示为"〔这样〕"。当我插入解释性的字句，比如，标示无法辨认的文字或写在信纸边缘的话，则显示为"〔这样〕"。所有省略号都是原始信件中就有的（西帕萨德尤其爱用省略号）。卡姆拉的两封信包含几小段印地语，是用梵文字母书写的，脚注里有英文翻译。

书中的日期和地址与信头中标注的完全一致。只有七封信没有标明日期，但都可以推测出比较准确的日期。有五六次，写信的一方把日期标错了。对于这样的情况，我保留了原来的日期，在注释中给出正确的年月日——通过邮戳或信件内容很容易判断出来——然后将这些信件按正确的日期排序。

我给所有信件都编了号，为了方便参考，新增信件的编号上加了星号。

在上世纪五十年代的特立尼达，对于如何将印地语的名字和词语转换成罗马字母没有定规。在这些信件中，同一个印地语词会有好几种拼写方式。涉及姓名，尤其容易造成误解。一个人的名字可能有两三种不同的拼写方式，有的是按读音，有的是按其他；有时候还会用到昵称；有时候父亲的名字被放在姓氏的位置上；奈保尔家还会用印地语来表述不同程度的关系。例如，一个重要的配角，维迪亚的舅舅辛伯胡纳特·卡皮迪欧的称呼包括辛伯胡、玛穆（印地语中对舅舅的称呼）、玛木、巴卡玛穆、卡珀 S。我将所有称呼按原样录入，并加以注释。

本书第一版有六页半尾注，大半是关于本书中提及的奈保尔家的亲戚的解释。我扩充了这些注释，并把它们放在每页底部，每章独立排序。加注释永远要注意平衡。加得太多，读者会被细枝末节淹没，加得太少，读者会觉得故事的某个也许很关键的部分不得而知。我努力揣测读者需要注释的地方。

这些信件写于五十多年前，跨越三个国家——特立尼达、英国和印度。信中提及的人、地方、风俗和词语可能只对恰好来自这三个国家的读者或者老一辈的读者来说是熟悉的。我努力为其中一些做了注释。在每个主要人物第一次出场的时候，都会有简短的介绍。维迪亚和西帕萨德提到的许多书和作家，有一些在上世纪五十年代很有名，在今天则不为人知。对于本书的许多读者，我不用介绍弥尔顿是谁，但对于相对知名度较低的萨默塞特·毛姆和曾经流行的沃里克·迪平的作品，我提供了完整的书名、出版日期，有时还有简短注解，以便读者更好地理解。

是帕特里克·弗伦奇建议我编辑这一版本，在每个阶段，他都一如既往地帮助我。他总是乐意和我分享他在写《世事如斯：奈保尔传》时研究、收集的材料。吉伦·艾特肯，奈保尔的代理人和本书第一版的编者，慷慨地允许我自由地重新编辑文本。保管奈保尔档案的塔尔萨大学麦克法林图书馆特别收藏处的工作人员热情、高效、耐心地对待我的要求。特别感谢塔尔萨大学的马克·卡尔森、米丽莎·布尔卡特、布伦达·布朗、乔治·吉尔平和埃尔米奥娜·德阿尔梅达，他们花费了大量时间，给予本书建议和帮助。

莉拉·卡皮迪欧为编写这些信件的注释提供了不可或缺的帮助。拉尔夫、维尔马和阿努·拉翰提供了有关十九世纪五十年代的圣詹姆斯的信息。阿米特·古普塔录入了第159号信和第160号信中的印地语段落；安妮·保尔提供了英文翻译。乔纳森·阿里、乔治娅·波普尔韦尔和比娜·沙哈帮助解释了信中提到的许多信息。在本书的编辑过程中，还有其他朋友、同事给予了建议和帮助,有时是热情的接待——我得到的帮助如此之多,我很可能遗漏了某些人,没把他们列入感谢名单。

尼古拉斯·劳克林

二〇〇八年一月

第一部分
1949.8.21 ~ 1950.9.22

从西班牙港到牛津

*1 / V. S. 奈保尔写给卡姆拉·奈保尔[①]

星期天，8/21

〔亲爱的卡姆拉：〕[②]

〔我〕不想在你〔离去〕几天后〔……〕，我很心烦，很暴躁。如果你还记得我申请奖学金失败而后又成功那段时间的样子，[③]你可以很容易想象出我现在的状态。我做些古怪的事情。我不时骑自行车出去，往常绝不可能骑那么远（特别是你离家后那个星期天）。

我从星期一开始找工作。还是老一套。不，不，不。但我最后还是找到了每月七十五元的公务员差事。[④]

[①] 这封航空信有损毁，邮票被人撕了，收件人称呼和几个段落的部分词句也被撕掉了。（本书中若无特殊说明，均为英文编者的原注。）
[②] 卡姆拉是V. S. 奈保尔的姐姐，获得印度政府提供的奖学金，于1949年8月初离开特立尼达赴贝拿勒斯印度大学求学。V. S. 奈保尔写这封信时，她还在伦敦，在去印度的路上。
[③] 当时，特立尼达和多巴哥有四个著名的岛国奖学金名额，可以资助学生在英联邦任何一所大学就学，主要根据高中毕业考试成绩进行评选。V. S. 奈保尔在1948年年底参加了高中毕业考试。1949年3月公布名单的时候，他没有获得奖学金。后来发现是他所在的中学女王皇家学院把考试规定搞错了。教育委员会代表奈保尔向政府上诉，他最终得到一份"特别"奖学金。
[④] 8月17日，V. S. 奈保尔十七岁生日那天，他被登记局办公室录用为二级办事员。英属西印度群岛元（BWI$）和英镑的汇率为4.8∶1。

听着，如果你参与录制西印度广播节目①，我想让你这么做：把稿子彻底重写一遍，再加些观点进去。

（1）说加勒比各民族原本都保持着他们的个性，现在却趋同了。提一提印度加勒比学院，成立时热闹非凡。

（2）不要强调文化原〔因……〕，说给学生〔……〕来看看印度。

（3）记住，在〔……〕中，四十个是给非〔印度……〕海外印度人，出于很容易〔……〕和合理的原因。

强调四十个非印度学生奖学金名额。

这些奖学金颁发给了中国学生、波斯学生、埃及学生、非洲学生。

（4）忽视"文化差异"那部分。

（5）避免让印度人更印度以及其他无意义的蠢话。

你可能会觉得奇怪，我为什么要讲这么多。你的访谈可能会被特立尼达电台"呼叫西印度"栏目转播。如果你让萨蒂亚·查兰听上去是在宣扬分裂和隔离，即使是文化上的，那也会大大伤害他。记住这点。

颁发奖学金让学生能去印度看看。

四十个名额给了中国学生、波斯学生、埃及学生。

西印度群岛各民族的关系越来越近。〔信纸边缘注：〕文化上的：印度文化和非印度文化的融合。没有偏见——如果不考虑民族的话。②

〔……〕我现在还不想你。〔……〕关于你。我想〔……〕和你。我觉得我〔……〕你的感觉，通过我〔……〕觉得不执着真是个理想的解决方法。

我只是担心从孟买去贝拿勒斯的行程。

---

①英国广播公司节目，伦敦录制，在英属西印度群岛播放。
②虽然这封信有缺漏，但不难还原 V. S. 奈保尔的论点：如果有人采访卡姆拉，问她关于印度政府奖学金的问题，她应该尽可能不把这描述成印度文化分离主义的表现，免得激怒特立尼达听众。

我们收到了你的楼陀罗纳特舅舅[1]写来的一封很有意思的信。在那封他口中"恶狠狠的信"之后，他还真是温和呢。

下次，即几天后，我会写封更长更详尽的信。就像在牙买加丑闻期间给爸爸写信的任务一样，给卡姆拉写信的重任最后压到了我身上。[2]

你锡兰的朋友给你回信了（写得很亲切）。我会把他的信以航空信的方式转寄给你。

记住：不要说奖学金使印度人更印度。不要说印度人和非印度人在文化上有很大差异。说他们的文化在互相融合。

我们知道事实并非如此，但不用担心。

〔无签名〕

*2 / V.S.奈保尔写给卡姆拉·奈保尔[3]

星期五，9/2

亲爱的卡姆拉：

我们今天收到了你的电报。

你要保持清醒。你现在在安全的土地上。去印度高级委员会，去看看〔他们〕做了什么样的安排：你去印度的旅费谁来支付？需要多少钱？绝

---

[1] 楼陀罗纳特·卡皮迪欧，V.S.奈保尔母亲的小弟弟，当时在伦敦大学做数学讲师。后来获得律师资格，1960 年担任特立尼达和多巴哥民主工党领袖。1960 年至 1967 年担任反对党领袖。经常被奈保尔家的孩子称为玛穆（印地语，意为"舅舅"）或路德玛穆，V.S.奈保尔和西帕萨德习惯叫他卡珀 R。
[2] 1944 年前后，西帕萨德受雇于特立尼达政府社会福利部，被派往牙买加培训六个月。
[3] 这封航空信的邮票被人撕掉了，略有损毁。

不能接受奢华的安排。尽量限制在六十英镑以内(约三百西印度群岛元)。

恕我直言,每年我最多能偿还八百元。我不能让我的家人负担更多债务了。如果旅费超过三百元,你就要开始担忧了。

到那时,你要仰仗舅舅了。你或许得找一份工作,让舅舅给你提供食宿,直到你存够回家的路费以及还给爸妈的钱。

我在努力偿还七百元。还得靠那边。①

现在尽量不要抱太大希望。英国是个文明安全的国度。人们不用炫耀古老的文化;他们有自己的文化,不用因为没有文化靠吹嘘过去的成就来让别人道歉。

你的舅舅似乎很宽容。那件事后,我们大家都那么对他,我觉得他很宽宏大量。我不知道自己会不会如此大度。

去问问他们什么时候开始支付你的补助。

不要担心。这是一场冒险。我觉得你会玩得很快乐的,好好享受。

记得凡事都要问清楚。我的意思是,所有的事。卡姆拉,英国很安全,你的舅舅很可靠,我们现在只要偿还五百元就可以了。能让你看看英国,我很乐意替你还钱。不要担心,如果你真的了解我,你可以想象得出来,我有多么享受这场冒险。

不要让那些该死的印度人给你做任何奢华的安排,比如豪华的旅程、奢华的酒店之类的。要问清楚每项安排的价格。

我觉得很难为情。但我很快就会给玛穆写信的。玩得开心点!

V. S. 奈保尔

大家都很好,事情也都顺利。

速回信。

---

① V. S. 奈保尔的母亲德拉帕蒂后来从她母亲那儿借钱偿还了卡姆拉赴印度的旅费。

*3 / V.S.奈保尔写给卡姆拉·奈保尔[①]

星期二，1949/9/6

亲爱的卡姆拉：

我想，你看了我的上一封信一定很不安。我还希望，你现在已经问清楚所有该问清楚的事项了。

实际情况是，我们在筹措余下的钱上遇到了一些困难。但是我丝毫不怀疑，我们终归会从银行贷到更多的钱。

好像不管在哪儿，你都会成为最受欢迎的人。这很好。多希望我也有这样的本事。有时，我会自怨自艾。不管在哪儿，我都会把自己变成一个可笑的人——一个颇为滑稽的小男孩，少年老成得很有趣，他的观点、习惯只是有趣而已，没什么分量。我觉得我交不到朋友。我无足轻重，影响不了别人。我想写作，但是我怀疑有没有哪个作家想象力像我一样贫乏。但是非印度人好像更喜欢你，欣赏你。印度人接受你是理所当然的，应当的，这就是为什么想到你在非印度人中间我会很开心的缘故。

你现在觉得印度的情况怎么样？玛穆跟你说了什么？如果他们安排得还算称心，就去印度吧。毕竟，能去另一个国家，每个月还能拿七十二元的人少之又少。我每个月的奖学金只有一百元。他们给我预定的火车只会是三等车厢。但是，好好保管你的衣物。尽量少花钱，把余下的钱存进一家可靠的非印度银行。随时都要有足够的钱前往英国。

要是他们安排的你还算满意，那就好。

我又一次开始适应新的环境。只要我情绪烦躁，动脑筋的〔活儿就没法进行〕。真是糟糕。如果我〔……〕开动脑筋，〔……〕我写的东西

[①]这封信似乎不完整，可能没有寄出；有一角被撕掉了。

会〔……〕很难有〔……〕感觉。

我没有〔……〕奖学金纠纷期间以及你离开之前和之后两天。我非常不开心。我关于政府机关的服务和程序的想法，明天重复今天，日复一日，没有人感兴趣。我去找苏丹先生[①]诉苦，他告诉我他在那个地方已经住了三十多年了，真是羡慕他啊。精神紧张的时候，哲学显得空洞，起不到什么安慰作用。

我发现只能在人与人的接触中找到安慰。欧华德[②]对我帮助很大。实际上，他是家人中唯一真正支持我的人。我不会忘了他。你离开的那个星期天下午，我们（欧华德和我）上了外环公车。车子行驶在莱特森路上时，我们看到轮船正在驶离港口。之后，我们骑车出去了，从布瓦西埃一直骑到波地谷[③]。事实证明这正是我需要的。很费劲，我们大汗淋漓。一半路程是上坡，另一半是下坡。上坡路太陡，根本骑不上去，只能推着自行车走上去。下坡路也很陡，必须捏住刹车不放；你也只须如此。我回到家就去睡觉了。

第二天，我根本无暇伤心。一整天都在找工作。这件事真不错。我成功地克服了人前害羞的弱点。下午，我做了最爱的事：看电影。我去看了一部不错的片子：《无名街道》[④]。打那以后，我每天都会看一两部电影。我〔突然中断〕

[①] 罗伊·苏丹，奈保尔一家在尼保尔街的邻居。
[②] 欧华德·佩尔曼南德，V. S. 奈保尔的表弟，姨妈丹的儿子。
[③] 卡皮迪欧家在波地谷北部丘陵地带拥有一大片地产，波地谷在当时还是西班牙港西北部的农村。
[④] 威廉·基思利1948年导演的一部黑色电影。

4 / V.S.奈保尔写给卡姆拉·奈保尔①

1949/9/21

亲爱的卡姆拉：

我不知道这台打印机怎么搞的，不过它现在看起来倒是好好的。随信附上几张剪报，我想你看了肯定很高兴。你会看到我后来还是参加了校友会②晚上的聚餐，那几个小时可以归入我这辈子最痛苦难熬的时刻之列。首先，我完全不懂餐桌礼仪；其次，我没有可以吃的东西。晚餐之后，他们告诉我为我做了特殊安排，但是这些特殊安排看起来就只是把不同做法的土豆端来给我，一会儿是炸的，一会儿是煮的。我跟经理说，给我上玉米浓汤，我不要大家喝的乌龟汤。他对此听而不闻，侍应生给我端来的是一碗绿色的黏糊糊的东西。这是乌龟汤。我一阵反胃，非常生气，让侍应生马上端走。他们跟我说，这严重违背了餐桌礼仪。所以，在上头两道菜的时候，我只能吃涂黄油的面包（喝冰水）。菜单是法语的。我们叫炖鸡，他们称"复兴的煎鸡"。咖啡是"穆哈"。我觉得那应该是某种异域风情的俄罗斯菜。甜点中还有被称为"出人意料的苹果"的东西。坐在我边上的小哈内斯③告诉我，那是一种用出人意料的方式做的苹果布丁。布丁上来，我吃了，味道还不错，但是吃不出苹果味。"那个，"哈内斯说，"就叫出人意料。"

我刚刚填完大学入学申请表格，还拍了照片。我一直觉得自己虽然不算很有魅力，但也不是个丑八怪。但是照片是不会说谎的。我从不知

---

① 此信的第二页略有损毁。
② 即女王皇家学院校友会。
③ 戴维·哈内斯，V.S.奈保尔的同学，之后成为一名杰出的律师。他的父亲考特尼也是一名律师，是立法会的成员，1957年被封为爵士。

道我的脸这么胖。照片上看起来就是很胖。我看着申请表格上那个亚洲人，心想，从印度来的印度人看起来也不会比我更像印度人。单看我的脸，任谁都会以为我是个体重两百磅的胖子。我本来希望摆一个令人过目不忘的知识分子的姿势给大学的人看看，但是瞧瞧他们会看到什么。我甚至还花了两块钱，要了一张修过的照片。

我挺好的。实际上我又开始看书了。我打算彻底理通十九世纪的小说，开始为明年做准备。我读了巴特勒的书①；但觉得还不及毛姆的《人性的枷锁》一半好。书的结构太笨拙，巴特勒太注重表现宗教冲突了。他太想证明他的遗传理论。我接着读了简·奥斯汀的小说。我可是久闻她的大名。我去图书馆借了《爱玛》。莫妮卡·狄更斯写的序，说这是奥斯汀最好的作品。老实说，这篇序比小说本身写得好。我觉得简·奥斯汀根本上是一个专为女性读者写作的作家。她若是生活在我们的时代，毫无疑问会成为女性报刊的领军作家。她的小说让我觉得无趣，尽是家长里短，女性读者会很喜欢。当然，辞藻很优美。但是作品本身，除了通篇说长道短外，雕饰过多，华而不实。

我想你一定有兴趣知道我打算怎么花我那七十五元。我全盘接收了你的债务。五十元存银行，十元给米林顿②，十五元给达斯③。我还有二元左右的零花钱。玛米④给我的，因为我给希塔⑤做家教。把那个孩子送到学校去接受教育真是浪费时间和金钱。她是我见过的最蠢笨的人。你要是想让一个人伤心，那就给他一个班的希塔让他教。我不清楚你是否知道我一直在给乔治⑥当家教。他很愚钝，但若是刻苦点，也能及格。我想，

---

① 塞缪尔·巴特勒的《众生之路》(1903)。
② 偶尔在奈保尔家洗衣服的女仆。
③ 身份不明，可能是另一个仆人。
④ 因德拉达叶·卡皮迪欧，辛伯胡纳特的妻子。"玛米"为印地语，意为"舅妈"。
⑤ 希塔·卡皮迪欧，V. S. 奈保尔的表妹，辛伯胡纳特的女儿。
⑥ 身份不明，西帕萨德在第41号信中也提到了这个人。

你要是知道依纳若炎①进步非常快一定很高兴。那些人真是可怜,让他们上学是桩赔本的买卖,对他们来说是雪上加霜。

我们这些留在家里的人就不长篇大论了,那是你的活。你才是那个到了新的国家、经历了一些过去没有经历过的激动人心的事的人,这些可能会永远留在你的记忆里,成为你一生中最有趣的一段。但是我得说,你的信进步很大。我很想知道为什么。是因为你写得很自然,没有像一九四七年十二月那次那样刻意考虑遣词造句吗?我觉得是这个原因。

你在印度的时候,一定要睁大眼睛。这有两层意思。较为次要的是小心照看好私人物件;印度窃贼很多。牢记西印度板球队十一名球员的"裤子事件"②。睁大眼睛,告诉我贝弗利·尼科尔斯③是否正确。他在一九四五年前往印度,见到的是一个肮脏破败的国家,尽是浮夸的庸才,没有前途。他看到的是肮脏污秽,拒绝提及给另外一种访问者留下深刻印象的"精神性"。印度人当然不喜欢那本书,但我觉得他说的是实情。从尼赫鲁的自传看,我觉得印度总理是位一流的演员,有大量三流的拥趸。尼科尔斯谴责甘地是个精明的政客,用圣洁作为统治的武器,我不知道自己是否赞同他的观点。但是我相信,这是有一定事实根据的。由于神秘主义,赫胥黎近年广受知识分子称誉,这可能已经让他堕落成了一个无能的废物,但是他在大约二十年前出版的关于印度的书④里说的则不假。他说是节食造就了禁欲者和把全部时间都花在冥想上的人民。你将置身于这一切古怪事物的中心。请不要被传染了。三年期满的时候,

---

① 依纳若炎·蒂瓦里,V. S. 奈保尔的表弟,姨妈拉吉达叶的儿子。
② 西印度板球队在1948年至1949年间曾访问印度,他们的白色法兰绒裤子在孟买失窃,一度成为舆论焦点。
③ 以园艺书籍闻名的英国作家贝弗利·尼科尔斯于1944年出版了颇受争议的《印度裁决》一书(V. S. 奈保尔把他访问印度的年份搞错了)。
④ 《善戏谑的彼拉多:赫胥黎游记》(1926,阿道司·赫胥黎著)。

我会很高兴的。到那时，你就可以呼吸无神论清爽宜人的空气了。我不喜欢"无神论"这个词。它似乎暗示一个人对宗教很感兴趣，而非完全无视宗教，甚至不会为某些特别愚蠢的〔……〕生气，就像我成长的〔氛〕围，很容易完全脱离宗教。学校也是如此。我听着"天主教空中论坛"①，觉得很快乐。

我想你现在应该已经收到那十镑了吧。我们看到了你的日记。我能从中体会到暗藏的不悦和担忧。我觉得你有点儿不开心。我可以想象，当你在埃文茅斯看到博西②的时候会多么高兴。毕竟，怀揣七十元前往异乡，还不知道会在那边待多久，谁会兴高采烈呢？我本来还怀疑我们是否能够挨过经济压力，很高兴，我们熬过来了。

我很快就会再给你写信的。再见，祝好运。

爱你的维多③

5 / V. S. 奈保尔写给卡姆拉·奈保尔

1949/10/10

我亲爱的小傻瓜：

你真是个讨厌的家伙。读你的来信的前几行，我觉得还挺有趣，之后就变得荒唐可笑了。④

---

①当时在特立尼达电台播放的一档星期日节目。
②因达尔吉特·迪潘，昵称博西或博齐，V. S. 奈保尔的表弟，姨妈昆塔·迪潘的儿子。
③家人对 V. S. 奈保尔的昵称。
④卡姆拉收到一封某位表亲寄来的信——她后来称之为"讨厌的、恶毒的匿名信"——之后给 V. S. 奈保尔写了一封信。

说到底，你是个愚蠢的傻姑娘。我猜想你在请求你任性的弟弟的时候还挺乐在其中的吧。那使你看起来像个好莱坞女主角。听着，我亲爱的"非常漂亮的"奈保尔小姐，你可以沉浸在幻想里，可以天马行空，但是不要指望我也掺和进去。在亲爱的姐姐离去之际，聪明敏感的（"他是你所有孩子中最敏感的一个"）弟弟堕落了，他伤心欲绝，借酒消愁。我明白这样的画面很吸引人，不乏戏剧性的味道。

　　你还是老样子。还记得你嘲笑我找工作吗？你很喜欢自己想象出来的画面，而对我们家一无所知的人会认为我就是那个样子。一个软弱的、戴眼镜的弟弟，因自己相貌不出众而沮丧不已。加上他是个知识分子，情况更加糟糕，他成了醉鬼。他很容易被引入歧途。一变坏，就变得很坏。姐姐对此一直心中有数，她痛苦地给弟弟写信，泪如雨下，质问她听到的是不是真的，还有点希望听到他说是的。你是个傻瓜。他很容易被引入歧途。生活在一个不可能慷慨、平庸和蠢笨当道、吃肉是美德的家庭，所以他小气，他愚蠢，他吃肉。

　　我很容易被引入歧途吗？可能。被你。我本可以把钱花在自己身上，还能得益。我一直羡慕别人能在享乐之后把那乐趣抛到一边。

　　我若在特立尼达吸烟，你很清楚，我多么尽力地对你隐瞒这个事实！为什么不告诉我是哪个对我的个人幸福如此上心的"朋友"恶意造谣中伤我？你侮辱了我，卡姆拉。这是我给你写的最后一封信。我很容易被引入歧途！除了你，谁会蠢到去相信一个笨蛋说的话。这可能很有趣，可你竟然会全力以赴去扮演一个好莱坞角色。有时候，一连三个星期不见你一封信。现在你却连发三封快件跟我说教。维多要变坏了。得制止他！他身不由己，可怜的东西。然后对我说："你想让我快乐，但我怎么快乐得起来？"这些都很不错。今后不要把我做进你的白日梦里，把位子留给那些英国或亚洲的笨蛋吧。

过去三个星期,我一直在抽烟。就像你还在家时,和斯普林格[①]还有寇他们在一起时一样。这不好,是吗?我一直喝很多?好吧,是的,喝水。天一直很热。听着,你们为什么都要针对欧华德呢?我告诉你,好莱坞小姐,他丝毫不比你的任何一个表兄弟差。当然,我这么说一定会让你在心里更加肯定我已经堕落了。但是我现在根本不介意你是怎么想的。你已经最大限度地侮辱了我。

V. S. 奈保尔

6 / V. S. 奈保尔写给卡姆拉·奈保尔

1949/11/24

亲爱的:

我想要你答应我一件事。我想要你答应我把你在印度的所见所闻写成一本日记体的书。试着待上起码六个月——研究风土,分析人情。不要太愤世嫉俗,尽量幽默点。把你的手稿分批寄给我,我会处理的。我被引荐给了好多人,包括牛津的佩吉特。爸爸可以帮我拨电话给罗丹,英格兰《每日快报》的明星记者。从经济角度看,你的书将获得巨大的成功。我甚至现在就能想象出来—《我的印度之行:记不快乐的六个月》,卡姆拉·奈保尔著。

不要凡事都那么悲观。我难以想象,一个像你这么喜欢笑的女孩竟然看不出这整件事令人捧腹的愚蠢之处。你要是凡事都上心的话,那你

[①] 温斯顿·A. G. 斯普林格,V. S. 奈保尔1939年至1942年在特安贵立提男子高小上学时的同学。

的整个人生都会是一出悲剧。

但是让我们想想你吧,从现实的角度。我已经还了一百五十元,到十二月份,这个数字将达到两百元。还不错,是吗?你要是应付不了,告诉你在伦敦的舅舅。问问他之前说的话是不是还作数。我相信你跟露丝①一直保持联系。如果他说不行,那么,就到时再说吧。你银行还有多少存款?

该死的政府把津贴发放给你了吗?

我在特立尼达的日子接近尾声了,只剩下九个月。我相信,我将一去不复返。我觉得我骨子里是个流浪汉。知性主义不过是披着时髦外衣的懒惰。这就是我觉得我要么功成名就,要么一败涂地的原因。但是我已经准备好面对任何局面。我想要无愧于自己,过上自己想要的生活。但是,我觉得,我想在我的书中拓展的哲学还太过肤浅。我渴望认识生活。生活中有各种各样的事件和情感,你对此无可奈何。我对一切,对这悲喜交加的世界心怀感触。

我发现很难按照自己的座右铭生活。"我们要努力,"我说,"我们必须对这垂死的世界发出的痛苦尖叫置若罔闻。"但是我做不到。苦难太多,多到压倒一切。那是生活中一个基本的特质——苦难。就像黑夜一样基本。它也使人对快乐的感受更加强烈。

写信给我,请只告诉我你有多悲伤。

我想要你帮我强调一点。我的论点是世界正在走向死亡,今日的亚洲不过是一种消亡已久的文化的粗劣展现;物质环境把欧洲打回原始社会;美国是怪胎。瞧瞧印度音乐,受西方音乐的影响到了可笑的地步。印度绘画和雕塑已经不复存在。这就是我想让你去寻觅的景象:一个已死的国家,靠着鼎盛时期的动力依然在运转。

---

①露丝·卡皮迪欧,楼陀罗纳特的英国妻子。

不要哭泣，亲爱的。

你亲爱的弟弟
维多

*7 / V.S.奈保尔写给卡姆拉·奈保尔

1949/12/14

我亲爱的卡姆拉：

欣闻你终于安顿下来，开始喜欢上那片土地了。

我能为你带来什么样的新闻呢？除了这四个星期我一本书都没看，也没往我的灵感笔记本里记任何东西，别的什么消息都没有。一种疲劳的感觉——既有精神上的，也有身体上的——控制了我。我累极了，想休息。

12/20

我昨天收到了你的信。你以为我是谁？把信寄给"红房子里的V.S.奈保尔"。① 我不是你想象的那种大人物。但是，这些信寄到我这里，我不用付邮资。你每寄一封信到家里，我们就得付约八分。

很高兴，你还是原来的你。我们从未克服对黑暗的恐惧。我还记得，每次我到一个陌生的环境住上几天，各式各样的恐惧就会在我脑海中来场狂欢。忧虑被放大，你会觉得自己正被越来越深地拖入旋涡。但是到

---

① 位于西班牙港伍德福德广场的红房子是立法会、几个政府机构及法院所在地。

了白天，一切看起来重又欢欣鼓舞，充满希望。唉，我现在晚上还会生出这种种恐惧呢。

你可能会笑我，但是我恋爱了。这就是我没有看书、没有记下灵感的原因。你猜猜那个女孩是谁？——戈尔登[①]，亚瑟的妹妹。她十一月十六日来到这儿（即17号[②]），待了几天，我完全被她迷住了。她是个理智的姑娘。她从不让我干出格的事。到现在为止，她还没有让我吻过她。但是，她的身影一直在我脑海中挥之不去。我常常去圣费尔南多。不要把这件事告诉家里任何人，好吗？

我其实很想摆脱这个，但是我没办法。我想（而且我也读过、看过很多，我知道）这不过是青春期的迷恋，每个人都会经历的。这是诗人们最热衷的主题。如果我会写诗，我肯定已经写了几十首爱情诗了。

这样的爱并不是幸福。但是，我向你发誓，我不会做过分的事。她也在尽力避开我。但是，她真是个甜美的姑娘，很明显，我频繁的探访让她很感动。

我的工作到二月十一日或差不多那个时候就结束了，我希望到那时有人会离职，这样我可以继续工作下去。

我发现我的哲学和我的世界在我身边崩塌。我真的越来越害怕。我怕我骨子里是个浪荡子。我想摆脱这种沉闷的氛围，投入某种更有生气、更加刺激的生活。把一个健全的人送进疯人院，他很快也会变疯。把一个聪明人扔进一堆傻瓜中间，他也会变傻变蠢。我现在就是如此。

灵感不闪现，我只好反复把玩老的点子。而它们一点都没有新进展。

上星期天（十八日），在圣费尔南多过夜的时候，我做了个梦，梦

[①] 戈尔登·冉桑达尔，V. S. 奈保尔母亲那边的远房亲戚。
[②] 20世纪30年代后期，卡皮迪欧家在西班牙港伍德福德区买了一幢房子，位于路易斯街17号。奈保尔家1938年至1940年，以及1943年至1946年住在那儿。

见你不会说英语了。在信中，你写道：I never can succeeded. 语法是错的，你知道。应该是：I never could succeed. 告诉我这只是你的笔误或是没留神写错了。别担心。三年不会让你的英语荒废掉的。不用六个月就能恢复到原有水平。

你永远的
维多

*8 / V. S. 奈保尔写给卡姆拉·奈保尔

1950/1/28

我最最亲爱的卡姆拉姐姐：

你的信于一月十日送达特立尼达，但是我直到两天前才收到。我现在就给你讲讲原因。

我已经不在登记局做事了，我现在是女王皇家学院的秘书和代课老师，每月薪水一百三十九元九角六分。还不错，是吧？

教书很好玩。我非常喜欢，人人都说我现在气色很好，不像我誊写证书那会儿那么苍白病弱。

关于戈尔登那档子事，和登记局一起成为过去了。你的信把我在那件事上残留的最后一丁点儿傻气给扼杀了。

这儿大家都挺好。我要你别理会别人的信。如果说有什么事的话，我发现爸爸妈妈自你离去后，态度好多了。所以，你最好给他们写写信。

你的英语没有明显的退步，无须担心那个。

我想更多地了解你的生活，不要总是一句"我很好"。我想知道你讨厌谁；你是否已经厌烦，想回英国，或者你是不是真的喜欢那儿。如果你对我吐露心声，我会对自己的立场更加有把握。

我会在五六个月之后离开特立尼达。

板球：牙买加队正在特立尼达比赛。① 此刻是星期六十一点一刻，我正在给你写这封信。我去了学院，和几个男生聊了一个小时，然后回来。新工作就好像拿着工资上学。

我希望一写完这封信就去看板球——跟往常一样的球场，但是我会坐在记分板边上（可口可乐赞助），因为有个负责的男生算是我和伊普·扬②的小跟班。

因为匆忙，这封信写得很短，也很仓促。

诸事都好。妈妈他们在等你的消息，别耽搁。

再见
维多

顺便记一下板球比分：

牙买加队第一局：155分。

拉马丁③：特立尼达队新来的印度裔投球手，投球39次，5次击中三柱门。

特立尼达队第一局：581分，丢了两个球（斯托迈耶尔④在此时出局，宣布比赛结束）

---

① 这场殖民地间的比赛于1950年1月25日至30日举行，特立尼达赢了牙买加。
② 教名未知，V.S.奈保尔在特安贵立提的同学。
③ 桑尼·拉马丁，第一位在西印度群岛队打球的印度人。杀伤力非常强的旋转投球手。1950年，他首次参加和英国的对抗赛，1951年被《威斯登板球年鉴》评为年度选手。
④ 杰弗里·斯托迈耶尔，特立尼达队队长，1939年首次参加同英国的对抗赛。1951年至1952年澳大利亚巡回赛期间，接替约翰·戈达德任西印度群岛队队长。

冈托姆[1]：147 分

斯托迈耶尔：261 分

特雷斯特雷尔[2]：161 分，未出局。

*9 / V.S.奈保尔写给卡姆拉·奈保尔

〔1950/3/4〕[3]

亲爱的卡姆拉：

很抱歉，之前没有给你写信。

上星期一（二月二十七日）莱因斯沃斯先生[4]给我打电话让我去教育局。他告诉我，他刚刚收到消息，我的申请已经"和那些高素质申请人"一同送到了牛津大学，所以，好像一两个月之后，我就能拿到起航通知书了。

我在学院做代课的工作比较多，秘书的活比较少。巴詹生病已经有五个星期了，我得干他那份活。

我现在在白厅[5]参加一些由英国文化教育协会赞助的免费艺术课程。

---

[1] 安德鲁·冈托姆，1947 年首次参加同英国的对抗赛。那次巡回赛后，再也没有加入西印度群岛队，但一直在特立尼达队效力。
[2] 肯尼思·特雷斯特雷尔，1950 年英国巡回赛时加入西印度群岛队，但是没有参加任何对抗赛。20 世纪 50 年代定居加拿大，效力于加拿大队。
[3] 未标明日期，从信件内容推算出这个日期。
[4] 英国公务员，在特立尼达和多巴哥教育局掌管奖学金部门。
[5] 一幢殖民时期的建筑，位于西班牙港萨凡纳公园，1944 年至 1949 年间租给了英国文化教育协会。现为总理办公室。

授课材料都是免费的。负责人是个英国人,名叫约翰·哈里森。他几次告诉我,他喜欢我的画风,他觉得很"大胆"。我只去了四次,有三次,我的画都被选为四五幅最佳作品之一。从这件事你可以看出,我并不笨手笨脚,理查德得先承认他自己很蠢,才能嘲笑我的画。

顺便说一句,你还记得我去年二月份写的关于选美皇后的那个短篇吗?我大约在九月份写完了。写得不错。女王皇家学院的英语老师霍奇说那篇很有希望发表,他还祝我好运。

昨天(星期五)发生了一件奇怪的事。哈里森告诉我,我应该参加艺术协会星期二的写生课。他把我推荐给秘书伯克女士。她说只有协会会员才可以参加写生课。然后我告诉她,我只能再在特立尼达待大概五个月了,她问我叫什么。我刚说出自己的名字,她就说:"可是,我亲爱的孩子,你是会员啊。你不知道吗?"她很愉快地说。总的说来,她是〔个〕很友善的人。

〔本段看不清〕

我竟然是在一九四六年加入的。

V. S. 奈保尔

*10 / V. S. 奈保尔和萨薇①·奈保尔写给卡姆拉·奈保尔

1950/4/4

亲爱的卡姆拉:

昨天,我收到一封牛津寄来的信。我被牛津大学学院录取了。该学

---

① V. S. 奈保尔的妹妹萨薇特莉,通常被唤作萨薇。

院成立于一二四九年，可能是最古老的学院。它的古老让我现在对那些三四百年前成立的大学都有些不屑一顾了。

你寄来的报纸完好无损。它们看上去办得挺不错的。

然后，说说你的杂志。我觉得它太过肤浅。你应该尝试把它变成一份有责任心的刊物，在重大话题上——比如印度或印度尼西亚的共产主义——它应该成为学生观点的引领者。由暹罗女生写的关于暹罗的文章会很有意思。你们的纸张很好，印刷也不错。把它变成一份更值得尊敬的杂志——大学时事；来你们大学访问的重要人物，他们的演讲和建议。

到那时再寄给我看。

以我的经验，我真的觉得我现在是学院最受欢迎的代课老师。

如果你曾到过女王皇家学院，你就会知道，学生宿舍周围的一圈走廊是为男生们在重大场合预备的：拳击或者演讲日。我上星期五（拳击之夜）去学生宿舍，所有男生都一齐为我欢呼。我真的感到受宠若惊。我鞠了一躬，表示我不介意，如果他们觉得他们嘲弄了我，那我已经变失败为值得称道的胜利。

大约两个星期一之前，卢奇曼[1]、我和哈里森一起在女王公园酒店[2]喝了茶。我们四点差十分到了那儿，六点差一刻离开。我们在一起谈了许多有意思的话题。哈里森给了我好几个在英国的朋友的名字。我到英国的时候，他也会在那边。

一点消息：迄今为止，我已经还了银行四百九十元。现在还剩不到三百元了。我走之前应该不难还完。

上星期天，爸爸的一个短篇小说在英国广播公司的"加勒比之声"[3]

---

[1] 所罗门·卢奇曼，V. S. 奈保尔在女王皇家学院时的同学，后来在特立尼达和多巴哥教育局当校监。V. S. 奈保尔在第 200 号信中还提到了他。
[2] 位于萨凡纳公园南侧，曾是西班牙港最豪华的酒店。
[3] 1946 年至 1954 年英国广播公司面向加勒比地区的文学节目，亨利·斯万齐任主编，对 20 世纪 40-50 年代的西印度群岛作家获得听众认可起到了举足轻重的作用。

播出了。题目是"桑娅的运气"。

              再见

              维多

  你写道:"整整一个星期的名人。"

  这不对,你知道的。名人是有名的人物。你的意思是"整整一个星期的欢庆",或"整整一个星期的庆祝"。[1]

〔萨薇手写:〕

亲爱的卡姆拉:

  家里正在做果酱蛋挞。现在只有米拉[2]和我两个在楼下翻看这封信,我偷偷给你写几句。贝蒂和她的父亲[3]星期一过来了,但他们第一天是在阿贾[4]家过夜的。他们昨天才到我们家来。不过,他们下个星期会在我们家过三四天。非常感谢你寄给我的贺卡。非常漂亮。(萨薇)

           我们永远是你的

            萨薇 米拉

P. S. 我再一次赢得了三月奖章。

不要对维多说我们在他的信里添了这些话。

---

[1] 卡姆拉错把"celebration"(庆祝)写成了"celebrity"(名人)。——译注
[2] V. S. 奈保尔的妹妹。
[3] 指蒂瓦里一家,他们是奈保尔家的牙买加朋友,当时正在特立尼达。
[4] 印地语,意为"爷爷"。在此是对西帕萨德的姨父苏克迪欧·米西尔的尊称。他拥有阿里马公车公司,非常有钱,曾好几次借钱给奈保尔家,特别是在他们买房一事上。

11 / V.S.奈保尔写给西帕萨德·奈保尔

〔首页地址上方手写:〕
(我将把昨晚在机场收到的信①寄出去,你们或许可以感受到我的冒险。)

威灵顿酒店
第七大道
纽约市,19区
8/2
11:15

纽约真是不可思议。②奢华和颓废并存。但这是什么样的颓废啊!三十五页厚的报纸只卖五美分。

不过,有一件事引起了我的注意。我觉得美国人吃得太多了。他们一直在吃啊吃。街上的餐馆和酒店挨挨挤挤。我想在这儿不容易迷路,街道都有标号,街区方方正正。

所以我今天早上出去逛了逛。

我花了大约三元去了美国轮船航运公司一趟又回来。还有两个小时左右,我就要上船了。

美国轮船上的旅游舱是头等舱。

我用心寻找书店,终于找到一家。真是家好书店。花上一百美元买书我都不会觉得不安。我很早以前就想买或想读的书堆得老高。礼貌周到的店员在三十秒内就能告诉你他们是不是有你想要的书。

---

① 可能指他在第13号信中提到的英国领事馆的信。
② V.S.奈保尔在8月1日离开特立尼达。先飞纽约,然后乘船去英国。

我买了一本书,是诺曼·道格拉斯的《南风》①,花了一美元二十八美分。詹姆斯·乔伊斯、海明威、毛姆、赫胥黎的书都卖同样的价格。

但好书店并不多,那家书店似乎可以算是一家,顺便说一句,没有无病呻吟的杂志。而酒店楼下全是那种杂志,我是说,大概二十层楼下。

今天早餐,我要了一杯橙汁、麦屑牛奶、咖啡和鸡蛋。花了六十五美分。

生平第一次每一分钟都有人称呼我为"先生"。我玩得很高兴——不好意思!我不想家。

〔信至此结束,可能有缺失〕

*12 / 西帕萨德·奈保尔写给 V.S. 奈保尔

尼保尔街 26 号②
50/9/1

亲爱的维多:

我刚从卡里内吉归来。过去的一两个星期,欧华德、我以及几个小青年(最年轻的才十七岁)几乎每天都去海里泡一下。露丝人不错,挺好相处的,我们去看了几场电影。他下周一——也就是两天后——搭"科提卡号"走。辛伯胡③早一天乘飞机去纽约。他会在那儿逗留一周。

---

① 1917 年出版的小说。
② 奈保尔一家 1946 年购得此屋,于同年年底最后一天搬进去。尼保尔街位于西班牙港西区的圣詹姆斯,那儿住着很多印度人。26 号位于商店林立的西大道南侧。
③ 辛伯胡纳特·卡皮迪欧,V.S. 奈保尔母亲的大弟,律师和政治家。奈保尔家的小孩一般称呼他为玛穆。V.S. 奈保尔和其父习惯叫他卡珀 S。

我希望你喜欢伦敦。我本打算给你寄点儿钱，但你妈妈说你现在还不至于手头紧张。若是在开学前你的钱的确不够花了，告诉我。我会想法给你寄几镑过去的。

我们都还不错，就是萨蒂[①]今天有点儿发烧。我昨天花十四块买了套冲洗底片的设备，很快就能自己洗照片了。那真的很容易。只需要显影液、酸性定影粉；再加上显影罐、量杯、温度计。整套设备就这么多。显影罐不透光，因此不一定要在暗室，白天也可以在里面洗。对像我这样的门外汉来说，整套冲洗工艺简化为几个简单的步骤了。最要紧的是这比在店里让他们洗便宜多了。

卡姆拉见到了尼赫鲁，她为此写了封欣喜若狂的信回来。她是在贝拿勒斯印度大学的开学典礼上见到尼赫鲁的，他们专门为总理举办了一场音乐会，她正好是引座员兼报幕员。因此，她得为尼赫鲁和其他大人物引座。副校长把她介绍给了尼赫鲁。卡姆拉说："尼赫鲁跟我握了手，直视着我的脸问道：'你很聪明吗？'"卡姆拉回答道："这不好说，先生。"然后，旁边一位英国女士替她说："是的，她很聪明。"尼赫鲁说："那你坐这儿好吗？"所以，在尼赫鲁签名的时候她就坐在他边上。他也为卡姆拉签了一个，她寄回家来了。

我希望感冒没有让你太苦恼；大学功课进展还顺利吧？或者你还在潜心读书？跟我们讲讲你在伦敦的生活。

爱你的奈保尔

[①]萨蒂·奈保尔，V. S. 奈保尔的妹妹。

13 / V. S. 奈保尔写给卡姆拉·奈保尔[1]

威斯特拜尔路 62 号
伦敦，N.W.2
〔邮戳日期：1950/9/11〕

亲爱的卡姆拉：

把同一封信写两遍真的很累人。同样的事情，先给家里写一遍，然后再给你写一遍，这真是体力活啊。

但是，这不能成为我不给你写信的借口。那只是因为懒。我以为家人已经把我打包丢出去了，因为我有三个星期没有收到家里的只言片语了；而在这段时间里，我收到了来自法国、德国还有这儿的朋友的来信。我收到的第一封信是一封官方信件，来自殖民地部。

我非常开心，你听到这个很高兴吧。若是要让我觉得自己是世界上最开心的人，还缺一件，那就是一个女孩，但我有什么办法呢？不会有人喜欢我的。而我〔字迹模糊〕自己。

简单给你讲讲我写的那半打信吧。

1. 政府资助了我一张九月十九日的船票。太荒唐了。我若是坐那趟船，开学前一天才能到。所以我努力挽救，在谢卡尔[2]的帮助下，我决定先飞纽约，然后坐船来英国。政府说："你的旅费总计五百三十八元（不包括在纽约逗留的开销）。我处资助四百六十四元，差额自理。"我怀着绝望的心情说行。当他们最终决定全额报销时，我真是松了一口气。

2. 我有点儿害怕。此前我从未一个人生活过。一想到要在一个完

---

[1] 这是一封写在两封航空信笺上的信。
[2] 谢卡尔·佩尔曼南德，V. S. 奈保尔的表弟，他的姨妈卡拉瓦蒂的儿子。

全陌生的城市度过一晚，然后登船，我就不寒而栗。轮船八月二日下午四点驶离纽约；八月一日上午九点半航班从特立尼达起飞。八月一日早上七点，我收拾妥当准备出发。不是很想落泪。我得在上午八点半之前赶到机场。在17号，我获悉航班延误。当时快气疯了。我不愿相信，但这就是事实。因此我不得不无所事事地饱受煎熬，闷头在伍德布洛克等到十一点，才把行李塞进亲爱的老PA1192[①]，我们在十二点左右赶到皮阿罗科[②]。先我而来的人挤满了候机厅，他们不是来为我送行的，是来参观机场的。航班准时抵达。十二点五十左右，V. S. 奈保尔脱离了家庭纽带。我感到害怕，乐不起来，我害怕是因为我怕纽约。但是我的害怕很快就过去了。

我开始高兴起来。

（见第二封信）

〔首页下方注：〕我见到了露丝。那个下午相当不愉快。我觉得她是一个头脑糊涂、顾影自怜的泼妇。是个最最令人嫌恶的女人。

〔第二封信〕

亲爱的，请继续往下看。

下午四点半，我们抵达波多黎各圣胡安，五点再次起飞，前往纽约。连续飞行八个小时。那天的每个时刻，还有那次航班都深深地印在我的脑海中。我能回忆起机上每一位乘务人员的脸、餐点，以及其他乘客。

午夜十二点左右，我们飞抵纽约上空，下方，无数红的、绿的、蓝的光斑如星光般汇聚闪烁。十二点半飞机降落；我接到了英国领事馆的

---

①奈保尔家的福特汽车的车牌号。
②西班牙港东部村庄，岛上机场所在地。

信，指示我前往指定的旅馆。

我坐出租车过去的，当旅馆的黑人门房接过我的行李，每说两三个词就称呼我一声"先生"时，我感觉自己有如贵族。这太让我吃惊了。我无拘无束，受人尊敬。我打心底里感到高兴。那一刻，自由和欲望达到了顶点。

我在凌晨两点左右抵达旅馆。想找个餐馆吃点东西的时候，我想起自己带了只烤全鸡——我亲爱的母亲倾其全部的微小关爱照顾着她的孩子们——我把煎饼（用纸包着）扔进垃圾桶，吃了鸡和香蕉，喝了点儿冰水。我不知道明天来倒垃圾的服务生会怎么说，我也根本不在乎。

第二天早晨，我去了轮船航运公司，之后回到旅馆，来回都坐的出租车。我在旅馆吃了早饭，出去走了走，买了本书。回到旅馆，看了会儿报纸，拖着行李来到码头上了船。很简单。我惊异于自己能妥善打理好这一切。

3. 航程很愉悦。我结识了几位朋友。其中有一位德国女士（已婚，她的丈夫也在船上）和我非常合得来，我都想亲吻她了，她邀请我去德国玩。我想可能明年会去。

4. 英国果然非常令人愉快。和博齐在一起的时间虽然很短，但很愉快。

5. 我结识了两个女孩。跟其中一个相处了三天，我带她去了圣保罗公园，还有摄政公园；但是她跟我拜拜了。因为她不想背叛她的男友。第二个女孩是挪威人，我是在去牛津的火车上遇见她的。我们一起游览观光，我用法语对她极尽恭维，发誓永远爱她，还写了我觉得是我迄今写过的最肉麻的情书（用法语写的）。她上周六回挪威去了。我想这个圣诞节我会去挪威。她真不错。

永远爱你的维多

14 / 西帕萨德·奈保尔写给 V. S. 奈保尔

尼保尔街26号
50/9/15

亲爱的维多：

你似乎还没有收到我的信。但是，你似乎手头还算宽裕，我很高兴。

你的打字机一定不错，能打得那么干净整齐；但是我注意到 C 和 O 两个字母似乎要叠起来了，这也可能是你打字太快的缘故。

我希望企鹅出版社会接受你的小说。我很想知道那是个什么样的故事，但是我猜你多半不希望我看到。不过我相信肯定写得不错。我无法想象你会写一个不怎么样的故事出来。创作小说的时候最好多读好小说。优秀的创作离不开良好的阅读。不过，你应该已经发现这一点了。

斯万齐先生在"加勒比之声"的散文诗歌年中评论中称赞了我的短篇小说。这篇评论还上了最新一期的《卫报周刊》[1]。但是，林多夫人[2]（牙买加）指责我给他们寄去的短篇小说已经发表过了。她说英国广播公司本来打算支付我七几尼[3]稿酬，但是他们发现这篇小说已经发表过了，所以把稿酬降至四英镑九先令，然后再扣除大约九先令所得税。所以，我居然只拿到十一元。迄今为止，我没有收到任何关于《奥比巫术》和《婚约》的消息，虽然两篇都已经寄出去了。我也没有任何关于你的诗的消息。你最好给林多夫人写封信告诉她你现在在英国。可能她

---

[1] 西帕萨德是日报《特立尼达卫报》的记者，《卫报》也发行每周增刊。他从1929年开始为该报写稿，大约在1932年至1934年，以及1938年至1944年间任该报记者，于1949年再次受雇。
[2] 格拉迪丝·林多，牙买加记者塞德里克·林多的妻子，她是"加勒比之声"的助理编辑，在金斯敦工作，将稿件转给伦敦的亨利·斯万齐。
[3] 英国旧时货币名，1几尼等于21先令。——译注

把你误认作我了。

你给卡姆拉写信了吗?她没有收到你的信,感到很伤心。给这姑娘写写信,不要说伤她心的话。今天,我们在收到你的信的同时也收到了她的一封信。她因学业劳累过度,病了,脚上还长了疹子。

要跟电影、作家圈中像索罗尔德·迪金森①之类的大人物建立联系。你永远也预料不到这些人会给你带来什么样的好处。

只要你明智地运用你的自由和独立的感受,就会大有裨益。不要让沮丧的情绪过多地影响你。如果你感受到了这种情绪,把它看成是一个终会过去的阶段,不要任它征服。

自信是一种非常难能可贵的优点。我很高兴知道你很有信心;但是不要低估他人,也不要低估问题。常来信。

∵

爱你的爸爸

15 / 卡姆拉·奈保尔写给 V.S.奈保尔

星期一,1950/9/18

亲爱的维多:

我在星期六下午收到了你的两封信,没有立刻回复是因为我没有航空信笺了。今天总算买了一些。我刚上完音乐课,学锡塔尔琴②,还在学院的走廊上玩了十五分钟的滑冰。

得知你很开心,我的确很高兴。你的梦想终于成真了。现在,是创

---

① 英国电影导演,作品有《煤气灯》(1940)和《黑桃皇后》(1949)等。
② 印度一种长颈弹拨乐器,形似吉他。——译注

造还是毁灭展现在你眼前的美好未来,全掌握在你自己手中。好好运用你的聪明才智。不过,我知道你会成功的。我为你高兴。

并不是家里人把你打包丢出去,他们只是完全沉浸在忧郁沮丧之中。我这么说可能听起来多愁善感,但请不要生气。我说的是事实。你不应该用这么没有人情味的态度给家人写信。你完全明白,现在爸爸在家里很孤独。你曾是他一辈子的好朋友,而现在,就像你说的,脱离了家庭的纽带。设身处地为他们想想,维多,给他们写信,这是应该的。这是最起码的。爸爸一个星期前写信告诉我你已经离开家了。他似乎有点不开心,说他让萨蒂代表家里人给你写信。明白我的意思吧。与英国家庭接触的时候,表现得体些,好吗?

你知道,跟你讲大道理,说该怎么样,不该怎么样,我会感觉很不舒服。但我想我是忍不住的。我不知道你是不是听进去了一点?我能想象得出来。

爸爸给我寄了几张家人的照片。你看上去很不错,但是那张有名的乞丐照,我特意藏起来了。你不要再做出这种样子了,很让人讨厌。米拉和萨薇已然亭亭玉立,我觉得你身边的姐妹们都长得很好看……嗯……

嘿,你这个凶残的家伙,什么时候堕落了?我觉得那是个不好的心理迹象,你觉得呢?

呃,这儿有个牛津人叫科林·特恩布尔[①]。他说你念的大学很不错,但是有一点不好,裤子很容易被磨破——因为晚上经常要翻墙。所以,我在这儿给你提个醒。科林明年回牛津,他答应我会去找你,对他礼貌一点。

你似乎突然变得热情如火。一个年轻的埃涅阿斯,呃?我不介意,

[①] 英国人类学家,最知名的作品是1961年出版的《森林人》。

但是小心为好。你明白我的意思。我讨厌把你和那些西印度群岛土著归为一类。别让那种事发生。对你的朋友友善一点,绅士一点。你还年轻,没有到一定要有女朋友的时候。我是说,不要让自己被任何人拴死。小伙子,希望等我回去的时候你的心里、你的家里都还有我的空间。给我留一个小小的角落,好吗?交女朋友得花钱,维多,不要过多借贷。

我决定辞去在 I.S.A.①的秘书工作,心理和生理压力都太大。我的体重日渐减轻。这对我的外貌没有好处。医生嘱咐我不要喝牛奶。你怎么看?我的左腿上起了疹子,臀部长了一个脓疮,还有其他因神经紧张和过度劳累出现的症状。现在,我好多了。希望这个冬天能好起来。我的文化课是用印地语授课的,我什么也学不到。

你要是需要什么,跟我要。不要给家里写信。答应我,需要什么都跟我要,好吗?我甚至能给你寄香烟。好了,就此搁笔。我会常常给你写信的。

很多爱,卡姆拉

〔写在信纸边缘:〕

你给维尔玛②写信了吗?爸爸告诉了我最新消息:卡皮迪欧 S. 要去英国做纺织品生意了!

快乐一点,好好照顾自己,要听话。永远爱你的卡姆拉。

---

①可能指留学生会。
②奈保尔家的朋友,身份未经确认。

16 / 西帕萨德·奈保尔写给 V.S.奈保尔

家：50/9/22

亲爱的儿子：

　　你九月十七日的来信已于昨日收到。[①]我很高兴，同时也略感悲伤。我本以为辛伯胡到了那儿会给你和博西带去一些快乐；他会让你们那个地方多几分家的样子，讲讲笑话，观观光之类的。我并不介意有时信来得不是那么勤快。你说卡姆拉没有给你写信；卡姆拉说你没有给她写信。你给她写封信，表现得友好一点。卡姆拉只是太渴望收到你的消息，太想给你写信罢了。她可能不知道你的地址。

　　我的冲洗设备还不赖。第一次尝试就获得了成功。我没有办法在信中夹寄照片，不然一定给你看看我的成果。我给卡姆拉寄了一张洗出来的照片。是希万[②]和柏多[③]的。一张可爱的快照。我现在还需要一台冲印机，你知道，就是冲印底片的设备。另一个问题是我无法弄到合适的印相纸。亨顿的约翰逊公司（伦敦，N.W.4）有塑料晒相架。他们不光有这个，还有被他们称为新型伊格扎克顿的打印机，另有各种等级的缓感光印相纸。这种印相纸可以在日光下冲印，价格便宜。看看你能不能给我寄几包，印底片用的，尺寸是120。还有接触印相纸，分为鲜艳、柔和、普通三种。把我用什么样的相机告诉他们，他们应该会给你相应的印相纸。

　　我拍的两张拉马丁的照片，《卫报》只给了五元稿费。给《星期日卫报》写的报道也是五元。在此之前，刊登在《特立尼达卫报》体育版的你姨

[①]这封信和西帕萨德在倒数第二段提到的几封信似乎都没有留存下来。
[②]希瓦达尔·奈保尔，维迪亚的弟弟，家人通常叫他希万（或塞万）。
[③]柏德瓦蒂·佩尔曼南德，V.S.奈保尔的表妹，姨妈卡拉瓦蒂的女儿。

父姨妈的照片拿了三元。但是我那篇刊登在《周刊》上的关于水稻栽培的报道配了四张照片，他们最起码得付我十二元，但是，当然啦，你永远也搞不懂那些人。

我还没有收到任何关于你的诗的进一步的消息。你知道林多夫人已经把你的诗寄到伦敦去了。我也没有再收到关于《奥比巫术》和《婚约》的消息，这两篇小说跟你的诗一样也已经寄走了，说是已经收到，或留待以后广播之用。等着瞧吧。

你写得不错。我丝毫不怀疑你会成为一名伟大的作家。但是不要骄纵自己，不要有奢侈浪费之举。我也不是要你当一名清教徒。你花钱过去见辛伯胡，却搞得不愉快，我感到遗憾，但是这样的事情难以避免。听闻你要给我们寄钱，我们很欣慰，不过，现在这里一切都好。你开储蓄账户了吗？是的，我想你开了，我想你在信中提到过。S 在楼陀罗纳特获得奖学金的时候也曾对他说过类似的话。我记得 R 强烈反对，颇为不快。保持你的中心。你正在成长为一名知识分子。他不过是表述了一个事实。在心理上承认这一点，说一声："谢谢。"

我从未像现在这么忙过。希望我能应付得过来。我已经不在《新闻晚报》①了。他们把我调去《卫报》。从上星期一（大选日）起，我一直在工作，连轴转，从早忙到晚——晚上九十点钟。不知道怎样才能抽出时间给《周刊》写特稿。这封信我也是抽空写的。昨天中午大概十二点半的时候，他们要我写一篇关于信念治疗的特稿；早上第一件事就是要交出这篇稿子。我要报道的信念治疗师大会一直到午夜才结束。就是昨晚，但是我已经交稿了。奇怪的是，我感觉这会是一篇好报道，虽然是仓促而就的。

我很高兴你决定每周写信回家。我想，只要手边有航空信笺，我每

---

① 《特立尼达卫报》东家特立尼达出版公司发行的每日晚报。

两周写一次信还是不成问题的！还要记得把写好的信寄出去！

我还没有买轮胎。到不买我就出不了门的时候我自然会买。就像买电池一样。跟我们讲讲你的近况。告诉我你寄出去的诗和小说的命运。不要担心这儿的任何人和任何事。

不要害怕。你所有的来信我们都收到了。我只是觉得信寄得很慢。有时，三封不同日期的信会一起到。打从你离家那天算起，我们一共收到了七封信；还有一封电报。

亲吻一个女孩没有什么大不了的，只要你别太沉溺于那样的事情就好。

大家都爱你，奈保尔

第二部分
1950.10.5 ~ 1950.12.16

在牛津的第一学期

17 / 西帕萨德·奈保尔写给 V.S.奈保尔

家
50/10/5
晚 7：00

亲爱的维多：

英国现在应该是晚上十一点左右了。你在大学的第一天想必早已结束。我既好奇又焦急地想知道牛津大学给你什么样的印象；或者说你觉得牛津大学怎么样。给我好好讲讲你的第一天……你九月二十九日的来信[1]已收到；也收到了一封卡姆拉的。你们俩的信都是昨天到的。目前一切尚好……我想你大可不必担忧你的写作。我认为牛津大学繁重的学业会让你日不暇给的；在今后很长时间内，你无论如何都不太可能抽出时间写文章赚稿费。安德鲁·皮尔斯[2]是这么告诉我的。

不要害怕成为一名艺术家。D.H.劳伦斯就是一位不折不扣的艺术家；总之，眼下你应该像劳伦斯那样想。谨记他常说的话："为自己而艺术。我想写才写，不想写就不写。"……多年前，我还是个十四五岁的男孩，

---

[1] 这封信似乎没有留存下来。
[2] 英国社会学家，在拉丁美洲和加勒比生活、工作。主要研究特立尼达狂欢节和民间音乐，一度担任西印度大学学院（后更名为西印度大学）学报《加勒比季刊》的编辑。

跟你现在一样：渴望创作，但写出来的东西空洞乏味……完全是在努力编造，因为我写的或者说我尝试写的东西毫无血肉。我写的故事在生活中没有映照。我现在知道了，如果我写拉普奇[①]，在写的那一刻我就是拉普奇。因此我必须对拉普奇了如指掌，把自己变成拉普奇。从某种意义上说我完全是我；但也完全是我笔下的人物。我以为这就是人格化，就像演员们所做的那样。我觉得这是触及事物核心的秘诀。你意识到自己在这方面有所缺乏本身就说明你努力的方向没有错。好了，我可能讲太多大道理了；我不知道有没有让你明白我想要说的……你没有错。

想得出才能写得好。在创作小说的时候，作者必须设身处地想角色所想。

我也犯过你犯的错误，把一篇关于拉马丁的文章（最后一场对抗赛的同步记录）寄给了《新闻纪事报》[②]，而非《周日纪事报》。我当时根本不知道那是两份不同的报纸，属于不同报社。一位体育版编辑的回信给了我些许安慰，他说"稿子相当不错，但不适合发在版面紧张的日报上，就像敝报"。这事有点儿不合常理，一般情况下，他们退稿的时候只会附上一封千篇一律的退稿信。我现在重读那篇文章，也觉得"相当不错"。

很遗憾，罗丹没有帮上什么忙。我会给他写封信的。我真应该为你写封介绍信的。依我看，事情本该这么来。他应该是个重量级人物。为《快报》这样的畅销报纸写特稿的作家一定有其过人之处。有时也可能是运气问题，因为我都有信心可以写出一两篇够格在《周日快报》上发表的稿子……没必要太焦虑。你的成功就在前方。但请提前做好思想准备，在抵达之前会有无数闭门羹。对此一定要有心理准备，这几乎是必不可少的热身……你见过卡皮迪欧 R 夫人[③]了吗？

[①] 以西帕萨德的兄长帕萨德（即拉姆帕萨德）为原型的小说人物。
[②] 一家英国日报，于 1960 年并入《每日邮报》。
[③] 即露丝，楼陀罗纳特的妻子。

自你离家之后,我在《星期日卫报》上发表了几篇一流的稿子。那篇关于"农民如何看待竞选"的稿子尤为突出。英国文化教育协会的人都跟我说这篇文章不错,希望多多见到此等好文。另一篇写的是我在伍德布洛克亲眼见证的信念治疗服务。我那篇水稻栽培的稿件反响也不错。今天我拿到了二十元稿费。我自己为文章配了照片,共四张。我觉得稿酬偏低。光稿子本身就值十五元;照片最起码三元一幅。我打算跟史密斯提一下……但是现在,《周刊》还有好几篇稿子要写,我快绝望了。真来不及了。《卫报》的工作占去了我所有时间。

请务必给我寄一本纳拉扬的《萨姆帕斯先生》[1]。《年度文学作品:1949》(英国文化教育协会年刊)对该书评价很高,盛赞纳拉扬是"最具魅力的用英语创作的印度小说家……在某种意义上,当今英语文坛无人能与之匹敌"。该书由艾尔-斯波蒂斯伍德出版公司出版(伦敦市格雷特纽大街6号,邮编:E.C.4)。定价未知。购书款稍后给你。再买一本《作者手册》(博德利黑德出版)。关于印相纸:给我寄一两包"自动着色日光印相纸",鲜艳、柔和、普通三种都来点。花不了多少钱。我真希望航空信笺再长一点。〔此处删去一句,页眉处有说明:"删除为本人所为,萨薇"〕是时候写些我早就想写的东西了……是时候做我自己了。我什么时候才有这样的机会呢?我不知道。刚刚下班,快累死了。《卫报》快把我掏空了,尽写些乱七八糟的东西……咸鱼什么价之类的。其实,那正是我明天要报道的事情呢!真不痛快……好了,不要气馁,更要紧的是:表现好一点。

来自妈妈和所有人的爱,爸爸

---

[1] R.K.纳拉扬的第五部小说,于1949年出版。

18 / V. S. 奈保尔写给家里

大学学院
牛津
1950/10/12

亲爱的家人：

收到爸爸的信是多么令人欣喜啊。我若是不认识他，一定会说：有这样的父亲多棒啊。他真会写信。

现在是中午十二点。我刚上完辅导课回来，导师每周辅导一个小时。他评价我那篇关于《李尔王》的论文写得很好，论证犀利。

我第一次发现自己这么期待收到家书。今天上午，我还收到了中国男生陈永（英文名约翰尼）的来信，我在特安贵立提的时候教过他。[①]他给我寄了十英镑。我很好奇我怎么会给他留下如此深刻的印象。初次见面，我的确经常会让人印象深刻，但很快就会恢复爱插科打诨的常态，让他们失去尊敬之心。但我觉得，这就是我的个性。就这样吧。我记不清是对卡姆拉还是对你们描述过我在牛津的第一天，我觉得我已经给你们写信讲过了。

这儿的人接纳了我。我认识了好多人，为了结识新朋友，还加入了六七个社团。我对绘画比较感兴趣，因为我迫切想释放一下体内涌动的绘画作诗的冲动。离家之后，我已经写了好些诗了，我感觉文思泉涌。写诗真的只需要思想和深情，当然还要对遣词造句有感觉。我到伦敦之后，一位去年发表过小说的作家读了我的一首诗。他很喜欢，尤其钟爱以下几行：

[①] V. S. 奈保尔1950年在女王皇家学院工作的时候，同时也在特安贵立提男子中学教高年级学生英语。

在泛黄的树叶
和泛黄的世人的
泛黄的世界里。

在这样宜人的气候里，优美的辞藻自个儿就往外涌。再听听这个。大声读出来。我试图捕捉火车奔跑的声音：

……聒噪的火车
咔嗒咔嗒节奏分明地驶向虚无。

我不在乎别人怎么说，这句绝对棒。还有，描绘牛津大学的：这座象冢中，各种破碎腐朽的哲学在死亡中碎裂混合。很妙，你们觉得呢？你们可以看得出来，我的诗突飞猛进。我对词语更有感觉了，现在我能真正领会穆尔克·拉杰·阿南德的《骗子》[①]的第一句的妙处了：拉布胡，我们村的老猎人，天生是个骗子。鲜有人对词语有如此感受。但这个话题就到此为止。

我见过露丝了。我怀疑在我有限的人生中是否遇到过比她更愚蠢傲慢、暴躁自怜的女人。我们见面不过三个小时。那简直是地狱。我无法想象跟她一起生活还能乐在其中。她似乎对宗族恨之入骨。若说卡珀 R 暴躁无礼同她全无干系，我会感到吃惊。

你们应该已经知道，牛津大学是由二十多个学院组成的。因此几乎不可能认识所有你想认识的人。一九四八年入学的学生自成一圈，以此类推。在学院里，如果想结识圈子外面的人，就得参加很多活动。而如

---

① 一篇短篇小说。

果参加了很多活动，那晚上就甭想得闲了。院长①在周四晚上已经把这个问题讲得很明白了：书中无万物，但若以为书中无物，那就太蠢了。度得靠自己来把握。同时也请牢记，这些不务正业之举正是大学教育的精华所在。你不会因此获得奖学金。你也别想处处独占鳌头。但如果你的确用功了，就不用担心会挂科。

最棘手的难题要数盎格鲁-撒克逊语②。这完全是门全新的语言，比拉丁语更复杂难懂。萨蒂可以告诉你们其难度。

对你那篇关于拉马丁的文章而言，现在还为时未晚。换作是我，我会给《新闻纪事报》发点儿有意思的新闻。可能行得通。报纸求新闻都是望眼欲穿。写短小精悍点。诸如牙买加板球假日、市民接待会这样的新闻准上头版。你明白我的意思吧。把你的拉马丁寄给随便哪一家周日报纸。还不算迟。拉马丁在英国尽人皆知，但是知道其背景的可不多。

这所大学的氛围就像个俱乐部。这儿有间新生公共休息室，学生们在那儿碰头、喝酒、抽烟、谈天，就像在任何一间俱乐部一样。我得学跳舞。甚至连卡珀R都建议我学。上的课很无趣，学不到什么。我主要是去社交的。看到这么一大群学生跑来读英语文学，你们一定会吓一跳。大部分人都想成为作家。上课和写作业都不是强制性的。要是你乐意，你完全不写作业都行。但是我要读的东西太多了。

写完信我就出去买爸爸要的书。陈永也有几本想要我买的。我也会给他寄去。天气逐渐转凉，很快就得穿大衣了。到目前为止，我成天穿单层橡胶雨衣。拜托别把雨衣叫作斗篷。英国教会了我说谢谢和拜托。

你会逐渐爱上牛津的美。

我想我已经把肚子里的话倒空了。信笔闲扯了这么久，我希望这封信更像我们在聊天。

---

① 贾尔斯·阿林顿，他的一个怪癖是喜欢双重否定。
② 指古英语。——译注

又及，我有件事求你们：能给我寄条香烟吗？这儿人人都抽烟，人人都给你递烟，我也学会抽烟了。但别恐慌。不过还是请给我寄些烟吧。这儿烟太贵了。

爱你们的儿子（兄弟）

维迪亚

〔手书附言：〕

打字错误请见谅。我无暇也无意修正。

*19 / 德拉帕蒂和西帕萨德·奈保尔写给 V.S. 奈保尔

尼保尔街 26 号

1950/10/16

我亲爱的儿子：

十月六日的信[①]已收到。很高兴得知你已经安顿下来。你从来没有在信中提到过你的感冒怎么样了，仍像在家时那样，还是你觉得已经痊愈了。好好照顾自己，冬天快来了，别大意了。

据我所知，理查德[②]会在十月二十八日出发去英国。他之前既没有对我们也没有对他的家人提过一个字，他们打算在十月二十一日举办聚会为他践行。我觉得有点好笑。我告诉你这事的原因是，他们给了卡姆拉二十元，给了你五元再加一个皮夹子。告诉我你打算怎么处置。

[①] 此信似乎未留下来。
[②] 可能是尼保尔街上的邻居。在第 78 号和第 195 号信中也提到此人。

N.萨卡尔医生①也会搭乘理查德那艘船。家人都好，我在查瓜纳斯的玛穆②过世了。我想知道，我要是给你寄包裹，是会直接送到牛津，还是你要去伦敦亲取。请来信告知。尽量对两个玛穆③和博西友好一点，不要去管那些背着你的议论。就此搁笔。妈妈

　　牙买加英国广播公司的格拉迪丝·林多夫人给你寄了一张银行汇票，是你的诗《凌晨2:30》（或是《凌晨两点三十》④）的稿费。上个月二十四日播出的，但我没有收听——我根本不知道会播。不像短篇小说，会有预告。稿费总共一英镑一先令。我还得把汇票退回牙买加，因为这边没法兑现。我想，他们会及时寄给你的。

　　我可能会把你留在家里的诗寄给林多。但它们现在在安德鲁·皮尔斯那儿，他说想看看，我就给他了。他说不定能发到他的《评论》上。

　　我觉得你把诗寄给英国广播公司"加勒比之声"比寄给其他自视清高的出版机构要好。前者鼓励西印度群岛人写作，有前途的作品常被录用。

　　卡姆拉来信说她有两个星期的假，和一个尼泊尔朋友去旅游了。我忘了那地方的名字，但反正是尼泊尔某个山麓小丘。

　　两个卡皮迪欧都没有来信，不过，卡珀S从纽约给希万寄了张明信片。

　　我还没有给《快报》的罗丹写信。你发表在《特安贵立提校刊》上的文章用了uninterested一词，没有问题。贝内特在《老妇人的故事》中用了这个词，几乎是同样的意思。

奈保尔

---

①诺布尔·萨卡尔，医生，于1942年至1943年间效力于特立尼达和多巴哥板球队。
②指德拉帕蒂母亲的哥哥。
③辛伯胡纳特·卡皮迪欧和楼陀罗纳特·卡皮迪欧，当时都在伦敦。
④应是V.S.奈保尔写的最后一首诗。

20 / 西帕萨德·奈保尔写给 V.S. 奈保尔

家
50/10/22

亲爱的维多：

我的打字机出了点故障，纸的右边缘打不上字。所以只好像这样把信纸对折。

你写的信有种自然而然的吸引力。如果你能在信里写写牛津的人和事，特别是人，我可以把信件编成一本书：《父子书》，或者叫《我的牛津家书》。你觉得怎么样？卡姆拉在这方面似乎不行。你可以，我确定。你若能把这种自然而然的吸引力带到你的任何作品中，那你不管写什么，都会熠熠生辉。我认为，一个人在其作品中有这种自然的流露，大部分是因为不焦虑。他没有为自己立下太大、有时是不可能实现的奋斗目标。我知道是因为我是过来人。我若是想讨好读者或者雇主，就会产生焦虑，然后通常会失去平衡，搞砸一切。我开始不那么专注于自己想表达的东西，转而开始琢磨写什么最能讨好那个人。结果自然是矫揉造作。除了你自己，不要去讨好任何人。只须考虑你是否准确地表达出了你想表达的东西——不要卖弄；带着无条件的、勇敢的真诚——你会创造出自己的风格，因为你就是你自己。许多人都会对此心存疑虑，即使是给通俗报刊写东西，也要保持这样的心态。你必须做你自己。一定要真诚。一定要把说自己必须说的作为目标，并且说得明白晓畅。若是在追求晓畅的同时不得不忽略语法，那就忽略吧。若是为了追求发音的和谐悦耳不得不使用很长的单词，那就用吧。我的上帝啊！你觉得文学归根结底是什么呢？要发自内心地写作，而不是为了脸面。大部分人写作是为了脸面。要是一个半文盲的罪犯在平常时候给他的心上人写了一封很长的信,那么,这封信会和这类人平日写的大部分信件差不多。要是这封信是这个罪犯在临刑前写的最后一封信,那就是文学,就是诗歌。这就是班扬的《天路历程》伟大的原因。这就是甘地的作品伟大的原因。

没错!我是个矛盾的人;但是我认为我并非孤例。比如培根,据说"他的道德品质异常复杂"。说那样的道德品质异常败坏,大概也没问题。然而,大家普遍认可培根是"人类中〔智力〕最强大、最敏锐者之一"。否则就是麦考利又夸大其词了。[1]再看看戈德史密斯:"他写作时像天使,说话时像可怜的鹦鹉。"[2]还有博斯韦尔,他所追随的伙伴嘲笑他。后来,他为那个人写出了有史以来最伟大的传记。[3]在我看来,关键不在于这些人的外在,而在于他们可以召唤出另一个自我。他们可以让自己沉浸于某种精神状态之中,这种状态让他们以自己的方式创作出作品。穆罕默德在恍惚中口述《古兰经》——我以为那不是真正的恍惚——他当时并不清醒。也是一种精神状态。人能在那个片刻成为他想成为的任何人。难怪威廉·詹姆斯说人拥有多个自我。他也许是对的。我认为他是对的。你可能会唤醒创作的自我,或者政治的自我、放纵的自我、诗人的自我、神秘的自我、圣徒的自我。反正我是这么觉得的。自相矛盾吗?你的个性如果整合良好,就不会相互冲突。你若是心理上已经完全断奶,那也不会。但是不要把这个和当代心理学家称之为偏执狂的精神疾病混为一谈:那些人有自己的诡异逻辑。特立尼达的詹姆斯·斯瓦米·达亚南德·马哈拉杰(原市议员,现王公)在皇后街游行时身系腰带,手握权杖(一柄小短剑),坚定地认为自己是某地王公![4]

---

[1] 托马斯·巴宾顿·麦考利著有《论培根》(1837)。
[2] 演员戴维·加里克对奥利弗·戈德史密斯的评语。
[3] 此处"伙伴"指塞缪尔·约翰逊(1709–1784)。詹姆斯·博斯韦尔(1740–1795)著有《约翰逊传》。——译注
[4] 马哈拉杰在西班牙港拥有一家批发商店,因在选举中丢失保证金而声名狼藉。

你知道，你应该读一点儿心理学。不要嘲讽这样的阅读。这是教育的一个组成部分。有本好书你应该读一下，是……算了，别往心里去。

非常抱歉，但是你妈妈刚从萨卡尔那儿了解到，海关条例使得带香烟之类的东西极为困难。他说根本不可能。不过，我会再去问问，因为我觉得这事不应该这么难。

好了，我随信寄上那篇关于拉马丁的文章。你看看能否把它投到某个地方去。要是需要删减，那就删吧。试试《周日纪事报》《周日快报》和《雷诺兹新闻报》①。要是投稿成功了，稿费你留着。

我还可以说很多，但是我想我已经说得够多了。写点关于人物的长信寄给我。要是写得太长了，不适合寄航空信件，就改海运邮件。

今天是侯赛因节②。除了我，大家都出去看热闹了。我在楼上看了会儿，在塔吉亚经过里亚尔托③的时候，我走过去拍了两张游行队伍和月亮的照片。

我拍了一系列特立尼达水稻栽培的照片，还放大了。说不定哪天能用上。这些照片已在本地用过了。

不要忘了给我寄纳拉扬的小说《萨姆帕斯先生》，还有《作家艺术家年鉴》，对我来说会是一本很好的指南。

和这儿一个名叫巴克的英国人谈起为小说在英国和美国寻找市场的事，让我很受挫。他是《卫报》晚间新闻的编辑，曾在英国和印度的报社供职。我想他是《每日电讯报》（伦敦）的记者。他为美国的杂志写过文章，也写过短篇小说。

你的感冒怎么样了？还有没有症状？告诉我们。这儿人事都好。我

---

① 英国周日报纸，后更名为《周日公民》。
② 什叶派穆斯林节日（在特立尼达通常拼写为 Hosay），穆哈拉姆月五日举行，纪念穆罕默德的外孙之死。在圣詹姆斯会举行街头游行。信徒搭建起精美的花车塔吉亚，象征侯赛因的陵墓，持新月雕像跳起宗教舞蹈。
③ 圣詹姆斯有名的电影院。

们大家都爱你。

爸爸

50/10/27

我又加了些话。很抱歉拖了这么久。今天晚上我回到家,发现有一封你寄来的信。我已经学会通过信封的颜色辨认你的来信了。你有时会看到我在信里喋喋不休,如果你觉得这些话滑稽可笑,就忘了吧,都是些老生常谈。在写作的时候,一定要有话可说,但如果只在自认为说的话是对的的时候才动笔,那就难得动笔了。

我真心希望你再次拜见拉达克里希南①能够成功。若能得到这样的人的关注,吃一两回闭门羹换来一次会晤是很划得来的。跟这样的人打交道,最好的方式是坦承你的意图。你的开场白可以这么说:"家父向来认为您是当代印度最伟大的思想家之一。他总是说,在拜读了您的《印度之心》之后,才真正了解了印度教。"这样,你就可以破冰了,如大家所言。联络,维多,不间断的联络。让我继续说下去……你若是和这位大学者交谈愉快,可以写封信跟我讲述你的经历,如有必要,写封长信。我会非常高兴读这样的信。我会把这封信和你的其他信件一起收好。每个星期都写信给我说说你遇到的人。告诉我你跟他谈了些什么,他们又是怎么说的。你将会惊奇地发现,在短短一年间,你写了这么多很棒的信。我们就这么办。这是简单易行且行之有效的方式,因为你表达出来的想法是自由的、轻盈的、自发的,这些珍贵品质是优秀作品的精髓所在。你若是保留了我的信,我也保留了你的信,我们说不定能出两本书,而非一本。谁知道呢!

---

①萨尔维帕里·拉达克里希南,印度比较宗教和哲学学者。万灵学院教授,后成为印度总统。

我的信不该只是说教，而应该是对这边的人和事的描述……卡萨①，薄伽梵②，卡吕普索之夜，信仰同化祭礼③，和巴布拉尔④的闲谈，和拉普奇的闲谈。你明白我的意思吗？

若是信件太长，就不要寄航空信了。保持你的中心。家中一切都好。

50/10/27

〔在一页干净的纸下方潦草地写道：〕

你可以看出来，打字机修好了。

在 D.H. 劳伦斯的《圣马尔》的一小段文字中，我读到这么几句不俗的句子："但是他面无表情，有一种石头般坚硬的骄傲……她在他的眼中看到了悲伤的阴云……"

我是今天拿到的这本书，里面有几千个这样的句子。我还拿到一本《哈桑》，有点像古巴格达的东方故事。还有威尔斯的《世界简史》。你该记得，我本来有这本书，但不知怎么给弄丢了。几个星期前，我买了劳伦斯的《书信集》。但是没有多少时间去读，也没有时间为《周刊》写稿子，不然每个月能多赚二十五到四十元稿费。这是不小的损失，但是就像我们这边说的，有什么法子？！

你快乐吗？你一定要说实话。除了疾病，你实在没有什么理由不快乐。今天跟诺布尔·萨卡尔——他现在是医生了，昨天刚到这儿——谈过之后，我想把房子卖了，如果有必要，让你在毕业之后接受些职业训练。试试看能不能申请奖学金，可以吗？我不知道申请到的概率有多大，

---

① 印地语，意为"故事"；在特立尼达，这个词意指印度教经典中的故事，由梵文学者讲述。
② 持续好几夜的《薄伽梵歌》诵读活动。
③ 奥里萨教庆典，基于约鲁巴族宗教传统，加勒比地区很多地方都会举行。
④ 西帕萨德父亲那边的亲戚。

如果有可能的话。

你知道,我给卡珀 R 和博西写过信了。博西回了信,今天到的,但是卡珀 R 还没有回复。那么,就让他们保持沉默吧。

英国文化教育协会在这儿的代表很乐意把他们的奖学金颁发给我。他近来对我的小说赞不绝口。但是有一只拦路虎——我的意思是,阻止我得到奖学金的——就是我的年龄。你看,我已经四十五岁了。斯坦利人很好,提醒我在申请书上要强调什么,皮尔斯也一样。你看,这份奖学金是由评审委员会决定的,哈内斯[①]也在其中。他是政府的监察员,大家都很怕他。但倘若我真的拿到了奖学金,我不知道怎样才能好好使用。谁来照看家?这个是难题。

斯蒂尔先生,牛津大学贝利奥尔(?)学院毕业生,我想他是从伯明翰大学毕业后去的牛津大学念研究生课程,他也非常希望我能和他一起工作。他是政府的统计员,愿意支付给我最少一百六十元,最多可能达到两百元的薪水。但是,有个问题,这份工作为期只有五个月。我只好婉拒。若是我每月能挣两百元,那就省心太多了。

爸爸

21 / 卡姆拉·奈保尔写给 V.S. 奈保尔

1950/11/8

亲爱的维多:

[①]考特尼·哈内斯,律师,V.S. 奈保尔同学戴维·哈内斯的父亲(参见第 4 号信)。

获悉你已经适应了牛津的生活,我感到很高兴。但是,还有一件事:我觉得你不该一心闭门念书。你不用为了争取更多的奖学金而发愤,相信我,读得越多,就有更多的书要读。功课和朋友都要顾。就像你说的,两者都很重要。都是幸福的媒介。

你知道,关于香烟:有人告诉我关税高得吓人。你还是在那边买比较好。但不要觉得我是在找借口。如果你真的需要,我可以寄点过去。看看关税到底有多高,然后再决定是不是要多寄一点。

两天前我收到了妈妈的来信。她提及你比爸爸好。你可以想象我有多惊讶。但我从未质疑过。

诺布尔·萨卡尔一直在问我们的事,妈妈跟他谈了。说到妈妈,她(非常低声下气地)问我们俩能不能帮忙出一部分萨薇的费用①。她让我问你。我已经决定每个月给家里寄五十卢比(合十八元)。我知道,那会帮上大忙。我不知道你是否帮得上忙。我很清楚,你生活开销大概是我的三倍。

不管怎么样,回信的时候告诉我,不要跟家人提起这件事。你如果觉得我寄去的已经足够了,就不要寄了,因为我可能会去英国,到时你的开销会更大。好了,给我回信,我会做决定的,不要写信回家责问妈妈。

假期里,我收到一封来自拉姆纳拉斯穆萨②的信。呃,他要这个穆提③,要那个穆提,还要一大堆书。我得帮他买,"在妈妈寄钱来的时候",他会把钱还我。你是不是想告诉我,这些人不知道我已经不问家里要钱了?我真搞不懂,我到这儿是来做生意的,还是来念书的。真的,我气死了。他写信要这个〔字迹模糊〕祝福我,最后两页信纸上列着他想要的东西。

---

①学费。
②拉姆纳拉斯·佩尔曼南德,维迪亚的姨妈卡拉瓦蒂的丈夫。"穆萨"是印地语,意为"姨父"。
③某印度教神祇的画像或雕塑。

这是第三封信了。我打算回一下。

顺便说一句,有件东西我想要你帮忙买。我不知道你能不能弄到。你知道,牛津出版社出版了一套英国文学问答。我不知道你能否弄到几本,特别是关于诗歌的。真的,维多,我是在自学。相信我,如果你完全按照自己的想法来回答,你就会不及格。如果你死记硬背、照本宣科,就会拿优。我想知道应该怎样回答问题。几天前,我们有个测验,考的是诗人柯勒律治,满分十分,我得了七分,因为我"都是自己的想法"。另一个女生也得了七分。我的英语教授比较喜欢她的答案,还让其他学生"把她的答案背下来"。她让我读一下,我照做了,说实话,她的答案就是照抄康普顿斯－里基茨的文学评论,一字不差。

很多爱

卡姆拉

〔写在信纸边缘:〕

请给玛米寄一张圣诞贺卡。寄一张,好吗?

你选择女孩的标准应该是:"卡姆拉会觉得她是个傻瓜吗?"你不消问,我已经按照你的标准去做了。别担心!

22 / 西帕萨德·奈保尔写给 V.S. 奈保尔

家:50/11/17

亲爱的维多:

我想你已经有一个星期没有给家里写信了。这不应该。要把周末给家里写信当成一件必须做的事情。即使有一两次没有收到我们的信,你也应遵循每周写信的规矩。不过,你会发现,大多数情况下,都是一封回一封的。也就是说,我(或我们)收到一封你的来信,会回一封信给你。打这样一封信要花多长时间?最多五分钟左右,而且,就我自己而言,我觉得这个过程很愉快。关于饮食情况,你只字未提。你通常都吃些什么?下封信谈谈这个。

我想我跟你说过,因为海关规定,寄香烟过去非常困难。我知道你一定大失所望,但是我们也一样失望。你能不能托博西在伦敦给你弄一点呢?据我所知,伦敦的香烟价格不像你们那边那么高。而且,从这边给你寄香烟关税会非常高,在英国本地买可能反而便宜些。反正,他们就是不让你从这边寄香烟之类的东西。到现在为止,我们问过的人都说他们不允许寄。今天,你妈妈本想去海关总局了解相关的确切规定,但是她后来告诉我抽不出时间过去。

你妈妈十一月十日给你寄了个二十二磅的包裹:六听葡萄汁、两听橙汁、两磅砂糖、一瓶阿姆尔查尔[①]、一个自制蛋糕。

从这星期一起(今天是星期四),我被调到《卫报周刊》做助理编辑,写文章拼版面。拼版是一项很有趣的工作,几乎和写稿一样让人兴奋。但是,到目前为止,我还在学习。我很少能在傍晚五点半左右回家。这是一份呆板的活儿,但若是没有太多干扰,让我能发挥主动性来排版,我想我一点也不会介意这活儿的辛苦。实际情况是,你太专心于工作了,时间过得很快,你还没有意识到就已经到了下班的点。我下封信会详述此事的。

本周人物趣事:占·萨杜(萨雅西)一个月前和图纳普纳一个年轻的婆罗门小伙子私奔了。直到现在,就是几分钟前,我才从你妈妈那儿知道了这个消息,她刚从苏克迪欧那儿回来,她去那儿还欠他的一百元

[①]特立尼达的一种印度腌菜。

的利息。之前没有一个人跟我们提起过这件绯闻。

第二桩人物趣事：卡姆拉离家的时候，你妈妈向苏克迪欧借了一百元。除了那一百，他在开具利息收讫凭据的时候，还另加了十五元给你。我建议你给他写一封信对此表示感谢，不必溢美。他也是普通人，会非常高兴的。

你在上一封信（十一月六日）中没有提及纳拉扬的书。我说的摄影器材的事不必麻烦了，我现在没有时间摆弄照相机。但请务必给我寄那本书过来。

恭喜你投稿《伊西斯》[①]成功。寄一份《周报》给我。

关于刊登在《女王皇家学院时事报》上的狂欢节皇后的故事和对毛姆的评论：你知道，我手头没有《时事报》，所以我请德比辛格[②]给我寄一份。他说要是我让迪文[③]去找他，他就让迪文给我带一份。今天迪文在学院没有遇到德比辛格，他说他明天还会过去。等迪文带回来《时事报》，我会连同《特安贵立提校刊》一起寄给你，不会耽搁。现在校刊就摆在我的桌子上。你会在你的文章里看到两个"X"。我认为，如果你删除这两个"X"之间的内容，再用几个"和"来取代句号，你的文章看起来就不会那么像电报了，将会是一篇非常不错的文章。我提不起勇气把这篇文章从头读到尾。你给《印度人》写的有些文章很不错，但是我不能保证能弄到一两份，因为这份报纸很快就无人问津，找不到了。

那么，何不为《特立尼达卫报》或《卫报周刊》写一两篇稿子，谈谈你的牛津生活呢。写得亲切点。你要是投稿给《周刊》，稿费会是《卫报》的三倍。不要管《新闻晚报》了。如果你愿意，可以向希钦斯[④]打听一

[①] 牛津大学重要学生杂志，1892年创立。V. S. 奈保尔这时开始为它写稿。
[②] 罗韦尔·德比辛格，女王皇家学院的老师。
[③] 迪万德拉纳特·卡皮迪欧，V. S. 奈保尔的表弟，辛伯胡纳特的儿子，家人习惯叫他迪文。
[④] 考特尼·希钦斯，《特立尼达卫报》主编，生于牙买加。

下消息。但我觉得你现在就可以动笔。四到五页信纸大小的打印纸是比较适中的长度,如果发表在《周刊》上,稿费在十到十五元之间,如果你在写的时候有着眼于特立尼达,那就更好了。

我会以平信的方式给你寄去《卫报》剪报或者是整份《卫报》。

家中一切都好,爸爸

〔写在第一页顶部:〕

你妈说她情愿你穿坏一百双袜子,也不愿意你跟一个织补袜子的伙伴签下终身契约。我想她是出现幻觉了。

23 / V.S.奈保尔写给卡姆拉·奈保尔

大学学院
牛津
11/22

亲爱的卡姆拉:

谢谢你的来信。我很健忘。直到坐下来给你写信,我才想起来你要我给你找的东西。我明天会尽力记着。少安毋躁。

我这儿没有什么新闻,亲爱的,什么也没有。我学习很用功,但是没有我希望的那么用功。空虚感几乎总是如影随形。我觉得我正在一条两头都被封死的隧道中挣扎。我的过去——特立尼达,还有我们父母的需要,被我抛到身后,我没有能力帮助任何人。我的未来——尽管不怎么样——是整整四年之后的事。我丝毫不怀疑,到那个时候,我将能帮得上忙。但是，你两年后来这个国家时，我能给予你什么样的帮助呢？或许，在我安定下来、结识一些朋友之后，我会有新的机遇。但是现在，我一无所有。不过不要绝望。你到这儿之后，可以立即找一份工作，有工作就好了。你到这儿之后，我想要你住得离我近一点。我不是要窥探你的生活，而是那会给我一种深深的安全感。可是，离这一切还有二十四个月。

我亲爱的姑娘，我的生活补助勉强够我自己开销。我烟抽得很多，但你别告诉家里。我会尽力在圣诞节的时候给家里寄五英镑回去，但是要等到我和学院管理方谈妥之后才能确定。我已经打算为人捉刀了，只要有人肯付我钱。我准备下个学期写点稿件投给《卫报》，试试看能不能在上面发表几篇。我说的是"几篇"。其实我只写了两篇，但是我正在写一部长篇小说。已经写了八章，大概相当于企鹅出版社的书一百四十页左右，不过只是初稿。我要等到下学期结束才会继续写。我文思枯竭了。我需要酝酿新点子。大概会在一年内完稿。想想若是小说能出版，我会变得多有名！因为我能肯定一件事：一旦出版，必然大卖。那是本很幽默的小说。

亲爱的，圣诞节你想要我送你什么礼物？说吧，我的生活补助一个星期后就到了。

今天上午我收到三封信。我感觉自己像个大人物。两封信里夹了钱。一封是家里寄来的。博西给我寄了一英镑，英国广播公司给我寄了一几尼。他们在九月二十四日播送了一首我的诗，你知道吗？但是，你可能知道，我不是个诗人。不过，我会尽力推销我写好的诗的。我已经给两家杂志投过稿了，但是他们马上就退稿了，原因很简单，诗写得很糟。我知道。

现在，我们来谈谈女孩子。这个学期，我谈了两次非常失败的恋爱。就在昨天，我以一种浪漫的方式结束了一段恋情。第一个女孩[①]是比利

[①] 克洛德·戈法尔。

时人,是我见过的最漂亮的姑娘,她忍了我三个星期。然后突然告诉我她不能来喝茶了。我很吃惊,伤透了心。好像是我给她看的一篇小说,在她看来是色情文学。天哪!约翰·哈里森上星期六来我房间喝茶的时候,我给他看了那篇小说,他说没有什么问题。不管怎么说,她把我甩了,还给我写了一封信,是我从女性那儿收到的最美的信。我把那封信抄在这儿:

我亲爱的维迪亚(她这么写道):
　　我无法原谅自己伤了你的心,这是我一生中最黑暗的一天,但请理解我,这不仅仅是因为身处这个社会,我不能包容你的冒犯,虽然在我心里已经完全原谅了你。而且,最主要的原因是,我想告诉你,我爱上了别人。我恨自己,因为我,让你痛苦了这么久,等等……
　　多么希望我的几句话能为你的人生增添意义,等等。
　　因为你很聪明,这个国家的气氛不紧不慢,人们都慢条斯理,而你打破了这种气氛,或许妥协才是最好的,虽然它令人生厌。迄今为止,你和那个男孩是我在牛津遇到的最值得交往的两个人,但是你逃避自己的焦虑,而我则认为,只有焦虑的人才是有价值的,他们因痛苦而美丽。
　　你难道不明白吗,你的痛苦证明了你的伟大,等等。

　　很棒!很棒!还不错,对吗?想象一下:你的亲弟弟,刚满十八岁,却对每个女孩谎称自己已经二十二了,他从一个女孩那儿收到这封信,而这个女孩是英语文学课上每个男生追逐的对象!我想,另一个男孩应该是个更好的诗人。还有一个女孩每个星期和我喝一次茶,一喝就是四个小时,她是英国人,非常蠢笨,和她分手后,我松了一口气。再见了,我最亲爱的卡姆拉,保重,不要写像上面那封一样的信,因为,你瞧,我对那个女孩撒谎了。

你的维多

24 / 西帕萨德·奈保尔写给 V. S. 奈保尔

〔没有日期；写在圣诞卡背面〕

亲爱的维多：

若是浪费这么可爱的空白处，就太可惜了。你的上一封信是几天前到的。我希望你能在圣诞节前收到这封信。因为我在想，你要去伦敦过假期，那么谁来收你的包裹，就是那个寄到你们学校，装了葡萄汁、糖、蛋糕等等的包裹。十一月十日寄出的，你应该对什么时候能寄到有点概念。

我还希望，你在去伦敦前能寄给我纳拉扬的书。你的新西兰笔友罗纳德·米尔纳给你寄了一张圣诞贺卡。我希望你也已经给他寄了一张。如果你还没有寄，现在还不晚。那张卡我是用平信寄给你的。

我们让你讲讲你的饮食情况，但是你只字未提。当然，若是不怎么如人意，我们这边也帮不上什么忙，但是，我们还是想知道。

我有可能会获得英国文化教育协会的奖学金。下次再跟你详谈。——
爸爸

〔贺卡正面印刷文字：〕

圣诞的问候
我的儿子

〔贺卡内页印刷文字：〕

　　　　　只因你是如此心爱的儿子，

　　　　　　如此体贴，如此纯真，

　　　　　　　似乎任何圣诞祝福

　　　　　　　　都配不上你，

　　　　　因此，我只好祝福你节日快乐，

　　　　　　　另赠此言与你：

　　　　　　　你永远不会知道

　　　　　你的爱带来了多少幸福。

　　　　　美好的祝福

　　　　　　　祝你

　　　　　　圣诞快乐

　　　　　新年欢快吉祥

〔手写：〕

　　　　　　　　　　　　爸爸妈妈及家人

25 / V.S.奈保尔写给卡姆拉·奈保尔

　　　　　　　　　　　　　　大学学院
　　　　　　　　　　　　　　　牛津
　　　　　　　　　　　　　　1950/12/1[①]

亲爱的卡姆拉：

---

①这封信的日期应为12月14日，但是4漏打了。不清楚是否故意为之。

我坐在打字机前，不知道究竟该写些什么。实话实说，我真的不知道。

我已经在伦敦了，来过圣诞节。我会在十二月二十七日回牛津，然后去图书馆看书，直到一月中旬下学期开学。我把所有衣服和一半的书都带了过来。我要努力学习，不能出去玩，但是学习时间每天也只有四小时左右。不过，我在进步。下学期一开学，导师就要进行测验，期末还有大考，所以我必须用功。实际上，唯一让我真正担心的只有盎格鲁－撒克逊语。希望我能掌握它。

关于那本问答书，我问了牛津大学出版社，他们说已经没有了。万分抱歉，我能告诉你的就是随大流，但是不要欺骗自己。你知道那样不对。你知道的。别人只会把它当成印度背景的一部分。

为了备考，我已经暂停写作。我有八套书要看。呃，其中六套我翻了翻，真正看了一套，还有一套连翻都没有翻过。过去的一个半星期，我比较仔细地看了两套。我看完了维吉尔的两本书中的一本。另一本我看过两遍，但那是六个月前看的。所以，复习量应该不会很大。所以，我不担心拉丁文。

你大概有兴趣知道，大约一个星期前，〔我〕生平第一次见到了雪。棉花球一样的雪纷纷扬扬从天而降，两个小时后，土地被雪覆盖，但街道没有。我期待下更多的雪。报纸上预报说前天和昨天都有雪，但是我所在的这个区没有下雪。

我没跟博西和卡珀 S 住一块儿。我住在伯爵宫①，离地铁站不远，确切地说，步行一分钟就到了。拥有自己的房间，真是大不一样啊。听着，我亲爱的姑娘，你若是要付关税才能寄香烟，那就不必麻烦了。如果付关税的是我，请务必给我寄些过来。不要印度香烟，看在老天爷的分上。

卡珀 R 和卡珀 S 打算在伦敦买一幢房子。要五千英镑！我几天前

---

① 这个寄宿公寓的管家卡门·约翰逊是 V.S. 奈保尔表弟博西的女朋友。

通过预约见到了卡珀 R。我们在托特纳姆法院路上的里昂街角餐厅吃了饭。他从事法律事务。他想赚钱。我觉得他对我很好。但是你永远无法了解他这个人。他邀请我去惠灵顿①，但是我还没有去。我讨厌他妻子，就是你觉得很有魅力的那个。你的判断力到底是怎么回事？

博西父亲的姐姐②死了，她是迪潘家族最后一名成员。我猜他很快便会写信告知你们此事。现在他正在公寓的客厅里，我问他还有什么要说的。他就把这事告诉了我，于是我把它写在这儿。

在此祝你们圣诞快乐，一切顺利。我就写到这里。我搜肠刮肚，也没有什么好写了。

爱你们的维多

26 / V.S. 奈保尔写给家里

〔手写标注：〕
未寄

伦敦
1950/12/11

亲爱的家人：

我迫切想给家里写一封长信，因为在过去两天里，我越来越想家。我把这告诉了博西，他对我说，可能是因为圣诞节将至的缘故。我不知道。圣诞节对我来说，对我们家的任何人来说，从未有过多大意义。我

---

①楼陀罗纳特在此地租房居住。
②指 V.S. 奈保尔的姨妈昆塔·迪潘的婆家姐姐。

们总是能体会到某种很快乐的感觉，但是从不知道这种感觉从何而来。我们总是身处一种模糊的快乐之外。我现在在伦敦也有这样的感觉。但是，这儿更浪漫。下午三点半左右天就黑了，灯全亮了。商店灯火通明，街上被照得很亮，人流熙熙攘攘。我漫步街头，却形单影只，完全置身于这热烈欢快的节日气氛之外。

我在想家。我所熟知的每一个细节都历历在目。比如说，门边那点儿破损、夹竹桃、凋谢的玫瑰。有时候，马路上车子发动的声音会让我惊醒。发动机犹豫不决的轰鸣声让我想起26号、家的气味等等。这让我很伤感。别误会，这让我想起了你们大家，我在家时，也会想起你们，只是很少像这样。这让我很惭愧。到英国后的头四个星期，我仅仅因为没有收到家里的来信就没有写信回家，真的很抱歉。请原谅我。

然后，由于某种难以名状的原因，我想起了住进纽约旅馆的那个凌晨。两点。吃着大块的烤鸡，长这么大从未一口气吃那么多。挺好吃的，但是，哦，太干了，没有饮料帮着咽下去。就连橙子都是干巴巴的，而我把香蕉给了飞机上一个带着两个孩子的妇女。天哪，那些香蕉已经有味道了！并非完全因为我很慷慨。

是的，我非常想家。我想起了我们所有的问题。在这儿它们几乎像是不存在。一个人得努力地想才能够意识到自己的父母正身陷困境。几天前的晚上，我感觉到有哪儿出问题了，而且是大问题。我想给家里发电报，但是后来改变了主意。卡姆拉跟我说过，她每个月给家里寄十八元什么的。两个星期后回到牛津，我会看看我能寄多少。最起码有十元。

但是，你们知道我为什么会想到烤鸡吗？你们看，这让我感受到你们有多么在意我，关爱我。你们不会意识到，这样的想法让人多么悲伤。我觉得自己太过脆弱，无法承担如此巨大的责任——值得被爱。

你们看得出来，我是在伦敦给你们写信。我一个星期前到的这儿，把一半的书和衣服留在了牛津。五个星期后开学，我最后三个星期想在

75

附近的图书馆学习。我现在也在学习，但是我发觉自己不像一九四八年那样有干劲了。回顾过去，我意识到自己完成了多么艰巨的任务。我不知道我是怎样坚持下来的。但是我重读了上学期写的几篇论文，写得真的挺好的。我努力整日待在屋里，逼自己学习。我的确有进步。上个星期，我钻研《李尔王》，读了点维吉尔，看了八十页关于他的评论，还学了点盎格鲁-撒克逊语。我想在班上拔尖。我得让这些人看看，我能在他们自己的语言上打败他们。

我停止写作了，我突然觉得文思枯竭。我只能写点令人反胃的陈词滥调，就是写不出富有表现力的词句。所以我停笔了。其实，过去的三个星期，我什么都没写。挺好的。让脑子稍稍休息一下比较好。

这儿的天气真可以被当作趣闻报道。上个星期，我生平第一次看到了雪。雪像白色的绒毛一样飘落下来。好像有一只巨手在拍打一只开口的巨型棉花袋子，棉绒于是纷纷飘落下来。在这方面，相机是不会骗人的。雪就跟你在电影里或照片上见到的一模一样。雪下了两个小时左右。街道没有被盖住，但是光秃秃的树枝上都积了雪，变白了。雪的白同树干的黑相互映衬，更加漂亮了。土地上铺了一层雪。雪很轻，装满一个牛栏①奶粉罐还不到一磅。但是雪在地上能积很久。若是出门去，你的肩上、头上都会撒上雪花。我在特立尼达见过的最接近雪的东西是冰箱里积的霜，当然不是已经变硬的。

这儿的饭菜和家里的很不一样。通常先喝汤，然后是主菜，一块肉或鱼，一些土豆（在英国，我每天都吃土豆，在牛津，我一天吃两次），再加上一点包心菜或者花椰菜。然后是甜点，苹果加蛋奶糕之类的东西。最后是咖啡。你会惊异于自己已如此习惯在午饭和晚饭后喝一杯咖啡。没有米饭，我也不想念。没有烙饼，我也不想念。面包会配汤，或者配

---

① 英国一家生产乳制品及其他食品的厂家。在西印度群岛，牛栏葡萄糖奶粉是一种很受欢迎的膳食补充。

主菜。在特立尼达的时候我脑子里根本没有什么餐桌礼仪,现在大有进步。还有一件事,一家人总是共进晚餐,我知道,这在特立尼达是不可能的事。

跟萨蒂说一声,她的信我已经收到了。是从牛津寄过来的。地址省略一点就可能出状况。如果你们给我写信,寄到牛津的地址。寄到那儿的信在接下来两个星期内会被转寄到我手上。上学期末,我给了哨兵[①]一英镑。他变得多么友好!给我正领带,帮我整理西服。

希望纳拉扬的书很快就能寄到。你想要任何书,告诉我就行。不要担心。

大家都说英国很冷。现在已经是冬天。我住的地方没有壁炉,我穿得跟在特立尼达时一样多。但是我一点也不觉得冷。顺便说一句,窗户没有打开。至今为止,我在这儿经历了三天左右比较冷的日子。我喜欢寒冷。

前几天,我遇到一群西印度群岛来的人。哈里森把张[②]的地址给了我。我给他打电话了,他邀请我过去。塞尔文[③]和他太太也在那儿,还有格洛丽亚·埃斯科弗瑞[④]。哈里森告诉我,这个姑娘今后会成为了不起的人物。就她的外表而言,我很怀疑。她给大家传阅一篇她写的关于种族问题的短篇小说的手稿。但她不想给我看。随后她开始大谈写作是一种

---

①指学院的男仆。
②卡莱尔·张,特立尼达艺术家,当时在中央工艺美术学院(即现在的中央圣马丁艺术与设计学院)学习。他于1954年返回特立尼达,直到2001年逝世,一直被认为是特立尼达主流艺术家之一。
③塞缪尔·塞尔文,特立尼达作家(西帕萨德在《卫报》工作时的同事),1950年移居伦敦。第一部长篇小说《更耀眼的太阳》于1952年出版。最知名的作品《孤独的伦敦人》(1956)以独特的叙述风格,抓住西印度群岛语言的节奏,描述了西印度群岛移民在英国的生活。他于1978年移居加拿大,1994年逝世。1947年和第一任妻子德劳巴底·帕索德结婚。
④牙买加艺术家、作家。当时在史雷德艺术学院学习。返回牙买加后获得该国一流艺术家的声誉,还发表过几卷诗歌。2002年逝世。

探险，真是胡说八道。

"我写作是因为我不理解。我通过写作去探索，去理解。"

我说："你无疑一开始就走错路了。我一向认为，人只有先理解，才会开始创作。而且，我也一向认为，作家写作是因为他们想写作，还因为如果写得好，等书出版后会有很好的收益。"

格洛丽亚说的纯粹是她的个人观感："牛津观念已经影响到你了。"

但是，她还在继续。她仍旧通过阅读小说来理解生活。一派胡言！我告诉她，生活是要过的。

她正在写的这篇短篇小说想要阐释肤色问题。在我发表意见之前，塞尔文表现得很健谈，也很明智，他说这个问题对于短篇小说来说太大了。于是我说："我亲爱的格洛丽亚，你为什么不写一本关于肤色问题的小册子来解决整个问题？"

塞尔文认为作家应该教导人。我觉得他拔高了小说制造班的成员。我告诉他，小说是对意在娱乐他人的行为的模仿。

我走之后，他们议论了一会儿我。张第二天给我打电话，他说格洛丽亚对我充满信心。他们都觉得我有点古怪，但我想那是因为我说的不无道理，指出了这些文化创造者们走偏的地方。他们认为，我的古怪源自我对英国的看法。那个晚上我过得真快乐！

好了，我已经写了一千两百多个单词，够多了，任谁都词穷了。再见，圣诞快乐。

深深的爱

维多

*27 / 西帕萨德、萨薇、希万、萨蒂、米拉和德拉帕蒂·奈保尔写给 V.S. 奈保尔

尼保尔街 26 号
西班牙港
50/12/16

亲爱的维多:

这封信应该能在圣诞之前寄到你那儿。你妈妈寄到牛津的包裹你收到了吗?依纳若炎给同一个地址寄了两罐起锚机牌香烟。检验部不让寄本地香烟。

我还没有收到书。你在伦敦过得怎么样?哈里森在《卫报》上写了你——关于你和他一起喝茶,还有你在《伊西斯》上发表的文章,等等。可谓大加赞扬。

我非常想看看《伊西斯》。你能给我寄一份吗?

博西·辛格[①]和他的四个同伙被判绞刑。他们收到了上诉通知书。

大家祝你圣诞快乐。我也送上同样的祝福。

爸爸

每个人都在称赞你的画,我们给它装了个框。请不要问泥巴为什么是白的,也不要把它当冰激凌吃掉。

萨薇

亲爱的维多:

[①] 约翰·博西·辛格,即"拉贾",暴徒、海盗。他的团伙以在特立尼达和委内瑞拉之间的海域打劫小船而臭名昭著。1957 年因谋杀任女被处以绞刑。

圣诞快乐！

             希瓦达尔

亲爱的维多：

 裹①一个愉快的圣诞节。

           你的小疯子妹妹萨蒂

我亲爱的哥哥：

 祝你圣诞快乐，好运连连，学业进步。

            我司②你的妹妹米拉

亲爱的维多：

 冬天照顾好自己，圣诞快乐，新年快乐。

               妈妈

〔写在信纸上方：〕

 好好学习，做个好孩子。

 圣诞快乐

                萨薇

---

①②原文拼写有误。萨蒂将"Have a nice Christmas"写成了"Has a nice Christmas"；米拉将"I am your sister"写成了"I is your sister"。——译注

第三部分
1951.1.1 ~ 1951.4.14

春季学期，复活节假期

28 / V.S.奈保尔写给家里

大学学院
牛津大学
1951/1/1

亲爱的家人:

我又回到牛津了,但是不住在学校里,而是住在离学校约十分钟路程的一个房间里。[1]

我想就两件事感谢你们。首先,我想告诉你们,你们给我寄的圣诞贺卡让我十分感动。很少有贺卡能让我同时感受到快乐和悲伤。贺卡是在圣诞节当天寄到伦敦的。我在圣诞节后第二天回到牛津。女房东和她的女儿都很友善。

我想感谢你们的第二件事就是这个包裹。我从来没有想过会是这么大一个包裹。别人会以为我开始做零售生意了。你们一定破费不少。从今往后,我要的只是每六个月给我寄两磅糖。

卡姆拉给我寄了几张她的照片,很漂亮。我把其中一张给了博西。

---

[1] 这个房间在金夫人的房子里,位于杰里科的里士满大街(这一带在20世纪50年代被认为是红灯区)。这个房间"以前住过一个年轻的化学系本科生玛格丽特·罗伯茨,后来撒切尔也在这里住过"(帕特里克·弗伦奇《世事如斯:奈保尔传》,p.x)。

我得给她买份二十一岁的生日礼物。我会在一两天内去买。

昨天我不小心踩到眼镜，踩坏了镜框。幸好英格兰的商店新年也照常营业，所以今天晚上我就把眼镜取回来了。

现在，这儿的天气很可怕。太阳已经连续两天没有露脸了，天一直都像半小时内就会黑下来一样。经常下雪。我承认，当雪还没有被踩过，万物都盖着一层白羊毛似的雪的时候，景色美极了。但是，若你必须踩着雪走在人行道上，那就另当别论了。你脚下打滑，雪不再洁白，也不再美丽，而是变成了冰泥一样的东西。老实说，我还是怀念十月里的怡人天气：干燥、凉爽，时而有点冷。

接下来的两个半月，我的信会非常短，请你们忍一忍。我要准备我的第一次考试，打算刻苦学习。你们明白我说刻苦的意思。

牛津非常沉闷，几乎一向如此，但是现在几乎见不到学生。你会在学院里看到孤单的门房在看《读者文摘》，渴望能有个伴。你们知道吗，我极其怀念伦敦。伦敦这个城市适合那些在城市长大的人们。你若是喜欢热闹而非喧嚣、喜欢熙熙攘攘而非比肩接踵，那你应该会喜欢伦敦。当然，和纽约的霓虹灯比起来，伦敦的就显得小儿科了，但是，伦敦自有一种节制朴素的美。除了伦敦，我不知道在别的地方怎么生活。这儿样样便捷：弗利特街[①]、大型出版社、博物馆、画廊，还有很棒的电影院和剧院。这儿的生活多姿多彩。你只须亲眼看看伦敦的交通系统是如何运作的，便会兴奋不已。在皮卡迪利广场地铁站，有些时段一分钟便有两班地铁发出。真是不可思议。另一方面，大家都说，跟伦敦的比起来，牛津的公交系统不太可靠。

新年快乐
维多

[①]伦敦市内著名街道，19世纪80年代以前一直是英国传统媒体的聚集地，时至今日依然是英国媒体的代名词。——译注

*29 / 西帕萨德·奈保尔写给 V.S. 奈保尔

尼保尔街 26 号
51/1/9

亲爱的维多:

非常感谢你寄来的三本纳拉扬的书。其中一本里面的大部分短篇小说已经拜读,另外两本也翻了翻。短篇小说都还可以,但不是很棒。有趣但不够精彩。我觉得它们的魅力在于简练。收到你寄来的书之前一个星期,我收到了卡姆拉寄来的《印度之心》①,所以,近几个星期,我有四本书可以看,日子更丰富了。自你离家后,我应该已经买了六本书了,都是企鹅出版社的。

呃,我依然是《卫报周刊》的助理编辑。我很喜欢。每编辑一个版面,都会从中获得极大的乐趣。理想状态是边写作边编辑,但是没有足够的时间同时做好这两件事。到目前为止,我只写了两篇报道,从圣诞节前几星期到现在,我还没有动过笔。

我的短篇小说《婚约》会在星期天,即十四日播出。②《奥比巫术》没有进一步的消息。《婚约》的稿费到手,正好支付我的汽车牌照费用。还有 K,她要求我们偿还一百元。如果《奥比巫术》很快被录用,我就不用担心还不上 K 的钱。③

你和辛伯胡一起过圣诞节开心吗?你去楼陀罗纳特家了吗?你再去拜见过拉达克里希南吗?

你的诗还在皮尔斯那儿,所以我没有给你寄过去。我(约一个星期

---

① 拉达克里希南著,1936 年出版。
② 在"加勒比之声"。
③ K 不是卡姆拉,有可能是 V.S. 奈保尔的姨妈卡拉瓦蒂。

前)问他,是不是会发表在《加勒比季刊》上,他说他还要再仔细看看。作为一名在英国的西印度群岛人,你如果把诗歌和小说寄给英国广播公司的"加勒比之声",可以偶尔赚点稿费。你知道他们的稿费挺高。希望很快就能收到一两册《伊西斯》。

圣诞节期间,我请人把屋子里面整个刷了一遍,包括楼梯的格架和楼梯本身;买了新的靠垫和窗帘;楼上楼下的地板都重新漆过、抛光。所以,家里焕然一新。

我们没能让萨薇顺利进入修道院①。她参加了入学考试,但没有及格!不过,非常奇怪,她在特安贵立提的时候一直是全班第一——整个学年都是。我打算去求求弗朗西斯·泽维尔②。

爱你的爸爸

如果你还在伦敦,我建议你去找一下斯万齐,谈谈由你来朗诵《婚约》的事宜。

*30 / 西帕萨德·奈保尔写给 V.S. 奈保尔

尼保尔街 26 号
1951/1/10

亲爱的维多:

---

①圣约瑟修道院,位于西班牙港,是由克吕尼的圣约瑟修女会开办的著名女子学校(招生不限宗教信仰)。
②弗朗西斯·泽维尔·于里克修女(后成为修道院院长),原名若瑟兰·于里克,圣约瑟修道院的老师(后升为校长)。

我刚收到教育局的拉福雷斯特小姐寄来的一封信。

亲爱的先生：

我曾于一九五〇年十二月六日致信给您，请您给您在伦敦的儿子转发一封信。我仍在等待他的回信，殖民地奖学金主任要求他尽快回复，告知其在大学第四年将会选择的课程。

随信附上十二月六日信件的复印件。

您忠诚的

斯蒂芬妮·拉福雷斯特

考试办副主任

我是这么回复拉福雷斯特小姐的：

我刚刚收到您一月九日的来信，里面谈到那封您要求我转寄给儿子的信。我当时立即以航空信的方式寄出去了，但是我猜测，信寄到英国时，大学要么刚放假，要么即将放假，而我儿子当时在伦敦。

我在十二月三十日收到他的来信，他说他收到了教育局的那封信，打算回到牛津后（一月十一日开学）就此事征询下导师的意见。

我会立即以航空信的方式再寄一遍，催促他尽快回复。

收到教育局信件的同时，我们也收到了你的来信。获悉你及时收到了包裹和圣诞贺卡，你妈妈非常高兴。我几天前给你写了封信，谢谢你给我寄来了三本纳拉扬的书。

我今天上午太累了，所以称病，让米拉给詹金斯打电话替我请假。《卫报周刊》只有两名助理编辑，我是其中之一。詹金斯是编辑，还有一个同事是个年轻的英国人。我们努力让《周刊》更具现代感。看着自己的心血反映在报纸上,我很激动。我不光做助理编辑的事,还负责报纸的版式。但是有件事,这些英国人不知道西印度群岛人对什么真正感兴趣,所以他们只顾往报纸上堆积最重要的事件,我不过是个无足轻重的助理编辑,只能任由那两个人按他们的意志改造这份报纸。

伊普·扬已经辞职,在政府寻了个低收入的文员职位,小埃斯皮内①已经接连好几个月没来上班了,吃他父亲的,我想他父亲一定很难过。小埃斯皮内就是懒汉的典型。

信写得短没有关系,但是你要保证每个星期都给家里写封信。

卡姆拉二十一岁生日,我们没有给她寄任何东西,这让我很内疚。事实是,我得支付汽车牌照费,一只后胎裂了个很长的口子,必须硬化。后备厢里的备胎也得硬化一下。K 想让我们这个月还掉一百元。她打算在波地谷开店,就是那片坟地,真的急需钱。谢天谢地,七月离现在还有很久,到时我得付汽车保险费。这个圣诞节,我花了几个子儿,刷了房子里面,包括楼梯和格架,地板重新油漆、抛光,但是没有粉刷外墙,也没有清洗。

我们没能让萨薇顺利进入修道院。她参加了入学考试,但没有及格。不过,她在特安贵立提的时候是第一;学校的人告诉我她一整年都是第一。

卡珀太太一行人马上就要去伦敦了,他们买不到船票,只好订了机票。我想,至少要花费三千元。

我听说拉姆纳拉斯②以分期付款的方式把位于特拉格利特路的卡皮迪欧商店买了过来。萨哈迪欧一家③都好。除了伊拉,人人都在工作。傅露在政府机关的统计部门,布拉马南德在公共工程部,迪欧昆沃在美

---

① 《卫报》助理编辑西德尼·埃斯皮内的儿子。
② 拉姆纳拉斯·佩尔曼南德,V. S. 奈保尔姨妈卡拉瓦蒂的丈夫。
③ 即 V. S. 奈保尔姨妈阿伊拉一家,阿伊拉又名伊拉。她的三个孩子,V. S. 奈保尔的三个表兄妹分别是:傅露、布拉马南德(布拉马)和迪欧昆沃(迪欧)。

国液碳公司，每月挣七十五元。

好了，我的肚子开始痛了，就此搁笔。

爱你的爸爸

31 / V.S.奈保尔写给家里

大学学院
牛津
1951/1/11

亲爱的家人：

想必你们已经收到我在节礼日后给家里写的信。下次萨蒂得找点别的内容写给我。我发现她的英语进步很大。我不知道这是因为她在写的时候怒气冲冲，还是因为她更聪明了。反正，要是生气能提高英语水平，那就一直都气呼呼的吧。

也许，她是受了圣诞夜的节日气氛的影响。不管怎么样，我为没有写信回家感到抱歉。其实，我买了好几张圣诞贺卡准备寄回家的，但后来又不想寄了，并且把贺卡都撕了。然后，我在圣诞节前两天写了一封非常长的信，我不喜欢那种语气，决定撕掉。就在昨天晚上，我把写给卡姆拉的信撕了，也是写在航空信笺上的。我陷入了一种情绪，第二天早上看前一天写的东西，会觉得很糟糕，往往有一种令人恶心的伤感。

这个圣诞节我过得比较沉闷。平安夜前一天，我去了基尔本，吃了一顿大餐，是我在这个国家吃得最多的一顿。两个舅舅[1]和博西也在那儿。

---

[1] 指辛伯胡纳特和楼陀罗纳特。

我们吃得太多了，吃完之后，挪动一下都非常痛苦，只能无奈地面面相觑。圣诞节当天我是在出租屋里度过的。房东举办了一个小型聚会，无聊透顶。

很高兴得知房子旧貌换新颜。现在正是时候。关于第四学年应该选些什么课，我已经和导师谈过了。他说现在决定还太早。所以我打算给教育局办公室写封信，知会他们我打算拿教育学文凭，但是保留今后改变想法的权利。

今天，收到萨蒂的信的同时，我还收到了一张贺卡，戈尔登寄的。这个可怜的姑娘把信寄给英国伦敦牛津大学的维多·奈保尔先生。被人称为"牛津大学的奈保尔先生"，还有信寄到，让我受宠若惊。但是想想看这个称呼多么无知。

我今天回了学院。过去两个星期，我都住在牛津的出租屋里。我打算偶尔去那儿洗个澡。房东已经同意了。

好了，我还有一堆信要写，后天就要考试了。因此再见，下星期再说。

你们的维多

我在给《伊西斯》写一个短篇：《碗柜里的圣诞节》。

32 / V.S. 奈保尔写给卡姆拉·奈保尔

大学学院
牛津
1951/1/11

亲爱的卡姆拉：

我已经回到宿舍了，我的身后，电暖气开到了最热。谢谢你的来信。

你似乎已经见识过印度的不少地方了。[①]

我后天有门考试，两个月后还有预试。如果我还想在牛津继续待下去，我必须通过预试。所以，你做好心理准备，我的信会少而短。

我收到了萨蒂的信。她狠狠训了我一顿，因为我一个月只给家里写了两封信。

如果给我寄香烟太麻烦，你就不要费心了。但是我想请你帮我做件事。你知道，两个星期前我回到牛津时，是住在出租屋里的。房东太太人很好，我跟她说会送她点茶叶。如果你能给我寄点过来，我会非常高兴。地址如下：

金太太
里士满路 12 号
英国伦敦

请设法给我寄点，因为我想洗澡的时候还可以去她家。我可能已经告诉过你了，学校的澡堂离我宿舍有几英里远，而且毫无隐私可言。

我至今还没有交到朋友。好像是我自己的问题。不过，我会尽力的。

我买了好些圣诞贺卡——学校那种——但是我把它们统统撕了。我不想寄出去，不知道为什么。

我存了五英镑给你买礼物，但是发生了两件事，我现在没法给你买。先是我踩坏了眼镜，而我等不及免费的了，只好花钱叫人修。然后我发现，在雪地上走路得有双好鞋，于是我不得已买了双靴子，几乎花了我三英镑。所以，你得忍耐一下。我大概能在三月底把礼物给你寄过去。希望你不会太介意。

[①] 1951 年 1 月 16 日，卡姆拉写信给 V. S. 奈保尔："我还没真正见识印度。这个地方实在太大了。"

恐怕我无法再给家里寄钱了。学校的住宿费涨了，每学期多出十英镑，奖学金却还是老样子。我真的是勉强度日，非常节省。在这儿要想交到朋友，你得有钱请他们喝酒喝茶。好了，再见。我大约两个星期后再给你写信。

维多

33 / 西帕萨德·奈保尔写给 V.S.奈保尔

家
51/1/19

亲爱的维多：

一天晚上，我去 R.V.I.①参观儿童画展，有幸见到了哈里森先生，这是我第一次见到他本人。他似乎真的很高兴见到我。我们坐下来谈了约半个小时。他看起来对你印象很深，他说相信你日后一定会成为一个伟大的作家。他将在一两天内动身去牙买加，举办同样的画展。那些画都是英国孩子画的。对我来说，大部分画都显得很孩子气，但是当然，我不是这方面的行家。我周一（今天是周四）收到了你的信，也收到了卡姆拉的信。她在从加尔各答回贝拿勒斯的前夕写了这封信，她的圣诞假期有一段是在加尔各答过的。你能想到为她买二十一岁生日礼物，很不错。我们也会给她寄东西——可能是现金，比如说十元钱。

我在《卫报周刊》做助理编辑已经快三个月了。主编是詹金斯，你

---

①西班牙港的维多利亚皇家学会是人类和自然历史博物馆及艺术画廊。这一建筑现在是特立尼达和多巴哥国家博物馆。

或许知道这个人,他接替史密斯担任主编。一个名叫贝恩的英国小伙子也是《卫报周刊》的助理编辑。詹金斯的任务是让这本杂志焕然一新。他当然有两把刷子,但是坦白说,我觉得他笨得可以。但是他没有架子,与他共事很轻松。我让萨蒂给你寄了一份《卫报周刊》,你猜猜哪几页是我编辑的。

我很好奇,想要一两本《伊西斯》来看看。你能马上寄给我吗?

上星期天,英国广播公司播了《婚约》。我忘了朗读者的姓名,但他不是印度人。他朗读得非常好,比塞尔文之类的家伙好多了。他们还是没有读《奥比巫术》。天知道我什么时候才会再开始写一两篇短篇小说。下班后我已累得筋疲力尽。

我想我告诉过你我还未把你留在家里的诗歌寄过去的原因。诗还在皮尔斯那里,他跟我说,他想在有空的时候看看。他或许会把它发在《季刊》上。

你现在一定已经收到教务处寄给你的关于第四学年的信了。请回信告知他们你的决定。

我今天把车交给了麦克埃尼尔尼①。他们要对这辆车进行彻底修整,包括翻新一个前轮,你应该还记得,那个轮胎有好些地方已经磨平了。如果另一个轮胎的橡胶还不算太糟,则只须硬化一下。那辆老吉普的发动机运转得跟以前一样好。真是辆忠心耿耿的车,简直通人性。

卡皮迪欧太太卖掉了巴特纳街的房子。我想他们卖了一万两千块。卡珀说他买的时候花了一万五。玛米送了一份礼物给我们,是当初买房子的时候买的一把修枝剪刀。还是新的。她对我们说,不要让今后住进17号的人知道她把剪刀给了我们!

请你务必尽快给我寄一份《作者手册》过来,出版人是博德利黑德

---

①这家汽车公司当时是(现在仍然是)特立尼达岛福特汽车的唯一经销商。

的约翰·莱恩。书里都是相当重要的信息。

我已经看完了纳拉扬的所有短篇小说。写得不错，但是缺乏生气。我想到埃德加·华莱士[1]曾经反驳一个自诩清高的知识分子："我不写伟大的小说，我只写好小说。"

你为什么不和卡珀S一起过圣诞节呢？是啊，你就是这样子，对吗？你妈妈对你自己租房子或者住旅馆颇有怨言，你若是在玛穆或博西那儿住上几个星期，可以省很多开销。

等你考完试，你得写封信好好描述一下你的牛津生活。我敢肯定，会很有意思。很遗憾，你把长信撕掉了。为什么呢，那信应该很不错。这样的信往往很不错。

上星期天我们是在巴布拉尔家度过的。我们买了两大袋粪肥给玫瑰施肥，玫瑰的新芽基本上全被巴查克斯[2]吃掉了。讽刺的是：我们施肥让玫瑰长新芽，一等到新芽冒出来，虫子就把它们咬光！就是这样，我们施肥让玫瑰长芽，只是为了喂饱虫子。

好了，我想我写得够多了。尽快回信。

爱你的爸爸

〔小孩笔迹：〕
亲爱的维多：

我很乖。给你一百个吻。希瓦达尔

---

[1] 现在最令人铭记的大概是他是"金刚"形象的创造者之一。
[2] 切叶蚁。

34 / V.S.奈保尔写给家里

> 大学学院
> 牛津
> 1950/1/24〔原文如此〕

亲爱的家人：

你们为什么不叫教育部那个可恶的女人滚开？要是殖民地奖学金主任着急的话，他为什么不直接从伦敦给我写信？别让特立尼达那些人装疯卖傻。你们根本没有什么好担心的。

我没有把我在伦敦的地址给你们，纯粹是因为你们可以继续写信到大学学院，这儿的人会把信转寄给我。把包裹和信件都寄到这儿，我收得到。所以，今后不必再担心了。

现在是第二学期的第二周。我发现这儿的人变得友好了。我现在有了自己的朋友圈子，牛津也因此变得更有意思了。

寄给我的报纸已经收到，非常感谢。哈里森对我的评价，我看到了。我希望自己也能有同感。

"小考"已经结束，这是由导师出题的考试，看看你进步了多少。上个学期我没怎么用功，但是我在假期的努力卓有成效。我的文学考试得了 A^+。盎格鲁－撒克逊语不评分，但是我考得很不错，拉丁文我得了 A^-。很不错，六个星期后就要大考了，我还有好多东西要复习。

获悉你们在经济上遇到困难，我很难过。我会尽量在三月底前后寄四十元左右回去。我想我会在三个月的假期里找一份工作。

这个国家的人之所以一直描写天气是因为天气实在太多变了。本月初，我刚回到牛津的时候，连下了三天雪；从第二个星期开始，天气暖和多了，但今天又比昨天冷了不少。天气也是有趣的新闻呢。我觉得要是哪天牛津顶着个大太阳，那就不是牛津了。天总是灰蒙蒙的，这样才对。

所以，当你说天气真好的时候，是有意义的。在特立尼达你会说，该死的，又是大晴天。在这里，你会非常珍惜蓝天白云、风和日丽的日子，因为物以稀为贵。

若是卡珀太太不介意，你能不能让她买四百支美国香烟，每个人都可以带这么多香烟免税入境。她到这儿之后我付她钱。你们真的不知道，这玩意儿对交朋友有多重要。我不请人吃饭，也不请人喝茶，因为我请不起，但是，如果我可以请人抽烟，就会好一点。所以，请务必转告她，让她别忘了。

我收到了卡姆拉的一封信，从信里看，她在印度很开心，而且，萨蒂似乎有很多时间写信。除了爸爸的来信，我几乎没有收到过其他家人的信，萨蒂却责怪我和卡姆拉不写信回家。

听着，我明白信的意义。我时常问门卫，有没有我的信，下一封信什么时候会送到，我想他们都快被我烦死了。我都是慢慢地看信，生怕很快就看到最后。我要是没有写信，只能说明我真的抽不出时间写。就拿这封信来说吧，晚饭后八点一刻我开始动笔，现在已经是九点差十分了。九点以后，我大概只有两个小时能很有效率地看书。天知道会不会有人来找我，我又不能将人家拒之门外。所以，请体谅我。

我会去买这个星期的《伊西斯》寄给你。这次，我的文章占了一整页。其实只有半页，还有半页是广告。

就像我说的，我的时间很紧。但是，这个学期末的考试结束之后，我要到一九五三年六月才有另一次大考，所以我将有大把时间。大人物们会被请到牛津做演讲，什么主题都有。我每两个星期可以写一封信，讲讲西印度群岛的人在牛津的新闻，以及大人物们对世界重大问题的看法。我不知道你作为助理编辑，是不是可以给我开点后门，或者《卫报》会不会有兴趣？告诉我，还有，你觉得他们会付我多少稿费？

好了，现在已经九点了，我得开工了。

再见!

维多

〔手写附言,从签名处画过来一个箭头:〕

(还是用那支笔迹擦不掉的铅笔写的。)现在大约还有三英寸半长。

35 / V.S.奈保尔写给卡姆拉·奈保尔

大学学院
牛津
51/1/27

亲爱的卡姆拉:

谢谢你的来信。

关于生日礼物的事,很高兴你能谅解我,我保证,我稍后会补上的。

我的小考,或者说由导师出题的测试,考得非常好。

出于某种很诡异的原因,我发现自己没法集中注意力。这个学期,我断绝了一切社交活动,专心看书,但是感觉自己看不进去,一直都是这样,没有什么进步。我很纳闷。我真的很希望能通过这次考试。我想我会的。我只是希望已经考完了,然后我就能看我落下的书,能继续写我的小说。

我是大学杂志《伊西斯》的特别通讯员。这没有什么,但是如果没有猫腻的话,到年底,我最起码应该是助理新闻编辑。我告诉你,这儿的大部分学生都很笨,平均智商比女王皇家学院的六年级学生低得多,你很惊讶吧。

我记得我在上一封信里说交朋友很不容易。呃，这个学期，我发现有些人不光变得友好，甚至有点让人受不了。特别是有一个天主教徒，他使尽浑身解数让我知道他是一位时尚现代的天主教知识分子。但是，天晓得！他像特立尼达乡下的印度人一样迷信，相信巫术，相信别人可以让你生病之类的。他甚至荒唐地认为西印度群岛有可能存在某种更原始的迷信！

这学期刚开学的时候，赛艇俱乐部的人问我想不想当一名舵手。我答应了，因为我觉得参加户外活动会很有趣。他们试用了我一个星期，但是我掌舵太差劲，所以他们又让我退出。我如释重负。舵手是船上个子最小的人，然而，他掌控全局，对船员和船的安危负直接责任。船身修长，约六十英尺长，两英尺宽，十分脆弱，只要一脚踩的不是地方，船就坏了。不让我参加，我一点也不介意。这不过表明我发现了一项自己不擅长的事情。

非常感谢你，给那位房东太太寄了茶叶。至于我自己倒是什么也不缺。谢谢你总是想着我，你真是太好了。

我在等着看这个学期的开销，然后再和殖民地部理论。但是，我有预感，一切都会没事的。我坚信命运天定。如果上天让我明天死去，我就会在明天死去。所以我从不为此担忧。这是我唯一的迷信，但是，我深信不疑，而且感到很安心。

你知道吗？我收到几份特立尼达的报纸，读了之后，发现那些报纸荒唐至极。我以前从未觉得《卫报》的文章那么差，我们特立尼达的名人那么荒谬，特立尼达是海上最可笑的一个岛。

英国人真是一个古怪的民族。相信我。你在英国待得越久，越觉得他们古怪。他们如此讲究秩序，却又如此热爱冒险，如此好色，如此勇敢。学校里的那些家伙就是如此。整个世界正在他们头顶崩塌，在我们所有人头顶崩塌。他们像我们一样激动吗？完全没有。他们根本不理会，照样喝酒、抽烟、喝许多茶和咖啡、看报纸，而且似乎不记得自己看过什么。

请常常给我写信，让我感觉自己还活着。至少一个星期写一封。我也会尽力回信的。

再见！
维多

36 / 西帕萨德·奈保尔写给 V.S.奈保尔

家：星期三，1/1[1]

亲爱的维迪亚：

真抱歉，让你产生了我们的生活无比困顿的印象。不是这样的。当然，我不像过去那样能通过自由投稿和旅行赚外快了。现在都是案头工作。但是这些并没有让我们的生活陷入困境，你真的没有必要给我们寄钱。在我看来，你不该在假期太过刻苦，应该好好休息，偶尔学习即可，当然，除非你自己非常想要那么做，以寻求突破。

吉普[2]死了。今天下午一点钟左右，一辆箱式货车撞到它，大概过了三个小时它便死了。它现在躺在树荫下，身上盖了只袋子。我们打算明天把它埋到水泥地那边去。我会非常想念它的。

午饭后，我把将死的吉普留在家里，去了《特立尼达卫报》。我照常把车停在女王大街上，就在路德工程公司对面。下午五点，我打算回家，

---

[1] 西帕萨德把日期写错了，其实是2月1日（星期四）。
[2] 奈保尔家养的狗。

走到停车的地方，发现老伙计PA1192不见了。我报了警。可能找得回整车，也可能找不回。我上星期刚刚把它送去大修过，发动机的声音跟新的一样，不带一点杂音。我收到一张四十五块七毛五的账单，这还不算一只轮胎的翻新费（十四元）和另一只轮胎的硬化费。如果我找不回车，或者找回的是已经烧毁的车，或拆零的部件，或内部已经被拆空，我不知道保险公司会怎么赔偿。我应该弄清楚，可能会去问问律师。

别为这些事太过担心。没错，都是不幸的事。但是还有比失去一条狗和一辆车更惨的事呢。何况，保险公司会补偿我的车辆损失的。所以，你看，没有什么好担心的。

我不清楚你玛米他们什么时候去英国。[①]他们本打算近期就去——二月或三月——但是我现在听说，卡珀写信来说要等到巴特纳街的房子卖掉之后才能走。房子早就卖掉了，或者说，"卖房合约"已经签了，但是库拉纳一家[②]还没有搬走，所以房款还没有付清。不管怎么说，我会给你买香烟的。我保证，你玛米不论何时动身，都会带香烟给你。我们想让理查兹给你带过去，但是他说他自己也要带。我们没法给你寄香烟过去。依纳若炎给你寄过两罐起锚机牌香烟，有许可的，但还是受到警告说这是违法的，要是一些香烟礼盒在圣诞前夕的确通过了海关检查，那也是由于失误造成的。顺便说一句，你还没有写信给依纳若炎，告诉他是否收到了香烟。给他写封信。他人不错，你知道的。他一向乐意为我们做任何小事，还经常来家里看望我们。其他人就很少来。我已经有好几个月没有见到欧华德了。我不准他开我的车，他好像为此生气了。

给维尔玛写封短信。然后，你每三个月给她写封信就可以了。在你考试结束前，每个月给家里来一封信，或者每六个星期。我明白写信很花时间。

[①]辛伯胡纳特·卡皮迪欧当时打算携全家去英国定居。
[②]生活在特立尼达的印度家庭，奈保尔家的熟人。

不要在意萨蒂的鲁莽,她不是那个意思,就把它当成友善的气话,像在家时一样。你和卡姆拉都误解她了,她显然很伤心。所以下次写信的时候,记得说你知道她是出于好意。① 你打算给《特立尼达卫报》写稿的想法很好,但是先给希钦斯写封信,随信附上一篇你写的文章。但要等到考试结束再着手。你要是写稿,倒能赚点钱。

星期四,晚上7:30

PA1192似乎是一去不复返了。警察那儿没有什么能减轻痛苦的消息。昨天晚上我报案之后几分钟,巡逻警车就出动了,但是还没有一点消息。一知道车在哪儿,警察就会来家里知会我。今天上午,向保险公司申请理赔之前,我和安德鲁·希纳南(律师)见了个面。看情形,理赔上不会有问题,但是要等到弄清车的去向之后。

给我寄《伊西斯》。

爱你的爸爸

*37 / 西帕萨德和萨蒂·奈保尔写给 V.S.奈保尔

家
星期六,2/3
下午2:20

亲爱的维多:

---

① 1950年12月28日,萨蒂写信责怪 V.S.奈保尔不给家里写信:"自从收到你上一封信,我们至少已经回了四封信了。"

我的车今天早上回来了。一名警察在哈特街临近消防站的地方找到了它。前座被偷走了，但是小偷没有偷别的东西。如果计程器的读数无误的话，他们基本上没怎么开车。

保险公司会承担换前座的费用。将会换成长椅，就是连座，不是原来的斗式座椅。垫衬是棕色的，不过会加上绿色椅套。应该没问题。

我真不会说谎。我本可以多要一只备胎、一只新的遮阳罩、一对新的信号灯，或者把旧的修理一下，但是这些想法在我向他们汇报了实际情况之后才跑到我的脑子里。

我只要了两块很不错的挡泥板——前轮的。你还记得原来的挡泥板凹凸不平吧。我声称在车被盗之前挡泥板是完好的。

警察们用了两天时间找到车。车就泊在两百码外的哈特街，也就是说，离它被盗时所在的女王街只有两百码远。

萨蒂的鼻子变宽了，变塌了。她不承认，但事实如此。

　　　　　　　　　　　爱你的爸爸

维多，不要在意爸爸对我的鼻子的评价。我猜，车找到了，他乐坏了，所以一个劲儿地胡说八道。——萨蒂

38 / V.S.奈保尔写给家里

大学学院，牛津
1951/2/12

亲爱的家人：

老实说，听说车被偷了我很难过，很高兴现在万事大吉了。

这是两个星期来我写的第一封信，过去两个星期里，我一封信也没写，所以现在我有一堆信要回。

我给卡姆拉买了一份小礼物，不是什么贵重的东西，其实只花了大约十一元，但是大家都说，在这样的时刻，礼物不是最重要的，重要的是心思。我猜她现在已经收到礼物了，但是我还没有她的回音。

你们能否帮我转告维尔玛，说我很抱歉没有给她写信，她现在可能在生我的气。告诉她我会在一个月内写信给她。可能要等到差不多那个时候我才能给依纳若炎写信，所以你们能不能替我转告他，谢谢他的香烟，他不用再寄了。我非常感激他那么快就给我寄了过来。

上个星期，我第一次哮喘发作，睡了差不多整整两天。不过，我现在已经好了，没事了。

白昼又开始变长。现在都快五点钟了，天还是很亮。我真的很开心，冬天过去了，春天和夏天就要来了。

我来跟你们讲点这个国家的事情吧。变成富人想都别想。个人所得税高得离谱，收入达到某个水平之后，一英镑收入就要交九先令的税。最近由于国家重整军备，国防开支剧增，税收可能还要加重。如果你花五百英镑买一辆车，还得额外支付一百二十英镑的消费税。样样东西都有消费税。只想过日子，可以待在这个国家，要想赚钱，去别的国家。

萨蒂当然明白我不是当真的，但是米拉怎么说？

随信寄上一本《伊西斯》，里面有我的名字，字很小。你会看到，这是一本可笑的小杂志，你可能会想，那是因为这儿的本科生都不是很聪明的缘故。这儿笨蛋成群。但还是有那么多人出类拔萃，这是因为英国为你提供了成功所需的眼界。就平均水平看，我教的六年级学生和这儿的大多数人同样聪明，甚至更聪明。这儿不再是贵族的天下，几乎每个来牛津的学生都有政府助学金。学校的水平自然就降低了。你若想找个浅薄的男孩，或是更加肤浅的年轻姑娘，牛津是个好地方。

我将有一阵子没法写信，所以做好收不到信的心理准备，请你们谅解，我还有四个星期就要大考了。

虽然这听起来挺自私，但若是每个星期都有一个人写信给我，我会非常非常高兴的。

试试看吧。

再见！
维多

*39 / V.S.奈保尔写给卡姆拉·奈保尔

大学学院，牛津
1951/2/12

亲爱的卡姆拉：

我终究还是给你寄了点东西。我没有挂号邮寄，希望你能收得到，也希望你喜欢。东西不是很贵，也不新潮，很便宜，很普通。你若是不想穿，就把它丢到一边。只花了二点五镑而已。

谢谢你寄来的茶。还有四个星期我就要考试了，在这四个星期里，我要拼命努力复习，通过考试。我想我能通过。

我给殖民地部写信询问我的奖学金，但还没有收到回复。所以我仍然抱着希望在等待。

战争日益逼近。可能明年，甚至今年就会爆发。不知道会发生什么。这儿的人都很平静。英国可能会被蹂躏，会遭到狂轰滥炸，但他们对这种可能性无动于衷。人们普遍认为,英国总是会笑到最后。美国人越来越不受欢迎,只受到一个名叫"政府"的模糊不清的组织青睐。

白天日渐变长。现在已经是五点一刻了,但外面还是很亮。

听着,我亲爱的,我没有什么要汇报的,闲聊更是想都不要想。我的意思是我没时间。我储备了一大堆闲聊的话题——在这儿社交必不可少——但是我没那么玩世不恭,把它们用在你身上。

好了,考试过后,我会坐下来好好写篇有文采的东西给你的。

维多

40 / 西帕萨德和萨蒂·奈保尔写给 V.S. 奈保尔

尼保尔街 26 号
51/2/19

亲爱的维迪亚:

汽车现在没事了。实际上,情况比原先更好,你可能还记得,挡泥板和前保险杠已经弯曲凹陷,现在整平了,刷了新漆。前排座椅换成了长椅,就是连座。前后座椅和靠背都罩上了绿色的人造革套子。没错,车比原来更漂亮了。一切费用都由保险公司承担。

我发现自己不知道怎么描述发生的事。又是半年或一年没有动笔,我几乎忘了该怎么写了。我现在想得最多的是标题该怎么措辞,杂志该如何排版。这活很有趣,我有时觉得比写作更有意思。你可能对此没有什么概念。当然,《卫报》算不上业界典范,但它的排版还是不错的。

我上个星期一直在读《报纸编辑、排版、标题》一书,瑞德和斯坦普尔合著，很厚的一本教科书。看这本书之前，我从来不知道自己对于助理编辑，还有排版，多么无知。这是〔一本〕美国出版物，但是很不错。

等你考试结束，请务必给我寄几份——如果可以的话，以下报纸每样给我寄半打，下划线标注的优先：《周日快报》《每日邮报》《雷诺新闻报》《周日纪事报》，任何好的周报，特别是受欢迎的那些。把这些报纸和那些比较清高、保守的报纸（比如《自由报》《大众报》）区分开来。我想研究研究它们的排版。

我收到几封卡姆拉的信。她在印度收到不少朋友送她的二十一岁生日礼物，都很可爱，也挺贵重。要是在特立尼达，我怀疑她是否会收到这么多礼物。关于她的学业，我真不知道她的目标是什么，我怀疑她自己也不是很确定。她应该修印度哲学和其他相关课程——文化之类的，但是没有人教她这些。贝拿勒斯印度大学似乎是所气氛松散的大学。

你玛米明天会知道她是不是能拿到戈尔菲托号的船票，这艘船将在本月二十八日从特立尼达起航。有两名乘客打算取消订票，她希望能拿到他们的退票。如果她订不到，自然只能等待了。但是，她答应给你带点香烟。

丹茂希①买了一幢新房子，坐落在敦达纳德街，跟我们的房子几乎一模一样，只是多了一个房间和两个卫生间。他们星期四搬了进去，今天上午举行了苏拉吉普拉诵经会②。

这封信读起来一定相当乱，但是总比没信强。我上面提到《自由报》《大众报》之类的杂志，意思是说这些不是我想要的类型。这些杂志在排版方面多多少少有点保守，而且自命清高。

预祝你考试成功。不要让自己成为焦虑的奴隶，保持冷静。只要尽力就好，不要显摆，即，不要想着争第一，只要尽力就好。

---

① V. S. 奈保尔的姨妈，丹·佩尔曼南德。"茂希"是印地语，意为"姨妈"。
② 印度教仪式。

下次我会写一封内容更丰富、更令人满意的信给你。

家中一切都好。

爱你的爸爸

〔手写：〕

亲爱的维多：

我只是为了把信纸的空白处填满，爸爸看样子是填不满了。你肯定处于考前紧张痛苦的状态中，我，事实上，家里每个人都预祝你考试顺利。放心吧，我也正在为十二月的SC考试①努力复习。

爱你的萨蒂

41 / 西帕萨德和德拉帕蒂·奈保尔写给V.S.奈保尔

家：51/2/24

亲爱的维多：

我两天前收到了《伊西斯》；准备由米拉代笔，口述一封信给你，因为没有航空信笺而耽搁下来。今天中午，我们又收到一封你的来信。

《伊西斯》还不赖。印刷精美，编排精细，洋溢着青春活力。不过，比方说，要是《文学精神分裂症》一文的作者署名能够位于中间一栏的正中，并且加上边框，那一页会更美观。你的那篇文章非常不错。

你还要我给《快报》的罗丹写信吗？等考试结束，你试着给斯万齐

---

① 即剑桥高级证书考试。

投一两篇文章，也可以是短篇小说。你作为一名西印度群岛人，为西印度群岛写点东西。你可能对此没有什么兴趣，但是这能让你多赚点稿费。我觉得你真的很需要钱。

卡皮迪欧太太和她的孩子们订到了戈尔菲托号的票，他们会在本月二十八日（星期三）起程。我们托他们给你带了一个六磅重的包裹，里面装着糖和一箱特价锚牌香烟。希望拆开后不会是便宜货或低档烟。让我知道。船会在十天后抵达。

昨天，毕业证书考试成绩公布了。拉比[①]以甲等的成绩通过了考试。（不知道他会不会给你写信。）萨汀[②]没有及格，已经是第二次了。奈尔·拉姆丁[③]得了丙等。我没有找到乔治的名字，所以我猜他没有及格。事实上，私立学校的学生——五百名男生女生——大部分都没有及格，只有一百二十五名通过了考试。希塔·拉杰库玛[④]也以丙等的成绩过关。

拉姆纳瑞一家[⑤]搬到另一所房子里去了。这幢房子位于敦达纳德街。房子和我们的很像：两层，三间卧室、两个卫生间——我们这儿称为"排水间"。

我想，我非常能理解你在牛津的境遇。你在任何地方都能遇到肤浅的人，但恰恰因为他们肤浅，所以他们总是大惊小怪。我不喜欢讲大道理，最起码不想对你讲，我知道你不喜欢听，但我有时候就是忍不住。拜一些浅薄之人所赐，我在牙买加受了不少罪，但是他们个个都比我受欢迎。我们必须学会客观地看人。有远见的人不多，有智慧的人绝不会到处都是。那些拥有远见卓识的人往往是痛苦的：他们是世界上最孤独的人。想想辛克莱·刘易斯（《巴比特》）吧。是的，往往是这

[①] 拉宾德拉纳特·佩尔曼南德，V. S. 奈保尔的表弟，姨妈卡拉瓦蒂的儿子。
[②] 萨汀·佩尔曼南德，V. S. 奈保尔的表妹，姨妈丹的女儿。
[③] 奈保尔家的表亲，西帕萨德的姨父苏克迪欧·米西尔的侄女。
[④] 苏克迪欧·米西尔的外孙女。
[⑤] V. S. 奈保尔的姨妈丹一家，丹嫁给了拉姆纳瑞·佩尔曼南德。

些人创造了世界上那些真正伟大的事物。有智慧者必然异于常人。有时，在极其孤独的境地中，你会创造出新的事物，那是你在其他处境中无法创造出来的。辨识你同类中的寄生虫和细菌，但别让他们将你带离你的中心。不要说你甘心默默无闻。如果非要说，那么请说你会默默地努力，把默默无闻变成一面盾牌，将你同周围的喧嚣和空洞隔开，不要让它变成累赘。

如果明天上午有空（明天是星期日）我会给你寄十元，以后每两个月左右我会给你寄点钱。这或多或少对你有点帮助，让你偶尔能办个雪利酒聚会什么的。我完全明白这类事情的意义，以及它的必要性。同时，你要挺直腰杆，绝不阿谀奉承。

爸爸

（见背面）

萨薇这回露脸了。她切除了阑尾，恢复得很好。她在八天前被送到殖民地医院[1]，当天晚上就切除了那个讨厌的东西。她表现得非常勇敢。

梅维斯·拉姆帕萨德医生[2]帮了很大的忙。就是她立刻赶来家里看望萨薇，然后用自己的车送她去了医院。虽然她那天晚上不值班，但是坚持守在萨薇身边，好给小姑娘一点勇气。她每天都来看望萨薇，一天三次左右，还带别的医生来看她。

萨薇恢复得很不错。昨天她还跟你妈妈说，她对住院生活已经很习惯了。再过几天她就能出院了。

爸爸

---

[1] 西班牙港主要的公立医院。
[2] 家庭医生。

〔手写:〕

亲爱的维多:

你爸爸已经把所有好消息都告诉你了,所以我没有什么好说的。要好好照顾自己,尤其要注意你的哮喘。家里人都好,萨薇也很好,虽然还在医院,但无大碍。——爱你的妈妈

42 / V. S. 奈保尔写给家里[①]

大学学院,牛津
〔1951〕/2/28

亲爱的家人:

首先要感谢你们寄来的两封信。我有整整两个星期没有收到一封信,这两封信在两天之内先后寄到。

好了,听着。我不想要家里的钱。你们很清楚,家里没有闲钱,你们不寄钱给我,我一样能过得下去。我没有张口要,你们就不要寄钱给我。在过去七个月里,我没有要过,并且真心希望以后也不需要。不过,还是非常感谢你们的好意。

我想知道,是不是所有记者都是虽然心怀不满,但仍一边骂一边坚持做这份工作,还是这仅仅是遗传问题。今天上午我快疯掉了,新闻助理编辑篡改了我写的三篇稿子,把每篇的第一段都给改了。我听从你的建议——你常这么说——把一半的写稿时间花在想一个好的开头上。就

---

① 西帕萨德在这封信的几个句子和短语下面画了线,在信纸边缘,他手写了为 V. S. 奈保尔发表在《伊西斯》上的文章重拟的开头,他在第 45 号信中引用了这个开头。

拿这篇来说吧。我采访了埃默里克·普雷斯伯格[1]，他是《黑水仙》及其他几部好电影的导演，我问他对自己最近一部电影《红花侠》的看法如何。他说那部电影糟透了。后来，普雷斯伯格又和俱乐部头儿聊了几句，后者过来要求我把那句删了。牛津大学实验电影协会的会长也这么说。我当然拒绝了。我最讨厌别人指手画脚，告诉我哪些可以写，哪些不能写。反正，访谈的开头我是这么写的："'不，我不满意《红花侠》。我觉得那部电影糟透了。'埃默里克·普雷斯伯格先生上星期三接受《伊西斯》访谈时这么说。"标题是《糟透了的红花侠》。原因很简单，接下来的访谈都是围绕电影业不景气这个主题展开的。那个笨蛋却把标题改成了《普雷斯伯格访谈》，重写了开头："E.普雷斯伯格上星期三接受《伊西斯》访谈时说：'我不满意……'他指的是他导演的电影，他接着说：'我觉得那部电影糟透了。'"改得很荒唐，是吧？

我发现自己非常喜欢新闻工作。我觉得做新闻令人激动。人人都骂报纸，但他们自己并不会做得更好，就像在牛津，那些自己写不好的人会鄙视《伊西斯》一样。但是骂归骂，他们仍每期必看。

卡姆拉跟我说家里发生了大革命。萨蒂小姐一有机会就出去跳舞，女孩们都穿起了牛仔裤。我只想说，这太荒唐。考虑到萨蒂的感受，我不想再多说什么。但是，制止这样的荒谬吧，你们可以的。

非常意外，这一期的《伊西斯》上竟刊登了三篇我写的文章，几乎占了一整页。跟人聊聊天，写篇三百个单词的东西，像摘要一样简明扼要，真是非常愉快的事。我有时候也写写评论。两个星期前，我在《伊西斯》上发表了一篇评论乔治·施瓦兹[2]的文章，他是《星期日泰晤士报》

---

[1] 英国籍匈牙利裔导演、剧作家，最广为人知的作品是《红鞋》(1949)。他与迈克尔·鲍威尔合作导演了《黑水仙》(1947)和《红花侠》(1950)。
[2] 施瓦兹是《泰晤士报》的金融记者和经济顾问。

的撰稿人。有一半印度血统的英国共产党党魁帕姆·杜特[①]来牛津时，我对他大发议论，共产党的人打电话给主编，把他痛骂了一顿。我觉得，只有在人人都开始恨你的时候，才说明报道写得够好。

我不能答应你一次性寄六份《周日快报》，因为这意味着我要等六个星期。我会先寄《每日镜报》和《周日画报》，它们的版面大小和《周刊》差不多。

我还没有开始学跳舞。就算我会跳，我对自己能否找到舞伴也没有信心，因为这儿的女孩子都好高大！

有一个名叫菲利帕·格里的女生，比我高两英寸，是《伊西斯》的记者（你可以在我寄给你的杂志上看到她的名字），邀请我周末去她在德文郡的家。她希望她妈妈会答应。我跟她谈过，她向我保证，她父母绝不会把我拖到角落里，逼问我对他们女儿有何居心。所以不要担心！但是，我会把所有情况都告诉你们的，等着。

维多

43 / V.S.奈保尔写给卡姆拉·奈保尔

大学学院，牛津
1951/2/28

亲爱的卡姆拉：

你的字到底是怎么回事，太难辨认了！而且也不在信里预告一下！

[①] 拉贾尼·帕姆·杜特，出生在英国，父亲是印度人，母亲是瑞典人，1939年至1941年任英国共产党总书记，1951年任该党执行委员会委员。

大家都说我的口音说法语很棒。究其原因,可能是因为我的英语发音太糟糕了。只要我发音不标准,大家就嘲笑我,经过这样的羞辱,现在我的发音进步不少。与此同时,我发现我的法语发音越来越差了。我觉得,这主要是用不用喉咙后部的问题。我几乎用不到喉咙后部。我张大嘴说 gud (good),英国人会把这个词念成 guude。你可以自己试试。用你习惯的方式说 good,你会发现自己的嘴巴张得很大。然后你试着微微张开双唇,就能听到其中的差别了。

这个星期的《伊西斯》刊登了三篇我写的文章,几乎占了一整页。虽然我是新闻部干得最好的,而且也是最努力肯干的,但我怀疑是不是能马上得到提拔。

一个女孩,我的一个朋友,邀请我去她在德文郡的家。我把这事跟学院的一个男同学说了,他叫我别去。他说,等我在她家住到某个时候,她的爸爸或妈妈就会把我拖到角落里,逼问我有何居心。至于这位女生,我可以说不太了解。你作为一个女生或许可以告诉我应该听谁的。

她也是《伊西斯》的记者,但是个很烂的记者,一点也不懂行。我跟她讲过,我觉得她写得不怎么样。她自己也承认。我上个学期在一次社团活动上遇到了她,邀请她一起去喝杯咖啡。在去餐馆的路上,我又提议去喝茶。她接受了,那是因为她以为我是《伊西斯》的编辑。我告诉她我不过是社里的一个小角色,就算我明天死了,《伊西斯》也照常运作,连讣告都不会出一张,她很失望。但不管怎么样,她应邀来喝茶了,我给她念了我写的小说的头两章。她邀我下周去她宿舍。我去了,带着第三章。就这样一直持续到学期末,她的态度突然变得恶劣起来。她不想同我一起喝茶。就算她马上离开我的房间,我难道会非常在意吗?她说她会给我写条子的。我说我最讨厌收到女生的条子。她说:"那好吧,既然你这么敏感,下星期来我宿舍。"那天晚上,我给她写了一封言辞尖刻的信,礼貌地批评了她。接下来那次我去喝茶的时候,我们两人谁也没有提那封信。那时已是上学期最后一个星期。我们互道再见,祝福对方圣诞快乐,非常客气。

这个学期,在《伊西斯》的会议上,前四个星期,我没有理过她。然后,她又开始改变。她开始坐在我旁边,把脸凑过来,贴近我的脸,过来一起念一篇我可能正在审核的文章。这个学期第四个星期的星期六,我决定去看她。我去了。有个男人正准备从太平梯下去。我的心一沉。还有两个女生在,地板上摆着茶具。她把我介绍给大家(还假装忘了我的名字)。那家伙顺着太平梯的逃生绳爬下去的时候,我就站在那里,没有说话,非常尴尬,努力用嘲讽的假笑来掩饰自己的尴尬。接着,那个男生又从门口冒出来,带那两个女生一起走了。我在那边待了一个小时。她想让我多待一会儿,于是开始暗示她还想再见到我。随后的那个星期四,我又到她那儿去了,还给她带了一听葡萄汁。她收下了,羞涩地问我,她能不能带一个朋友到我那儿去喝茶。我说可以。不久,我就收到她一封信,说她朋友有约,来不了,所以她独自来了。跟平时一样准时,一直待到七点。

我应该怎么看待她?

维多

44 / 西帕萨德·奈保尔写给 V.S.奈保尔

51/3/4

亲爱的维多:

萨薇二月二十八日出院了,那天也是卡皮迪欧太太和孩子们乘坐戈尔菲托号前往英国的日子。萨薇瘦了,但是气色比生病前好很多。我们托你玛米给你捎去一条香烟,还有些糖。

就奖学金①获得情况来看,女王皇家学院一九五〇年的表现不如人意。圣灵感孕学院②囊括了四个名额,主教高中③的珍妮·布拉思韦特荣获女子奖学金。圣灵感孕学院的获奖者名单:麦肯齐——语言类;巴拉特——现代研究类;克罗斯——科学类;沙克特——数学类。克罗斯和沙克特并列第一。

拉简达耶·拉姆基松④(争夺女子奖学金)名列第二,未能获得奖学金。女王皇家学院的麦克唐纳⑤(争夺语言类)和斯派塞(争夺现代研究类)都名列第二。

这个星期没有什么新闻。我们这儿一直在下大雨,下了快两个月了,一直没有停,再次发生了"旱季"洪水。不过,一个星期前雨停了,旱季似乎终于来了。你妈妈有几分地理学家的样子,她说西印度群岛延后的大雨是由于今年美国的冬季既寒冷又漫长所致。真的,报纸上也有类似的报道。

特立尼达板球队目前在巴巴多斯和东道主宾舍尔斯⑥队打预赛。第一场打成平手,特立尼达队没有败北,贾格伯尔⑦功不可没。他不是靠跑位得分,而是靠投球得分。根据预赛比分(英属圭亚那队和牙买加队

---

①为资助学生前往外国大学留学而设置的岛国奖学金,V. S. 奈保尔即获得了这个奖学金。
②通常称为圣玛丽学院,是圣灵会开办的男子中学,是女王皇家学院在学术和其他领域的主要竞争对手。
③安斯蒂主教女子高中是特立尼达顶尖的英国教会女子高中。
④后成为医生和作家。以她的婚后姓名拉简达耶·拉姆基松-陈出版了两本诗集。
⑤伊恩·麦克唐纳,从剑桥大学毕业之后供职于英属圭亚那(后来的圭亚那)的布克斯制糖公司。他写过一部长篇小说《蜂鸟树》(1969),发表了几本诗集。是圭亚那文学刊物 Kyk-Over-Al 的主编。
⑥巴巴多斯的旧称。
⑦西德尼·贾格伯尔,1934 年至 1952 年效力于特立尼达和多巴哥队。

也包括在内），决出一支西印度群岛代表队出征澳大利亚。[1]到那个时候，估计拉马丁和沃雷尔[2]已经从印度归来。你可能已经知道，拉马丁在英联邦队[3]的投手得分率中排名第一。

你或许会有兴趣知道，由于连日大雨，波地谷的桥塌了，是卡皮迪欧家的桥[4]，不是临时搭建的那座，而是原来那座美拉德混凝土桥，像颗松动的牙齿一样晃晃悠悠好几年了。实际上，大雨给全岛各个地方的作物、桥梁、电信都造成了损失。布朗希苏斯一度成了孤岛，政府派出了海上救援船只，给当地居民输送食物和其他物资。

再回到女王皇家学院，他们得到了议会的五项奖学金，拉比一项也没有得到。罗米利被调去担任纳尔逊街男子皇家学院的代理院长。我想他对这次调动很满意。

希万说你已经把他的生日给忘了，连张贺卡也没有。卡姆拉寄了一张。

51/4/5[5]

今天上午收到了卡姆拉的来信。她写道："过去两个月来，我越来越渴望回家，或去英国维多那儿……我觉得我比刚离家那会儿更想家。我变得越来越愤世嫉俗，越来越悲观。所有这一切只会让我跌进失落沮

---

[1]西印度群岛队于1951年11月至1952年1月在澳大利亚参加巡回赛。
[2]弗兰克·沃雷尔，巴巴多斯板球队员。1947年至1963年效力于西印度群岛队，1960年至1963年任队长。他是西印度群岛队首位参与全部赛季的黑人队长。1951年被《威斯登板球年鉴》评为年度选手。1967年死于白血病，终年42岁。
[3]这支英联邦队的球员来自英国、澳大利亚、西印度群岛等地。于1950年10月至1951年3月在印度和斯里兰卡参加巡回赛。赛程包括五场"非正式"比赛。
[4]位于卡皮迪欧家的地产范围内。
[5]可能是3月5日。——译注

丧的深渊。陷进去之后会发生什么，我不知道。现在，我觉得活在这个世界上一点意思也没有。"

她说她在自学古印度历史和文化，经常找教授求助。整整一年过去了，她还没有上过一堂历史文化课。

说真的，这听起来很令人沮丧。我在想，她是不是能转去更负责任一点的大学，也不知道这样做有没有帮助。你最好给她写封信打打气，给点建议。爱你，祝考试顺利！——爸爸

45 / 西帕萨德·奈保尔写给 V.S. 奈保尔

家：晚上 7：30
51/3/9

亲爱的维多：

但愿我不会糟蹋了这张信纸。今天晚上我觉得特别累。几天前我就打算给你写信，但是一直拖着，想等心情好点再写。但再拖下去，再过两个星期你可能都收不到信。所以，我就写了。

自从卡姆拉走后，这是我第一次为她忧心忡忡。我说不好这个姑娘想要什么。一所大学——信不信由你——竟然要你去上他们不教的课！这已经很夸张了，但还不及真实情况的一半。我建议她，如果这种尴尬的情况无法改变，她应该请求转学，转去一所能让她更好地学习印度历史文化等等的大学。她可能已经给你写过信了，因为我让她写信给你，听听你怎么说。

我觉得《伊西斯》的助理编辑并没有怎么损害你的报道。我倒是觉

得他的导言比你的略有改进，但只有一点点。多加练习，报道的第一段就会水到渠成了。因此，不要为这件事烦恼。我猜这是因为你花太多心思在导言上了。

任何时候，当你提笔写报道的时候，只须想想《伦敦快报》或者《镜报》《雷诺新闻报》会怎么写就行了，我留意到《伊西斯》的风格就是大众媒体的风格，比如周刊和日报。

嗯，换作是我，我会尊重实验电影协会会长的意见。你本可以从别的角度问问题，你可能会有全新的或几乎全新的见解。这个人今后可能对你有用，可能会成为你的采访对象，不仅是为《伊西斯》，而且为《特立尼达卫报》或其他报纸采访他。所以，我一点也不怀疑，你一旦找到一个新闻来源，马上就会把人家吓跑了。

除非普雷斯伯格从来不做访谈，否则，《普雷斯伯格访谈》算不上标题或是题目。这属于一种老派的做法，那个时候的报纸加的与其说是标题，不如说是标签。题目必须言之有物；必须具体，不能抽象。《教皇庇护和离婚》这样的题目等于没说，《教皇庇护认可离婚》就一目了然了。

不过，你还是应该让助理编辑们按他们的方式来。我想，他们是真心希望能改进稿件的质量。不要对此事太敏感，至少目前没有必要。

如果让我来，我会这样开头：《黑水仙》的导演埃默里克·普雷斯伯格先生用一个非常突兀的形容词来评价他最新的电影《红花侠》。在《伊西斯》记者问他对他的新电影有何看法时,这位制片人(？)脱口而出："哦，我觉得那部电影糟透了。我不满意……"。

至于记者是被人憎恨还是被人喜爱这个问题，我觉得应该换一个角度来看：一个人工作做得好了，别人就会开始喜欢他。我一直牢记高尔特·麦高恩[①]几年前告诫我的话："写作要有同情心。"我认为，这并不妨

[①] 1929年至1934年间《特立尼达卫报》主编，西帕萨德的良师益友。二战期间，他是《纽约太阳报》的战地记者。

碍我们写得真实，写得出彩。

请不要给我寄《快报》和《每日镜报》了。我在特立尼达能买到《快报》，至于《镜报》，花个几分钱就能在任何一家书店买到。我不应该叫你给我寄这些。但是，请给我寄《新闻晚报》《标准晚报》《每日邮报》。还有刊登你文章的《伊西斯》，之前几期也要。你考完后第一件事就是给我寄这些，好吗？

对了，斯万齐在他的年中评论中对我的《婚约》大加赞赏。节目是二月十八日播出的，但那天我没有收听。不过，他们照例将评论的纸样寄到《卫报》，詹金斯给我看了。他们不会发表这份评论。好像——信不信由你——我的小说是唯一非常真实和令人满意的作品。

我开始相信我可以成为一名作家了。

你妈妈在我身后说，人一定要有朋友，但是别让自己陷入糟糕的境地。她指的是菲利帕·格里……至于我……我知道，我以警告的口气跟你说话一点用也没有。

家人都很好。我消化不良的老毛病最近都没有发作。

请接受我们最诚挚的祝福。

爸爸

*46 / 西帕萨德·奈保尔写给 V.S. 奈保尔

家：晚上8点，51/3/21

亲爱的维多：

我从三月十二日起开始休假，一共两个星期。到目前为止，我还没有去海里游过泳，不是在干活，就是在睡觉。我已经把停车棚北边的墙给补好了；给家门前的花坛砌了一圈石块，并施上肥；做了一个笨重的踏凳来搁康乃馨盆栽；在树下挖坑，把红掌种了下去，并给面包树下的红掌装了栅栏。今天下午，你妈妈、萨薇、希万和我去克纳格商店以一元一盆的价格买了三盆玫瑰，用来替换半是由于疏忽半是由于虫子啃噬而死去的玫瑰。真希望假期能再多至少两个星期。但是不可能，我二十七日必须回去上班。

今天收到卡姆拉寄来的三本书：两卷本的《薄伽梵歌论》，还有一本小书《母亲》。《薄伽梵歌论》的两卷分别是三百二十二页和四百一十八页。它们正是我一直想要看的那种书。我很容易就能腾空两三层书架（除了两三本书）来放已故的奥罗宾多先生①的著作。他不仅博学，而且很有智慧。我本想把买书的钱还给卡姆拉，但她来信说她绝对不会要钱。好吧，我非常高兴！请注意，她威胁说，如果我寄钱过去，她会再寄回来！

你考试结束了吗？我很想知道你考得怎么样。你写信的时候详细讲讲。我记得你说古英语对你来说是最难的科目。希望你见招拆招，应对自如。

你觉得你放假期间可以去拜访一两家出版社吗——为了出版我的古鲁德瓦的故事②，连同近期我为英国广播公司写的几个短篇小说？如果可以，我会把那本小书和其他手稿寄给你。企鹅出版社怎样？下次写信的时候回复一下我的这个提议。

现在，只有希万和我在家。你妈妈和萨薇去17号看望金牙奶奶③了，她刚出院。过去六个月以来，或者从更早时候开始，她渐渐不行了。

---

①博恩·奥罗宾多·高斯，曾经的印度独立运动活动家，后成为精神领袖。1950年逝世。他的《薄伽梵歌论》发表于1916年至1920年间，《母亲》发表于1927年。
②西帕萨德在1943年以单行本的形式出版了《古鲁德瓦和其他印度故事》一书，发行量为1000册。
③卡皮迪欧家一位上了年纪的女性亲戚。

有卡皮迪欧太太的消息吗？他们到英国好些天了。17号收到一封电报，说了这事。B姨婆①住进了卡皮迪欧家的屋子。你玛米走了之后我还没有去过17号，但我听说打从他们走后，那屋子欢乐多了。

你已经两个星期没有写信回家了，但我想这是因为你忙于考试。

我们大家都很好。——爱你的爸爸

47 / V.S.奈保尔写给西帕萨德·奈保尔

大学学院，牛津
1951/3/28

亲爱的爸爸：

我早就应该给你写信了，但是我要考试。不过，两个星期前就考完了，我一直懒得动笔。我考得还不错，我的导师②觉得我应该得优。大约在考前三个星期，我和他在餐厅喝咖啡抽烟的时候（让你看看在牛津，非正式的辅导有多么惬意），他说我太过担忧，学习太努力了。事实上，除了《伊西斯》的工作，上个学期我的确放弃了所有社会活动。没有必要担忧。我相信我会通过的。我付出的努力会有回报，我真真切切觉得自己变聪明了。我不再像刚来的时候那样不自信了。

现在让我给你讲讲我参加的《伊西斯》期末聚会。聚会是由《伊西斯》的主编和东家一起组织的。在这次聚会上，我遇到了我在书上读到过的那种女性：对写作不屑一顾，却对作家情有独钟。我发现，当《伊西斯》

---

① 辛伯胡纳特·卡皮迪欧的姨妈。
② 彼得·贝利。

的编辑有诸多好处。让我吃惊的是，我发现很多我不认识的人都知道我是那个"写了半本《伊西斯》的家伙"，当然仅指新闻版面。编辑对我的姓名缩写很好奇，想知道我为什么只署名V.S.，从来不暴露名字。你知道，在特立尼达，男人以姓相称，只有女人称呼朋友的教名。可是，在这儿，你应该对认识的人直呼其名，但我仍然很不习惯。新闻编辑说我是那个学期最好的记者。但是到目前为止还没有提拔我。

我给斯万齐寄了一篇短篇小说。天，要是被录用的话，我会尽快再写些出来。我就有稿费可花了。一个法国人[①]看了我写的长篇小说的片段之后，说我很有天赋。他和我同住在伦敦那幢出租屋里，目前任职于英国广播公司法语栏目。他希望我能尽快完稿，然后把书稿交给他。他认识像约翰·莱曼[②]这样的人物。他还希望我能重写《狂欢节皇后》——第一段的确需要重写——他们会翻译成法语，在法语节目中播出。我不知道他在英国广播公司还能待多久，因为政府已经决定缩减法语节目，把重心移向铁幕另一边的国家。关于出版你的小说的事，我已经在心里盘算好久了。还没有什么想法，但是我想，到今年年末，我应该会认识一些人。同时，我觉得，最好的办法是把小说直接寄给出版社，说其中大部分作品都曾在英国广播公司播出过。我会尽力的，但是我们得先说好谁负责把这些小说打出来。或者最起码得说好打多少！我想我当你的经纪人应该很靠谱。现在，我想告诉你一些事情。我一直都很崇拜作为作家的你。我深信，你要是出生在英国，一定早就出名了，而且很富有，广受知识分子的追捧。你还年轻得很。萧伯纳四十四岁才成功，你应该一直写下去。

舅妈已经把香烟给我了。她在给我之前大讲特讲她怎么被迫对海关撒谎，说她自己抽烟。而我非常清楚，每个来英国的人都可以带四百支

[①] 伊夫·勒克莱尔。
[②] 作家、编辑，曾任霍格思出版社总经理，后创办《伦敦杂志》。

香烟。他们为什么要大费周章让你明白你欠他们人情呢？我打算对他们敬而远之。除了让我心情郁闷，别的他们什么都帮不了。卡珀说："我觉得你妈妈鼓励你抽烟。"我说："是的，没错。"他看到我对他的讽刺不为所动，并且马上反唇相讥，他立刻改变态度，问我考得怎么样！

那些孩子的粗鄙让我吃惊。我刚从牛津回来。他们叽叽喳喳，简直在折磨我的神经。我听到希塔用粗鄙的特立尼达口音说："俺不要，俺不要。"听起来真是毫无教养。

谢谢你让人捎来这些烟。那个法国人觉得比骆驼牌好。这就替你做广告了！

请你们放心：我不去德文郡。我会和一个同学[①]去黑潭玩一个星期（也有不便之处,他们一家人都信天主教）。然后去坎伯兰玩一个星期。这个假期有两个朋友来看我，比上一个假期多了两个。其中一个是在印度长大的英国人。上星期二，他好好请了我一顿。我破产了：我们在皮卡迪利广场边的摄政宫酒店喝了咖啡，吃了午餐，接着到泰特美术馆喝下午茶。

好消息：企鹅出版社出了一套好书。要不要我替你买？还是你想在特立尼达买？

维多

关于周报的排版：英国人是按照做新闻的方式来做特稿的。你们的排版比较好，而且会越来越好。

看看英国报纸怎么放照片。每一张照片都不是标准的长方形。

〔两张草图〕

---

①约翰·麦康维尔。

48 / V.S.奈保尔写给卡姆拉·奈保尔

大学学院,牛津
1951/4/3

亲爱的卡姆拉:

我几天前收到了你的信和照片。我还欠你几封信没有回,但我懒得动笔。

我不喜欢你用"寒酸"来形容你的生日蛋糕。我可不这样觉得。我从来都没有生日蛋糕,连生日聚会都没有,那些甜饮料啊小点心啊根本不能算是聚会食品。

我有新闻要告诉你。你应该记得,我在一九四九年初写过一篇关于选美的小说。还记得吗?好吧,一九四九年二月二十七日至今,我把那篇小说改了起码有六七遍。最后一遍修改是几天前,那个在英国广播公司工作的法国人鼓励我改的,他和我住同一幢寄宿〔公寓〕。他会把它翻译成法语,在英国广播公司的法语节目中播出。我还把一个短篇寄给了英国广播公司的加勒比节目,就目前情况来看,他们会录用。如果他们录用了,意味着我两个星期的劳动会换来十五几尼多一点的入账。还不赖!我才十八岁!我的长篇小说还没有写完,过去两个星期我像狗一样勤奋,但进展甚微。当然,已经有思路了,我陷入了一种连续的昏昏欲睡的状态,需要休息几天再继续。得有绝对清醒的头脑来构思情节和人物。但进行得挺顺利,我想在六月底写完。那个法国人答应帮我推销出去。他觉得我才华出众,一定会成功。自然,我觉得这部小说不算很好,我仍然在写是希望能靠它赚个一百英镑左右,也许还能在毕业后找份好工作。但是也有麻烦。作家想写出好作品,先得能生存下去,可是,待在办公室里、一日四餐有保证的人没有一个能写出好作品。一般说来,写作源于历练,但是我缺乏历练:你知道我过的是怎样的日子。

希望你已经从失望中走出来了。请振作起来。听说你不快乐,我的心都碎了。

不要担心我女朋友的事。她是欲擒故纵,她想让我觉得有很多人追她。我觉得了,于是退出了。我得出一个结论:有必要交个女朋友,但是我太热情了,你知道你一向是怎么说我的,我太在意新结交的女孩子了。因此,我打算,在我成功之前,不去理会任何一个女孩子。

我的一个同学邀请我去他在黑潭的家里玩。唯一的问题是他是个虔诚的天主教徒。希望我不会出什么差错。

哦,顺便说一句,阿莱特出家当修女了。我经常在出租公寓里见到她妹妹莫莉,她和马耳他的一个家伙订婚了。这儿还有两个特立尼达女孩,非常印度,非常圣费尔南德,非常蠢。

请不要担心你自己,亲爱的,更不必担心我。还有,至于家里,你知道是怎么回事。它像直布罗陀一样坚固。它摇摇晃晃,但仍在前进。它建立在一个稳固的基础上。你要明白,没有我们,那个家就没有了中心。

我知道,责任重大,但并不令人沮丧。

你的照片很漂亮。那个法国人说你看起来像一个希腊女神!他结过三次婚。所以啦!

有一个像你这样漂亮的姐姐,我很高兴。期待有一天能带上你在牛津炫耀一番!

再见,我亲爱的。

维多

〔手写附言:〕
牛津的房东太太收到了你寄的糖。她要写信感谢你。

49 / 西帕萨德·奈保尔写给 V.S.奈保尔

家：51/4/4
晚上9:45

亲爱的维多：

我刚刚结束和卡尔（贝尔蒙特人）[1]的谈话。他来找我谈他正在创作的一部长篇小说，想让我看看写完的章节，这样我可以给他一点反馈。

收到你三月二十八日写的信，我们大家都松了一口气。获悉长时间毫无音讯不是因为生病，我们都放心了。我们在收到你信的同一天也收到了卡姆拉的信，这样的事情常常发生。她似乎已经摆脱消沉，决定自学了……我一点也不怀疑你会在考试中取得好成绩。我猜最大的问题是你自己太过焦虑。即使不太努力，你也会考好的。我觉得诀窍就是别太重视，只要你自己尽力了，就不用太在意，安静沉着地等待结果即可……

《伊西斯》不过是小玩意儿。再过一两年，你将会为更有名的出版物写稿。只要我还在，就不要为我们担心。争取一切机会……冷静地删改《狂欢节皇后》。我觉得最起码可以删掉三分之一。我记得我已经把在我看来多余的部分都标注出来了……如果你寄给斯万齐的小说的主题是西印度群岛，那很有可能被录用，但是现在稿酬较过去少了一点，大概是十几尼，过去则是十二到十三几尼。不过，你刚起步，别的杂志付不了这么高的稿酬……那个法国人兴许只是客气：别说是特价锚牌烟了，特立尼达任何一种香烟怎么可能比骆驼牌更好？

依纳若炎今天在家。他说："你知道吗，穆萨，香烟又回来了，维多没收。包裹上贴了张条子：'明确拒收。'我想，收的税可能比香烟本

---

[1] 安德鲁·卡尔，民俗学者、文化历史学家。贝尔蒙特是西班牙港东部的一个区。

身都贵。"《卫报》的女性专版前几天刊登了一篇报道，说你和另外十名西印度群岛学生接受英国文化教育协会新闻处的邀请，参观英国主要工业等。接着又听说，你将和一个同学在黑潭待一星期。不管怎么样，我希望你们玩得愉快。

我想，等企鹅出版社的新书在这儿上市，可能还得好一段时间；所以你还是给我寄一本吧，最多两本。昨天，我买了一本迪平的《重获新生》[①]。不算是佳作，但故事还不错，写得过于急促和专业了。好书是可以感觉出来的，就像品酒师能感觉出好酒一样。

谢谢你寄来的报纸杂志。不用寄《快报》给我，我可以在这儿买。

还要给卡姆拉写信，已经很晚了。

爱你的爸爸

50 / V. S. 奈保尔写给家里

大学学院，牛津
1951/4/11

亲爱的家人：

我在黑潭给你们写信。这儿是英国北部重要的海滨胜地。它就是一部大机器，从度假的游客那儿敲诈钱财。这儿到处都是算命的——吉卜赛人，都说自己姓李，都说自己是海滨独一无二的吉卜赛·李[②]。还

[①]《重获新生》（1942），沃里克·迪平著。
[②] 著名的吉卜赛占星师，据说曾为英国维多利亚女王占卜。

有很多餐厅和娱乐中心。当然,还没有到旺季,但是你可以到海滩上走走,看看人们为这部大机器上油,为即将到来的旺季——据说是在六月份——做准备。

我住在一个男同学家里,他和我住同一层宿舍楼。这是一个苏格兰家庭,笃信天主教。但这是我在英国度过的最适意的四天。他们想尽办法让我有宾至如归的感觉,我也真的感觉很自在。我在这儿学到了一门艺术,就是如何让自己适应任何新的环境。打从离开家,我已经睡过许多不同的房间和床,换一个环境,我既不会觉得害怕,也不会觉得很浪漫。

一个法国人对我说,我们应该为英国人感到遗憾。他说英国的女人、海滨胜地、食物对英国人产生了影响。英国的女人不会做饭,不会打扮,且一律相貌平平;英国的海滨胜地湿漉漉的,挤着成千上万等着被骗钱的人。就拿黑潭来说,海滩本身很漂亮,除了没有椰子树,跟特立尼达东海岸差不多,但是海水冰冷,风冷飕飕的,而且水的颜色永远像泥浆。他说他们的食物就只有炸鱼和炸薯条。

今天上午,我在屋后的花园修剪枝叶。大约剪了一个小时,感觉不错。来到英国后,我一直没有机会干活,我真觉得我应该在下一个假期申请一份农场临时工做做,不光是为钱,也为了能呼吸呼吸新鲜空气,活动活动筋骨。牛津是个比较小的城镇。从中心出发,走十分钟就会发现自己已经到了野外。我从牛津去伦敦的时候,拥挤的人流把我吓坏了。我觉得大家都像是在奔跑,过了一段时间才觉得他们是在走路。伦敦的氛围当然很不健康。在牛津,我最晚九点半就会起床。在伦敦,不管我几点钟上床,每天都可以睡到中午。

我这个星期六去博罗代尔,就是著名的博德石[①]所在地。博罗代尔位于湖区,更靠北。不要以为我花钱了。我住在这里,费用全免,而且,

---

[①] 一块重达两千吨的巨石,靠一个角支撑平衡,在冰河时代由冰川从苏格兰带到博罗代尔,一直很受游人欢迎。

我是利用英国文化教育协会假期旅游的机会去博罗代尔的，殖民地部给了我从博罗代尔回伦敦的路费，每个晚上还补贴我住宿费。我是坐大巴来黑潭的，车费十八几尼，打算和朋友一起搭免费便车回牛津，应该可以，回程的火车票要四英镑多呢！

忘了告诉你们，前些日子我收到了拉比的信。可怜的孩子！我觉得太残忍了。他没有什么好跟我说的，费了很大的劲把信纸填满。不管怎么样，他心地是很好的。

希望爸爸继续写作，哪怕每天只写五百个单词。爸爸应该开始写长篇。他应该认识到西印度群岛是个非常有趣的社会——一个假装老于世故的社会。看看那群苏克迪欧①，爸爸肯定可以构思出一部长篇小说。照原样描述这个社会，不解释，不辩护，不嘲笑。真遗憾，我没有多走动走动，看看那个世界，但如果我真那么做了，可能我就不会在这儿了。

对希万、萨薇、米拉、萨蒂说我想念他们。告诉萨薇，没有给她写信，也没有给她或希万寄生日礼物，我感觉很不好。但是我没有办法。

我想，爸爸的生日已经过了吧。不管怎么说，送上我最真挚的祝福。

献给妈妈我的爱。

〔没有署名〕

51 / V.S.奈保尔写给卡姆拉·奈保尔

大学学院
牛津
1951/4/14

---

① 即苏克迪欧·米西尔一家。

亲爱的姐姐：

我一个星期前收到了你的来信。我在黑潭的一个朋友家做客，信被送到了那儿。我今天才动身离开，是在博罗代尔给你写这封信，妈妈的一个笔友曾在这儿住过，可能现在还在这儿。

亲爱的，我会给你寄你需要的所有书。不用给我钱。（或许，等到我双膝下跪，哀求"求求您了，先生，能再给点吗？"的时候，再给我。）①

我的表现（我一贯如此）没有差错。那是我相处过的最天主教的家庭。他们信，并且深信不疑。这当然没有错。这在他们周围筑起了一道墙，但这道墙给了他们安全感，他们没有意识到自己的信仰可能或的确是肤浅虚伪的。这墙没有把他们变成怪物。他们和善而慷慨。但我觉得，这是因为天主教教义总在宣扬惩戒。人人头顶都悬着一把剑。

我刚刚意识到，这是好久以来你第一次收到我手写的信。我的字迹有大变化吗？

我与世无争。虽然是有点丢脸的平和，但是我在努力学着接受它。我不能告诉你原因，因为你听了可能会伤心。我知道，你一直认为我智慧超群。不是吗？但是，当一个人发现他一直在欺骗自己，会怎么样呢？他撒了太多谎，连他自己都相信了。我说的每一句话都让我感到羞愧。我发现自己表现出真诚的时候也在装模作样。大多数人都要经历这个阶段吗？今天上午，我苦苦思索，人们为何竟然能容忍我。我希望能像别人看待我那样看待自己。那可能是最后一根救命稻草了。又或者，我希望发现我不像自己想象的那么糟糕。

那些喜欢我的男生，他们喜欢我是因为我身上有一种"愤世嫉俗的强烈色彩"，因为我表现得像"无所顾忌的孩子"。但是，我真的从未意

---

①在3月29日的信里，卡姆拉写道："我非常需要几本书。我会把钱连同书单寄给你，但是我先得知道你是不是可以帮我买。"

识到自己是在故作姿态。我想,这是因为我们在西印度群岛完全生活在自己的小天地里,长大后就会轻视周遭的人。但是,那些人就应该被瞧不起!一个朋友某天对我说,人家不喜欢我是因为,我让他们觉得,我认为他们是傻瓜。你是怎么看我的?别跟我谈你的表亲。你非常清楚,他们是一群笨蛋。

很遗憾,我已经写完了。送上我全部的爱,我亲爱的卡姆拉。维多

第四部分
1951.4.20 ~ 1951.9.13

夏季学期，暑假

52 / 卡姆拉·奈保尔写给 V.S.奈保尔

1951/4/20

亲爱的维多：

呃，是的。你的笔迹变得有一点不好辨认了。不过，没有什么好担心的。事实上，这大大安慰了我，因为我现在知道，除了我，还有人的笔迹让人难以辨认。

我正在参加学年考试。你知道发生了什么吗？我的右臂肿起来了。十八日那天，在考英语选修（一）的时候，我的手突然变得软弱无力，连字母都写不好。你真该看看我那时写的字。糟糕透顶。只有上帝（不，我已经不再信仰上帝了，我现在甚至没有办法祷告）知道我是怎样写完考卷的。昨天，我去看了医生，因为我害怕某种热带疾病看上我了，要跟我亲密接触一番。医生说神经（肘部那条可笑的神经）有点麻木，可能是被压迫太久了。现在，手臂仍然肿着。我今天上午考了英语选修（二），结果它更肿了，非常疼。但是，我还是会继续考试的。下星期一还要考地理。

你信的最后一部分很搞笑。别跟我说你已重新开始。看在上天的分上，好好生活（别管别人）。任他是谁，喜欢你，或不喜欢你，那是他的事，不是你的。但请答应我一件事,不要喝酒。我非常清楚酗酒的后果。所以,一定要理性。我依然认为,你会成为我一直认为你会成为的样子。相信我,你就是你。所以,忘了它吧。

我要告诉你一件发生在宿舍的事。有人闯进了我的房间,偷走了我的钱包。里面大概有五十卢比。我不在乎那钱,但是,钱包里还有爸爸和你的照片。我希望他们能归还照片,钱我就不要了。我的运气就是这么差。我小心翼翼地把钱存起来,想为自己买件纯棉纱丽,上学时好穿。我去喝了杯茶,回来钱包就不见了。为何烦恼?

这儿有个很无聊的美国人。他蓄着大胡子,穿印度服装,讲起话来有气无力,慢吞吞的,真考验别人的耐心。他总是不厌其烦地要你加入他的会之类的。真的,他就是个笑话。我们叫他"走来走去的耶稣"。

我全部的爱

卡姆拉

53 / 西帕萨德·奈保尔写给 V.S. 奈保尔

家:51/4/25

亲爱的维多:

我上个星期没有给你写信。从接到你上一封信听说你在黑潭玩到现在,已经快一个星期了。我迟迟不回信的原因常常是——猜猜是什么?对了,没错,没有航空信笺了!

航空信笺应该是最容易买到的东西。邮局就在附近。萨蒂、米拉、萨薇每天都要从那儿经过好几次。但是这些家伙都靠不住——哪怕是买航空信笺这种小事。当然，这其中也包括我，因为，你很清楚，我自己每天也要经过邮局好几次。

你说我每天最少应该写五百个单词。呃，我已经开始这么做了，但是现在还说不了太多。先让我看看能不能坚持下去。我到现在还没有决定是写本自传体小说呢，还是把古鲁德瓦翻出来重写。我有自信，能写出一部长篇小说。我一直在非常认真地研究《赖斯曼阶梯》的结构，我觉得按照本涅特处理厄尔福沃德先生和阿尔布太太①的方式来处理古鲁德瓦应该很容易。但是，说到我打算写的自传体小说，某些部分我觉得很好处理，但有些地方我吃不准，很难把握。最难的是选择事件。

你无论如何都应该坚持写长篇小说。但是，要写出一部算得上佳作的长篇小说，可能要花费好几年时间，不用我提醒你，尽早着手。看看康拉德，学习其紧凑强烈的表达方式，但是，最主要的是有自己的个性。

关于我的短篇小说：手头写好的起码有十一篇。但是，光把这些打出来就是一项沉闷乏味、令人生厌的活儿……下班后我往往已经很累了，要想在一天的劳累之后接着干活，一定要有好心情才行。工作已经把我榨干了。所以，别对我抱太大希望。另外，几乎每天都有要修整的东西：房子东面和南面的栅栏啦，车库啦，花园啦（如果可以这么叫它）。我想让这片小天地变得漂亮一点，而且已经有一点小进展了。

希万去圣阿格尼斯学校②念书了，现在在念大班，但是没有什么功课。他对我说，学校要求学生们在某段时间"睡觉"——趴在课桌上——每天都这样。我有天问他："你们要睡多久？"

希万回答："睡到放学。"你明白了吧！

我在《特立尼达卫报》已经待了十六个月，还没有晋升。有件事让

---

① 亨利·厄尔福沃德和维奥莱特·阿尔布是阿诺德·本涅特《赖斯曼阶梯》（1923）里的两位主角。
② 圣詹姆斯的英国制小学，位于尼保尔街以西几个街区外。

我更加不舒服——我猜共产主义者就是这样产生的——一个三流的英国小子,我敢保证,他的工作做得一点也不比我好,但收入却比我丰厚得多。这儿是殖民地,白人被看成是高一等的人种——吃得更好,住得更好。我不在乎告诉你,我已经有点讨厌他们了。这不完全是我的错。有个叫巴克尔(新闻编辑)的人,开口就好像他是一流报人。他有个文凭,我想是文学学士吧,某个三流大学毕业的。但其实他只会虚张声势。你要是读过普里斯特利的《天使人行道》,一定知道戈尔迪先生[1]。这个人就像戈尔迪一样。

凯瑟琳·麦科尔根[2]回英国了。她对我说她有个叔叔在牛津——不在牛津大学里——她去拜访他的时候会顺便来看看你。

她是个好人,不像巴克尔那类人。

卡姆拉写信给我们,要我们"马上"给她寄一本《斯坦布里奇地理——南方大陆》[3]。你妈妈要我跟你说,你给她寄一本比较妥当,因为她从家里平邮寄一本书过去太慢了。

关于你的短篇小说英国广播公司有没有回复你?如果有,一定要告诉我。

这儿有个叫阿拉哈尔的家伙给《卫报周刊》投短篇小说,也发表了。现在可以肯定,他投的都是别人发表在英国报纸上的作品。

家里一切都好。

爱你的爸爸

下一次我让你妈妈给你写信。

---

[1] 他想说的是 J.B. 普里斯特利所著长篇小说《天使人行道》(1930)中的人物戈尔斯皮先生。
[2] 英国记者,20 世纪 50 年代初供职于《特立尼达卫报》。
[3] 贾斯珀·斯坦布里奇是好几本"新牛津地理丛书"的作者。

那个伙计,卡罗莱纳的布丹死了。约十五天前突然死掉的。他钻进柜台下面为顾客拿油粕,倒下来就死了。[1]

54 / V.S.奈保尔写给西帕萨德·奈保尔

牛津,大学学院
51/5/1

亲爱的爸爸:

相信我,知道你在写作,我别提有多高兴了。不要为选择烦恼。这不过意味着你得写两本小说了。也不要让年龄困扰你。你可能听我提起过乔伊斯·卡里。他从殖民地公职机构退休之后才开始创作。我很肯定,他现在应该五十出头了。我上星期天还见过他。

我想你应该很高兴知道,斯万齐可能会在六月或七月播出我的短篇小说。[2]他大概两个星期前写信告知我这件事,但是他觉得最后一页"文学味太浓",要我重写。

我考得还不错,最差的一门是B⁻。我的导师很失望,因为我没有得优。可是,整所大学只有三个人得优。无论如何,我是我们院成绩最好的一个。

别让《卫报》把你打倒,我知道那种事有多伤人,但是请别太担忧。不出意料,我在《伊西斯》没有得到提升,事实上,我觉得他们打算不伤体面地把我打发走。整个牛津都在搞小圈子,很可怕。要想和别人处

---

[1] 这名不幸的店主身份未经确认。
[2]《这儿是家》在6月24日的"加勒比之声"中播出。

得来，就得归属某一个圈子。我这个学期回学校比较迟，结果发现这个学期的报道工作都已经分派出去了，没有我的份。后来，他们让我捡漏，报道别的记者可能没扫荡到的新闻！你可能对这样的情况并不陌生。但是，也有所得，我拿到了第一篇特稿。这可是大任务，两页的篇幅，加照片，报道莫里斯汽车公司（就在牛津外面）扩张对学校造成的影响。我希望能把这篇特稿写好。只有大记者才能得到这样的活，因此，我想我不必担心。他们通过书面和口头方式让我知道，我不应该觉得《伊西斯》不需要我，我的工作还是被认可的，诸如此类，你知道那些冠冕堂皇的话。但是你永远也看不透这些人。

大约一个星期之前，一连四天艳阳高照，但现在又转冷了，还下雨。什么鬼天气嘛！但是我喜欢，充满了变化。

博西终于考进了医学院，学校位于纽卡斯尔，还要往北走一百英里，你听到这个消息一定很高兴。我也为他感到高兴。

一个名叫阿卜杜拉的男同学时常收到家里寄来的香烟——一次两百支——用礼品包裹寄的。你们也能这样帮帮我吗？一切费用我出。请不要说"不需要你付钱"之类的话，我很明白家里的处境。

我终于找到了自己的朋友圈。能够找到志同道合的朋友，真是幸事。他们中没有谁是出众的天才，有一个英国男生，在印度长大，是个艺术家，但是考试没有及格，这个学期就要离开牛津了。这个暑假很长（有十六个星期），要是找不到工作，我会无聊死的。希望能找到。

关于把你的小说打出来的事：特立尼达没有帮别人打字的人吗？英国的价钱是一千个单词一先令三便士至一先令六便士。一部长篇小说一般七万个单词左右，所以，你可以自己算算费用。

我应该给萨薇写信的，但是我能给她或是其他人写点什么新鲜事呢？我要说的已经说完了。这些信是大家看的，我想没人想把同样的内容看两遍吧！

我爱你们大家,问候妈妈、希万、米拉、萨蒂。

卡姆拉要的书我已经买好了,今天或明天就会寄出去。

维多

*55 / V.S.奈保尔写给卡姆拉·奈保尔

大学学院
牛津
51/5/1

亲爱的卡姆拉:

我买了几本书给你,甚至还买了包书的纸。我会在今晚或明天寄出。我想你得把书钱给我。真是万分抱歉,但是我需要。

考试都通过了。没有得优,但我是我们学院成绩最好的。还有,英国广播公司的人会在六月或七月播出我的短篇小说。他想让我修改一下最后一页,因为"文学味太浓"。

听着,我有事要告诉你。酒贵得吓人。就算我真的想喝,我也喝不起,或者说,没法浪漫地、好好地享用。所以,别烦恼了。

湖区很漂亮,希望还能再去。听起来令人难以置信,我还爬山了。开始很痛苦,心脏都要裂了,但我很快就爱上了爬山,这样运动对我大有裨益。

现在是夏季学期,基本上不可能学得进去。太阳一出来,人就不想学习。阳光太稀罕了。但我真的觉得和特立尼达一样热。一个星期前,有几天很热,我敢说,和特立尼达平常时候一样。

我不知道你那儿的规定是怎样,但是这儿的男生能收到从特立尼达寄来的香烟和食品包裹——作为礼物。你能帮我看看怎样才能办得到吗？我要香烟，天哪，这儿贵死了！

希望你早日收到书，也希望正是你要的。

爱

维多

56 / V. S. 奈保尔写给家里

大学学院，牛津
1951/5/9

亲爱的家人：

什么鬼天气！真的，这是我遇到的最不可预测的事了。两个星期前还很热，天气晴朗，跟特立尼达差不多。但是上个星期天色阴沉，飘着毛毛细雨，还很冷。

我刚刚写完关于莫里斯的那篇文章，并不像我设想的那样好。编辑不喜欢我，这篇文章本该让他有所改观的。但是文章不如我料想的那么好有诸多原因。首先，我要处理的东西太多了；然后，在动笔之前，我没有好好整理手头的素材。所以，我搞得一团糟，无法补救。此外，我的眼睛从上个星期起就不太合作。不管怎么样，我会把下一期——英国节日特刊——寄给你，你可以自己评判。请来信告诉我你的想法。

说说我的眼睛，没有什么大毛病，就是把右眼里面的两个囊肿给切掉了，过段时间再弄左眼。很简单的手术，五分钟搞定。

老天，莫里斯汽车公司真是个很棒的地方！我作为记者，厂方派人带我参观,在那儿我吃到了来英国后最好的一顿午餐。我和负责纳菲尔德五大刊物编辑的人聊了会儿。他曾在路透社和《每日邮报》工作过一段时间。好像所有地方的人都一样,诡计多端,寡廉鲜耻。他说他很庆幸离开了《每日邮报》。

前几天,我和朋友们去划独木舟了。我们对这项运动一窍不通,直到连船带人一起翻进河里,我们才知道自己划的方式不对。那真是很搞笑的经历。

我真该给家里寄几张牛津的照片。商店里照片很多,随便摆在那里,因此显得很俗气。但是我会尽快寄几张回家的。来到英国之后,我买了很多书,但是,如果要我说这里面有多少是平装本,有多少是企鹅出版社的书,我会很惭愧。

问候大家,给我寄几张照片怎么样?

维多

*57 / V.S.奈保尔写给卡姆拉·奈保尔

大学学院,牛津
51/5/9

亲爱的卡姆拉:

我已经把书寄出去了。大约三四个星期后能到你那儿。我真切希望你能及时收到。我已经写信给福伊尔商店买斯坦布里奇的书了,一收到书我就会以航空件的方式寄出。所以,你无论如何会在大概两周后收到。

谢谢你的来信。我看了很高兴。当然,我现在好多了。今天,给《伊西斯》写的一篇非常长的稿子完工了——关于位于牛津外面的纳菲尔德汽车厂。大概有一千八百个单词，得占差不多两页。希望他们能给它安排整版。下一期是关于英国节日的特刊，能在那上面发表一篇文章真不错。大家总是会去翻那些旧刊，我非常希望他们能把我的名字印在里面。

前几天，我和两个朋友去划独木舟了。我们自然对划独木舟一窍不通，直到船翻了，我们掉进河里，我们才知道自己划船的方法不对。我们的衣服当然都湿透了。我碰巧穿了条泳裤，因此绝望地跳进河里。天哪，河水真冷啊。但是，我现在变得很皮实，之后甚至都没有感冒。哨兵对我说，我的肩膀越来越宽了，我当然不介意那样。但是，他还对我说，我胖了，他说他看脸就能看出来。我只想说千万不要。我真的希望我没变胖。我已经够难看了。

上星期六，我的右眼做了个小手术。主要是把右眼的两个囊肿切除。眼睛在康复中，虽然有时还会有点痛，但是很快就会好的。这个星期六，我要把左眼的囊肿切除。好像我的眼睛里有个囊肿养殖场一样。不过没什么。

我真是个坏蛋。我还没有给你，也没有给家里寄过牛津或者我的学院的照片。我真该寄几张。

好好学习，不要担心，看在老天的分上。

再见，送上我所有的爱。

你的维多

58 / 西帕萨德·奈保尔写给 V.S.奈保尔

家：51/5/9

亲爱的维多：

金合欢开花了。开得还不多，只有五六朵，但是很快就会有很多花儿绽放。树很高，枝繁叶茂，一点也不像你在莱特森路上看到的那些歪歪扭扭的东西。我在树下种了九重葛，鲜红色的，我想看着它往上爬，越爬越高，然后像红色的帘子一样垂下来。我是在经过圣詹姆斯兵营的时候产生的灵感。你知道，在那儿，沿着车道两边，紫色的九重葛从上了年纪的雨树①上垂下来，看上去非常漂亮。卡姆拉想让我在车棚边种一株九重葛。我已经种了，茎上已经吐出小芽。

种花于我而言，就像一剂振奋精神的补药，是一项很不错的休闲活动，能让我暂时忘却《特立尼达卫报》的日常工作，当然，这不是说那份工作非常单调枯燥。它还是有可取之处的。在《卫报》方针或曰《卫报》规定允许的范围内，如果你有创造力，有艺术直觉，尽可以在版面设计、标题制作、照片布局、插图选择等方面大胆发挥。在一张白纸上开工，看着它最后变成一份杂志或报纸回到你手中，真是令人激动。有时，它也会让你有点头疼。

我负责《卫报周刊》的七个版面和《星期日卫报》的两个版面：第十八、十九页，是商业版。这个版的限制大得多：不是想用什么字体的标题就能用的。不行。必须遵守《卫报》规定。必须是博多尼粗体，或博多尼斜体，别的不行。（光是博多尼字体，除了前面提到的，还有黑体、现代体、超现代体、特粗体、加粗体。）有一天，我用博多尼黑体制作

---

① 加勒比地区一种常见的遮阴树。

了通栏标题和副标题，我估计他们可能会对我的大胆创新表示异议。第二天，星期天，我看到那一页恢复了惯用的博多尼体。所以现在，只要是《特立尼达卫报》的版面，我都墨守成规。

你知道吗，我发现自己同时在写三篇（可以说是四篇）小说，虽然这听上去很蠢。我的意思是三篇同时进行，一篇没有写完便开始写第二篇。你瞧，我最近一直在读高尔斯华绥（故事集——《大篷车》）[①]和吉卜林的《山中故事》，灵感不断，要是不马上记下来，我可能会忘记的。我一直这样，一会儿写写这个故事，一会儿看看那个故事，一会儿再动动第三个故事。我在两天前写完了其中一篇，其余两篇也已过半。我还没有把这些打出来，等我打出来，工作才算真正开始。但是我发现，这样系统快速地记录下来的东西很不错。因为，这样的记录赋予了小说整体性和平衡。你的灵感被保存在多少算是完整的故事中，你可以在很久之后再拿出来打磨润色。

我不想让你觉得我的写作是一种短暂的爆发，可以这么说，我是慢悠悠地、一点一点写出来的。这比完全不写要好。你那些鼓励的话，让我感觉尤其好，因为我知道你不是在奉承我，我对你的评价很有信心。不过，我仍然不希望你对我抱太大的希望，因为我要是达不到，你的希望会破灭的。这对于我们俩而言，都是一种痛苦。听着，我并不是说我没有信心。我知道我能写，但我很容易感到疲乏，这也是事实。要是我连着六个月没有别的事，一定能写出我的第一部长篇小说。而且，虽然找出版商没那么容易，但我肯定那会是部很不错的小说。

你还记得塞西尔·亨特[②]是怎么说记笔记——随手记录你对人和事的印象（我会加一句，记下你的感受）——的重要性的吗？你要是能养成这个习惯，那真是万幸。在某些时刻，某些地方，你会发现这些随手

[①]《大篷车：约翰·高尔斯华绥故事集》于1925年出版。
[②]《以写作为生》（1936）、《如何写书》（1939）等书的作者。

记下的东西非常管用。你笔下的人物手到擒来。我在这里写一写我对詹金斯的印象,作为例子:有关他的一切都让人联想起猪油。他跟猪油一样白,一样厚,一样肿胀不堪。仿佛是为了加深人们的这种印象,他习惯穿白色。连头发都是白的。似乎他曾经遇到过什么人生危机,他跟他的上帝发过誓,为了显示虔诚,他只要白色。他很矮,圆滚滚的,胖得离谱。他的体重和脂肪堵在喉咙口。一张嘴,吐出的字砰的一声坠落,好像舌尖坠了铅。你仔细打量他,会觉得他是一个大得过分的婴儿:胖乎乎,圆圆脸,肉嘟嘟。据说,英国温和的、有时让人沮丧但从来不严酷的天气同它的国民性格颇为相似。詹金斯先生的体态和容貌同他的性格亦有相似之处。他很迟钝,哦,多么迟钝啊!你若是对他不够了解,会觉得他就是一个傻瓜;了解他之后,你会觉得他根本不是傻瓜,他只是很狡猾……好吧,我可以像这样一直写下去。这个东西现在对我可能没什么用,但是,今后某天会用得上:我的故事里可能需要一个这样的人物。这样做的好处是,若是让你比如十年后再来描写詹金斯,很难写得同样鲜活。

我很乐意每两个星期,或者至少每个月给你寄一条香烟。但请向阿卜杜拉打听清楚他是怎么收到香烟的,换句话说,给他寄香烟的人是怎么寄过去的。昨天,依纳若炎在咱们家,他说寄不了香烟。问问阿卜杜拉,下封信告诉我。

《伊西斯》减轻了你的负担,你应该感到高兴才是。你最起码每两个星期可以写一篇特稿,写得轻松一点,效率高一点。这可能会比单写新闻稿让你获得更多认可。人们在说喜欢你的文章的时候可能更发自内心。不管怎么样,接受现状。

恭喜你顺利通过考试。你表现得很好。毕竟,你只差一点就得优了,而且还是你们学院第一。

和斯万齐搞好关系。多写写有关西印度群岛的主题。不光是小说,也写点非虚构的文章。这肯定比一般的叙述性的新闻稿好。一定要有文学价值。我已经寄了一个短篇过去。你知道，《莫恩》那篇。若是那篇能发表，我给你一半的稿费。我的《奥比巫术》还在他们手中，我已经提醒林多夫人这件事了。

呃，你了解拉姆力拉①、侯赛因节、湿婆节②等的情况吗？如果你了解，为"加勒比之声"写写这方面的稿子。你该把你的《狂欢节皇后》寄出去了。你只须整体删除一节，加几个"和"，使有些句子不那么像电报语句，就行了。你要是不介意，我可以在这儿帮你做这件事。我有一本那个杂……好吧，写不下了。保重，家中一切都好。我只好把这封信打印在这张纸上，没有航空信笺了。

星期二，5/15

你提到你眼睛里长了东西的那封信我们已经收到了。是不是我们说的"针眼"？长了这样的东西还写信，一定很不好受。那东西很痛，让你浑身不舒服。你应该跟你的编辑说你写不了稿子。要不是你长了"针眼"，我丝毫不担心你的文章。我写的东西，没有几篇能让我满意的，但我还是寄出去了，因为必须交差。但这些文章发表后，往往比我预期的要好得多。有几篇我自己觉得不怎么样，实际上却非常好。你离家后不久，我在皮尔斯的建议下为《星期日卫报》写了一篇有关埃洛迪·比塞萨尔③的文章。我是抱着"无论如何要写完"的想法写的，但写出来后却很不错。所以，不要没自信。

---

①民间游行表演，讲述《罗摩衍那》的故事，特立尼达印度人通常会在排灯节前几个星期举行。
②一年一度的拜祭印度湿婆神之夜。
③西帕萨德熟识的老师。

被指派写一篇关于莫里斯汽车工厂的文章,这样的任务真的会要人命……如果你打算在你的文章里事无巨细一一提及的话。你还记得我不得不写的那篇关于 BC 工厂的报道吗?若是想把每样事情一股脑儿全写出来,必然会陷入混乱。所以,我们能做的就是抓住一个点,只关注一个方面,然后再写另一方面,照这样一点一点来。不要想穷尽方方面面。没有人做得到,你知道,但是,不管你写了什么,务必表述完整。

上星期天,你妈妈和我,跟蒂瓦里太太和她的女儿,开着老伙计 1192 出去兜了一圈。我们准备前往贝纳,但是雨太大了,不得不在查瓜纳斯掉头,最终我们开到了拉姆丁①家。我在那儿碰到了迪欧医生②,还上了他的车。我很快得知他是要去喝酒作乐,晚上十点、十一点才会回来,那个地方是歌舞厅之类的。

所以我在阿里马下了车,搭出租车回到图纳普纳,我之前让你妈妈和蒂瓦里太太母女在那儿等我。这个家伙想都没有想过医学。你要是像他一样,我宁愿你当一名普通的工人。我的意思是,我宁愿你成为一个正派的工人,也不要你成为像这个人一样的成功的"专业人士"。我们在拉姆·德哈里③那儿喝了两瓶啤酒、几杯威士忌。

我正在看济慈的传记。除了甘地和尼赫鲁的传记外(后一本被比尚姆④借走,一直没还),没有一本传记能像这本一样感动我。你知道,我不喜欢诗歌——不喜欢现代诗歌,但是看了这本书,我发现济慈真是一个天才,在那个年纪能写出那样的诗,不是天才是什么。再看看《评论季刊》上对他的评论——难怪有人说,是狭隘的批评逼得他英年早逝——就像如今特立尼达正在发生的事情。但是你看看济慈的生平,只

---

① 苏克迪欧·米西尔的兄弟,奈保尔家的表亲。
② 迪欧·拉姆丁,苏克迪欧·米西尔的侄子。
③ 达巴迪知名人士,住在图纳普纳拉姆丁家附近。他的侄女后来嫁给了 V. S. 奈保尔的表弟谢卡尔·佩尔曼南德。
④ 比尚姆(有时拼作比彻姆)·拉姆丁,苏克迪欧·米西尔的侄女。

要英语这种文字没有灭亡,他就会永垂不朽……我刚开始还打算把这封信誊抄到航空信笺上,现在看来是不行了;所以我再多打点字,反正他们会收我一块六的邮资。

可怜的卡姆拉来信了,和你的是同一天写的,也是同一天到的。她说她的英文考试得了最高分。但是她不想"在这次考试中考太好,因为他们可能会给我奖学金"。我真不明白这姑娘是什么意思。萨蒂说得有点道理:"她变成印度傻瓜了。"

卡姆拉还问我为什么不给妈妈买一台洗衣机?好吧,我想给她买的可不止一台洗衣机,我想给她买一台冰箱,我还很想给我的车子买轮胎、电池、内胎,但是,不给她买洗衣机的原因和买不了这些东西的原因是一样的。瞧,你们离家之后,生活开销增长得很快,我过去还能赚三四十块钱外快,现在这笔钱没有了,而我的薪水并没有涨。我不会对卡姆拉说这些事,因为那句古老的谚语说得好:"无知是福,难得糊涂。"

但是,不要因为这些,你就不去问阿卜杜拉怎么从这儿寄香烟的事。

好了,该去工作了。下个星期四和星期五都休息——两天都是公共假期。

保重。

爱你的爸爸

我要萨蒂再写两句,把空白处写满,她不肯。她的意思是要么不写,要写就写一封信。很有主见,对吗?

*59 / 西帕萨德·奈保尔写给V.S.奈保尔

家：51/5/17

亲爱的维多：

看看你能对我随信附上的文章做些什么改动。我觉得，除了把开头重写一遍，突出拉马丁被挑选参加澳大利亚巡回赛的事，别的你什么都不需要做。随信附上剪报。你可能得把文章重新打出来。试着投一下大众类的周末报纸。

爱你的爸爸

如果文章发表了，稿费归你。寄出去的时候附上邮票和写好回邮地址的平信信封，以备退稿。

60 / V.S.奈保尔写给家里

1951/5/26

亲爱的家人：

我的特稿终于刊发了，登在这期《伊西斯》上。我的署名用较大的大写字体刊印。这说不定会是我给这本杂志写的第一篇也是唯一一篇特稿。在这家杂志要想出人头地真不太容易。

等导师把杂志还给我之后我就寄给你们。我和他处得很好，跟朋友一样。这是很好的事情。

我上个星期非常忙。上个星期天,我做东办了第一次大型茶会。花了大约二十五先令。我那间小客厅挤了十个人,很快就烟雾缭绕。我们听到关门声,就会猜是谁出去了,或者,等着听新的声音,看看是谁进来了。但是茶会很成功。博西正巧在那天第一次来看我。他来之前没有打招呼,所以,我本来打算用来准备茶会的时间都用来带他逛牛津校园了。不过,有他在很好,男生们都喜欢他,我怀疑他离去的时候眼里有泪花,他玩得很开心,或许还有点遗憾,他没有机会像我一样生活,没有舅舅们的监管和问询。这是我第一次办这么大的茶会,因此非常紧张,一点东西也没吃。我忙着招呼客人,忘了好多事情。小煤气炉被人占了,水烧不开,我沏的茶淡而无味,就跟软饮一样,颜色和淡褐色的纸差不多。不过,喝完糟糕的茶之后不久,我又请大家喝啤酒——我提前买了十二瓶——在喝了那么差的茶之后,大家依然兴致盎然。茶会非常成功,差一刻七点的时候大家还意犹未尽,我不得不把他们请出去,我还要带博西继续参观学校。他们坚持要带博西去学院地下室喝杯啤酒——这是本科生唯一知道的请客方式——所以我们就去学院地下室喝了一杯啤酒。然后我陪他在河边走了走,把他送去火车站。

我决定为期末考试多做点准备,我正在研究十九世纪小说家,有一堆小说要看。不过,这是好事,将会迫使我填满阅读空白。我要看狄更斯、乔治·艾略特、萨克莱、梅雷迪斯、佩特、亨利·詹姆斯、吉卜林、托马斯·哈代等人的著作。牛津阿什莫林博物馆的馆长助理[1]是哈里森的朋友,他给了我一本哈代的书,还打算借给我更多书。我们已经成了朋友。他和蔼可亲,因为一直是他在维持谈话,所以更加让人觉得和蔼。他博览群书,对于愚笨的小说家不会发表愚蠢的见解。昨天我请他在我房间喝了茶。

---

[1] 即伊恩·罗伯森,约翰·哈里森把 V. S. 奈保尔介绍给了他。

我终于定下心来。我不会让《伊西斯》或别的事情烦扰我。你可以想象，我要看许多书，时间非常宝贵，根本没有工夫写作。但是我想，这未尝不是一件好事。阅读小说会引人思考，我最近一直在思考，这才是最关键的。我读了《老妇人的故事》。和狄更斯的小说比，它几乎就是一本小册子。但写得好极了。我不大关心哲学。对写《老妇人的故事》的贝内特而言，生活令人悲伤的地方在于人总是会老。

　　希望你还在坚持写作。看在上天的分上，请一直写下去。你已经不年轻了，没有时间考虑应该写什么。你见多识广，即使每天只写一页，很快便会发现，你已经写完一部长篇了。关于你的短篇，我觉得是时候找个出版商了。关于打字：一千个单词三十六分。所以，如果你有七万个单词——一本普通的书的字数——花费不到三十元。我们可以试试均摊费用，或者用英国广播公司付给你的短篇的稿费来支付。你得写个说明，解释一下这些小说大部分都是以西印度群岛为背景的。我个人觉得，《古鲁德瓦》有点短。我觉得——实际上，我现在看来——你可以不去管它，把它看成是某种混血小说，不是短篇，不是中篇，不是长篇，也不是长一点的短篇。给我寄本《古鲁德瓦》，还有你的短篇手稿。自己留一份底。我会尽力推荐它们，但是无法保证能出版，试试没有坏处。

　　保重，不要担心，坚持写作。

　　告诉妈妈、米拉、萨薇、萨蒂和希万，我爱他们。谢谢妈妈的来信。

　　天气很好。暖和起来了，我只穿一件衬衣，没有穿背心。我觉得这样可以了。

我全部的爱
维多

*61 / V.S.奈保尔写给卡姆拉·奈保尔[①]

大学学院,牛津
1951/5/27

亲爱的卡姆拉:

谢谢你的来信。很抱歉没有早点回复。我已经把斯坦布里奇那本书以海运的方式寄出。用航空邮件要花近一英镑。但我还是希望你能及时收到,不耽误事情。我估计等你收到这封信,包裹应该已经寄到了。

谢谢你给我寄香烟。我想,除非你明明白白用礼品包裹寄出,否则他们会收很高的关税。到现在,我对这些事还是有点迷糊。钱方面,我不是太着急,我只是希望能在学期结束前拿到。

夏天终于来了。天气第〔一次〕暖和到我不用生壁〔炉。我想〕在这个夏天参加一次农业夏令营,但是我听到不少传闻,〔迟迟〕没有决定,参加的人好像得带上各式各样的厨具。

这个消息会让你高兴。我刚刚在《伊西斯》上发表了一篇大作。我的姓名以大写字母的形式印在杂志上。那是一篇关于莫里斯工厂的文章。我花了整整一个星期,写得很艰难,挖掘各个角度。

博西上个星期天不打招呼就来了牛津。我正在准备我的第一次大茶会,要给我认识的十来个人准备茶点。他来了,我得带他逛逛。当然,我们没多少时间观光。但是我很喜欢他在这儿。一开始,我的聚会一塌糊涂,但是等到我把啤酒传给大家,每个人的兴〔致〕都提起来了,总算还不错。

没有新的划船事故。你可能还记得划独木舟那次的教训,就因为这个原因,我没有再到河上去。想必你已经看出来,这台打字机的"v"和"g"让我很头疼。我得请人把它们上紧一点。

[①]这张航空信纸中间破了个洞。

保重，亲爱的，努力学习。

我很好。

〔无署名〕

62 / 卡姆拉·奈保尔写给 V.S.奈保尔

老戈帕尔·邦
兰卡
贝拿勒斯
1951/5/29

亲爱的维多：

现在是晚上十一点十分，我从两天前才开始认真学习。我的眼睛让我没有办法早点用功。我现在戴着一副茶色黑框眼镜，看上去眼珠突出，傻乎乎的。平时应该一直戴着，但是我有虚荣心，只在学习或看电影的时候戴。我的视力检查结果是，右眼能看清最上面三排，左眼只能看清第一排！这是不是说我的视力相当差？

猜猜发生了什么？我的文化课考了第一，也就是说，我选的所有科目我都考了第一。但我还不知道是不是全班第一，等开学了才会知道。

与其给我寄牛津的照片，不如寄一本《伊西斯》。我想我现在都是以贝拿勒斯印度大学的标准来做评判，我说不要牛津的照片，是怕看了会失望。这儿的砖石建筑高大宏伟，外观让人惊叹，里面空无一物，不管是从心理上，还是实质上，还是别的方面讲都是如此。

你知道妈妈的生日在六月，一张贺卡足矣。

保重，很多的爱，卡姆拉

*63 / 西帕萨德·奈保尔写给 V.S.奈保尔

家：51/6/5

亲爱的维多：

非常高兴获悉你举办了一场茶会，而且办得还不错。另一个好消息是你的特稿在杂志上发表了。我可以嗅到你的兴奋。不要忘记给我寄一本。

我也很高兴拿到一册"加勒比之声"六月的节目单，你的小说被安排在二十四日播出。林多夫人好心给我寄了一份节目单，还标上星号写道"你可能会感兴趣"——指你的小说。

希望我自己的小说也能很快播出。《莫恩》我写了三千个单词，林多夫人回信说她觉得很有趣，并且已经寄给了伦敦办公室。希望斯万齐也会觉得不错。

你应该再给他们寄一篇过去。其实，你应该不时寄一两篇过去，还有诗歌，不过诗歌稿费很低。

上个星期六到现在我都没有工作。我的左眼长了一个很大的麦粒肿，还肿起来了。就是这个东西。但是到今天早上，它还没有破。

格伦科的迈尔斯[1]昨天去世了。他和他妻子本来计划昨天出发去美国度长假。一切准备妥当，突然，迈尔斯开始吐血，赶忙去医院，四天后在医院逝世。

还有，维尔玛·米林顿[2]也突然走了。她和一个朋友去海里游泳，溺水身亡。

我前几天拍了几张照片，想寄给你。但是家里人不太喜欢，我们很快会〔无法辨认〕。

---

[1] 伦道夫·迈尔斯，知名公务员。几年前的卡拉大坝事件的揭发者。
[2] 奈保尔家洗衣女工的女儿，不是前文提到的维尔玛。

爱你的爸爸

64 / 西帕萨德和萨蒂·奈保尔写给 V.S. 奈保尔

家
51/6/9

亲爱的维多:

《伊西斯》昨天已收到,谢谢。你的那篇很不错,若是没有人催你,你的眼睛也没事的话,我敢肯定你能写得更好。

卡姆拉今天来信说她想结婚,但是没有讲细节。我们会很快给你寄包裹,有糖、葡萄柚、菠萝。你还没有告诉我阿卜杜拉是怎样收到从特立尼达寄去的香烟的。请打听一下,写信告诉我。

爱你

我们没有给你寄什么东西,这很不好,但是你也没有问我们要任何东西,这也不应该。

爸爸

亲爱的维多:

我在给你写信,不是爸爸。我让他给我留几行。

家里还是老样子,大家争来吵去的。当然,就是米拉、萨薇和我三个人在吵吵闹闹。米拉和萨薇联合起来对付我。我想她们就是觉得好玩。

我不知道你是否知道,十二月份我要参加高级证书考试。我会尽我所能用功学习的。依纳①在帮我补习数学。数学是我最差的学科。我在跟斯普林格学法语。

我几个星期前收到了希塔的一封信,她在信中告诉我你胖了,白了,嗓音更粗哑了。是真的吗?上星期我穿你的那条白色短裤(当然只在家里穿),爸爸还拍了照片。我会给你寄过去的,是张大合影:妈妈、米拉、希万、我。希望你不介意我穿你的裤子。你知道你有多好笑。

现在,我们家的花园看上去棒极了。玫瑰长出了九个粉红色花苞,还有一株漂亮的黄色大丽花。夹竹桃和肉桂都在开花。每天都有新的植物送来,遗憾的是,我们已经没有地方种了。两天前,欧华德还送来了八株万代兰。

国王庆祝诞辰的时候,授予约翰·戈达德(板球运动员)②大英帝国勋章。我想是这样的。

好了,就此搁笔。

萨蒂

65 / V.S.奈保尔写给家里

大学学院
牛津
1951/6/10

亲爱的家人:

---
① 即依纳若炎·蒂瓦里。
② 巴巴多斯全能型选手,1948年第一次参加同英格兰的对抗赛,曾在二十二场对抗赛中领导西印度群岛队,在1950年的英格兰巡回赛中表现出众。

今天是本学期最后一个星期天。我下星期离校，十月中旬回来。我会去法国待一个月，去之前，我会先在农场找份工作干段时间。

我会尽全力让写拉马丁的那篇文章发表的，虽然我觉得现在还不是时候。不过我还是会试试。我猜你们现在应该收到《伊西斯》了。

我手头有一张自己的照片，又买了几张学院的，但是我要等拿到另外几张我的照片之后一并寄给你们。

我给导师看了一个我写的短篇①，四月初写的，他非常喜欢。关于写作，这个学期我完全没有动笔，好处是让我得以休息。

现在白昼变长了，路灯在晚上九点半以后才会亮，十点天还很亮。漫长的白天也有点让人伤感，因为你知道昼长一直在变化，两个星期后，白天就会开始缩短，到了冬天，下午三点天就很黑了。但现在还是夏季；这学期一开始的几个星期，我几乎是看着这几棵树在我眼皮底下转绿。光秃秃的树——我想到的是从我窗口看出去街对面的那棵树——在一个星期之内就披上了绿外衣。

颜色是那种从绿颜料管里挤出来的色彩，明丽鲜亮到让人难以置信，就跟明信片上的水彩画一样。

这个学期我看了好多书。托尔斯泰的三卷本巨著《战争与和平》，《大卫·科波菲尔》和 E.M. 福斯特的《天使不敢涉足的地方》，以及贝内特的大作②。

我刚刚收到卡姆拉的来信。信里讲了一个女孩自杀的消息，我不认识她，但她的名气甚至连我都有所耳闻——那个穆迪恩家的女孩，她是为情自杀！有个理由好过没有。我想，她的死并没有让这个世界发生任何改变。

请转告米林顿太太，我对她女儿的死表示最沉痛的哀悼。不知道为

---

① 《哀悼者》，1951 年 9 月 16 日在"加勒比之声"播出。《守夜人记事簿》中收录了修订版。
② 即《老妇人的故事》(1908)。

什么，大家好像总是收到坏消息。告诉她我很难过。如果不是亲身经历，很难对别人的哀痛感同身受，但是我真的很难过。请转告我对她的问候和关心。

听说希万换了好几所学校。现在就让他经历这么多，是不是有点早了？但是我想，幼儿园是不会收他了。我不认为这对他有多大坏处。听说他现在变得拘谨而多思，总在脑袋里琢磨这个世界的诸多问题，冷静地思考生存和死亡的意义。卡姆拉为此很烦恼。她担心他正在变得像个学者。他只有六岁啊！转告希万我很爱他。

妈妈的生日想必已经过了。不好意思，我竟然忘了。我唯一记得的就只有卡姆拉和我自己的生日。其他人的生日我只记得月份。我不能给妈妈送生日礼物。这让我很伤心，但是我做不到。我能送上的唯有我的爱。

好了，我得走了。还有几分钟就要开始上辅导课了。

给你们我全部的爱

维多

66 / 西帕萨德·奈保尔写给 V.S. 奈保尔

家：51/6/19

亲爱的维多：

不知道你能不能在出发前收到这封信。但我还是寄出去了。我很快就会回去撰写特别报道，这是我自己要求的，可能会在本月底调动。除此之外没有太多可说的。

以你的名字把关于拉马丁的那篇文章寄到"加勒比之声"——这件事进展如何?这篇文章和《星期日卫报》上的那篇大同小异,你觉得他们会发现吗?这个星期天,即六月二十四日,我会收听你的那个短篇。是不是就是你拿给导师看,他说很喜欢的那篇?

你去法国之前要去工作的农场在哪儿?你的意思是要到十月中旬才会回牛津?因为,要是你真要到那个时候才回来,我想我们还是等你从法国回来再给你写信比较好。如果你及时收到了这封信,请回信说明白。

我多想给你寄点钱,但是不行。我给英国广播公司寄了一篇三千个单词的小说,但我不知道斯万齐会不会用。他手头还有一篇小说。七月底我需要一笔钱付汽车保险,他们把保费提高了百分之二十五。也就是说我要付差不多一百元。电池在用了十八个月之后也耗尽了,还要换一组外胎和内胎。你看,情况就是这样,所以我没法偶尔给你寄点钱。

我们大家似乎都在打一场硬仗,但是,只要有决心和勇气,我们一定能赢。我不知道你知不知道,你能靠自己的能力出国求学,一点也不依赖卡皮迪欧家,我有多么欣慰。哦,那几个兄弟!还是少说为妙。毕竟,他们不过是随大流而已。

但是我为你感到自豪,也为卡姆拉感到自豪。谁能说得准,你们现在经历的苦难不是在为未来的快乐做准备呢。

我收到你的信后去查字典才知道 cyst[①]这个词的意思,奇怪的是,之后我自己的眼睛也出了一样的问题,我只好请了两个礼拜的病假,今天才回去上班。你要弄清楚,你的囊肿是不是因为眼疲劳,需要换一副眼镜了。

一切都好
爱你的爸爸

[①]意为囊肿。——译注

67 / 西帕萨德·奈保尔写给 V.S.奈保尔

家
51/7/23

亲爱的维多：

我不知道你能不能收到寄到牛津的信。我有点糊涂了，不知道你在哪儿。这几个星期也没有收到你的来信，更让我不能确定你身在何方。

我们大家都很好，但我想，你一定很累吧。希望你能给我讲讲在农场干活的情况。

我今天会给你寄一张十元的汇票，以贴补你的法国之行。钱很少，但如果一点也不寄，我自己都觉得太残忍。

我们会给你寄一个包裹，有糖、葡萄柚之类的。糖里面藏了香烟。记得拿出来。包裹大概会在十月中旬寄到，因此你可以在回牛津后收到。

你的那篇小说，我听得不是很清楚。播音员念得很含糊。故事讲了一个搬进新房子的人的故事，内容很丰富。你拿到多少稿费？

我的《奥比巫术》七月十四日播出了。塞尔文朗读的，他读得非常好。我还没有收到稿费。《莫恩》就没有那么好运了，被退了回来！我觉得写得不错！林多夫人还说她对这篇小说很感兴趣，希望写长点。

唉，我没有心情再写一篇了，退稿让我非常泄气。

你外婆和萨哈迪欧一家一直吵得很凶。老太太每天都想把他们赶出去，但是他们找不到房子租，也买不起房子。迪欧和傅露睡在我们家。其他人还住在 17 号。

金牙奶奶上星期天在殖民地医院过世，隔天葬在拉佩鲁斯。你外婆想让她直接从医院下葬，但是塔拉[1]和寇说这样会被人笑话。毕竟她把

---

[1] 塔拉·迪潘，V.S.奈保尔的姨妈。

房子和地都留给了塔拉、德纳特小姐、K和丹小姐①,珠宝也是。

给我们写长一点的信好好讲讲你的法国之行。真希望我能寄给你一百块。不要再这么长时间不给家里写信了,会让我们以为你出什么事了呢。卡姆拉的眼睛出了点状况,但别的一切都好。

我们都爱你
爸爸

*68 / 西帕萨德·奈保尔写给 V.S.奈保尔

邮政总局
西班牙港
51/7/23

亲爱的维多:

在标注日期为今天的航空信件中我提到过这事,在这里我附上三张英国邮政汇票,每张一英镑。希望你至少能用这些钱买几根烟。

家里一切都好。

保重。

爱你的爸爸

〔签名:〕S.奈保尔

---

① 后三人即 V.S.奈保尔的姨妈拉姆杜拉莉·蒂瓦里、昆塔·迪潘、丹·佩尔曼南德。

69 / V.S.奈保尔写给西帕萨德·奈保尔

大学学院，牛津
1951/7/30

亲爱的爸爸：

别管我的另一封信。我早该写信回家了。你不用给我寄那两英镑的。不要为没有给我寄钱而感到难过。你知道，"靠人不如靠己"这句老话很不错，特别是对于像我这样的人来说。我发现自己有贵族的一切特质，但是，你再清楚不过，我过不起那样的生活。我每去一个新的地方，都会去城里最好的酒店，就为感受舒适的氛围，在大厅坐坐，向热情礼貌的服务生借报纸来看看，喝喝咖啡。我喜欢舒适。在特立尼达的时候，我害羞得要命，连民政局都不敢去，现在，我哪儿都敢去，我坚信，我和别人一样，有权去那些场所。这是牛津对我产生的一个好的影响。这是一所昂贵的学校。人们期望你举止从容自在，相信我，你做得到。其实，我的改变是从登机开始的。因为那是我生平第一次一个人出门，我挺喜欢。后来，在纽约的高档酒店投宿，门房和酒店服务员恭恭敬敬地为我服务，我到处给小费，像富家公子一样，其实，我之所以这么大方，完全是因为别人会帮我买单。

现在，你会发现我的打字机哪儿出了问题，我抽不出时间送去修理。

你手头的素材足够写一百篇小说了。看在老天的分上，开始动笔吧。你很清楚你能写。别找借口了。你一旦动笔，就会发现文思泉涌。不要刻意寻求戏剧性的或很幽默的情节，就像有人曾经说过的那样，一只手都可以非常戏剧性。任何事情都可以写得很戏剧性。到处都是素材。从童年时代开始回想。想想给你留下深刻记忆的一个人，一件事。一个故事便浮现了。还有一点，尽可能立即动笔。一两天之内。你会觉得文思

干涩，但很快就会恢复状态。我不想对你这样说教，但是我很想听你说你在写作，我想听到你说你一直在写，一直在写。你停笔很久了，今晚就坐下写写落水的牛犊和经验丰富的潜水人。那是个很不错的故事。你对要写的人物又很了解。你可以写那个人，他的妻子，还有小山谷里那口可怕的井。想想小山谷里那口井。想想看。你怕它。让一个人对这口井处于不间断的恐惧中，恐惧到快疯了。他在井边徘徊，因为我们会被我们恐惧的东西深深吸引。他越来越恐惧，于是决定填井。他一脚踏上一块腐朽的木板，掉下去，死了。你可以写两个故事了。思考，思考，思考，写作。

我没法告诉你怎么写，我只能督促你写。不要犹豫，甚至打错字也不要去改。尽快写完。记住，想要把小说写得连贯完整，那么最好不要犹豫。相信我，一旦养成立刻动手的习惯，你会发现，肚子里还有几百篇没有写出来的小说。把写好的草稿放一边，过两个星期再拿出来修改。一个星期写一篇短篇小说。你做得到。现在就写。风格会自己慢慢形成的。去写吧。写作的关键就是去写。

请原谅我的说教，但我想听到你说你在写作。你看，如果你写了四十来篇，那就可以选其中的十六篇发表。我保证会尽力帮忙的。至于我自己，请继续对我保持信心，除非我说算了。不要让一篇退稿打垮你。为广播节目写稿是不一样的。白纸黑字看起来不错的小说可能并不合适念出来。我九月份要播的小说其中散文的部分也给删掉了，只保留了对话。不要担心。

我觉得自己还不是个好作家，我知道自己的局限所在。你是西印度群岛上最棒的作家，但是别人只会凭作品评判你。

维多

70 / 西帕萨德·奈保尔写给 V.S. 奈保尔

家
51/8/5

亲爱的维多:

非常高兴获悉你还有一篇小说九月份会在"加勒比之声"播出。不错,再加上你还有几篇快写完的小说,更让人期待。约翰·巴肯十九岁还在牛津念书的时候就发表了第一部长篇小说。所以,你有个好榜样。

我在上封信中提到了你的小说。我说电台信号很差,听不到完整的故事,只听了个大概。当然,我很着急想听完整。我想你那篇稿费不错。我的《婚约》只拿了十几尼,我猜比你那篇还长。顺便提一句,《奥比巫术》为我赚了十二几尼。还不赖。

其实,《蛙人》我已经写完,但不是很喜欢。写得太顺畅,一下子就写好了,我有点担心要是把它寄到英国广播公司会被退稿,就像《我的达鲁叔叔》一样。但是我喜欢这个故事,写的是拉鲁,即巴格泰·穆齐已故的丈夫[①]的故事。

那篇关于拉马丁的文章怎么样了?已经署你的名字寄给英国广播公司的西印度群岛栏目了吗?

你寄给《特立尼达卫报》的所谓《曼彻斯特卫报》上登载的笑话在头版占了一个小方块。写得很不错。现在,有很多特立尼达立法机构成员在英国。你要是能采访到他们,写点报道,可以投给《卫报》。

我说过会给你寄两英镑的英国邮政汇票,我又设法加了一张,所以你会收到三张一英镑的汇票,装在信封里。

[①]身份不明,可能是西帕萨德的亲戚。

为了进步，继续写，不要管我。我没事。我只希望你能成功。我知道你会的。我的上帝！我像你这么大的时候连一封信都写不好。

我打算收集兰花，当然是小规模的。我把它们都挂在树荫下。现在我养的大多是本地品种，大部分都有很长的拉丁学名，这是这个爱好让我泄气的第二件事，第一件是它们好贵啊。

大家都爱你
爸爸

71 / 卡姆拉·奈保尔写给 V.S. 奈保尔

1951/8/17

亲爱的维多：

我记得，从今天起，你就十九岁了。我不知道你是否高兴有人记得这事。我们分开已有两年，不管是生理上，还是思想上，你的变化肯定很大。反正，请接受我的生日祝福，不要生气。

除了你寄给我的五行短信外，有一阵子没有你的消息了。但我还是很高兴收到那封短信，让我知道你没有失踪。不过，我应该这么想，你不给我写信是个好的信号，代表你要么很快乐，要么已经变成一个英国人了。如果两者皆不是，那是怎样？

我星期天会去巴特那，希望在那儿只待几天。

我会把独立日的报纸寄给你，虽然我没法读，但是瞥了一眼，感觉挺有趣。

今天，我们在庆祝另一个节日——圣线节①。姐姐妹妹要在这天给哥哥弟弟戴上用丝带编织的手环，给他们吃糖果，在他们额头上点一个蒂卡②。然后，哥哥弟弟就会给她们钱。很划算，不是吗？

好了，就此搁笔。做个乖孩子。送上我全部的爱，生日快乐。

卡姆拉

72 / 卡姆拉·奈保尔写给 V.S.奈保尔

1951/8/18

亲爱的维多：

我早就应该给你写信了，但是我压根没有想到你这么快就给我回信了。

顺便说一句，爸爸在信里说他又给你寄了点钱。我觉得你就收下吧，不用还给他。

我真的觉得，你太劳累了，要写小说，要忙学习，还要去那个可笑的农场工作。

哦，我已经给你写过信了，我完全不记得了。

你非常担心某件事，比如钱。你应该放轻松点，不要四处奔波，你会累死的。我不知道你想同时做多少事。我在这儿可以找到很多小说素材（当然，我是写不来的，但可以把这些素材提供给爸爸），但是我已经认识到，一个人不可能同时干好两件事情。把健康放在第一位，别的都靠后，不要再去农场了。

---

①也叫兄妹节，庆祝兄妹之情的印度节日。
②红点。

我有点妒忌你。但是，获悉你度过了一个平静而愉快的假期，我很高兴。你和你的女孩们。你肯定破费了。不过,我觉得没什么,别太过就好。

我给卡珀 R 写了封信，寄到他在沃林顿的地址。我很怀疑他是否收得到，因为他们已经从那儿搬走了。

真想和你一起过圣诞节，但我最好闭嘴，不要去想这事。

我要说说你的信纸，你明白我在讲什么，它们很可爱。有几个女孩看到你的信纸，眼珠子都要贴上去了。

库拉纳家的人会给你带点东西。

> 保重
> 我全部的爱
> 卡姆拉

73 / 西帕萨德·奈保尔写给 V. S. 奈保尔

> 家
> 51/8/19

亲爱的维多：

你做了阑尾切除手术，这对我们大家而言是件大事。是你玛米写信告诉我们的。她说，你上星期三出院。我希望你真的已经出院，并且一切都好。希望你的哮喘没有频繁发作。显然你这段日子吃了不少苦，先是你的眼睛，然后是一个月的农场劳动，接下来就是你的阑尾。等你可以写信了，马上来信给我们讲讲。现在，除了你玛米那封信，我们对你的情况一无所知。

英国广播公司播出了对过去半年"加勒比之声"播过的诗歌和散文的评论，提到了你的小说，很快，我的也被提及。塞缪尔·塞尔文的第一部长篇小说也得了一言半语。要是我否认自己听了很不开心，那我是在撒谎。我气我自己。希望我能取代他。

我能做到每星期给《特立尼达卫报》写至少两篇文章，同时坚持写长篇小说吗？我是这么做的：晚上躺在床上，匆匆在纸上记下故事，第二天上午到办公室打出来。下午我就在家休息，或者出去找找灵感。

其实，我感觉自己陷入困境了。

卡姆拉在上封信里说她发烧一个星期了。她的眼睛也不太好。库拉纳一家九月一日经英国前往印度，我们托他给卡姆拉捎点东西。

欧华德十月十三日去英国。如果他真的能成行，我们会托他给你带一个包裹。我们托特安贵立提女子学校的罗斯坦特小姐[1]给你捎五包锚牌特价香烟，她九月中旬左右会到英国，我求她带一条，但她说只能带五包（半条），因为她还要给别人带香烟。

务必写信告知你的情况，愿早日康复。——爱你的爸爸

74 / 西帕萨德·奈保尔写给 V.S.奈保尔

家
51/8/20

亲爱的维多：

昨天收到了你从你玛米那儿寄出的信，还有你和你学校的照片。拍

---
[1]特安贵立提女子学校的老师。

得真好！在那几张你看起来好像在淋浴的照片里，你看起来很瘦；而在那张你坐在石墙上的照片里，你看起来很气派。获悉你手术后一切都好，我们就放心了。我给你寄了三英镑汇票，买点营养品，手术后需要调养。如果情况允许，我稍后再给你寄点钱来。这次的三英镑也是因为手头有富余。

家里一切都好，但这会儿我有点担心，因为最近我正坐着让约翰逊画像（油画），他是《卫报》的画家，我有点紧张，不知道姿势合适不。我会一点一点付钱给他的，你知道。

昨天是第一次，我在"白厅"坐了两个小时。约翰逊在那儿教美术课，学生们坐着画手（石膏模型）的时候，他就给我画像。画好之后，我看了一下，真让人惊喜。那是我。画布很大。我还要坐着让他画几次，星期一和星期五下午，五点半到七点半。

别为这事烦恼，我会在手头松快的时候付钱的。

我快变成狂热的兰花收集者了——已经集了八九个品种，都是本地的。但是，有一株从植物园弄来的最起码值二十元，我是从植物园的一个朋友那儿买的小苗，只花了两元。这是种花费不菲的爱好，只要再弄到两三株我想要的兰花，我就收手了。

转告你玛米，我非常感谢她和玛穆为你所做的一切。你妈妈已经给玛米写信了。

你妈妈给你平邮〔无法辨认〕了一个包裹〔无法辨认〕，装了：

1) 五磅糖，装在罐子里

2) 三听葡萄柚汁

3) 两听橙汁

4) 两听菠萝汁

5) 一瓶番石榴酱

两块牙买加肥皂（梦牌）

糖里藏了三包香烟。

还有两份《每日卫报》。

爱你的爸爸

〔写在信纸边缘:〕希望你已经收到或很快就会收到罗斯坦特小姐捎去的五包香烟。

75 / V.S.奈保尔写给家里

大学学院
牛津
1951/8/20

亲爱的家人:

你们可能已经获悉,我前段时间住院了。那是很愉快的两个星期,尽管我是因那种不体面的疾病住院——阑尾炎。似乎是因为吃得太杂!我到这个国家之后,哮喘第二次发作,和阑尾炎一起,让我吃了点苦头,因为,咳嗽的时候肚子上的刀口非常疼。

医生给我打了一针肾上腺素,治疗哮喘,很管用。五分钟后我就呼吸顺畅了。

不过,我在医院住得挺开心,尤其因为这是免费的。但我的法国度假计划不得不作罢,我自然很失望。

我住在玛米这儿,可能会住一个星期左右。然后,如果身体允许,财力也够的话,我想在英国境内旅游一阵。这场病有个很糟糕的后果,你看,生病之前的三个星期,我每天都写作,感觉自己每天都有进步。

但是昨天，我尝试从搁笔的地方接着写下去，但是不行。这个比别的事更让我沮丧失落。

关于《曼彻斯特卫报》的笑话发表了，我很高兴，但是他们还没有给我寄那五先令稿费！实际上，他们什么都没有寄。

我现在很好，不要担心。

没有什么新闻可以写了，我现在没有心情写东西。等我有心情了，我会写一封长信。

在假期里我满十九岁了，哦！我觉得自己很老。

爱你们大家——维多

你们收到照片了吗？

请给我寄一份那则笑话的剪报。

76 / 德拉帕蒂和西帕萨德·奈保尔写给 V.S. 奈保尔

〔信封邮戳：1951/8/21〕

〔生日贺卡封面印刷文字：〕

最美好的生日祝福

致我的儿子

〔生日贺卡内页印刷文字：〕

祝你生日快乐，儿子——

快乐时时相伴，

心想事成，美梦成真，
一生好运，身体健康！

〔手写：〕
祝你十九岁生日快乐

致维多——
妈妈
爸爸
家里每个人

*77 / 西帕萨德·奈保尔写给 V.S. 奈保尔

家
51/8/28

亲爱的维多：

随信附上三张一英镑的汇票。你可以拿去买点补品什么的。

这几个星期就不要太刻苦了。看看书，多睡觉。等你重新开始学习的时候，你会更有热情的。

不知道还能说点什么。但是希望你尽快给家里回信。

米拉考试没有及格。

萨蒂补考及格了。

萨薇在特安贵立提表现得不赖；但她若是在修道院，也能如此出色吗？我很怀疑。

希万还在念大班。他越来越调皮了。昨天晚上，他在厨房中央小便。在此过程中，他一边跳舞，一边用他的嘴巴敲击想象出来的钢鼓。他不能进特安贵立提，没有名额了。教育局下发了严格的通知，一个班不能进太多新生，所以他进不去。爸爸

〔随信附上《特立尼达卫报》的剪报：〕

一则短笑话

L.S. 奈保尔先生，牛津大学学院的特立尼达学生，将六月九日的《曼彻斯特卫报》上的一则笑话寄给了《卫报》：

一封寄到办公室的信勾起了我的好奇心，信封上写着：《卫报》办公室，《卫报周刊》笑话编辑亲启。

信是这么写的：

"亲爱的先生：以下是我为西印度群岛幽默大赛准备的笑话。有个校长是个急性子。一天，他正在旁听阅读课，约翰尼一直表现不错，但是念到 barque 这个词时，他突然结巴起来：'B-b-b-b.'校长着急地喊道：'barque, 孩子, barque.''汪－汪－汪－'约翰尼叫道。[①]"

《曼彻斯特卫报》的编辑点评："很简短的一则笑话。但这是一封从查瓜纳斯邮政局发出的信，这才是最奇怪的。"

这封信是一个村民在查瓜纳斯投寄的。

---

① barque（三桅帆船）和 bark（狗吠）发音相同。——译注

78 / V. S. 奈保尔写给卡姆拉·奈保尔

大学学院
牛津
1951/8/29

亲爱的卡姆拉:

谢谢你的来信和生日贺卡。

懒惰、懒惰,之前没有给你写信都是因为懒惰。我切除了阑尾,但那不是借口。好吧,术后三天我就可以下地走路了。但是,那意味着我要取消去戛纳的旅行计划。我打算用退回来的钱去巴黎过两个星期。我有好长一段时间决定不了,是买台新打字机还是去巴黎。但是,在三个星期的农场劳动以及四个星期的被迫休养之后,我需要一个假期。

我现在住在卡珀一家位于克拉珀姆的新房子里。他们对我很好,但是我怀念自由。我已经习惯了一年以来独来独往的生活:有一间自己的屋子,至少有一把椅子和一张桌子。我讨厌他们家的孩子。

新闻:理查德娶了一个相貌丑陋的三十岁的英国女人。你可以想象得出来。四个星期前,我在牛津偶遇理查德和他的妻子,他们正在度蜜月。傻瓜!傻瓜!她更傻!

我当然很担心你的眼睛。希望你的视力能尽快恢复。我现在身体很好。

下午

我刚从市里回来,买了去巴黎的机票。我下星期二(九月四日)坐飞机去巴黎。

这封信我不是用自己的打字机打的,你一定猜到了,是卡珀 S 的打字机。

从我面前的窗口望出去，能看到右边一幢高大的红砖电影院的侧面，左边是树木、红砖房屋，一幢一幢长得很像。已经是夏末，最热的月份已经过去。现在，整个英国都在准备慢慢沉入秋天那种醇香温和的气氛中。到那时，乡村便会蒙上一层棕红色的雾霭。卡车和轿车会让金色和棕色的落叶在空中打旋儿。英国的秋天绝对是我见过的最漂亮的，七个星期后就是新学期，期待到时在牛津漫步。

我的经济状况比六月最后两星期好多了，那个时候真是绝望，我身无分文，字面意义上的，吃了上顿不知道下顿在哪儿。但是，总有转机——往往是某个朋友。牛津阿什莫林博物馆的朋友经常请我喝茶，甚至还给了我两英镑。但是都过去了，不用担心。我现在过得很舒适。请不要责怪自己。我从没想过要别人的钱。一个月前，爸爸给我寄了三英镑。这钱比什么都伤人：我知道他们要怎样节衣缩食，才能省下十五元寄给我。九月底，我会给他们寄五英镑回去，希望我的一篇小说下个月能播出，这样就有钱了。

我的写作进展稳定，写什么的老问题不再困扰我了。

我跟你说，卡珀家的情况不太妙。卡珀 S 来这儿已经一年了，还没有找到工作。他们经常说要回特立尼达。我能感觉得到，兄弟之间关系紧张。孩子们不喜欢他们的表弟，他们嘲弄他，迪文有时还欺负他。沃林顿的房子已经卖了，露丝自己搬去了布赖顿。就是这样。你自己判断吧。

关于香烟，我想我告诉过你，我要付很高的税，所以别寄了。

再见，希望你的眼睛早日康复。

维多

*79 / 西帕萨德和希万·奈保尔写给 V.S.奈保尔

1951/9/3

亲爱的维多:

获悉你的短篇小说将于九月十六日播出,祝贺你。我很喜欢那个标题,届时会收听的。

希望你强壮了些。我想我跟你提过上个月二十九日或三十日寄出的包裹。给我寄一份《哀悼者》好吗?除了收听,我还想看看。

现在,米拉、萨薇和我在家。你妈妈去帕罗辛①那儿了,那儿在诵读苏拉吉普拉,做吉汗迪②。萨蒂一个星期前就去了敦达纳德街的丹茂希家。她脚上的"抓痕"是"泰泰癣"③,大家是这么叫的,丹会把癣挑出来。很奇怪,萨汀也长了类似的东西,比萨蒂的还严重点。

科索(埃科纳特)④昨天回来了。他拿到了理学士文凭,但仅此而已。我还没有见到他。

我没想好要不要去达巴迪听一个关于菠萝的故事。今天一早上都在下大雨,现在已经十二点半左右了。依纳若炎想来陪我,但我还没有见到他。他可能不会来了。这雨。

米拉正在给我盛米饭、咖喱羊肉,还有生菜。我要去吃饭了。我真的不应该吃这些东西。我消化道的老毛病又犯了,让我吃了不少苦头。

写封长一点的信讲讲你自己、你玛穆,还有别的人。

希万也想写两行。他不喜欢他的书,说了很多谎:跟老师说他爸爸是

---

① 印地语,意为"邻居"。
② 印度教仪式。
③ 即环癣。
④ V.S.奈保尔的表兄,拉吉达叶·蒂瓦里姨妈的儿子,依纳若炎的兄弟。

个医生!老师一直信以为真,直到你妈妈告诉她实情。下面这句是他写的。

〔希万手写:〕

亲爱的维多,我去码头送库拉纳一家了。我是最好的学生。我希望是更好。①我很好。

爱你的弟弟
希万

〔西帕萨德手写:〕

希望你看得懂!你冬天的衣服够吗?合适吗?如果不够,告诉我,我给你寄钱。

爸爸

80 / V. S. 奈保尔写给家里

索邦大道 18 号
巴黎第五区
9 月〔信的一角被撕掉了,日期不见了〕②

亲爱的家人:

我到巴黎已经一个星期了,但只看到一家邮局。

巴黎非常棒,但是东西贵得离谱:一顿饭要花八先令。我一个人,

---

① 希万的话有语法错误。
② 如果 V. S. 奈保尔如他在第 78 号信中所说,9 月 4 日离开伦敦,并且在巴黎待了"一个星期",那么这封信大约写于 9 月 11 日。

但是经常能遇到有趣的人。

在巴黎比在伦敦自由。这儿的人们更放松,我感到很自在。我的房东太太也很不错。当然,我的身体还没有大好,虽然没有疼痛什么的,但是很容易疲劳,经常得停下来休息一会儿。

你们相信吗?再写一万个单词,我的长篇小说就完稿啦。我把其中几章寄给牛津那个人[1],他觉得写得不错,更让我激动的是,他说读起来很有意思。就是这样。本月底,我会把书稿寄给出版社。坦白说,我肯定出版社会要它。

巴黎有成千上万的黑人和阿拉伯人,大家对他们都很友好。看到印度人像晒黑了的法国人一样,说一口法语,真是别扭!听到印度小男孩叽叽咕咕用法语对他妈妈抱怨,感觉真的很奇怪!我还听到了印度中国混血儿说法语!

当然,我在法国的土地上说的第一句法语是:"Où sont les toilettes?"(洗手间在哪里?)我很惶恐,因为学校洗手间很多,没人会真的去问法国人洗手间在哪儿。我都是胡乱点餐的,点的大多是蔬菜,根本不知道上来的会是什么。

离开巴黎前我再多写点,现在先说再见了!

你们的维多

81 / V.S.奈保尔写给卡姆拉·奈保尔

〔写在一张印有凯旋门照片的卡片上〕

---

[1] 可能指阿什莫林博物馆的伊恩·罗伯森。

巴黎
1951/9/13

亲爱的卡姆拉：

今天是我在巴黎的最后一天。我的旅程不是很精彩，所有善良的游客写明信片时都会这么说。我的旅程安静而愉快。

我本打算星期一，也就是十七日离开，但是不得不改变计划。同往常一样：因为一个姑娘。这次是个芬兰姑娘①。我们在画家聚集的蒙马特相遇，在一起度过了美妙的三天。她甚至把回芬兰的时间推迟了一天。但她昨天走了，没有她在，我一天也不想待在巴黎。她真的很不可思议。她在美国待过一年，尽管如此，她还是很迷人。她喜欢收集乌龟和阿拉伯音乐唱片！当她说她想给一只乌龟（我们在巴黎的商店里买了两只）起我的名字时，我该怎么办？

我愿意倾我所有换取在开学前去芬兰看望她，圣诞假期和她一起度过一个月。但是，钱啊！钱啊！

我的身体不是很好，比较弱，经常要坐下休息。还有点失眠。

我该怎么跟你描述巴黎呢？城市很棒，到处都是纪念碑。但是我觉得人们其实并不快乐。巴黎是一座疲倦的城市，随处可见死人的纪念碑，以及虚假的荣光。到了夜里，光鲜亮丽烟消云散，你会意识到，这儿和伦敦一样单调乏味。太阳底下无新事，只有人还能让人觉得兴奋。

坦白说，诚如毛姆所言，美有点让人厌烦。

恐怕我真是个很差劲的弟弟。只会寄些仓促写就的短信给你，原谅我，好吗？

我只有几个小时准备，然后就去机场了。

来自维多的爱

---

①多丽特·欣策。

第五部分
1951.9.20 ~ 1952.1.8

秋季学期，圣诞节假期

82 / V. S. 奈保尔写给家里

大学学院,牛津
1951/9/20

亲爱的家人:

我欠你们一封长信。今晚,我坐下来,打算写一封比我以往寄回家的都长的信。所以,要是这封信真的很长,要是你们两个礼拜后还没有收到我的下一封信,那么,你们知道原因,我已经筋疲力尽了。

好了,这封信分为三部分:我的感谢和建议、巴黎、我的小小成就和失望。看到最后两个字不要太担心!

好了,我们是不是都疯了!想象一下,我亲爱的老爹让人给他画油画肖像,还像个小孩一样欢天喜地。再想象一下,他心血来潮,突然想要一个很花钱的花园。好了,或许很疯狂,但我喜欢。我举双手赞成,如果我的赞成有用的话!你们都是业余的不过关的逃税者,我亲爱的家人们!金宝汤盒子里沾满了糖。糖罐的盖子掉了,罐身似乎遭受过猛烈撞击,表面凹陷,还有破损。一半的糖都撒了出来,我收到的时候已经变成了浅灰色。三包罪恶的香烟就那么明晃晃地摆在那儿,好像生怕没人看见它们,你们没有被抓住问话,真是让我诧异。我看到包裹上粘的蓝色清单上说寄了半条土肥皂,我没有找到。不过没关系。非常感谢你们寄来的包裹。但现在请听着,除非我开口要,否则不要再给我寄包裹了。我不需要糖。我把你们托玛米给我捎来的六磅糖转手送给了她。番石榴酱是进口的,我不要。香烟太麻烦。所以,除非我要求,不要再给我寄包裹了。我今天回到牛津,有一大堆信等着我(我没有让人转到巴黎),其中一封是罗斯坦特小姐寄给我的,说了香烟的事。今晚,等我搞定我给自己安排的一大堆事之后,就会给她回信。所以,关于收到的信件和礼物的情况,就是这样了。

亲爱的小希万还没有上特安贵立提小学,真让人心烦。我倒不觉得他的教育会受影响,但我害怕他们不让他参加奖学金考试。①请转告我对他的爱。我害怕自己不得不放弃米拉、萨蒂和萨薇。我真的希望自己很有钱,能为她们做点什么。这几个姑娘每天都干些什么?听说希万敲平底锅,真让人烦恼。听说他把厨房地板当马桶,很好笑,但再一想,却让人震惊。

现在讲讲你们寄给我的六英镑。收到这些钱,我觉得很痛苦,很不开心。如果缺钱,我会在信里写的。不要再给我寄钱了,你们自己也需要。我现在还过得下去。下面这件事很重要:我要一本《古鲁德瓦》,以及你写的所有短篇小说的手稿。我会把这些手稿都打出来,寄给出版社,来还你的六英镑。我这么做并非全是自己的主意。两天前,我和英国广播公司的斯万齐一起在牛津街喝茶,爸爸,我记得他是这么评价你的:"你父亲真是个很棒的作家。他的作品不比那些在英国发表的印度作家的作品差,可能还更好。你在给自己的书找出版商的时候,给你的父亲也找一家,多好?他的作品很真实,有一种幽默感。他描述的印度仪式很吸引人,虽然人们会对这些仪式和婚礼的细节感

---

① 这种奖学金允许学生免费上中学,需要参加竞争非常激烈的考试来获得。

到厌烦（《莫恩》被退稿就是因为这个）。我真不明白，他在特立尼达为什么没有出名。"所以你看，最好把你的小说寄给我。哦，还有："他是天生的作家，不过，我想他是西印度群岛作家中最需要克制自己的。他似乎很怀念上一代，不过，那有可能是因为他也是老一辈的人。"所以，把你的小说寄给我。

说到斯万齐，我最好提一下，我的《哀悼者》拿到了八几尼稿费。我自己觉得那个故事写得不错，我的导师也很喜欢。斯万齐说他得向我道歉，因为他找了一个牙买加女孩来朗读。他向我保证，以后会请我来朗读。我不介意多赚外快。现在讲讲我的大部头：《影子侍从》。萨蒂可能还记得这个名字。[1]今天上午十一点半，我写完了结尾，打出来一共二百七十七页（七万多个单词，相当于一本两百一十页的普通开本的书）。阿什莫林博物馆那人看了前面的五万个单词，他觉得读起来很有意思。所以，如果幸运的话，我们父子俩会差不多同时出版第一本书。希望我们中能有一个中奖！

你们问我的健康状况。我挺好。为证明我和爸爸的亲密关系，我得说，我了解消化不良引起的疼痛有多么难受。巴黎人一天只吃两顿饭，因此我到巴黎两天后就开始消化不良。但是，这是可以预见的。一日三餐吃了十八年，一日四餐吃了一年，突然，一天只吃两餐了！等我重新开始一日四餐的时候，就恢复过来了。谢谢挂念。

我有新闻要告诉你们，但请保密。卡珀兄弟间不太和睦。虽然没有挑明，但是双方都向中立者——比如我——说对方的坏话。卡珀 S 说过要在年底回特立尼达的话，现在基本上已经在计划了。我同情卡珀 S，他一直找不到工作。他弟弟先前向他保证的光明未来到头来却是海市蜃楼。而且他[2]的行为很让人反感。玛米觉得他对孩子们不好。他兄弟的

---

[1] 借自《威尼斯商人》。
[2] 即楼陀罗纳特。

朋友来家里玩，他很生气。而且有时候故意表现得很无礼。我告诉你们，他们不喜欢这儿。但是他们对我很好。我小说的最后两万五千个单词就是在玛穆的打字机上打出来的。他们每天都给我吃一个鸡蛋，一共吃了快两个星期。在这儿，鸡蛋是限量供应的，而且很贵。

我可以把巴黎留到下封信来讲吗？现在已经很晚了。是的，我想我会再写一封。非常抱歉，我没有把这封信写得很长，但我想留点内容到下封信。

顺便说一句，有件事让我很恼火，关于《曼彻斯特卫报》。上帝啊，他们居然不发表我的稿子。有时候助理编辑真的太差劲了。这种小事也能让我生气，很让人惊讶吧？我为此生了一个下午的气。

好了，再见。向妈妈和大家送上我的爱。

爱你们的儿子和兄弟
维多

请代我问候依纳若炎。他可能在骂我了，请他谅解。

83 / 西帕萨德·奈保尔写给 V. S. 奈保尔

家
51/9/29

亲爱的维多：

我们在几天前收到了你那封让我们很满意的长信。我警告过你妈妈，那个包裹到你那儿的时候会散掉。我还担心海关会发现那些香烟——那也是奈保尔太太的杰作。好了，我们不会再给你寄包裹了。

斯万齐真是那么称赞我的吗？那他为什么会退我的稿子？算了，我的那本小说和短篇小说会以平信的方式寄给你。请注意，有几篇短篇小说和我寄给英国广播公司的有点出入。所以你可能得做点补充。

我隐约记得我在哪儿读到过《影子侍从》，但是我想不起来是哪儿了。其他人没有一点印象。

你的信写得非常亲切，多写写这样的信。短信读着不过瘾。

我同情卡珀 S，我说真的。我对人性的判断准，因为我私下曾准确地总结过楼陀罗纳特这个人。要是孩子们的父母不带他们回特立尼达，那就太不幸了。

一旦出版社打算出版你的小说，写信告诉我。我会在《卫报》上报道的。还有，把你播出的那篇短篇小说寄给我。我们在这边一句话都听不完整，信号很差，大概听了十分钟，就收不到了。

想听听关于希万的事吗？他的老师——一位女老师——问他爸爸是干什么的。希万很肯定地说他爸爸是个医生。老师相信了他，在见到你妈妈之前，她一直深信不疑。我想可能是因为希万觉得"医生"很了不起，大多数人都这么觉得。

我每个星期要写两篇特稿，所以没有时间写别的东西，除非我每天不睡觉。当然，我是本地知名作家，但仅限本地，我不是太看重这种地方性的名声。

我们都好。我挺喜欢自己的画像。花了我五十二元。想给你妈妈也来一幅。把我的画像挂在楼下墙壁正中间，你和卡姆拉的挂两边。

我们都爱你，爸爸

84 / V.S.奈保尔写给卡姆拉·奈保尔

大学学院
牛津
1951/9/30

亲爱的卡姆拉:

呃,我已经回到牛津。还没有开学,朋友们都不在身边,所以,我现在非常孤单。我在想,是否有很多人像我在过去一年间那样孤单;事实上我从"懂事"以来大部分时候都很孤单。我想说的是,我发现人们——尤其是牛津那些聪明的花花公子们——很无趣,听他们讲话,和他们在一起,很无聊。在这儿,我太老了。在牛津,所有男孩都在装成熟。这是最让人沮丧的。我真的希望你不像我这样孤单。

我艰难地调整自己,为新学期做准备。你可能已经知道,上个学期我无所事事,只写了两篇论文,而大家通常会写八篇。但是我有很充分的理由:我眼睛的毛病,哮喘之类的。

若不是我的打字机坏了,我会再打一篇小说寄给英国广播公司。我已经有两篇小说播出了,但是我需要第三篇的稿费。这个月二十日,大概上午十一点半,我在我的长篇小说末尾写下了"完",在过去十六个月里,我一直在布局。好了,终于结束了。① 真是如释重负!阿什莫林博物馆那个人现在正在看。他已经看了三分之二,是我去巴黎之前给他的。他很喜欢,觉得可读性较高,有趣,"写得真棒"。老实说,我比较认同他。我明天和他一起喝茶,听听他对于整本小说的看法。他有个朋友,好像是塞克和瓦尔堡出版社的主管——名人。他答应帮忙"推销"我的作品。祝我好运吧。要是我的长篇小说能赚些钱给爸爸妈妈,我就太高兴了。

---

①原文为法语。——译注

我恐怕要成为一名作家了。我越写越想写，但是并不享受写作过程。你瞧，笔下的人物开始在脑袋里安家。一个人物让我几宿未眠。让她成长吧，我还不打算把她赶出我的脑袋。有她相伴，我就不焦虑。你知道，正是这种感受鼓励你吃完蛋白再吃蛋黄，或者把一餐饭中最好吃的留到最后，或者把王牌留到最后一手。我说的有道理吗？应该有点。

　　随着年龄的增长，我觉得自己越来越像爸爸。我抽烟的方式，我的坐姿，我抚摸未刮的下巴的样子，我有时也会笔直坐着，我花起钱来既浪漫又傻气。爸爸可能不喜欢这样，因为这样他在我眼中就没有秘密了。我越了解自己，就越了解他。请不要减少对妈妈的爱。她值得我们付出所有。我们不应该让她失望。她是那种默默忍受痛苦的人，可怜的妈妈！我爱她，但那个塑造了我的人生、观念、品位的人是谁？是爸爸。

　　现在你得做点什么。我希望你不要对我抱有什么大期望。也不要认为，有一天你会看到我的名字闪闪发光。我想你不会看到的。我也不想你伤心或失望。昨晚，我做了一个噩梦。我哭着向自己保证，每天写一千个单词，"你瞧，"我对自己说，"你只有一年的生命了。你得了癌症。每天写一千个单词吧。每写一千个单词，就能挣一千英镑。"

〔无签名〕

85 / V.S.奈保尔写给德拉帕蒂·奈保尔

大学学院
牛津
1951/10/1

亲爱的妈妈：

今天下午我和阿什莫林博物馆的伊恩·罗伯森一起喝了茶。他很喜欢我的小说，明天就会把它拿给塞克和瓦尔堡出版社的主管。我们不要抱太大希望，不过，这个人是伊恩的朋友，他已经知道，我那部满是修改痕迹、混合着铅笔和钢笔字迹的稿子会交到他手上。

我上星期六遇到了约翰·哈里森，我们吃了午饭，又一起待了四个小时左右，他告诉我他见过爸爸。

我生病期间，玛穆和玛米把我照顾得很好。当然，玛米对我一直不错。玛穆现在忧伤而失望，不过也温和了很多。卡珀 R 和我相处融洽。不要问我原因。博西也想知道我怎么会和他交谈甚欢！没什么可说的。不必担心我们会发脾气。另外，他们说我随时可以去他们在伦敦的家里做客（当然只是小住）。就我所知，除非发生大事，卡珀 S 铁定会回特立尼达，可能是明年二月份。我倒希望发生点什么，但是，很遗憾，不太可能。

我讨厌谈论天气，但现在是秋天了。树叶变黄，飘落；早上很冷，雾蒙蒙的。

爱你们大家
维多

（转下页）

这儿的衬衫售价在三十到六十先令之间。我自然买不起。

未来三个月，我大概需要两件衬衫。如果你买来下过水再寄来，我就不用付关税了。最好在上面写上我的姓名。我就是先告诉你们一声，等我把钱寄过去再买。

维多

请不要给我寄钱。

86 / 卡姆拉·奈保尔写给 V.S.奈保尔

女子宿舍
房间号：40
贝拿勒斯印度大学
邮政信箱
1951/10/4

亲爱的维多：

要是现在我在你身边，你知道我会做什么？在你脑袋上狠狠敲一下。你，你的梦想，你的写作，还有什么？我都不知道怎么接下去。你生活在这个世界上，却极力想要挣脱它，让自己的生活痛苦不堪。你现在需要一剂"我"。但是我在这么远的地方，不可能。

还有一件事，我希望你不仅写作好，学习也要好。如果你做得不好，我会很失望。

然后，你能不能不要同时做两件事情，你是拿破仑吗？（爸爸的话）

你没问题，很适合这个世界，以及其他事情（虽然有时会被丢进海里），所以，不要再胡思乱想了。

你说的每件事都很有道理，但是，恐怕我不喜欢你过分敏感。

预祝你的小说成功，我是真心的。但是我忍不住会担心你过分劳累，这让我心痛。

天哪！我大道理讲得太多了，但我是很认真地在说这些。

明天是普伽假期①，学校没课，我就待在宿舍里。

我房间的灯引来了成千上万只小虫子，一直围着我飞来飞去。我只好坐在床上写这封信，离灯远远的。

我有好多事想对你说，但我把它们埋在心底，等见面再说，十八个月之后。别担心，时间过得很快。你会不会有时想看看我变成什么样了，看看我还是那个卡姆拉吗？我常常想起你，但没法把现在的你和以前在家的你联系起来。

做个乖孩子，好吗，不要再做梦了！

许多的爱

卡姆拉

87 / 卡姆拉·奈保尔写给 V.S.奈保尔

1951/10/13

亲爱的维多：

我希望你不要这么说自己。看起来我们在想同样的事——都很担心家里。真的，我变得很瘦，大家都不敢相信。不过，那没有什么要紧的。

不要因为你那部小说而消沉。你还在上学，放轻松点。之后事情可能会有转机。而你不能指望一次就成功。

我想，你已经收到我那封关于家里的信了。呃，爸爸妈妈在家，如果他们不能在我们俩都不在家的时候管好萨蒂，那就太糟糕了。不过，如果

---

①普伽是印度教祈祷仪式。普伽假期是为了庆祝屠妖节。印度教徒在屠妖节期间祭拜象征繁荣兴旺的女神拉克西米。

我发现这样的事继续在家里上演，我肯定没法在印度待下去。这三个妹妹会变成什么样，我真说不好。唉，我多希望她们都是男孩啊。不管怎么样，让我们尽量往好处想吧。我可能一年后回家。最起码，我一定会回家。

我想你现在该做的就是不要再担忧。你知道你不能期望一边学习一边赚钱。我想你应该做的是：学习，通过考试，回家找份工作（请别生气），或在西印度大学找份工作。你知道你喜欢待在英国，并且过奢华的生活，但在英国，不可能有奢华生活等着你。你知道，你该实际一点了。

你知道，我会为你尽所能。但是你知道我的情况。亲爱的，我能要求你的就是，请耐心等上一年，一年后，我能另外给你寄二十英镑。在这一年里，你要非常有耐心，节俭度日。不要想着为钱而结婚，你知道那不好。自己去赚钱，你会更快乐。

我全部的爱，卡姆拉

〔写在信纸边缘：〕

这个炎热的夏天，还有上一个假期，我哪儿也没有去。你知道为什么吗？我说是因为我想学习，但那是在撒谎。因为我没有钱。我相信，有一段时间，整个校园只有我一个人。希望这能给你点儿鼓励。要勇敢，要保持微笑。会峰回路转的。

"你知道"太多了，我删了几个。

88 / 西帕萨德·奈保尔写给 V.S. 奈保尔

51/9/29①

---

① 西帕萨德把日期写错了。邮戳是 10 月 30 日，几乎可以肯定这封信是在 10 月 29 日写的。另一封写给卡姆拉的内容相似的信标注的日期是 10 月 21 日。

亲爱的维多：

我早就应该给你写信了，但是因为你表妹迪欧和傅露的荒唐行径，我这阵子一直处于担忧和焦虑之中。直到大概三个星期前，我才意识到这些女孩子已经变得多么"进步"。你知道，她们住在我们家，我发现自己不知道该怎么办，现在仍然不知道：是把她们赶出去，还是任由她们堕落下去。这些女孩子变得极其现代，根本不管对方是黑人，还是穆斯林，或是别的什么人。迪欧一点也不脸红地说，印度人嫁给黑人没有什么不好，也不丢人。这是她的原话："只要你幸福，有什么关系呢？"至于穆斯林，"哎呀，他们也是人啊"。她们不止嘴上说说，而是沉迷其中。大约一个星期前，傅露带回一个和黑炭一样黑的（我向你保证，丝毫不夸张）多戈拉①。她想知道，要是她打算嫁给他，我会是什么态度。你妈妈他们都在家，围坐在桌边。我不得不冷淡地对待那个男孩。随便聊了五分钟左右，他告辞离去。迪欧和傅露这两姐妹送他到门口。之后发生的事让我无比震惊，迪欧说："穆萨，他人不错。比帕萨德好多了。"她提到的帕萨德是傅露一两天前带回家的另一个追求者，二十三岁左右，很英俊的印度人，在邮政总局任公务员。

你妈妈和我都说，那个男孩是个印非混血儿。迪欧坚持说他没问题，是纯种印度人，父母亲都是南印度人。傅露有姐姐撑腰和怂恿，已经和这个印非混血儿交往好几个月了，还一心想嫁给他。不过现在，她向我保证，她会跟他分手的。

但是，我担心的不是傅露，而是迪欧。这个女孩子已经彻头彻尾爱上了一个名叫艾萨克·穆罕默德的穆斯林，他是为特立尼达电台演奏的印度管弦乐队的一名鼓手。这个女孩一星期肯定会和这个穆斯林见上两三面——他在街上卖棒冰——而且一定会和他出去，很晚才回来。她

---

① 特立尼达人对一半印度血统一半黑人血统的混血儿的称呼。

的亲哥哥跟我说,他曾看见他们一起去看电影。傅露有天告诉我,迪欧带他去了斯蒂芬①,给他看她打算买的裙子,就花纹和尺寸问他的意见。我亲眼见过这两个人在晚上九点的时候一起散步——我们家的米拉在前面带路。

迪欧坚持说她不会嫁给他。起先,她还否认认识这个人,现在,她却突然跟我说,认识他已有一年多了,但是他们之间只是说说话而已,没有别的。不妨告诉你,我不相信她的话。她一心想要见他。她说要去她妈妈那儿一会儿,其实是去和这个穆斯林男孩闲逛,而这个男孩甚至连一份可以养家的稳定工作也没有。为了假装她是去丹家,她还带上了米拉和萨薇。我还能忍下去吗?

我一次次请求她不要再到特立尼达电台的直播室去了,在家听得更清楚。她嘴上说她讨厌穆斯林,也不稀罕去直播室,但其实她一直去。

迪欧从来不带伴去。她总是在黄昏的时候一个人去。

有一次,一个朋友乘哥伦比号离开,她去送行,上了船。那艘船晚上十一点起航,但是她直到凌晨一点或一点半才回来……一个已婚男人(曼戈托)开车送她回来。她是坐我们的车和我们一起去码头的,她在船上待了那么久,也不跟你妈妈或者跟我说一声,她不和我们一起回家。

我不得不这样想,这个女孩已经误入歧途了……除了丹,没有一个家人愿意接待她。我害怕,若是她干了什么出格的事,别人都会指责我,因为她是住在我们家的时候出的事。

她痛恨婚姻。她公开藐视印度人的生活方式。我知道,正统印度教徒的生活让人感到气馁,但是我觉得这个女孩的痛恨不是源于对印度事物的了解,而是源于无知。印度教没有在她心中留下任何美好的印象。不想结婚的女孩往往只想享受同居的乐趣,却不想负起婚姻的责任。这

---

① 西班牙港的一家百货商店。

样的想法可能很聪明，但态度却是怯懦的……你或许会奇怪，这件事跟我们家没有关系，我为什么如此愤愤不平。

但还是有关系的……想想这两个女孩树立了什么样的榜样。

不要对迪欧和傅露提一个字。我会努力帮她们摆脱这种混乱的状况的。家里大部分人都讨厌她们。我一定要对她们表现出同情和理解……跟我说说你对此事的看法。把信寄到《卫报》……会很快把短篇小说寄给你。

大家都好。

爱你的爸爸

〔写在信纸边缘：〕

我再告诉你一桩骇人的事：你塔拉姨妈和一个多戈拉男人鬼混，那人来自波地谷，是个开出租的。她跟着他去马拉瓦尔、迭戈马丁、圣克鲁兹。这已是旧闻了。那男人有老婆，还有六个小孩。真不像样！

*89 / 西帕萨德·奈保尔写给 V.S.奈保尔

51/11/6

亲爱的维多：

你肯定已经收到了我的长信。你很震惊吧。我可能不应该给你寄那样一封信，但是我最近就陷在这种事情里。

你上次来信至今已一月有余，我们开始担心你是不是生病了。所以，给家里写封信，即使你真的生病了——写封短一点的。

或者是因为，没有出版社肯接受你的小说？如果是这样，不要绝望。你很清楚，很多最伟大的作家也有过连着好几年被退稿的经历。一旦他们的作品开始出版，那些被退稿的作品也都变成了杰作。所以，不要丧气。但这只是我的猜测，我希望我猜错了，你既没有生病，也没有对什么失望，只是懒惰或太忙而已。

你知道我很想弄到几幅油画，所以我昨天去了特立尼达艺术协会在R.V.I.举办的艺术展。我想买展出的三幅作品，两幅是海景，一幅是陆地风景。那幅名为《圣克鲁兹河》的画标价四十八元。还有两幅都是油画，分别是二十元和二十五元。但是萨蒂和萨薇，还有你妈妈，非常反对我花钱买画。为了不跟她们争吵，我没有买。但我很幸运。我遇到了阿拉丁[①]，问他手头是否有画，他把我带到了弗雷德里克街，向我展示了六幅画。一幅是油画，像你那张小幅素描"狂欢节"，画的是些醉汉。但是这幅已经售出。阿拉丁让我自己选，我选了一幅彩色蜡笔画，画的是一个在跳舞的呼喊者[②]，还有一幅钢笔画，画的是一个在看书的梵文学家。他不肯要一分钱！他说我应该让他给我画一幅肖像画，但是他现在很忙。他真是个大方的人。

务必每两个星期给家里写一封信。我们大家都很好。

爱你的爸爸

〔随信附：德拉帕蒂的纸条和她的照片〕

[①] 穆罕默德·法洛克·阿拉丁，一位颇有影响力的画家和老师，后在政府里担任文化专员，这是一个高级公务员职位。1980年逝世。
[②] 即精神浸礼会信徒，一种吸收了基督教和非洲传统的土著宗教的信仰者。

90 / V.S.奈保尔写给卡姆拉·奈保尔

大学学院
牛津
1951/11/8

亲爱的卡姆拉:

这么久才给你回信,我感到十分抱歉,跟往常一样,我找不到任何借口。我就是懒到了极点,可能还很无礼。非常感谢你给我寄的五英镑,帮了我大忙。

你知道,我真的希望每年多两百英镑供我开销。那样的话,这儿的生活就完美了。其实,我的房间四壁空空:我买不起合适的画。我交不起很多朋友(通常是那些以后对我有用的朋友),因为我没钱请他们喝酒。我的假期是你能想象的最无聊的,因为我没有钱去国外旅游,甚至在英国境内也不行。我买不起一台像样的打字机,老的那台不能用了。我至少有一篇很早之前就该寄给英国广播公司的小说得打出来,那能为我挣八几尼。我买不起鞋子。我有两双旧鞋,全浸了水。我没有黑色的鞋。我没有体面的防水雨衣,只有一件破旧的外套。总之很狼狈。嘿,如果你〔认识〕有钱的姑娘要找个智商高的丈夫,把我介绍给她,好吗?

我猜你已经听说过家里发生的灾难了——迪欧、傅露和塔拉的桃色新闻很让人难过,不是吗?你要是还不知道,我现在就讲给你听,迪欧在追求穷光蛋,傅露在追求黑人,塔拉在追求多戈拉。就是这样!再想想萨蒂和其他人。你知道,女孩从来都不可信,而我发现,要相信萨蒂真的很难。我还在女王皇家学院教书的时候,就从男生那儿听到过关于她的令人尴尬的传闻,他们不知道萨蒂是我妹妹。我希望你给她写几封严厉一点的信。女人可能知道该怎样跟女人讲话。我真的很担心。

还有一个令人难过的消息。一家出版社拒绝了我的长篇小说。收到退稿的那个晚上，我的心情非常低落，就跟获悉奖学金名单的那个晚上差不多。现在，稿子在第二家出版社那儿，我只有等啊等。

大约四个星期前，一个蓄须的男人来到我的房间。我不认识他。他笨拙地拼着我的名字，我只好帮他说出来，他说他是在印度认识的你。他叫科林·特恩布尔。他在这儿快出名了：《广播时报》刊登了他的照片，英国广播公司播出了他的访谈，哈拉普出版社会出一本他的书。我下周末将和他一起度过。希望他不是同性恋。在这个国家，你碰到的所有男人几乎都是同性恋。

大约三星期前，我带卡珀 S 一家在学校转悠。孩子们照旧很没礼貌，带他们在校园里逛真是丢脸。带表弟们来之前，我从来没在学院里见到过七岁或十一岁的孩子。不过总算还好，没有出什么状况。毕竟，在我生病期间，他们对我很好。

我想知道，你从印度毕业之后有什么打算。透露点儿给我。我还没有为毕业之后的职业生涯做任何打算，但是我不担忧。我总是想船到桥头自然直。谁知道呢，说不定我的小说明年就能出版！

因为假期的四个月我几乎都是在打工、生病、写小说中度过的，自然没有时间忙学习。所以积攒了许多功课，这个学期我要加倍努力了。

所以，我在这儿的生活一如既往无聊乏味。想想我当初一心想要来英国，来牛津！唯一的安慰就是：特立尼达的生活比这儿还要无聊无数倍。

爱

维多

91 / 西帕萨德·奈保尔写给 V.S.奈保尔

家：51/11/10[①]

亲爱的维多：

获悉你把本打算寄给萨蒂的信销毁了，我很高兴。那会让她很伤心，会伤害她的。萨蒂不是个坏女孩，你知道。她现在长得很高，上下学的时候看上去十分端庄。她很敏感，心情不坏的时候颇有几分幽默，这让她有时变得或者说显得有点轻佻。如果你问她："呃，你在看什么？"她会以嘲讽的口气回答："连载漫画，还有《真实浪漫史》。"实际上，她的确在看漫画，但是像《真实浪漫史》之类的，只有在别人——比如说维尔玛——带回家的时候，她才会看。除此以外，这姑娘学习很用功，还有几天就要考试了，她天天复习到深夜。

至今为止，我所有的孩子都是好孩子。有几个，比如说萨薇，有时相当无礼，但是没有一个天性如此。当然，萨蒂有时很固执。有一天，她想去看大学足球比赛。我说她应该和萨薇、米拉一起去。她坚持要一个人去，但最后她还是让步了。我觉得，如果你能给她写封信，语气亲切点，会对她有很大帮助，让她产生强烈的抱负和自尊——关于种族和宗教的自尊。她会非常自豪，我知道。但如果批评她，就会给她留下心结，而且很难解开。我非常希望你给她写一两封信，即使因此少给家里写一封也没有关系。

傅露和迪欧昨天上午悄悄离开了。这个星期，迪欧把她的东西一点一点搬走。我不断劝她，责骂她，让她不要和层次低的人交往，和她那个鼓手男朋友断掉，但似乎只是对牛弹琴，白费力气。你对她们的评价

[①] 这封信的日期很可能写错了。因为信中内容涉及 V.S.奈保尔写于 11 月 15 日的信（第 92 号）；但邮戳没保存下来。

很正确，真的。打从她们走后，我的心情好多了。

阿拉丁送给我两幅画：一幅是钢笔画，画了一个印度教祭司在专心看书；另一幅是很大的彩色蜡笔画，画了一个信仰同化祭礼上的舞者。他拿出五六幅画让我自己选。他说等他有空的时候要给我画肖像，但我想让他给你妈妈画。

我觉得你每两个星期至少应该给家里写一封信。毕竟，除了信件，你和家里还有其他的联系方式吗？不管你的信有多简短，你应该写得更勤快一点。

你的长篇小说怎么样了？出版社有回复了吗？你得跟我讲讲。我很好，家人都很好。有三株兰花开花了，但是我得说，那盆"猿之喉"很让人失望：花很小，色彩不鲜艳，也不香。但是"蝴蝶"很漂亮，我保证。蝴蝶们真的以为那是蝴蝶。我的"塞德罗斯蜜蜂"已经开了两个星期了，现在仍旧开得很好。唉，关于洋兰，我可说不上什么。它们太昂贵，一盆最起码要十元，信不信由你，最好的要卖到两百元一盆。

我有一盆兰花，别人告诉我很稀有，叫作塞罗吉恩，但是我不确定有没有把它的名字拼对。我们都爱你。

爸爸

92 / V.S.奈保尔写给家里

大学学院
牛津
1951/11/15

亲爱的家人：

爸爸在猜为什么我不给家里写信了。我的小说被退稿了，不过我已经不再沮丧。小说被退稿，只是让我对任何事都提不起兴趣。今天，我觉得无精打采，从九月二十三日至今，我还没有动过笔，从开学起，除了教科书，我没有看过别的书。

我不知道你们是否会有所震动。但无论如何，我尝试过了。迄今为止，我已经看完了乔叟和斯宾塞的所有书，加在一起大概相当于《圣经》大小的双栏书一千页。这个星期，我在看《失乐园》。所以，你们大概能明白我还有多少书要看。

谢谢你们寄来的照片。你们一定选了光线最暗的地方来拍照！顺便说一句，萨蒂戴了副无框眼镜？看起来很滑稽。我觉得米拉是三个女孩中最容易辨认的一个。跟萨蒂说，我给她写了一封极其令人讨厌的信，但是撕掉了。我批评她的字难看，批评她不爱学习。

我明天去伦敦，不在牛津过周末，和一个在印度认识卡姆拉的人[①]一起。他以一个宗教怪人的身份回到这个国家：他蓄了胡子，还吃素。他在英国广播公司做了访谈，时不时给《泰晤士报》写信。他对印度，对贝拿勒斯，对卡姆拉都赞不绝口。他跟我保证，印度大学的文凭并非全都可以轻视。他是老牛津人，应该不是信口开河。

爱你们大家
维多

[①] 指科林·特恩布尔。

93 / V.S. 奈保尔写给家里

> 大学学院
> 牛津
> 1951/12/1

亲爱的家人：

很高兴，家里的担忧消除了。

这个学期我没有经常给家里写信，因为我真的有很多功课要做。我得看斯宾塞和弥尔顿的全部著作，真的是很大的阅读量。

大概两个星期前，我和一个在印度认识卡姆拉的男人以及他的家人共度了一个星期。那个周末我过得很快乐，因为他有车，我俩和他的几个朋友一起开车去兜风，从苏塞克斯郡的霍舍姆到奇切斯特，那儿有一座非常壮观的天主教堂，再到朴次茅斯。我们到达朴次茅斯的时候已经是星期天晚上大约十一点钟了，凌晨两点返回霍舍姆。第二天上午，我们回到伦敦。我拜访了卡珀一家，然后，朋友带我去了伦敦西区他的酒吧。我一点半坐大巴离开伦敦，前往牛津。我过得非常快乐，很有意思。

我很高兴地跟你们说，导师对我的功课很满意。没错，我没有写很多篇论文，一个学期只写了四篇，但凡是我写出来的都很棒。不是我自吹，导师真的很惊讶。他想看我的长篇小说。如果他觉得写得不错，首先会说服学院奖励我十五英镑，好把小说打出来，然后，他会帮忙出版。阿什莫林博物馆的罗伯森看完后，仍然觉得很惊艳，他似乎很肯定这部小说迟早会出版，我会成为知名作家。

为此，我们院长（其父是伊顿公学的校长）对我友好了很多，还答应支付打印机的修理费用，大约是五十先令。他说："印度人很有魅力，很诗意，有些很有天赋。但令人吃惊的是，你一点儿也不像那些人。"

我高兴地接受了。

这学期到这个月八日就结束了。我本来想去西班牙，但经济上可能不允许。不过不要担心。我有很多功课要完成，还得继续写我的短篇小说。从八日到十四日，我想我会在伦敦。我想去那儿看望一个德国人。我很肯定，要是我表现得当，他说不定会邀请我去德国过圣诞节！希望如此。

我给你们讲讲我遇到过的德国人：他们尊重印度人，容易被印度人吸引。一天，我坐在餐厅里，坐在我对面的金发女孩开始对我微笑。我也对她笑了笑，然后我突然大笑了一声，因为我觉得这样的场面很有趣。后来知道她是德国人。我们交谈了片刻后她离开了。还有在船上遇到的妩媚女人；大概两个月前在出租公寓遇到的六十岁的德国老太太，她对印度教和神秘主义非常着迷；以及在伦敦国家美术馆工作的一个德国人，对我非常友好，执意要带我去一个粗略介绍德国画家的展厅。

我觉得很奇怪——这个学期，我认识的人突然多了起来，我发现每个下午都有安排。我养成了在餐馆喝茶、晚上十一点在伦道夫——牛津最昂贵的女王公园旅馆——喝咖啡的习惯，那儿一杯咖啡就要一先令！

比如，今天上午，我和罗伯森一起喝咖啡。今晚我要去看一场戏剧。明天电影协会放电影。星期一，我和人约了喝茶。星期二，文学社开会，还有院长请的自助晚餐。星期三，几个欧洲同学来我这儿喝茶。昨天晚上，我去一位新老师家做客。所有这些写在纸上似乎都令人兴奋，以后回想起来可能也是如此，但在当时我却不这么觉得。

顺便提一句，告诉爸爸，我不喜欢他写"I'd"和"we've"，尽量少用撇号。爱——维多

*94 / 西帕萨德和德拉帕蒂·奈保尔写给 V.S. 奈保尔

51/10/15[1]

亲爱的维多:

随圣诞贺卡寄上一张便笺还有几张照片。希望你有一个快乐的圣诞节。放心,家里一切都好。我们也给卡姆拉寄了一封同样的信。

务必来信告诉我们衬衫的样式和号码,我的意思是你穿的衬衫尺码。

爱你的爸爸

随信附上一张一英镑的汇票。买个蛋糕吧!
祝你圣诞快乐,维多。我们都很好。——妈妈

*95 / V.S. 奈保尔写给家里[2]

1951/12/27

亲爱的家人:

非常遗憾,这些礼物没有在圣诞节前寄到。但是圣诞节从来不会等着殖民地部发了津贴才来。不过,我希望,要紧的是这些礼物总算寄出了。我对寄礼物一直不上心,理由显而易见。

现在说一说礼物怎么分。拼图和彩笔套装送给希万。那枚胸针送给

---

[1]几乎可以肯定日期是错的,可能写于 12 月 15 日。
[2]写在一张大学学院伦敦学生会的信纸上,写的时候纸上下放颠倒了。

三个女孩子：萨蒂、米拉、萨薇。很抱歉我买不起三枚胸针，但我希望她们不会因为谁先戴而吵起来。巧克力给妈妈，阿卜杜拉香烟自然是爸爸的。

我刚从布赖顿回来，我在那儿和路德玛穆一起度过了圣诞节。我过得很快乐，我相信，在别处过圣诞节不会像在那儿那么快乐。我明天打算和路德玛穆一起去南安普敦，最后一次拜访卡珀 S 和他的家人。同时把我要给你们的东西交给他。

我今天下午去欧华德那儿了。他住在伦敦一个很破败的区，和圣詹姆斯公园附近的一群印度人住在一起。很遗憾，那儿肮脏不堪，令人沮丧。

我两天后回牛津，可能会去取我的信。上个星期离开牛津时太匆忙，我忘了带睡衣、牙刷和剃须刀。我急于在玛穆和玛米去巴黎之前见到他们。玛穆和玛米不太高兴，但是孩子们看起来很无所谓，甚至还有点兴奋。

余下的假期我会在伦敦度过。这封信可能会在十日或十一日寄到。那之后三天，我就搬回牛津了，新学期要好好学习。

顺便说一句，我总是记不住大家的生日。我想我把萨蒂的生日忘了，但是她会原谅我的，我相信。我刚刚意识到米拉的生日是三十日（还是二十九日？我真的不清楚。我只记得有两个人的生日离一九三六年年底很近）。

前不久我偶然听说，家里那边有人说，我着急离开特立尼达是因为我和黑女人鬼混？你们听说了吗？听闻自己成为毫无根据的诽谤的主角，还真是令人激动呢。

爱

维多

*96 / V. S. 奈保尔写给家里

大学学院
牛津
1951/12/31
& 1952/1/3

亲爱的家人：

非常感谢你们寄来的漂亮的照片和圣诞贺卡。爸爸的照相技术越来越好了。也谢谢你们寄来的一英镑。

我二十八日去南安普敦给玛穆送行，就是我从布赖顿回来后第二天。我们上午十点抵达南安普敦。在那儿，我们得知晚上九点半才开船。于是，我们还有十一个多小时。我们在镇上逛了逛，去看了场电影。从电影院出来的时候，下雨了。我们躲雨躲到六点半，然后溜达回码头。因为风浪太大，我们发现得等到第二天早上九点半。我们在附近转了转，然后找了家旅馆投宿。第二天早上七点半，我们吃过早饭，大概八点左右，我们到了码头，看着哥伦比号进港。我们看见玛穆和玛米在船上。他们走下船，我们聊了会儿。

我们十一点跟他们分别，返回伦敦。

从那天起，我就一直住在伦敦玛穆家。博西在这儿待了一个星期，他有时会做做饭。他不能天天做，因为他在药店上班。

玛穆明天（四日）来。露丝后天来。我现在很想家，但过几天就好了。

新学期一月十七日开学，这次我打算努力学习八个星期。毕竟，还有十八个月就要大考了，我想考好一点。

我一直在想从牛津毕业后我该干什么，结论是我起码应该先回特立尼达看看能否在女王皇家学院找份工作。

你们收到信的时候，卡珀 S 可能已经到家了。我给你们捎去了圣诞（或新年）礼物。谢谢萨蒂的信，希望她经常给我写信。请你们尽量给我写信。你们的信给了我许多慰藉。

说点可能会让你们觉得好笑的事。两天前，我站得离电暖气太近，一条裤管被烤坏了。就是这样！那不是什么西装裤子。没什么的。我有八条裤子，有的还没穿过呢。我得在它们放坏之前穿一下。

你们知道吗，我刚刚发现自己为什么不像原来那样经常写信，而且写得很长了。理由很简单：我没有打字机。但是我答应你们，从今天起我会经常写信。

记住——我爱你们大家。

再见！

爱
维多

97 / 西帕萨德·奈保尔写给 V.S. 奈保尔

52/1/8

我亲爱的维多：

我刚刚看完你提到为卡珀一家送行的那封信。他们这个星期五抵达。不知道卡珀 S 会不会仍然像以前跟我在一起时那样忧郁。

真希望你已经告诉了我你现在穿几号的衬衫。你该在一个月前就告诉我们，那样你现在已经收到衬衫了。如果两个星期后我还没有收到你的回复，那我就给你买三件十四号半的衬衫，我穿的号。

你不必给我们寄钱。你要是寄钱，我一定会很难受。我们过得没有那么糟糕，我向你保证。

不介意告诉你，我最近浪费了点钱。我傻到付给约翰逊十五元，请他画一小幅海景油画。他本该最晚在圣诞节前两个星期给我。他跟我说已经画完，画的是马拉卡斯海湾，但是他把画放在家里"晾干"了。事实是，他还没有开始画。我到现在还没有拿到画。

说到画……我给你那幅未完成的水彩——波地谷的埃科纳特商店①——配了个画框，挂了起来，看起来不错。

我又给家里人拍了几张照片。我已经把底片拿去冲印、放大。我一拿到照片，就给你寄过来，还有卡姆拉。

今晚我有很多活要干。有一篇分两期的关于食品生产和营销委员会的报道要完成。必须在今晚写完，因为明天一早我还要写一篇关于相亲的报道。还有一篇关于"最后的割草工"的报道，已经写了一半，你知道，这些人在卡罗尼湿地割下草来，然后送到很远的马厩去。当然，等忙完这些，我要休息一下，靠一靠或睡一觉。

卡姆拉从十一月起就没有给家里写过信，连一张圣诞贺卡也没寄。但是维尔玛和乔伊幸运一点，他们收到了她的圣诞贺卡。

上星期六，我想为罗克花园凹地②的池塘画一幅水彩。但看起来不怎么样。池塘看上去像一块大石头，而非池塘！

我参照旧《特立尼达人》上的一张小照片画了一幅海景，好多了。

我很担心卡姆拉。我不明白她为什么不给家里写信，却给别人写。

告诉她，让她写信回家。

萨蒂可能会在今晚或明天给你写信，但是我刚刚弄坏了一张信笺，所以拿了一张她的。我的打字机也有问题，n和g粘在一起，v打出不来。

---

① 西帕萨德的连襟埃科纳特·蒂瓦里开的。
② 西班牙港萨凡纳公园西北角的一处凹陷。

我在给你打这封信的时候，你妈妈试图给它上点油。结果，油洒到信纸上了。

　　开心一点。时候到了，你就会找到工作的。即便不能马上找到，你还有家呢。写点短篇，挣点外快。以后把这些短篇收集起来。家里明亮欢快，铺着舒服的地毯。下个星期，我可能会粉刷房子的外墙。

　　我们天天惦记着你。

爸爸

第六部分
1952.1.16 ~ 1952.4.15

春季学期，复活节假期

98 / V.S.奈保尔写给卡姆拉·奈保尔

大学学院
牛津
1952/1/16

我最亲爱的卡姆拉：

我回牛津两天了。我刚度过了到英国以来最糟糕的一个假期。我很沮丧，非常想家。但现在，如老话所说，我又爬起来了。

非常感谢你寄来的贺卡。我意识到再过几天就是你的生日了，我就不寄贺卡给你了，但是在此送上我的祝福。

对了，我去了另外一本牛津杂志。杂志名叫《牛津保守党》[1]。从名字就可以看出，这是一本政治杂志。但我并未过多地为这本杂志的政治性所困扰，我负责排版，并设计了封面。杂志出版后我会寄一本给你。

我保证每周都会给家里和你写信。自你上次来信，我已经很久没听到你的消息了，我知道这都是我的错。我想得到你的新消息，知道你的新计划。你打算什么时候离开印度？

如果你感到很孤单，像我过去五星期的感受一样，我承认，不给你

---

[1] 由牛津大学保守党协会出版。

写信，我真是个浑蛋。我真诚地道歉，只能告诉你，那时我心烦意乱，甚至不能平静地看报纸。但那一切都过去了——希望如此。哦，长大真难啊！一年又一年，似乎会无限延伸下去，直到你看不到前路。

爸爸告诉我你很久没有写信回家了。他好像有些受伤，我能理解。请写信给他吧。很多次，我希望一觉醒来就可以回到家中，可以溜到隔壁的里亚尔托；或者骑车去库马纳，跳到海里玩一玩。

假期我什么也没干，我想在新学期发奋图强。希望我的身心状况允许我这么做。

最近，我收到一些家里寄来的好看的照片。我想你肯定也收到了。

露丝和卡珀R的确邀请了我共度圣诞节，我接受了。这对不开心的我来说是件好事。露丝很喜欢你，但是我能理解，为什么你不能忍受同他们一起住太长时间。

卡珀R、欧华德和我去南安普敦给卡珀S送行。这趟旅途不轻松。二十九日周五早上十点我们赶到那里，结果被告知船要晚点到第二天！最后船终于来了，我们见到了他们，我给家里人捎了些礼物。

请尽快给家里写信。

爱
维多

*99 / V.S.奈保尔写给家里

大学学院
牛津
1952/1/17

亲爱的家人：

我想你们已经收到我让玛米捎回去的礼物了。我希望那个胸针（或其他东西）没有引起吵架；我也希望巧克力没有化掉。

我又回到学院了。其他人也纷纷回来了。这学期，学院将上演一出戏剧①，我负责宣传工作。我的任务是确保传单和海报能印出来。仅此而已。我在做的另一件更有趣的事情是为两周一期的《牛津保守党》排版。我设计的封面已经通过了！所以，很快你们就能见到我用心设计的封面和版面了。

我在伦敦的时候给主管BBC殖民地广播的格伦费尔·威廉姆斯先生②打了电话。他邀请我一起吃晚饭，并见见他将在十月入读剑桥的女儿。我们度过了愉快的夜晚———一起看电视，还有其他娱乐活动。那女孩非常美丽。但这没有听上去那么糟糕。她显然已经订婚了。所以你们不用担心。别以为学生很容易被穷女人俘获。我认为只有想结婚的男人才会妥协。

但是，孤独也是个严重的问题。

欧华德搬到了玛穆那儿。我想这是件好事，他在之前的住所和圣詹姆斯公园附近那些小子混在一起。再见到他很棒。过去的伤口已经愈合了。

很高兴得知我的一幅水彩画保存了下来。也许我回家时能看到它。你们大概很难想象遥望里亚尔托电影院后排的浪漫，以及如希望一样明亮的早晨；清晨骑车去库马纳，那里的水是灰色的，冰冰凉凉，平静得像大理石一样。每次投石激起的涟漪都会在清爽的空气中无尽地扩散。

我保证这个学期每周写一封信。这些日子时间似乎过得很慢。

我想欧华德周六会到牛津来。

---

① 荷兰剧作家扬·德哈托赫的作品《仅次于上帝的人》。
② 约翰·格伦费尔·威廉姆斯，出生于南非，雇了亨利·斯万齐经营"加勒比之声"。

我猜希塔和寇已经跟你们说了英国和巴黎的情况。

卡姆拉给我寄了圣诞卡。她说她很忙,十二月二十四日以后再给我写信;但到现在我都没有收到她的信。她给玛穆和博西也寄了贺卡。我想她是在为我不常给她写信生气。今天我给她写了一封信,这是圣诞节后第一封。从现在开始,我要每周给她写一封信。我没有她的新消息,不知道今年她是否会回英国。

先写到这里吧。

爱

维多

100 / 西帕萨德和德拉帕蒂·奈保尔写给 V.S.奈保尔

52/1/24

亲爱的维多:

早就应该给你写信了。卡珀把你的礼物和信交给我们的时候,我没有马上写,就一直拖到了现在。给一个人写信的最好时间是刚收到他的信的时候。

谢谢你送给我们的可爱的礼物。希万很喜欢他的彩笔套装和拼图。我们都尝了你给妈妈的巧克力。你送我的阿卜杜拉,我享用了三天。

非常抱歉,我不能如之前承诺的,给你寄衣服了。我的车出了事故,修车要花九十元。我已经支付了七十元,余款还没有付。所以,我现在手头很紧。

卡珀回来时看上去很高兴。我有八天没去 17 号了,所以不知道有没有什么变化发生。不管怎样,他对我不错。

萨蒂他们都开学了。我不清楚萨蒂是否打算拿高中毕业证书。她的成绩如果达不到一等,她当然会这么做。我怀疑她是否拿到过二等以上的成绩。

米拉再次考试不及格。萨薇通过了考试,第二十名。迪文参加了女王皇家学院的展览会,希塔在修道院上学。苏伦德①去了东方男童公立学校,罗米利是那儿的校长。罗米利的叔叔可能会在四月份开始执掌特安贵立提,那时希万也许可以入读。

卡姆拉一直不给我们写信。她应该告诉你原因了吧。

爱你的爸爸

(你妈妈的话在背面。)

亲爱的维多:

谢谢你的圣诞礼物。希望你身体健康,像玛米说的,好好照顾自己,不要粗心大意。

打十一月起,卡姆拉就没有给我们写过信了,也没有寄圣诞贺卡。要是你能帮忙弄清楚这是怎么回事,我会很高兴。她想象不到她这样做让我们有多难过,给我们造成了多大的伤害。我不知道她为什么不给我们写信。

我求你一件事——千万不要找个白人女孩结婚。玛米告诉我,白人女孩对到英国学习的男孩很狂热,她们以为这些男孩都很有钱。一旦和白人女孩结婚,你就完了。我不是说你会这么做。你的目标应该是学习,而不是其他。我想,在英国学习的印度女孩也很多吧。如果你在完成学

---

① 苏伦德拉纳特·卡皮迪欧,辛伯胡纳特的小儿子。

业后找一个在那里学习的印度女孩结婚，我会非常高兴。

爱你的妈妈

〔写在信纸边缘：〕

你要适应那些造谣者对你的诽谤，别理会那些传闲话的人。

* * *

101 / 西帕萨德和德拉帕蒂·奈保尔写给 V.S.奈保尔

52/1/31

亲爱的维多：

不久前我写了封信给卡姆拉。昨天我们收到了她的回信——她已经两个月没有给家里写信了。她说她不给我们写信是因为我的信对她造成了"很大很大的伤害"。[1]她承认她这么做很幼稚，并且建议我给她写信，"说点好听的"，平息她的难过。她说她需要安慰。我给她写了一封讨人喜欢的但也非常真诚的信。我希望这可以让她找回她的中心。我觉得卡姆拉的健康状况不如从前。她似乎生活在极大的压力之下。看起来她害怕考试——顺便说一句，她三月二十七日考试。我知道那是怎么回事：大家期待她表现拔尖，而她对于实现大家的期望非常焦虑，可以说过于焦虑。我发现你也有同样的问题。破除这些障碍。你要学会尽力就好——平静地迎接挑战。

你能给她写些讨人喜欢的信吗？她一定非常孤独和想家。想家会让

---

[1] 可能是指1951年11月19日西帕萨德写给卡姆拉的信，对于卡姆拉的结婚计划，他写道："要求女儿对父母坦白这些事情并不过分；但你好像确实故意对我们隐瞒。"

人生病。鼓励她好好考试。我想你能及时收到这封信，你必须赶紧给她写信。

你能寄给我一本由你设计封面的那期杂志吗？塞尔文的小说已经被温盖特出版社接受了，并被英国图书协会推荐为"本月最佳图书"。他真幸运。这本名为"更亮的太阳"的书写的是特立尼达两个十多岁的印度裔孩子的婚姻生活。那是我的点子。我怀疑塞尔文是否真的了解特立尼达印度人的生活。我承认这件事让我很沮丧。我觉得——当然很愚蠢——被别人偷走了好点子。

你在写短篇小说吗？你应该写。塞尔文的成功可能促使我写一些东西。我肯定我能写得和他一样好——在与印度有关的主题上写得比他更好。不过当然，塞尔文有年轻的优势。

卡珀 S 开始在西班牙港工作了。他放弃了卡罗尼。那是个危险的地方。你知道立法委员会的前成员 C.C. 阿比德[①]吗？一星期前，晚上九点左右，他在查利维埃的家中被人射杀，没人知道凶手是谁。

你答应每周给家里写一封信，但你没有写。只要你提起笔，你会很快写完，就给我们讲讲每天发生的事，或刚刚发生的事情。玛米告诉你妈，西方女孩将印度男孩玩弄于股掌之间。你妈妈很担心。她觉得你有可能找个白人女孩结婚，但她希望你找个印度女孩。玛米告诉你妈妈，有"很多特立尼达印度女孩在英国读书"。如果做个调查，结果将会证明大多数跨国婚姻以失败告终。

别卷入麻烦。

爱你的爸爸

亲爱的维多：

[①] 克拉伦斯·卡迈克尔·阿比德，出生于印度，幼年来到特立尼达，是长老会教堂的长老。1946 年，他击败 V. S. 奈保尔的舅舅辛伯胡纳特入选立法委员会。

我们终于在两个月后收到了卡姆拉的来信。她说你爸爸的一封信让她很受伤。我们的车被撞坏了，修车花了我们一百元，不过发动机就快修好了。一年的开始竟然是这样的。希望一切都能好起来。

今年的课本很贵。我感到手头拮据。如果教育费用变得这么高，我觉得我负担不起。但是总体来说，一切都有了起色。努力保持健康，做个乖儿子。——爱你的妈妈

102 / V.S.奈保尔写给家里

大学学院
牛津
1952/1/31

亲爱的家人：

昨天我收到了你们的信。很高兴你们收到了我托人捎回去的东西。玛米似乎描绘了这样一幅画面：无辜的特立尼达男孩被西方女孩勾引，命运比死在塞壬女妖手下还惨。当你听到谁在英国跟女孩有一段糟糕的关系，女孩不会受到指责，但男孩会受到同情。即使是在特立尼达，与女孩交往的经历也可能糟糕透顶，但那是些什么样的女孩啊！相信我，这个国家的人可能比其他任何国家的人对阶层都更加敏感。无论如何，阶层的差距真实存在。如果有人只能与最低贱的女孩为伍，我们能怎么办？

但是，我进入的圈子不一样。也许没有女性调味，日子让人觉得沉闷，但是你们可以放宽心。英国女孩和印度女孩一样爱钱。我没钱，所

以不能在婚姻市场上立足。英国女孩并不比其他地方的女孩随便。尽管有人说法国女孩行为开放，但是（至少对我来说），把她们弄到手也同样不容易。

我认识的女孩都是碰巧遇见的，不知不觉成了熟人。这些不期而遇很少会演变成长久的友谊。我承认，这很让人沮丧。我担心以后会打光棍。如果我想要糟糕的经历，也很简单，只要装作和图纳普纳来的那些男孩一样愚蠢就行了。他们高中毕业拿的成绩是C，父母送他们过来，他们只会拿更多C回去。所以，你们不用担心。我没告诉别人我有钱。我没有让人印象深刻的外表，也没有显赫的社会关系。换句话说，我一无所有。

我设计的本学期第一期《牛津保守党》已经出版了。过两天，第二期也要出版了。版面设计非常有趣。虽然我们的共事对象是没有激情和想象力的印刷机，但我认为我们让这份杂志焕发了光彩。当然，这份杂志对我在牛津的生活没有什么帮助。但这里几乎完全由我说了算，与此同时我连加入保守党的意向都没有，你们可以想象这份工作多么让人兴奋。我学到很多设计排版的技巧——虽然学得很辛苦——我期望有这样的经历。

关于卡姆拉：我很久没有收到她的信了。我不知道她是不是生病了。我认为，更准确地说是怀疑，她是在耍小孩子脾气。希望她能尽快停止不合作的态度。

这一学期，我在学习方面比上学期顺利。我肯定，随着时间的推移会变得更好。过去两个月，我经历了迄今为止最严重的情绪波动。心灵的平静——大多数人向来拥有以至于意识不到其美妙的东西——正慢慢恢复。我说这些不是想让你们不安，而是想解释我在前几封信中表现粗鲁的原因。我想这就是成长的烦恼吧。

顺便说一句，学院为我支付了打字机的维修费：三十先令。学院的领导给了我特殊的优待，希望我不会让他们失望。

写这封信之前,我正在漫不经心地翻阅康拉德的《吉姆爷》(因为这是本很沉闷的书)。我必须向参加的学院社团提交一篇论文,题目为"英文小说中第一人称单数的用法"。这是个很有意思的题目,但写这样的论文要读很多书,其中很多书很沉闷。

我知道这封信的字写得有气无力。无论何时,我都讨厌字写得不好,但是当春天来临,阳光明媚,女孩们脱下沉重单调的冬衣,用她们鲜艳的连衣裙把生机和快乐带回大街的时候,我的状态才能恢复。到现在为止,今年只下了两天雪。真让人失望!

爱
维多

103 / V.S.奈保尔写给西帕萨德·奈保尔

1952/2/6

亲爱的爸爸:

随信寄去两本杂志,除了杂志名称,其他方面都由我决定。你可以看到,从标题页开始,几乎所有工作都是我做的。我重写文章,设计页面。上学期,杂志的页面非常沉闷,一栏横贯整个页面,段落很少,可读性差,没有小标题。

也许你会对我经营牛津的《保守党》感到惊奇。我自己也感到奇怪,说实话,我记不起自己是如何一步步控制了这份杂志的。我想一切都是水到渠成。上学期末,我还没有听说过这份杂志。这一学期,我已经开始经营它了。我设计了一些广告海报,有人说这是他们近来在牛津见到的最好的海报。这份杂志的质量正在提高。第一期的销量比以前都好。

不要为我的政治倾向担心。在牛津，我对政治不感兴趣。我可以清楚地看到，人们只是在玩政治游戏，没有诚意。我强烈怀疑这种态度在他们以后的生活中会延续下去。对这里的很多人来说，当政治家不过是另一种职业。无论如何，二月五日那期的照片我是从一个共产主义者那里拿到的。当得知这些照片被刊登在《保守党》上的时候，他简直不敢相信自己的耳朵。

随信附上学院戏剧演出的节目表。昨晚首演，座位销售一空。这对我和演员们而言，同样可喜可贺，因为对于首演来说，票房基本取决于宣传。但是麻烦很快就来了。今天国王驾崩。他同我们学院有些关联，所以院长和校长决定取消所有演出。于是，我的工作成了取消宣传，把海报取下，并通知全镇演出取消。忙活了一个小时之后，我和帮手们得知明天演出可能会恢复。所以，新一轮的宣传又开始了！

牛津镇有十万人，大多数是在镇子东边几公里远的莫里斯汽车工厂工作的工人。但是我只花了十四英镑就完成了宣传工作，并且收效甚佳。

爱

维多

104 / V.S.奈保尔写给卡姆拉

大学学院，牛津
1952/2/9

亲爱的卡姆拉：

谢谢你的来信。我很高兴你没出什么大事。虽然，我必须承认，我怀疑你不给家里写信仅仅是出于固执。

请原谅这台旧打字机。它总在同样的位置跳格。如果不想让打出来的东西看起来是一栏一栏的，就必须用返回键。这不，我又忘了按返回键。

我一直在尝试一些困难的工作，渐渐找到了自己的节奏。我的抑郁几乎消失了，这让我很满意。我料想，收到这封信的时候，你会比以前更加努力，在此奉上我衷心的祝福。

实际上，在过去三个星期里，我非常忙碌。忙着编辑《保守党》，还要宣传学院的戏剧。不过今天是戏剧演出的最后一天，谢天谢地，我终于又可以自由支配我的时间了。我必须在八天内为学院的一个社团写一篇文章，那需要费不少功夫。

冬天正在不情不愿地离开。今年冬天只下了两天雪，我非常失望。我非常期待春天的到来——事实上，我认为再过五个星期就差不多了。我将设法离开这个国家一段时间。我想我应该再去一次巴黎。我发现那是一个让人放松的好地方。每年的国外旅行补助被削减至二十五英镑，这的确大大限制了我的活动，但是我认识学院里的一个法国男孩，他愿意用法郎跟我换等值的英镑。

我不知道你申请奖学金的事怎么样了。无论如何，我都会感到高兴。要是我们有钱让你来英国就好了。我想你还会在印度待一年。我真希望能去印度看望你，并看看这个国家。但这只是一个梦，我并不指望它能实现。

抱歉，上次没写完就停笔了。我必须写一篇题为"英文小说中第一人称单数的几种用法"的五千个单词的论文。我草草写完，今天剩下的时间，我要仔细润色它。

我不知道你是否有相同的困扰,我发现写信时没有多少可说的东西。我很好,我的学习进展顺利,我有足够多的朋友。我没有做错事,并且会继续保持。

天气变成了仅有的话题,现在的天气很糟糕。

有个消息你可能会感兴趣:戈金[①]和他的家人在牛津。我去拜访了他们三次。他是来这里学习的。这么大年纪了还上学!你觉不觉得这是在浪费钱?

给你我所有的爱,亲爱的卡姆拉
维多

*105 / 西帕萨德·奈保尔写给 V.S. 奈保尔

52/2/15

亲爱的维多:

我有段日子没有给你写信了。五星期前我开始给你写一封信,现在它还在我的打字机上;另一封写给你的信不见了。事实上我生病了,但现在好多了,过两周就可以去上班了。因为生病,我有了一个很不错的假期,我从来没有这样好好休息过。《卫报》给我全额薪水。不用担心。

每个人都很好,你不用担心。专心考试。我相信你能通过考试。

[①]查尔斯·弗农·戈金,历史学家、女王皇家学院的老师,后在特立尼达和多巴哥教育部工作。1951年至1955年,他在林肯学院读研究生。他的博士论文题为"十九世纪牙买加的英国直辖殖民地政府介绍",后来被西印度体制史学家认为是开创性的研究。V.S.奈保尔写这封信的时候,他四十三岁。他于2006年逝世。

永远爱你的爸爸

106 / V.S.奈保尔写给家里

大学学院
牛津
1952/2/19

亲爱的家人:

现在是八点十分。五分钟之后,我将在无足鸟文学社宣读题为"英文小说中第一人称单数的几种用法"的论文。今天下午晚饭之前,我刚完成这篇论文。虽然我几天前就完成了大部分章节,有一天从晚上十点一直写到凌晨三点。我发现由于很久没有动笔,写得很困难。直到写了两千个单词以后,我才进入状态,开始写出优美智慧的文字。

之后我等了几天,今天早上写出了最后六百个单词。文字不好。评论写得特别差,我试图写得幽默点,结果却很粗俗。但是现在要改为时已晚。

无足鸟是牛津一个历史悠久的社团。在战前,文学社会邀请校外人士来给学生做讲座,如戴维·塞西尔勋爵和著名的评论家C.S.刘易斯。现在,文学社的成员每两周聚一次,通常是在院长办公室。大家坐在一起,喝点葡萄酒,听一个本科生读论文。

一个学生在牛津学习期间通常要提交一篇论文。但我被选中宣读论文的时间太早,最终我可能得写两篇,甚至是三篇。这是第一次。我只有一点点紧张,我认识大部分听众。

这个星期太忙了。首先,《保守党》要付印。第二,我要为牛津实验剧团制作一份海报，并为他们设计其他海报。顺便说一句，我对排版更加了解了。《保守党》的印刷商说他们真后悔让我做排版，他们再也蒙不了我了。我想这是最好的赞誉。

现在我必须停止写信，去开会了。回来再完成这封信，我会告诉你们会议进行得如何。

星期三早晨。好了，亲爱的家人，我的论文宣读反应很不错。我想让听众笑的时候，他们就会笑。今天早上，有人说我的论文是他在这个社团听过的最好的论文。我的兴头还没过去呢。顺便提一句，在论文中我把大多数作家都批了一通。笛福：我说人们赞扬他是因为他很真诚。但这几乎不再是一个体面的标准了。我说，笛福之所以仍旧是经典，是因为在孩子们还没有能力反抗的时候，《鲁滨孙漂流记》就被灌输给他们了。这些孩子长大了，终于不必再读书了。每个人都知道鲁滨孙，每个人都听过他的故事，但没有人去读。这本书注定仍会是一个经典。我滑稽地模仿了亨利·詹姆斯。我还引用了一些塞西尔·亨特的作品来分析电报式行文风格。"一声枪响。一个人倒下了。又传来两声枪响。又有两个人倒下了。"

总的来说，我很满意。让我感到惊讶的是，在之后的讨论中，我意识到我对小说的了解还是挺广的。

今天早上阳光明媚。这是六个星期以来第一个大晴天。天气很暖和，我都不需要穿大衣。

告诉萨蒂，我很感谢她的来信，一有空我就会给她回信。但你们自己判断一下：到明天早上，我必须完成两篇论文，讨论四百年前用苏格兰方言作诗的几个诗人。后天，我必须完成关于盎格鲁-撒克逊诗歌的论文。

向家里每个人献上我的爱！

很高兴你们和卡姆拉重归于好。

爱

〔没有署名〕

107 / V.S.奈保尔写给家里

大学学院
牛津
52/2/24

亲爱的家人：

今天是星期天。比昨天暖和，让人感觉春天终于来了。这学期已经过去了五个星期，还有三个星期就要放假。我过得不算失败。我做了几件积极的事情。我协助宣传学院戏剧演出，干得很不错。我协助编辑《保守党》杂志。我认识了一些人。我还为无足鸟文学社写了一篇好论文。

前些天，我在英国文化教育协会的布莱克会堂[1]看到几份《卫报》和《公报》。我看到了爸爸写的文章。我记得那是关于纺织品的。事实上，这个学期，我什么都没有写。昨天，我把去年六月写的一篇文章交给了学院办公室的女孩。她们将会为我把它打出来。

我发现我真没什么可说的。我的生活很平静，日复一日做着同样的事。有什么可写的呢？

我所能告诉你们的是我今天将要做什么，这样你们就能尽可能地贴近我的生活。今天是星期天。两个小时以后，一点十五分，我会到饭堂

---

[1]位于圣吉尔斯教堂旁边的一座建筑，当时是英国文化教育协会牛津办公室。

吃饭。饭堂是个很长很高的屋子，里面有个巨大的从来不用的壁炉。屋顶是木头的，有些窗户上装着彩色玻璃。墙上挂着曾在学院就读过的伟人的照片。顺便说一句，艾德礼以前在这儿上过学。屋子另一头摆着高桌子，人们可以坐在那儿。但他们不会坐在那里吃午饭。午饭是冷沙拉——这是每天都要受的罪，让人牙齿发冷。午餐还有压缩肉干、火腿之类我不吃的东西。碰到这种情况，我就让人直接端走。走运的话，我能吃到几块冻鸡肉或者冻羊肉。吃完午饭，我就到大三公共活动室，在那里喝咖啡，吃烤面包圈。我会边喝咖啡边看报纸。到了两点，我会回寝室看书。三点，我会稍做打扮，去牛津北边同一个人喝茶。会面七点结束。然后，我会返回学校，到地下啤酒馆喝上一杯。我一般会喝半品脱黑啤酒，只要十四便士。我七点一刻吃晚饭——每个星期天会供应鸡肉。八点，我喝完咖啡，结束晚餐。然后，我再一次匆匆离开学院。我是牛津电影协会的成员，今晚要放映一部法国电影。我会在十一点回到宿舍，然后看书到两点左右。明天又是新的一天。

爱你们的维多

108 / V.S.奈保尔写给卡姆拉

大学学院
牛津
52/2/26

亲爱的卡姆拉：

　　谢谢你的来信。我很抱歉，在写信这件事上表现得这么懒。我答应过自己，也答应过你，会经常写信的。可是我发现事情总是不能如愿。

当然最大的原因是我懒于动笔，可以写的事情少之又少。坐在打字机前，我会变得烦躁。我写了一封又一封信，可是院方还没有为我修打字机滚筒。我真不知道，如果我不催着，他们会怎样。院长答复说，如果我收回不满的言辞，他仍会无条件让我保留打字机。我收回了我的话，他们支付了打字机的修理费。不过别指望这台老掉牙的机器真能被修好。

我在无足鸟文学社读了我的论文《英文小说中第一人称单数的几种用法》。相当成功。这个小小的〔原信中此处为空白〕成就让我感到满足。（别管这块空白：这是打字机在作怪。）

今年我是见不到你了，这让我有些失望。时间过得飞快，恐怕我们见了面都认不出彼此了。我并不在乎，到那时我也许会为你的变化而惊讶。现在，我发现我非常想过一种宁静的生活，几年前我还很轻视这种生活：工作、妻子、家庭，等等。幸福是一件令人难以捉摸的事，有时它就在你身边，你却浑然不觉。只有当灾难来临，彻底摧毁了你的生活，你才意识到你拥有过什么，失去了什么。

真是令人难以置信，萨蒂不再是一个小姑娘了，米拉也长大了。

我希望你能专心学习，也希望你学有所成。我过几天再给你写信。

爱你的维多

109 / 西帕萨德·奈保尔写给 V.S. 奈保尔

52/2/28

亲爱的维多：

祝贺你的论文在文学社取得成功。这多少有助于你重拾昔日的自信。那种被拒绝的感受，使你，也曾经使我，陷入自我质疑的状态。但是，像你这样的人是不会被长久埋没的。我们就像掉进水里的软木塞：也许会沉下去片刻，但肯定会再次浮出水面。我给你的建议是：如果现在能抽出一点时间来，不妨再试一试。先把讽刺文学放一放，多关注一下现实主义作品。我坚信，你会获得成功。

我正在衰老，有两个迹象：

我变得越来越喜欢种花；我的字迹开始变得清晰，一笔一画，像加拿大教会学校的毕业生写的字。还有第三个迹象：每天下午一点到三点我都忍不住要美美地睡上一觉。等我醒来，已经到了喝牛奶、可可或其他什么饮料的时间；抽会儿烟，赏赏兰花之类的；也许会浇浇花。然后再一次抽烟，吃东西，最好能再睡上一觉。现在我很少去看电影。电影和睡觉不可兼得。

狂欢节结束了。同去年相比，办得不好也不坏。萨薇想穿衬衫和牛仔裤去镇上，我没允许。当然，我会被视为老古板。我已经有两个星期没有见到卡珀 S 了。我想他在翻那些陈年老账。

我写了两个（短）故事；但是其中一篇幽默得有点愚蠢，我不知道这到底好不好。我为其取名"以圣彼得之名，以圣保罗之名"。这是对我心中的穆萨——就是你可能听说过的拉鲁——的简洁生动的描述。但要是见到他，你只会觉得他是个大笑话。如果你像我一样了解这个人，就会明白我的意思。我直截了当地进行描述，从头到尾都是这样；结果发现写出来的东西没有短篇小说的鲜活劲儿。所以我尝试把它改成短篇小说，发现文字变得生动起来——特别是对话部分——占了整个故事的三分之二篇幅。这样的结构不平衡。所以我又重新修改。改完这遍，可能依旧不好！所以你看，我正在衰退。怎么办？

你妈这两个星期无精打采。她的胃不舒服。今天下午她去找拉姆帕萨德（梅维斯）医生做检查，但是到诊所的时候天色已晚。明天早上她会回来。别为此沮丧，不是什么严重的问题……修道院的考试——我也理解主教——愚笨的学生很难通过。如果不能在第一次以一等成绩通过毕业考试，就没有机会了！不知道米拉能否过关？全家人的爱——爸爸

110 / V.S.奈保尔写给家里

大学学院，牛津
1952/3/2

亲爱的家人：

这个星期，我收到了卡姆拉的一封信。很显然，她正忙着准备下个星期的考试。

萨蒂告诉我她得了B，我真是喜出望外。她的能力真的超出了我的意料。我离开的时候，她一定还很幼稚，或者我当时只顾自己的事情，没有注意她。但是她的英语水平终于达到一个接受过良好教育的女性的水平了。她应该为自己感到骄傲。

我答应过写信给卡珀S，但到现在为止，我还抽不出时间写很多信。如果你见到他或者他的家人，请代我向他问好。近些天，我可能会给他写一封信。

我很想知道家里人是否已经习惯了没有卡姆拉和我的生活。我记得卡姆拉走后，我有一个月都很不开心，只能慢慢适应家里没有她的生活。现在回头看，我离开家的时候还不满十八岁。真是冒险。但是，这和那几百万不幸的难民及其他战争受害者所经历的大冒险比起来，

不值一提。我不想让希万太早离开家。聪明的印度教徒很容易陷入内省。内省会让人很不快乐。

顺便说一句，如果我暑假回家小住也别奇怪。我的津贴够用四个月（假期就这么长），还可以买回程票。两个星期后，我到了伦敦就会开始计划。你们觉得怎么样？我真想回家待一段时间，我认为每晚付十二先令六便士住在这里真是没有必要。

今天是星期天，我吃了一顿好的——蘑菇汤、鸡肉、花椰菜和烤土豆，还有冰激凌和咖啡。这顿饭消除了我对这里的伙食质量和分量的怀疑。

今天，三个月来第一次，我心情大好。我应该充分利用这样的好状态，晚上好好学习。

我不写信的时候，你们千万要原谅我。我知道这对你们意味着什么，但是总写一样的事情会让你们厌烦，天哪，我自己都觉得烦。

再一次祝贺萨蒂，我爱她和所有人。

维多

111 / V.S.奈保尔写给西帕萨德·奈保尔

大学学院，牛津
1952/3/7

亲爱的爸爸：

你的信把我逗乐了。你的笔迹把我逗乐了。没有谁的字会退化成加拿大教会学校的风格，通常情况是相反的。此外，一个人没理由为自己的笔迹跋扈、难辨认而骄傲。有趣的是，在英国这里有一股恢复老式书写风格的潮流，比如工整的铜版印刷字体，所以你现在的笔迹并没有那么差劲。

你还抱怨每天下午都很想打个盹儿。在热带，每个下午都该睡觉。你无法体会我在这里，在阳光灿烂的日子里还要学习有多么困难。这样的天气就是让人无所事事、懒懒散散的。

学院办公室将我写的故事[①]打了出来。周一的时候，我把它寄给了斯万齐。今天——三天之后——我收到了回复。他认为我的初稿"写得极好"。四月二十七日，这个故事会被播出，可能会让我自己来读。这意味着我能拿到更多钱。事实上，这是斯万齐第一次对我不吝夸奖。他说我第一个故事的结尾写得太文绉绉了，第二个故事太复杂冗长了。这个故事写得非常好。我肯定是进步了，对吧？

我很想家。你知道我渴望什么吗？我渴望那毫无预兆突然降临的夜幕，我渴望夜里狂乱的暴雨。我渴望听见暴雨砸在屋顶的单调声响，或者，雨点落在美丽的野生芋类植物宽大叶片上的声音。总之，我渴望回家，想念家的气氛。我想念骑车，想念大海，想念里亚尔托的后排，想念我抽过的那种香烟，想念发生在每个人身上的丢脸的事。

我会争取这个夏天回家一趟。我唯一担心的是回英国会不会有问题。两个星期之内，我会去伦敦的旅行社问问。

我觉得我写信写得比以前多了一点。我现在必须停笔了，因为我还要写一篇明早要交的文章。

爱你的维多

[①]《土豆》。

112 / 西帕萨德·奈保尔写给 V.S.奈保尔

1952/3/8

亲爱的维多:

过去一两个星期,我一直在想你的事情。首先,你的上两封信语调感伤。你似乎很孤独,甚至悲伤。看来你伙食匮乏,很像我在牙买加时的情形,因为我厌恶牛肉、猪肉和火腿之类的食物。我希望我们能同别人一样,什么都吃。无论如何,至少我们会更容易秉承传统——而且,这样有助于身体健康。不过现在,很多海外的印度教徒都吃牛肉。在特立尼达,呼罗珊一家和兰吉特·库玛[①],也许还有其他人,也是这样。

我知道我帮不了你多少;这真让我痛苦,我不愿细想……我的两周假期今天刚好过半。我比没放假那会儿干的活更多,但是我在工作过程中体会到强烈的愉悦,因此丝毫不觉得累。我已经完成了一部较长的短篇——从很早以前,我就开始时断时续地写这个短篇了。我想,我开始明白那些伟大的作家是怎样投入工作的——无事可做,只有写作。而且,他们知道编辑们正翘首以盼,等着他们创作出故事、小说或者文章。没动笔之前,你懒洋洋的。但一旦开始,你就会被吸进去。文学创作就是全身心的投入。你一直打字到中午,然后吃些东西,稍作休息,或者围绕着一块极小的花圃散步,或者睡一觉。当你起来的时候,你已经准备好再次投入写作了。这是我的经验。我有十足的把握,能在六个月之内创作出一部长篇小说——假如我没有别的事可做的话。这是不可能的。但我想给你这样的机会。你完成学业后,如果能谋到一份好差事,

---

[①] 工程师、政客,出生于印度,成年后移居特立尼达,在那里的公共事务部工作。1943年入选西班牙港城市委员会,1946年入选立法委员会,从政十年。1982年去世。

那再好不过；如果没有找到好工作，你也完全不必担心。你可以回到家里，过我渴望过的生活：专心写作、读书，做喜欢做的事。这就是我希望能够帮到你的地方。我想让你拥有我不曾拥有的机会：写作的时候，有人在背后支持。有两到三年这样的时光足矣。假如到那时你还没有写出好作品，那么你也有足够的时间再找份工作。你考虑一下。我是认真的。我怀疑你将来是否会满足于仅有一份工作。我知道其他事情不能让你开心……我的意思是，只有文学上的成就能让你开心。

我刚看了一遍我打出来的这段话……这就是我为你做的打算。无疑，你现在很煎熬。这是前进道路上必经的考验。这是暂时的。你必须十分清楚你的目标；我给你一个建议，尽管你也许并不需要。别那么快结婚。~~为了下一个结婚~~那会阻碍你。当你已经取得一定成就，才可以结婚。~~当然，这说起来简单~~而且要跟你选定的人结婚。应该同谁结婚完全是你自己的事。虽然我更愿意你娶个印度姑娘。不过最终还是要由你自己来选择。你要给自己足够的时间。

假如你打算在女王皇家学院谋得一份差事，不妨和哈默尔保持联系。他也许能在不止一个方面帮上忙。你可以在教育部谋一个职位，可以成为监察员。不过你必须取得牛津的教育学证书。过去拉米什沃[①]不正是这么做的吗？但是，正如我所说，你根本不需要这样一份工作，你应该成为一个作家。我绝对相信你会出类拔萃，我比其他任何人都要了解你。你可以自由、无拘无束地写上两到三年，到那时你会有所收获。

至于我，当然还得偿还苏克迪欧先生的债务。我盼着卡姆拉和萨蒂将来能帮上忙。奈保尔家必须付出超出常人的努力，才能崛起。你们几个必须确定目标并奋力拼搏。

凯索·拉姆查兰会去印度医学院。女王皇家学院大获全胜，除了科

[①] 西帕萨德的这个熟人的身份未经确认。

学类,主教女子学校连续第三次夺得这个类别的第一名。

你尽量让自己开心些。记住,不必担心毕业以后的事情。你要做的事情已经定下了。我会在背后支持你。

全家人的爱
爸爸

113 / 西帕萨德·奈保尔写给 V.S. 奈保尔

1952/3/12

亲爱的维多:

你能在暑期回家,这真是个惊喜。你确定他们会给你提供返乡旅费吗?可能的话,尽力争取一下……谢谢你寄来的信和《保守党》杂志。杂志很漂亮,我确定你干得很棒。你的文章很吸引人,同时不做作。我猜"殖民地居民"是一个专栏作家。把署名放在标题下面怎么样?或者放在结尾处?我最初想到的是,我应该把这几本杂志给希钦斯看看,对他说:"我认为我们未来的替补正在成长中。"我还想到,我应该让哈默尔先生也看看,但我希望你已经寄给他了。我肯定他会非常高兴,而且会在演讲日的年度报告中特别提到你和你的作为。我们不能羞于宣传,只要得体就行。我自己在这方面很不上心。

我在赶一个短篇,为的是尽快写完寄给你。但这台打字机昨天罢工了,我还有四五页没打完。我现在正在用信纸大小的新闻纸对付。我肯定会在明天或者后天寄出去。我写了两个长短不同的版本——短的大约两千五百个单词,适合英国广播公司用。我希望你仔细读读。

如果你觉得足够好，就交给斯万齐先生，告诉他这是我写的；这也是我正在写的长篇小说的某个章节的一部分。的确，这就是我的目标；一旦情况允许，你也要开始写长篇。描述事情，就好像它们正在发生一样。要真实，在合适的地方幽默，不要刻意为之。如果你正在为主题发愁，学学我。这样开篇："他坐在小桌子前，把妻子一家所有成员对应的动物写下来。他擅长分析这种事。他希望做到准确，像科学家那样严谨。他写道，'母狐狸'，然后是'蝎子'；不到五分钟，他便列出了一份名单……"

只是个玩笑，不过你真的可以这样做。

你知道，塞尔文让我不安。两个写同样主题的人，能取得同等的成功吗？上帝啊！那个家伙怎么能偷走我的主意！他知道我们在《卫报》共事期间我想到的所有点子，然后开始写同样的主题。当然，我没有看到他那本书，更不用说读了。我肯定不会读。那只会让我受到伤害。你看看那本书，然后告诉我你的看法……你对 R. K. 纳拉扬的评价很在理。我喜欢他写的短篇，但他的长篇小说《英语教师》明显不成熟。他的英语常常是非英国式的，暴露出他外国人的身份。但他似乎很有天赋，且成功地让它大放异彩。而我甚至还没有发现自己的天赋。

还有什么事呢？你的赞扬让萨蒂非常高兴；所以她肯定要拿高中毕业证书了。这需要两年时间。我对米拉和萨薇的前途也抱有希望，不过萨薇似乎更聪明一些；难怪她更胆大妄为。

玛米总是喋喋不休地说英国有多好，特立尼达有多糟，让人厌烦。我觉得他们夫妻俩做得过头了……你见到欧华德的妻子琼·佩尔曼南德[①]了吗？当然，她去跟丈夫团聚了。哦，丹小姐还能更得意吗？

小心欧华德。他知道的任何有关你的秘密都会在这里广为传播。我

---

① V. S. 奈保尔的表弟媳，后来成为特立尼达和多巴哥上诉法院的律师和法官。

并不是说让你一刻都不要跟他在一起。小心一点就可以了。

我今天头一次买了一条新轮胎。我没有备胎了。先付了十八元，还欠二十三元零几分。我还买了一条内胎……上个星期天，我们全家去了曼赞尼拉海湾。车子刚开到库雷普外围景区，一条后胎爆了。都怪镇上那个给轮胎打气的家伙，他打得太足了。

我们换上备胎，然后像什么事都没发生一样去了海湾。那几个轮胎还能用，现在我又有了一个新备胎。顺便说一下，我们享用了肉饭、啤酒、香蕉和甜饮。餐后发生了一点小插曲，你妈妈和我喝得有点儿多，昏昏欲睡。不过我们并没有睡着。天气不错，阳光灿烂，一整天微风习习。

约翰逊把画给我了。画的是卡瑞内奇的海滨景色，叫作"泊船"……你有没有 wrapt up 或者 wrapped up？[1] 我看到纳拉扬用的是后者……

爱你的爸爸

*114 / V. S. 奈保尔写给西帕萨德·奈保尔

大学学院，牛津
1952/3/20

亲爱的爸爸：

你瞧我的打字机多差劲。它跳字，A 错位了，用它来打字真是要命。

我发现我只能在自己的打字机上写作，这可能会影响手写，也不利

---

[1] Wrapt 和 wrapped 均为 wrap 的过去分词形式，wrap up 意为"裹得严实，穿得多"。——译注

于考场发挥，因为上考场不能带自己的打字机。但是我不在乎，虽然我得再去弄一台打字机。新打字机要二十八英镑。我想，把这台卖掉能换几英镑。

很高兴你喜欢我暑假回家的计划。要是能够成行，那意味着，基本上七、八、九月我都能和你们在一起。英国海外航空公司推出一种方案，学生要是买普通单程票，能得到返程旅费补贴，但是这要一百八十三英镑，还有六十英镑我凑不出来。回家很方便，但是我比较担心回英国的船票。我想知道你能不能在这个上面帮点忙。我不知道回程船票要多少钱，但是我想总不会超过六百元，我只拿得出这么多。

我今天上午给你寄了最新两期《保守党》。我觉得第三期最好。收到之后你可以拿给希钦斯看看。哦，顺便问一句，你觉得我能在《卫报》干一个月左右吗，就排排版什么的？钱不重要，我觉得很好玩。

很高兴告诉你们，昨天一收到你和萨蒂的信，我的抑郁便突然消散了。我想那是因为想家的缘故，而非别的。但是，这种状况已经持续了三个月，这是迄今我生命中最糟糕的三个月。我非常绝望，根本学不进去。真是让人吃惊，我还能不时给家里写信。但是都过去了。我现在可以很轻松地谈起它。人在十八岁之前就离家很有意思，我很享受，真的，但只是在最初十二个月。解放和完全的自由令人厌倦，人会发现自己处于真空中。我猜，这就是成长的痛苦。我丝毫不怀疑，过去三个月我所经历的地狱之火似的情绪波动让我变得更坚强了。这三个月，我一本书都没看，甚至一本书都没买，这很能说明问题。但是我现在好多了。我想蹦跳，想歌唱。可能是由于想到了回家。我不知道卡姆拉是怎么应付过来的。如今，这三个月像是不曾存在过，都过去了，就像梦中发生的模模糊糊的事情一样。

好了，我希望你不要为此心烦。现在没有必要了。虽然我有时会想你们是否还能再见到我。但是，不必担心了。你们会见到我的。

我大约十天后去伦敦。我会去打听夏天的旅费。然后,我想我会去巴黎或西班牙,在阳光下休养生息。

我最深的爱
维多

*115 / V.S.奈保尔写给西帕萨德·奈保尔

大学学院
牛津
1952/3/22

亲爱的爸爸:

这只是一张便笺,请你们帮我做点事情。

搞张船票去特立尼达小菜一碟,但再回来则是另一个问题。

所以

1. 你能问问价格之类的,然后为我预订一张返回英国的船票吗?记住,船一定要在十月十一日之前抵达英国,法国轮船〔圈了起来〕最便宜。

2. 给租赁那边的人写封信说明整件事,问问他们能不能让我乘坐〔某艘〕去英国的油轮。强调我是牛津的学生——而非一个去英国装疯卖傻的黑人——这在势利的人眼中很有价值。

3. 试着问问荷兰轮船公司的人。尽快去问,然后告诉我进展。

或问问其他轮船公司。

爱
维多

116 / V.S.奈保尔写给卡姆拉·奈保尔

大学学院
牛津
1952/3/24

亲爱的卡姆拉：

这是个陷入绝望的人的祈求。我破产了。

你能给我寄五到十英镑吗？不用太着急，但是请尽量赶在五月底之前。

我正拼尽全力，像疯了一样写信求助。假如我能凑到三十英镑，就没事了。

如果你不能给我寄钱，也不用担心。

我为此感到抱歉。

维多

*117 / 西帕萨德·奈保尔写给V.S.奈保尔

1952/3/26

亲爱的维多：

我确定，你回英国的船票将不会有问题。如果你能凑齐六百元，余下的钱我来补。我一个小时前收到你的信，马上就开始打听。实际上，这一天我就没干别的事。我看普皮尼昂[①]公司的返程票可以，只要我们

[①] Pmppignan，可能是Pompignan（蓬皮尼昂）的错误拼写。

马上预定。那个航运公司办公室的人告诉我,哥伦比号六月十九日驶离南安普顿,十月四日从特立尼达返回,十月十七日抵达南安普顿。我觉得这个可以(你得告诉我学院放假的确切日期,还有什么时候开学)。

至于船票,哥伦比号经济舱有六十五英镑和七十五英镑两种,取决于你买什么样的票。可以在这边付钱,也可以在英国付。

我还去红房子问了。我见到了克劳斯太太,她主管跟海外留学生相关的事宜。她让我去找佩雷拉先生,他管旅行费用。佩雷拉跟我说,坐船回英国,油轮是个"低廉可靠"的选择。船票只要二百八十八元。他记下了你的姓名和我的地址,让我七月再来找他。

他没法告诉我油轮具体哪一天出发去伦敦,他们在油轮出发前十到十五天才会知道。但是这个人看起来很乐于助人,我觉得我们可以信任他。

我想,基本上,六百元够你打一个来回。如果你可以向法国轮船公司的人支付返程船票,我觉得你应当这么做。如果你没钱买返程票,那么就先买一张单程票回来。你得搭油轮回去。只要二百八十八元。你手头有点钱,我再贴一点,船票应该不成问题。

我还有一个建议,你跟路德玛穆借点钱买张返程票。跟他说,我会每月分期偿还。如果他帮不上忙,别担心。就照我上面说的做。但是你一定要回来。

或者买张单程票,然后把你凑到的钱寄给我,我来帮你订返程票。差的钱我想我可以从我哥哥帕萨德或(可能可以)从希钦斯先生那儿借。

别再担心返程票的事了。确保回家的船票。余下的事有我帮你。

我也去见了希钦斯,请他打电话给陈小姐为你订一张返程票。陈是哈金斯公司的订票员。但是希钦斯说搭乘英国海外航空公司的飞机更好。这边打听的结果是返程机票要八百八十四元。轮船票介于六百到七百五十元之间,比比看吧。

要是你能从随便谁那儿借到钱,就借。凑齐返程的旅费就回来。等你准备出发的时候,我这边也凑足还借款的钱了。不要担心。我知道我一直在说莫名其妙的话,说了很多,建议了很多。怎么合适怎么来吧。

请马上来信告知你的决定。

爱你的爸爸

118 / 西帕萨德·奈保尔写给 V.S.奈保尔

52/3/28

亲爱的维多:

今天早上,我付了你回英国的船票费用的四分之一。

你现在要做的就是预订回特立尼达的船票。我不知道你会乘哪一班轮船。如果在六月十九日搭乘哥伦比号,你将会在七月三日抵达,那样的话,你将可以在特立尼达停留六十二天。

你的返程票订的是哥伦比号。这艘船会在十月四日离开特立尼达,十月十七日抵达南安普顿。

但这样一来,你到达英国的时间会比开学的时间晚六天,所以我为你安排了哥伦比号的临时班次。八月二十三日离开特立尼达,九月五日抵达南安普顿。

但尽量让你的院长和导师知道你可能会比开学日期晚六天到。那样你就不必在八月二十三日离家,而是可以在十月四日离家;如此一来,你就可以和我们在一起待六十二天,而不是四十九天。

此外,你也可以改乘油轮(票价二百八十八元)返程。那样的话,你就要在哥伦比号起航之前两个月取消预订。等你回到家,会有足够的时间处理这些事。

别为那三百六十元旅费操心。你可能得放弃七十五英镑的铺位,改定六十五英镑那种了。

等你到家,一切都会安排好的。你不用担心,但尽量多带点钱。如果你能负担返程旅费的余额,会对我们很有帮助。我们等着你回家。

爱你的爸爸

119 / V. S. 奈保尔写给家里

马拉加,西班牙
52/4/6

亲爱的家人:

我本该在离开英国之前给你们写这封信,但没抽出时间来。从三月三十日起,我一直在旅行。请拿出欧洲地图,方便查找我提到的地方。三月二十九日,我离开牛津,坐两点十五的大巴前往伦敦。当时正在下雪。过去三十六个小时一直没停。这样的天气在三月底很罕见——他们都说三月"来时像头狮子,去时像只绵羊"。伦敦被白雪覆盖。我在玛穆家过了一夜,欧华德、玛穆、露丝和我一起玩惠斯特。露丝很友好,同我去年圣诞节在布赖顿见到她时相比,气色好多了。周日早上,欧华德的妻子琼为我准备了早餐。然后,欧华德和我赶往维多利亚火车站搭乘港口火车。我们抓紧时间赶路,但地铁由于降雪晚点了。我们赶到维多利亚火车站的时候,正好看见驶往纽黑文的港口火车离开。不过,九点半还有另一趟。我上了这趟车。我到了多佛,连露丝为我精心准备的三明治都忘了吃，上了一艘驶往加来的轮船。加来－巴黎，一段令人愉快的寒冷的旅程，历时五个小时。最初两个小时行驶在完全被白雪覆盖的乡间。接近巴黎时，天气暖和了些。到达巴黎时，已经赶不上巴塞罗那快车了，我只得在巴黎过夜，住在蒙马特区一家（非常破旧的）旅馆里。

第二天，我游览了巴黎。奥斯特利茨火车站。浪漫的名字——浪漫的旅程。巨大的火车头牵引着一列列快车驶往欧洲各地。我晚上八点整准时离开巴黎。一夜未眠。第二天早上，到了纳博讷，我决定奢侈一回，在餐车吃了早餐。此时，太阳刚刚升起。很美。巴黎－沙托鲁－图卢兹－卡尔卡松－纳博讷－佩皮尼昂－旺德尔港－塞尔贝尔。看看地图。旺德尔港至塞尔贝尔景色优美。海洋是清澈的蓝色，没有植被的山坡是起伏的红色；房子房顶铺着红色的石板瓦，赭黄色的墙壁上嵌着蓝色或海绿色的百叶窗。到塞尔贝尔要过七条很长的隧道——穿过比利牛斯山。在塞尔贝尔，办理离开法国的手续。核对护照并盖章。然后，进入西班牙的波尔特沃港。到处都是士兵。要填写很多烦人的表格。然后换火车——下了法国火车，换乘西班牙火车。跟 SNCF（法国国营铁路公司：我不会剥夺法国人从令人印象深刻的头衔中获得的乐趣）的大火车头比，后者就像玩具。

到波尔特沃港的时候，四名武装警察穿过客车走廊。接着是护照检查——我在西班牙的第三次。我有些火大，用英语大声诅咒。我对面的女孩是个美国人。之前她一直在讲纯正的卡斯蒂利亚语，现在又改说地道的美式英语。这给我留下了深刻的印象。

（信纸用完了。稍后接着写。）

〔印刷的信头：〕
格拉纳达旅馆
帕斯托拉街 4 号　电话 2772725

马拉加

周日早晨

十点半起床,然后去火车站询问前往马德里的车次。这家旅馆很贵,不过我另外找到了一家六先令包吃包住的。算很便宜了。在换到那家便宜的旅馆之前,我正在这家旅馆的写字间里写这封信。

接着说波尔特沃港的火车。当时火车正在哐当哐当地行进。一个西班牙人声称自己是画家,在法国待了六个月了。有个姑娘从某个车站上车。他立刻上前向她献殷勤。他拿出妻子的照片给周围的人传看,发誓说,尽管巴黎有很多诱惑,他对妻子仍旧十分忠诚。我看了他妻子的照片,同意他所说的,他要抵御诱惑,必定极为艰难。

我们三点钟到达巴塞罗那——我已经连续旅行了十九个小时。那个车站普普通通,很脏,被烟熏得黑乎乎的。出口处有一群人在为出租车和饭店拉生意。我没有理会他们,按照火车上一位女士的建议,乘坐地铁来到一家旅馆。结果这家旅馆极其昂贵。但我已经二十个小时不曾合眼,而且几乎没吃什么东西。我不住地眨眼,眼睛酸痛。于是我住了下来,洗了一个澡,然后在让人舒心的服侍下享用了一顿丰盛的大餐。我在一间可以俯瞰巴塞罗那美丽街道的房间里享用着咖啡,同旅馆主人和她女儿聊着天——那女孩二十二岁,苗条而漂亮。我喝咖啡的时候,她在弹钢琴。不久,我意识到自己同时在跟母女俩调情。不过,西班牙人规矩严格。有家教的女孩去哪都会跟母亲在一起。我一直休息到晚餐时分。晚餐后,我出去散步,探索巴塞罗那的夜生活。到处灯火通明。忽然,宽阔整洁的街道不见了,一条条狭窄肮脏的小巷夹在五六层高的建筑之间。一个男孩追着我,向我推销一块瑞士手表——黑市交易。我拒绝了。巴塞罗那的夜生活艳俗而恶心,一点意思也没有。巴塞罗那不会像巴黎那样令人愉快。

第二天下雨了。我逛了几家书店,让一个擦鞋童擦了靴子。还为本来没有鞋带的鞋子配了鞋带!这花了我四个比塞塔,约合九便士。

接下来那天,阳光灿烂,我决定去看看风景。有些地方很有趣,但说到巴塞罗那的景色,照片要比我的叙述更公正。我遇到一个苏格兰女孩。她打算搭小货轮去马拉加。我决定陪她一起去。我在巴塞罗那上了船,然后就到了马拉加。在那儿,我之后便再没见过我的苏格兰"导游",但我不在乎。

圣周的气氛正笼罩着安达卢西亚。无论哪儿东西都很贵。明天我准备去科尔多瓦或者马德里。我得停笔了。

爱

维多

120 / V.S.奈保尔写给卡姆拉·奈保尔

加泰罗尼亚快车上
马德里－巴塞罗那
1952/4/8

亲爱的卡姆拉:

这会儿我正坐在一列西班牙火车的头等包厢里。已是午夜,但车厢里热闹依旧。西班牙的火车跟英国的不同。火车一离开站台,车上的人都开始同其他人交谈,把平日保持距离的生活抛在脑后。

火车晚上七点十五分离开马德里,将于明天早上九点半抵达巴塞罗那(已经是今天了)。

很抱歉,毫无预警地寄给你这样一封盖着外国邮戳的信。我想让你知道,每逢心烦意乱的时候,我就想向你倾诉内心的痛苦。如果我没有写信,那就意味着我过得不错。(低劣的文字游戏,别生我的气。)

这个豪华包厢里坐着五男一女(这趟车只有一等座)。那位女士坐在我右边。她极其美丽。我们刚才在餐车里一起喝了咖啡。现在,她正在给她对面的一位男士算命——这是个肥胖油腻的中年男人,发亮的头顶周围稀稀拉拉地散落着几绺头发。坐我对面的男士没有穿外套。我正在用他借给我的纸写这封信。坐他右边的那位男士则借了钢笔和铅笔给我。我左边坐着一位衣着考究但相貌平平的男士。

我对面的男士讲了几个有趣的故事。令我吃惊的是,我依旧能听懂西班牙语,而且说得更好了。

我道歉。我发现在行驶的火车上很难像平常一样把字写得清晰易辨。

And yet it is hardly more than eight days that I have been in Spain.[①]

听起来像英语吗?不,句子的结构是法语/西班牙语的。

伴随着两天席卷全国的暴风雪,冬天重返英国。次日,我乘坐港口火车前往巴黎。坐船穿越海峡时风平浪静。之后是五个小时的火车,穿过白雪覆盖的法国北部。我没赶上巴黎奥斯特利茨火车站每晚八点发车的巴塞罗那快车,于是就在蒙马特区一家破旧但很舒适的旅馆过了一夜。第二天,我再次游览了去年九月在巴黎时去过的一些地方。

奥斯特利茨火车站真宏伟!非常整洁,巨大的告示牌上列着驶往欧洲各地的火车的时刻表。那些火车头真气派!火车速度很快。请拿出地图,看看我的行程。从巴黎到沙托鲁,到利摩日,到图卢兹(凌晨三点到,老农妇和沉默寡言的牧师下了车,又上来一些浑身散发着大蒜味的农民),到卡尔卡松,到纳博讷,到佩皮尼昂。火车飞速驶离纳博讷的时候,我正在吃早餐。太阳刚刚升起。哦,多么美丽。

---

①意为:我来西班牙才不过八天。

我在巴塞罗那停留了两天。这是一个有一百五十万人口的大城市，由两个截然不同的区组成。老城区街道狭窄，建筑古老；新城区的街道又直又宽。

我刚才停下笔，给大伙分发香烟。包厢里只有一个人不抽烟！

我在巴塞罗那遇到一个苏格兰女孩（后来发现她已经二十六岁了）。她骗我和她一道乘货轮去马拉加。于是，我在地中海一艘货轮的甲板上待了整整两天，被当猪一样对待。而她呢，跟管理人员是朋友，又善于调情，享受着女王般的待遇。

然后到了马拉加。我努力甩掉她，我成功了。

接下来我乘火车去了马德里。这是一座美丽的城市。你明年来英国的时候，我们一定要去马德里。比起巴黎，我更喜欢马德里。

好了，我得停笔了。我想参与包厢生活。我正在回英国的途中，大约四十个小时后到达——大部分时候坐火车——三等座！乐趣在前方！

爱，维迪亚维多

人人都叫我维迪亚——这个令人讨厌的名字——连我自己都习惯这样叫自己了。

*121 / 西帕萨德和德拉帕蒂·奈保尔写给 V.S.奈保尔

1952/4/15

亲爱的维多：

我刚从圣拉斐尔回来，一直没有收到你的信，我很担心。之前你第二次写信要求我为你订回英国的船票，以便你能赶上开学，自从我寄出回信，已经过去十八天了。那天（三月二十八日），我写信告诉你我帮你订了哥伦比号的船票，十月四日离开特立尼达，十月十七日抵达南安普敦。我没有订到更早的票，但是我通过航运公司为你安排了一个起航较早的临时班次（也是哥伦比号），八月二十三日离开西班牙港，九月五日到达南安普敦。

我告诉过你有一定把握为你订到油轮票，但要确定到达英国的日期还为时过早。无论如何，你回程的哥伦比号已经订好了，预付了票价的四分之一（九十元）。

我本以为你会尽快来信，让我们知道你那边的安排。但我们没有收到一个字，很自然地以为你确实病了。如果你病了，也请给我们写一封信，哪怕请人代写。你病了，即使不告诉我们，我们也依然会担心。所以无论你有没有生病，尽快给我们回信。

很感谢你又寄来了两期《保守党》。今天收到的。我还没来得及看。写信给我们。

爸爸

〔背面〕

52/4/15

亲爱的维多：

希望你一切都好。家里还是你和卡姆拉离开时那样。孩子们全都放假了。没有收到关于你回家的相关事宜的消息，我和你爸非常担心。如果你遇到了什么麻烦事，一定要告诉我们，不要不写信，不解释。

希望你一切都好，身体健康。

复活节快乐
妈妈

第七部分
1952.4.21 ~ 1952.9.28

夏季学期，暑假

122 / V.S.奈保尔写给西帕萨德·奈保尔

大学学院
牛津
4/21

亲爱的爸爸：

我想你为我暑假返家所花费的心血恐怕要白费了。

以我目前的经济状况，我肯定是回不了家了。让你承受这么大的失望，我很难过。

实际情况是：我在西班牙花了太多钱。在我精神崩溃（没错，就是那样）的那段时间，我不计后果地四处撒钱。我要从现在的混乱中走出来，只有一个办法，这个夏天留在英国，省吃俭用。我打算这么做。

而且，这也是我考试之前最后一个长假。我应该用功学习。过几天我会把你的小说交给斯万齐。我得说，你仍旧是一个能给人带来愉悦的作家。

等我安顿下来，会再给你写信的。

爱
维多

123 / V.S.奈保尔写给卡姆拉·奈保尔

大学学院
牛津
52/4/21

亲爱的卡姆拉:

非常感谢你寄来的七英镑。帮了我大忙。

这样给你添负担,对不起。我干了一些很蠢的事,我希望自己不会再犯。

西班牙之行很愉快。当然,我本不该去。但在经历了精神大崩溃以后,旅行是我唯一能想到的安抚心灵的办法。

我过几天再给你写信。别把我想成坏人。

爱

维多

124 / 西帕萨德·奈保尔写给V.S.奈保尔

52/5/2

亲爱的维多:

你不能回家,我的确很失望。几天前,我从航运公司要回了那九十元。我拿出二十五元寄给你,剩余的还给债主,那人碰巧因生意上的事出国了。

你为何如此忧虑?家里一切都好——这点应该在一定程度上有助于

你保持心情愉快。我会用海运邮件给你寄一本《智胜神经》[1]。我想它能帮助化解你的忧虑。你担心的很多事实际上根本不值得忧虑。

我为你上次写的那个短篇感到骄傲。你写得很棒。我们全都收听了,信号很好。我想我们都能很容易地认出故事里的每一个人物。你为什么不把弗雷德先生叫作施瑞德先生呢?

尽量多写一些短篇。放任自己体会创作的阵痛和激动,可以写一些东印度或者东印度黑人主题的故事。我们绝不能让塞尔文独占这一块。

斯万齐先生如何评价我的作品?我知道那篇幅很长,但是你应该跟他说,那是一部长篇小说,它的确就是。此外,那个篇幅也好删减。

我很疲惫,无法独力承担任何持久的工作。总会有某篇文章或者别的东西——大多很愚蠢——〔看不清〕《卫报周刊》。我必须为生存而奋斗,我觉得自己被严酷的、无可逃避的现实力量所围困。

我们收到两封卡姆拉的来信。看来她考试考得不错。我想,她会在明天考完最后一门。我猜是英语。

写一封让她高兴的信吧。还有,为了你自己,一定不要再消沉下去。

爱你的爸爸

125 / V. S. 奈保尔写给家里

大学学院,牛津
1952/5/10

亲爱的家人:

---

[1]《智胜神经:精神治疗初级读本》(1921),约瑟芬·A. 杰克逊和海伦·M. 索尔兹伯里合著。

之前没有给你们写信，对此我完全找不出理由。我总是承诺会多写信，但从没做到过。假如可以，我想重提我以前用过的一个借口。我想，应该是在去年八月，我的打字机出现了严重的错位问题。你们可能已经注意到了，从那时起，我的信变少了。我觉得用钢笔或铅笔写信很困难。

我这儿几乎没什么新闻。除了春天确实已经到了。晴朗的日子多了起来。初升的太阳很美。花儿开始绽放，英国的花往往色彩纯净——铬黄，威尼斯红，大红，蓝色，紫红。草儿碧绿，风儿轻柔。这种天气非常适合到牛津周围的乡间骑车或散步。牛津的乡间风景单一，地势平坦。但我觉得这让人心情舒畅。即使是雨天，也不会让人想要逃离。雨点轻柔，不会给皮肤带来不适感。一周前，过完闷热的一天后，下了一场很棒的雷阵雨。雷声隆隆，不时炸响——自然不会像在特立尼达那么猛烈——雨点落了下来。整场雨无法同特立尼达的雷雨相比。特立尼达的雨很狂暴，似乎急切地想要提醒人们大自然有时是可怕的。英国的春雨则温柔而甜美。我在雷雨中漫步，愉快地让自己被淋湿。就像以前一样。

说说我的业余活动：这学期我开始打板球了。并且重新开始画油画。我的技法有所提高。我的意思是，我可以准确地描摹出物体的形状。这是因为我曾大量练习钢笔素描。不过色彩问题仍然困扰着我。如果我记忆准确，在家的时候，我看得见美丽的色彩，但却画不出来。

当然，我的板球打得不怎么样。

你们也许已经猜到了，我哭着祈祷我写的故事不要被家里人听到。但还是被你们听到了！当然，你们已经看到我是如何纵容我的想象力的了。大部分内容都是想象出来的，至于这点子的来源，你们都知道。顺便说一句，我挣了十一几尼。大约三个星期之前我同斯万齐谈了谈。他再次提到，我应该把你那些短篇拿去出版。他认为你正在浪费机会。他说你比塞尔文更成熟，更令人愉悦。所以，你能把你那些短篇寄给我吗？大约需要十二篇。我还没有把你之前寄给我的那篇拿给斯万齐。我正在努力修改，好让它在电台播出。写得很有意思。我把它读给学院的几个朋友听，一些好玩的句子，比如"泥土和他们是一家"，"外人把钱德纳高丽安当作一种两栖动物"，他们听了哈哈大笑。

我已经写了十个短篇。你知道，我写得不好，不及你的一半。我不具备你那种幽默感。你对于生活的见解极具幽默感。现在先不要写长篇。只给我寄些你的短篇。所谓的"戏剧化的情节信手拈来"，你做不到，我也做不到。观察片段。我无法确切表达我的意思，我知道我发展的空间有限。

我让萨蒂告诉我她正在学习的法语和西班牙语课本有哪些。她总是固执地保持沉默。我现在可以帮帮她，不过两个月以后我会非常忙。

我爱你们大家。如果碰到卡珀S，记着代我问好。

维多

126 / 西帕萨德·奈保尔写给 V.S. 奈保尔

52/5/19

亲爱的维多：

你信中提到的三件事让我非常高兴。第一，你开始玩板球了；第二，你已经写了十个短篇；第三，你和斯万齐认为我写得比塞尔文好。我当然不会因为最后一条昏了头。但听到知道自己在说什么的人这样说，真是太棒了。

我为什么如此讨厌塞尔文？我知道这样说不好；但一看到这个留着救世主一样的胡须的家伙，我就来气。但让他……《古鲁德瓦》中的故事，我只剩一个没打出来。你昨天的来信给了我新的动力——就是那句"斯万齐认为你正在浪费机会"。现在我手头只剩一些被英国广播公司用过的，以及被斯万齐拒绝的。我仍然认为这些被拒绝的故事挺不错的，虽然也许不适合在电台播出。看看，这是目前已经写好的：

1. 古鲁德瓦（可以视作中篇） 已打出
2. 五人长老会 已打出
3. 桑娅的好运（BBC播出） 已打出
4. 奥比巫术（BBC播出） 已打出
5. 戈皮 未打出
6. 婚礼 已打出
7. 杜克哈尼与蒙戈尔 已打出
8. 赏金（BBC播出） 未打出
9. 迦南（一个不错的故事） 已打出
10. 婚约（得到斯万齐的好评） 已打出
11. 他们叫他莫恩（被斯万齐拒绝） 已打出
12. 蛙人（新作，尚未发表） 待重新打一遍
13. 达鲁叔叔 未打出（为本书而作）
14. 逃亡 未打出（为本书而作）

还有一两篇我不喜欢，就没列在这个单子里。

你看，我还有将近一半的故事没打出来。我希望在今明两天能再打完一篇……可是弗朗西斯·X（女修道院）想让我为她写一篇介绍印度婚礼仪式的描述性文章，D. 马哈比尔[①]也让我给他的杂志写一篇关于印

[①]丹尼斯·马哈比尔，作家、政治家，印度－特立尼达文学杂志《目击者》的主编和《观察家》的副主编。1957年至1960年任西班牙港市长，出版小说《短剑不是为了杀戮》(1970)。

度教神职授予的文章。我想我不会接这些活儿，尽管……如果不必做打字的工作，我也许能多写一两个故事……我有一个想法，我们可以把你最好的作品也放几篇进去，署名维迪亚和西帕萨德·奈保尔，或者反过来。你觉得如何？……我刚刚让萨蒂反复检查，因为我要她拼写单词的时候，她随手加了连字符。当然，她写错了。萨蒂这样，另外两个女孩也是（前天在图纳普纳）。

昨天晚上，我在圣詹姆斯见到卡珀S了，那里在举办一场为期七天的《薄伽梵歌》吟诵会，但我忘了代你向他问好。

让我们最开心的事就是知道你过得开心。所以，让自己快乐些——万事都要实际……现在我要去吃饭了。今天有咖喱味的卡瑞特①、米饭和熟透的香蕉。就是这些；但我很想来一两品脱啤酒。比起朗姆酒，我更爱喝啤酒。朗姆酒太烈了。

我们都挺好的，你也多保重。你永远的……

爸爸

我写的故事，几乎都是以我们家族的成员为主要人物。桑亚希就是萨杜②；古鲁德瓦有四分之三是迪那纳特③；戈皮就是我自己，等等。

127 / V.S.奈保尔写给家里

1952/6/2

---

① 一种海鱼。
② 西帕萨德的姐姐的第二任丈夫。
③ V.S.奈保尔的姨妈拉姆杜拉莉的前夫。

亲爱的家人：

大约三周前，我和两个朋友在我的寝室办了一次"酒瓶聚会"。这是一种廉价的社交活动。主人只须提供低度酒水开场。每一个应邀前来的人都得带酒。大约来了四十个人——有男有女。聚会七点钟开始。院长大约八点半到，十点离开，这也是所有女士必须离开学院的时间。但是他走的时候看见了我，于是允许我们让女士待到十点半。他喝多了，或者是玩得太投入，竟把烟斗忘在我屋里了。聚会办得很成功。把姑娘们送回去后，我们发现了院长的烟斗。我们中的四个人跑到学院的另外一个院子，站在院长窗前开始唱，"可怜的吉勒斯遗忘了他的烟斗"①。他没有现身。于是我们拿着烟斗上去找他。他正在准备一个讲座，但没有介意我们闹出的动静。

这学期天气一直很好。我画了几幅画，学习也有所进展。在上周的一场板球比赛中，我投出了 $^O11\text{-}^M3\text{-}^R25\text{-}^W3$ 的成绩，击球得了 13 分，没有出局。② 我马上要换衣服去参加另外一场比赛。我被选进了 1st eleven③。希望我能有好的表现。

6/3

昨天下了点雨，那场板球赛不值一提。我什么也没有做，没有击球，没有投球，只接了两个球。

还剩三周，这个学期就要结束了。然后是长达四个月的暑假。我又恢复了良好的工作状态。我想要在假期里做好些事。

---

①原文为法语。——译注
②意思是，V. S. 奈保尔投了 11 次，3 次未让攻方得分，最终攻方得到 25 分，3 次击中三柱门；成绩不错，但此处未提到对手的实力。做击球手时，他得到 13 分，未出局。
③学院的主要球队。

下个学期，也就是十月份，我会出去租房住。我已经在学院住了两年了。

内心的安宁是最有价值的东西。即便为此抛弃雄心壮志，也是值得的。我无法告诉你们这三个月的痛苦状态给我带来了怎样的伤害。我必须放松面对一切。这就像一罐浑浊的水，只有让它静止，淤泥才会沉淀，让干净的水留在上层。四月初的时候，我慢慢振作起来。我不得不停下来，审视围绕着我的废墟。这学期，我一直在清理它们。

我当然知道自己崩溃的原因：孤独，缺乏情感交流。一个男人不是一根木头，被运到国外，在上面刻两道槽，当作受过教育的标志。远远不止于此。他会感受，会思考。有些人比其他人感受得更多，想得更多，因此更痛苦。敏感的人并不会活得更快乐，更了不起。没有人会关注你的悲惨境遇，除非你能很好地表达出来。而这需要宁静的内心。

大约三周前，我去看了印度队和牛津大学队的比赛。[①]我到体育场的时候，印度队以38∶3的成绩领先，哈扎尔[②]和乌姆利加[③]都在场上。乌姆利加高大丑陋，非常强壮。快吃午饭的时候，我看见他冲到了95分——连续四个4分球——到205分的时候，他还连着击出两个6分球。

我现在每隔一天就要刮一次胡子，你们听了也许会感到伤心。我不

[①] 印度队1952年5月至9月在英国参加巡回赛，从5月21日到5月23日与牛津大学队进行了三天比赛。
[②] 维贾伊·哈扎尔，1946年第一次参加同英格兰的对抗赛，1951年至1953年带领印度队参加了14场比赛，包括在1951年至1952年间带领印度队对阵英格兰队，首次赢得对抗赛。
[③] 佩兰·"波利"·乌姆利加，1948年第一次参加和西印度队的对抗赛，1955年至1958年带领印度队参加了8场对抗赛，在1952年的英国巡回赛中，他在非对抗赛中取得了好成绩，但在四场对抗赛中的表现令人失望。他是两个世纪以来第一位在对抗赛中得分的印度选手。

得不这样做，我觉得这很麻烦。

感谢萨蒂给我写信。我已经收到了她想要的书的清单，但我现在手上不宽裕，也许这个月底才能把书寄给她。我自己也要买不少书。

我就快把托尔斯泰的《安娜·卡列尼娜》看完了。第六册的故事支离破碎，破坏了整体性。托尔斯泰把他抓到的所有东西都塞了进来，读起来冗长乏味。我的结论是，散漫的阅读没有益处。我想要以一种更有秩序的方式开始阅读——特别是某些历史书籍。我对欧洲历史的了解实在有限。通过学习，我现在熟悉了乔叟、莎士比亚、斯宾塞、弥尔顿、多恩、马洛等人。我不得不研究这些作家的全部作品。

我写的一篇关于西班牙的文章发表在上个月的《保守党》上。我还想为英国广播公司写一些关于西班牙的东西。

爱你们大家，别忘了我。

维多

*128 / 西帕萨德和德拉帕蒂·奈保尔写给 V.S. 奈保尔

52/6/9

亲爱的维多：

我刚读完你六月三日写的信。听说你玩板球，我们很高兴。打得好不好不重要；只要你参加运动，我们就高兴。

我完全不知道你遭受了三个月的痛苦折磨。当然，我知道你得了阑尾炎，过了很久才听说手术有风险；但那之后我以为你就渐渐恢复了。从某种意义上说，我不知道也是件好事。否则我会非常担心，然后可能每天都给你写信，那样或许会对你有些帮助。我必须承认，在写信这件事上，家里人太懒了。他们的借口是，你没有给他们写信；而我认为主要是因为家里并非总是有足够的航空信笺。但他们每周都去看电影。部分原因是他们缺乏想象力。

从现在开始，我会尽力多给你写信。

你从西班牙回来后，写信说你不能回家过暑假了，我通过英国邮政给你寄了五英镑。你收到了吗？我没有挂号邮寄，你也没有提起过，不知道你收到没有。

不用给萨蒂买书了。我在这里给她买。我不知道有人给你写了信，让你买那些书。

还差一篇，我就把全部故事打完了。我现在没空干这个，我必须先干完《卫报》的活儿。明天早上我要去油田——五点半就要出发。得跑几个星期，写一些宣传文章，满足这些人。我不喜欢这个活儿。我会很快再写信给你。

爱你的爸爸

（见下页）

亲爱的维多：

我就不单独写了，在你爸的信末添几句。我觉得你太过忧虑了，这不怪你。你太早离开家了，换了谁都会觉得寂寞难过。但我们时刻都在想念你和卡姆拉。家里和你们在的时候一样。什么都没改变，除了你妹妹们和希万长大了些。所以你瞧，真的没什么需要担心的，你必须鼓起勇气。

家里人都好,虽然上门做客的人不多。每个人都防着别人,在这个大家庭里飘荡着某种无声的敌意。我想,要是我们奈保尔家出了什么事,很多人都会看笑话。所以你要打起精神。——爱你的妈妈

129 / 西帕萨德·奈保尔写给 V.S. 奈保尔

52/6/16

亲爱的维迪亚:

昨天我把最后一篇打出来了。总共十四篇。我不太喜欢最后两篇,但仍旧把它们放进去了,因为我没有别的东西了。我将所有文稿装在一个专门的文件夹里,读起来就像在读一本书。我希望你仔细阅读每一篇。逐句检查是否有打错的字、语法错误,以及某些单词是否需要连字符。

我还没有把稿子寄给你,因为我不确定你暑假会在哪里。马上写信告诉我,暑假期间你是否还会住在牛津。别对任何一篇做太大改动,当然,如果是你可以令其增色的地方,尽管改。我相信你会看出哪里该删,哪里不能动。顺便说一下,把我的小说交给艾尔-斯波蒂斯伍德如何,就是 R. K. 纳拉扬的出版商?或者是企鹅出版社。假如一家拒绝了,就改投另外一家。你假期应该有足够的时间做这些吧?

加入一两篇你写的故事怎么样?问问出版商是否可行;如果可以,这本书就有足够篇幅了。要是你成功联系到了出版商,告诉他们我打算——实际上,在某种程度上,我已经着手——将《古鲁德瓦的冒险》扩充至一本书的长度。我划分好了章节,并且已经打好了两章:《古鲁德瓦归来》和《古鲁德瓦成了学者》。

我还在构思一本书,我的《特立尼达日记》,风格近似于阿克利那本《印度人的假日》,你也许读过。我打算用或长或短的篇幅描述印度人或黑人的生活:所有关于马哈比尔尊者礼拜仪式、苏拉吉普拉诵经会,以及蒂拉克①和婚礼等的主题。

你看,我们必须按计划来:要么你毕业后支持我,让我全身心投入到写作中,写自己想写的东西;要么我支持你,让你全身心投入写作……

你肯定缺钱花。希望我汇给你的五英镑能帮上点忙。你知道,你必须谨慎花钱。你妈妈和萨蒂,还有其他人,一直跟我说,你挥霍金钱的行为正在毁了你自己。我认为,甚至有人一直在萨蒂耳边叨咕,你有很多女朋友。

远离那些可能束缚你前进脚步的东西。你妈妈觉得你受到了欧华德的影响,她为此非常担心。她不信任欧华德,我也是。当然,这一切可能都不是真的。

马上回信,我好把我那些短篇寄给你……今天,卡姆拉从克什米尔寄的信到了,看来她过得还不错。

爱你的爸爸

130 / V.S.奈保尔写给萨蒂·奈保尔

大学学院
牛津
52/6/23

---

① 印度教订婚仪式。

亲爱的萨蒂:

我刚收到家里寄来的两封信,包括你那封。你的字倾斜利落,语言风格尖锐中肯。简言之,我认为你已经长大了。成长是个缓慢而磨人的过程,尤其会让你身边的人感到疲惫。我喜欢你上次的来信。它把我逗乐了,让我打起了精神。所以,读完信后半分钟,我就坐下来动笔给你回信。

很遗憾,在你眼里我变成了学院小说中的人物。[①] 我曾经愚蠢地乱花钱,我承认。我还想说,假如我在今年头三个月没有那样胡乱花钱,今天也许就不会有人给你写这封信了——我跟你直说吧。那时我不想见任何人。我无法忍受阅读,因为阅读让我联想到人。我不能看电影,不能听广播。请努力理解:如今我能走在街上,不怕与人交谈,不想逃跑——对我而言,这简直就是奇迹。

西班牙之旅充分纾解了我对于逃离的渴望。我一直在旅行。我担心的是找住宿的地方和赶火车。这对我很有帮助。最终我变回了原来的我。我又开始啃大部头了,找回了那个旧的我。

亲爱的萨蒂,我会在一周内买齐你要的书。你能等那么长时间吗?

现在说点儿有关我的新闻。就在我写这封信的时候,有个男人正在我房间里走来走去。距离我手大约一英尺的地方有瓶香槟。不是我的。是那个男人的。我右手边的窗口传来男生们充满期待的嬉闹声。今晚学院要举行校庆舞会。主院中搭起了巨大的帐篷。我的房间已经被这位带香槟的先生征用了。他身材高大,面带蠢相,正兴奋地咧开嘴笑着,期待着今晚的快乐时光。我可以邀请你参加舞会吗?只须花费十英镑。我能带你去吗?请允许我小小地放纵一下。舞会一年才举办一次。不过,你不用担心,我不会去的。

[①] 萨蒂在6月9日的信中写道:"两个星期前,我收到了你从西班牙寄来的信……它不像是一封信,更像是一本书中的描述性章节。"

我的名字出现在上周一的《牛津邮报》上。因为我参加了板球赛。我加入了学院的 1st eleven 板球队。我投出了 $^O15$-$^M3$-$^R33$-$^W4$ 的成绩，还不错！这也是我在学院队参加的比赛中投出的最好成绩。我们的对手得了 142 分，我们总共得了 17 分（没我的贡献）！在我的最后一局比赛中，我以 25 分（三个 4 分）的成绩位居前列，并且三次投中三柱门，攻方赢得了 33 分。[1] 要说有什么不同的话，那就是我的板球技艺提高了。

上周二，无足鸟（学院知识分子社团）的成员与院长共进晚餐。我被选为这个社团的秘书。不过，这项荣誉不值得吹嘘。

关于欧华德，我有自己的看法；我觉得我的看法不会轻易改变。

请转达我对米拉、萨薇的爱，当然，还有希万。

你们的维多

131 / V. S. 奈保尔写给西帕萨德·奈保尔

52/6/23

亲爱的爸爸：

感谢你这么快就对我的求助做出了回应。[2] 你也许可以想象我的感受。那两次的五英镑我都已经收到了。谢谢。

整个暑假，我的通信地址还跟以往一样：牛津，大学学院。没什么好担心的。

---

[1] 意思是，在第一局比赛中，V. S. 奈保尔投球 15 次，3 次未让攻方得分，最终攻方得到 33 分，4 次击中三柱门；做击球手时，他未得分。在第二局比赛中，他得了 25 分，全队最高。
[2] 6 月 10 日，V. S. 奈保尔发电报给西帕萨德·奈保尔，说自己一文不名，请他支援五英镑。

如果我早知道卡姆拉信写得和我一样少,我当初一定会尽力给家里多写几封。我不想让你觉得你最大的两个孩子不懂得感恩,不想让你说出那个以 neemak 开头、以刺耳的 kharam 结尾的词[①]。

这学期两天前结束了。我们开始放暑假,一直放到九月底。这会是一个刻苦用功的假期,我已经行动起来了。

我这个学期得到的评语令人鼓舞:"能力非凡……有独创性……有风格……阅读广泛。"

请把你那些短篇寄给我。我会把它们送到出版商手上的。

我收到了两份假期邀请。一个请我七月底到肯特郡玩一星期;另一个请我到约克郡的哈罗盖特过两个星期。

我已经建立了一个范围很广的朋友圈。除了放假期间,我很难对认识的人避而不见。有个人特意半夜跑到我的房间,向我诉说他爱情上的成功和失败。

到下个学年末尾,也就是六月份我考完试之前,我不打算再写小说了。

七月份,学院板球队 1st eleven 会到英格兰西部巡回比赛一周。我可能会跟着去。

向妈妈转达我的爱。

爱
维多

肯定是笔或纸出了点问题。

[①] Neemakharam ,印地语,意为"不知感恩的人"。

132 / V. S. 奈保尔写给卡姆拉·奈保尔

> 大学学院
> 牛津
> 1952/6/30

亲爱的姐姐:

获知有关你考试的消息,我很高兴。告诉我,你就没有一点可能争取到资助来牛津吗？或者,你有可能进入印度外交部门工作吗？让我知道相关情况。

听说你明年七月才能来英国,我有点失望。我原本以为明年四月就能见到你,这样你就可以在我六月考试之前陪我度过两个月。但实际情况却是这样。你知道,亲爱的,我非常想家,活着让我感到恐惧。过去六个月,无论做什么事,我都感觉有些不真实。

好吧,事情发生了。我想你已经料到会发生这种事。我和露丝吵了一架。她和她丈夫开始不停地羞辱我。他们希望我和其他人一样懦弱。例如,我说我打板球,他们就想知道什么样的球队有可能要我；我说我正在写一个短篇,他们就想知道有谁会读它；要是我的故事被播出了,他们就会对听众表示同情。他们将我安置在一间小屋里,那屋子是浴室的一部分——没有桌椅——每周收我一英镑。他们还收我饭钱,而且我必须洗碗。我一再收到警告,不许让烟灰掉在地板上。(我现在的房东太太会说:"请稍等,奈保尔先生,我去拿一个烟灰缸给你。"而露丝会说:"不要把你的烟灰弄到我的地板上。"比较一下,前者多么可爱。)总之,我已经受够了。感谢上帝,我在这个国家还有朋友。所以,到伦敦第二天,我就又回了牛津(现在是假期第二周)。今天我见到了院长。他说,对于没有义务做的事情,不必勉强自己去做。这话让我安心了些。

哦,我真希望抑郁不要再度来袭。我想学习。我想用功学习,但我必须在精神上感到自由。

请告诉我：你何时会考虑结婚。从你的来信看，你的感情生活一片空白。这让我有些难以置信。别弄错我的意思。你有难题。可能我对人太苛刻了，所以你害怕让我知道。

有两个朋友邀请我暑假去他们家：一个在约克郡的哈罗盖特，另一个在肯特郡。所以，我的暑假也许会过得十分愉快。

我被选为无足鸟文学社的秘书。这不是值得吹嘘的荣誉，任务不多。

我在学院已经住满两年了。下个学期，我会搬出去住。我在牛津的威灵顿广场找到了一处地方——每周三英镑！这个国家的消费水平真是高得吓人。

在充分感受了真正的牛津以后，我发现学习可以很有趣。这很棒，假如一个人能全身心地投入学习，感觉会好得多。但我仍旧感到深深的孤独。情况一直没有好转。

我很抱歉，一直向你诉苦。但这总比杳无音信强。在写信的过程中，我翻开了新的一页——我希望，并且真诚地相信，我会拥有身体的、精神的和情感的健康。

快点给我回信，亲爱的卡姆拉。

爱，维多

133 / 卡姆拉·奈保尔写给 V.S.奈保尔

52/6/7[①]

[①]卡姆拉写错了日期。根据邮戳和 V.S. 奈保尔写于 6 月 30 日的信可以推测，这里应该是 7 月 7 日。

亲爱的维多：

就在今天，我还想着是否该给你发个电报，看看你还活着没。说真的，如果你在我面前，我会像火山一样爆发。但你毕竟还算是个好弟弟，我就不说什么了。

在继续说下去之前，我要告诉你，我是你忠实的姐姐。不要为任何事情担心和抑郁。把一切都告诉我，相信我，我能理解你。至少你可以相信，我完全理解你。你对我可以畅所欲言。我能想象你在露丝家的情形。你永远都不应该忘记卡皮迪欧家的妒忌心。因为我们知道这个，现在我们要证明奈保尔家可以靠自己立名。

你不必失望。我可以设法在明年四月底或三月底去英国。音乐考试将在七月进行，但学校已经答应，可以特别允许我在三月或二月参加考试。

你知道吗，我现在变得讨厌结婚这事了。我不认为它就是我人生的终点。而且，我开始觉得婚姻只和性有关，我不喜欢。现在，我唯一想要的就是在随便哪里找一份好工作，帮助萨蒂和其他孩子接受教育。我希望他们能走出特立尼达岛，有好的发展。不知道家里人是否已经告诉过你了，很快我们家就要添新成员了。当然，我觉得这并不那么振奋人心。相信我，直到现在，我才接受了这个事实。当然，我不能写信给爸爸，说不中听的话。他看了会哭的。我决定忽略这件事，我想你最好也这么做。摆在眼前的这一切打消了我结婚的念头。我人生的目标将会是帮助孩子们接受良好的教育，过得快乐，并且让爸妈也快乐。

距离你大考不远了。这一年你要全力投入学习，不要让我失望。不要忘记我们还很穷，完成学业以后，我们才能过上舒适而富裕的生活。浪费了上学的时间，我们未来也不会快乐。所以，为了我，也为了你自己的未来，好好利用大学时光。我现在暗下决心，远离我们所有的亲戚——卡皮迪欧家和苏克迪欧家的人。我讨厌那些人。

我想，我不可能拿到去英国的奖学金。即使给我，我也不要。我已经离家够久了。现在应该把机会给别人了。

我在你考试结束以后再去英国是否更好些？你决定。我会在你认为最合适的时间过去。

我刚收到爸爸的信。（他给我发了一封电报祝贺我。）他抱怨说你没给他写信。他以为你病了。给家里写几句吧。

永远爱你的姐姐
卡姆拉

如果你经常给我和家里写信，你就不会得思乡病了。

〔写在信纸边缘：〕
我会给你寄几张照片。

134 / V. S. 奈保尔写给家里

大学学院
牛津
1952/7/10

亲爱的家人：

我正在哈罗盖特给你们写信，我住在牛津的一个朋友[①]家里。哈罗盖特是英国北部一座很有名的小城；过去，富人们在放纵的一生行将结

---

① 约翰·福西特。

束时会来这里休养。

六月三十日，我给萨蒂寄了一包书，她要的书只有一本没买到。尽管萨蒂提出过抗议，我知道在特立尼达任何一家书店都能买到这些书。

这封信剩余的篇幅，我可能会全部用来讲我和卡皮迪欧家的争吵。当时我几乎一文不名（感谢上帝，等我离开学院搬到外面去住时，这种情况将会改变），因此，我给舅妈写了一封信，请求寄宿在他们家。当然，我知道我必须付钱。我六月二十七日晚上十点四十五分抵达伦敦。他们招待我吃了晚饭。刚吃完，他们就要求我洗碗，并帮助他们洗洗涮涮。两个女人——琼和露丝——还有欧华德在洗碗。我把他们的要求暂时搁置，先看完了报纸上的一个小专栏。然后，我走到水池边。琼让我走开：她说没事，她来洗。接着，露丝开口了："别惯着他，他得学着做这些事。"这听起来也许并无恶意，但这是卡皮迪欧家对我进行的羞辱的一部分。（比如说，听说我去西班牙的时候曾错过火车，他们幸灾乐祸。可怜的傻瓜，他们不知道，我只等了半个小时就上了下一趟车。他们以为我浪费了所有的车票钱！）站在水池边，我没有什么可做的，只好闲待着。

我要求在房间里添一把椅子。这就是他们好心提供给我的那个每周一英镑的房间：

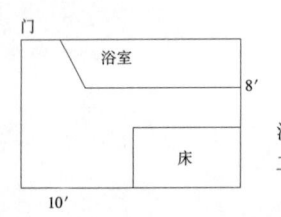

没有家具：没有桌子，也没有椅子，每月要二十元房租。舅舅真慷慨！

看这张图，你会发现，每个去浴室的人都会经过我的房间。因而我没有隐私。他们居然想让我在这样一个房间里复习备考！

我要一把椅子。露丝说我可以拿一把椅子上楼，但每天早上要把椅子搬下来。我什么也没说。她突然叫道:"你不会指望椅子自己爬楼梯吧?"我没有回答。我不想发脾气,决定上楼回自己房间。但我一动也没动。我意识到我没法在这里学习。我拿起衣服,迈步上楼。露丝说:"别让烟灰掉到地板上。"这句话成了那最后一根稻草。我跟她说,我以前住过比这更好的房间。我不会再忍受她的颐指气使。我不会再让任何人打击我的精神。我不会听任自己被羞辱。而且,我明天就会离开这幢房子。

她很生气。我不知道她之前为了让舅舅收留我曾跟他吵了一架——我被说成是可怜的孤儿——她可是帮我的。(这真可笑。卡珀 R 试图暗示露丝不想让我住在那里。这就是他们的计划——羞辱我。)

第二天一早我就走了。不久我又回去了,我得拿行李。卡珀 R 跟我说,我的到来让他们破费了。维持那个房间,每周需一英镑:煤气费和其他开支(明显是谎言:夏天不需要取暖,用不到煤气)。一英镑的伙食费还算合理。如果他经营寄宿公寓的话,倒也说得过去。看看这个可耻的谎言:以我现在所住的房子为例——这是幢宽敞的大房子,我的房间正是我想要的那种令人愉快的大房间,窗外是花园——每周我只须支付不到两英镑:三十先令。房主来自上等阶层,并非穷人。

这里没有让人烦心的事情。那些亲戚对我没有任何帮助。我以为他们会在圣诞节时对我好一点,但并没有。我精神上遭受的痛苦成了他们的乐子。卡珀 S 可能更圆滑一些,但我认为——不,他们一样坏。别指望从他们两个那里得到任何好处。

爱
维多

135 / V. S. 奈保尔写给萨蒂·奈保尔

仍然寄自
哈罗盖特，约克郡
1952/7/15

亲爱的萨蒂：

我刚刚看完斯宾塞（1542－1599）的《仙后》的第二部。我决定给你写封信。现在是下午七点，但光线依然很亮，而且还会再维持两个半小时。我的窗户对着这幢房子的花园。我已经在这里住了一个星期，还会再住一个星期。

明天我们所有人都要去看一场戏剧表演，确切地说，是一场假面剧：弥尔顿的《科莫斯》。表演由艾德伯格女王学院[①]的女生组织。该校是哈罗盖特一所著名的女子公学。我非常期待。

你决定要拿高中毕业证书，我真的很高兴。你本就不该有丝毫犹豫。仅仅一张毕业文凭没有什么实际价值。不过你似乎选择了一门难学的科目。英语文学不仅要求你了解文本，还要求你熟悉文本编辑的评论。你必须对你所读的东西有自己的理解。你得学会评论。换句话说，如果你研究弥尔顿，就要了解他的生平、他所处时代的倾向及文学传统。仍以弥尔顿为例：你得阅读他的生平介绍和时代背景概述（用不了一个小时，却很有价值）。你会发现弥尔顿是个相当自负的人——他有着清教徒的朴素节制，自信是个天才，一直渴望写出一部超越时代的伟大史诗。你会了解到，由于他随意玩弄这部史诗的几个主题，所以他其实不在乎自己写了些什么；但这并不意味着他不是带着信念写作的。现在，你问自己，弥尔顿要做什么？他要为上帝对待人类的态度做辩护，尤其是在对待亚

[①] 成立于1912年，事实上位于哈罗盖特郊外约10英里处。

当和夏娃的堕落这件事上。他面临什么问题？你想想看，就会发现，首先，一部史诗必须像《埃涅阿斯纪》那样有大量情节，以及超自然的桥段——罗马人出于宗教信仰很容易接受这些（例如，朱庇特可以传递消息给人类，等等）。然后，弥尔顿试图将超自然的桥段运用在他的作品中，但他遇到了麻烦。基督教的上帝是无形体的精神；天使也是。弥尔顿将如何把他们带入尘世，同时不毁掉自己的信念呢？

换句话说，你必须思考。首先，你必须了解作者要做什么。指责一个板球记者对斯托迈耶尔①的婚礼的报道有误是没有意义的。找出作家的创作目的后，请思考他取得成功需要克服的困难，探究他的失败之处。看在老天的分上，不要像我在这儿的一个同学，以为每个杰出的作家都是文学之神，遥不可及，没有错误。

假如你想要了解十七世纪的文学，看看介绍欧洲文艺复兴的小册子很有用。要充分利用图书馆。广泛阅读，用心思考。不要读那些垃圾作品，你很快就会发现它们很乏味。

抱歉，我如此傲慢武断，但我了解女王皇家学院的教学水平有多差；一想到圣约瑟修道院，我就忍不住发抖。顺便说一句，淘气鬼，你让我给你买一本《曼斯菲尔德庄园》，但显然你已经有一本了！

爸爸也许还记得《赖斯曼阶梯》里的厄尔福沃德先生。告诉他，我在哈罗盖特遇见一个男人，我认为他就是现实中的厄尔福沃德。他不在乎你是否会买他的书。他的店很破旧，书胡乱堆着。但他懂得这些书的价值。他从不主动跟人说话，似乎真的不情愿出售那些书。像厄尔福沃德先生一样，他衣着整洁。看上去像是没有吃饱饭。这真是太奇妙了。

爱

维多

---

① 指特立尼达板球运动员杰弗里·斯托迈耶尔。

136 / 西帕萨德·奈保尔写给 V.S. 奈保尔

52/7/16

亲爱的维多:

我有一个多星期没有给你写信了。事实是,我一收到你的信(六月二十三日)就给你写了一封挺长的回信。但我对这封信不满意,所以到底没有寄出。再次收到你的来信之前,我一直在为你担心。你康复的消息就像一帖补药,让我上班的时候干劲十足。

我很高兴你去了西班牙。这于你是件极好的事……我本该为你期末考试取得这么好的成绩再给你寄去两三英镑,但我现在不方便这么做,虽然我手头还有些钱。上个星期,我把眼镜丢在了森林保护区油田的树丛里。重新配一副要三十四元。还有其他事。如果你急需用钱,立刻告诉我。

下面说的这件事可能会伤害到你:你妈妈要生孩子了,九月或十月……我知道这是雪上加霜,但事已至此。说说你的麻烦……我很了解这种情况,多年以前,我也曾遭受神经衰弱的折磨。你也许还记得我们在蔡斯村逗留的那段时间吧。在那之前,我过得很艰难。先是在你外婆家,然后是在"大荒原"与埃科纳特在一起……[①]但是我挺过来了,在那之后我干的工作比我原先料想的还要多。所以,你用不着害怕。就我的亲身经历,宗教文学有些帮助,但只是很表面的。只能缓解,不能治愈。令我得以治愈的书是《智胜神经》和《青少年心理学》[②]。我会把前一本书同此信一起寄出。我确信,你会发现它很有帮助。你将摆脱所有无来由

---

① 1934 年,西帕萨德第一次离开《卫报》,奈保尔一家搬到了特立尼达岛中部的蔡斯村,在那里经营一家小店。次年,小店倒闭,西帕萨德和他的连襟埃科纳特·蒂瓦里到"大荒原"工作。"大荒原"是个可可庄园,为卡皮迪欧所有。在那里,西帕萨德经历了一次精神崩溃。
② 《青少年心理学》(1928),莉塔·S. 霍林沃思著。

的恐惧，这些恐惧正是神经衰弱的表现。你看，亲爱的维多，我们不仅仅是一堆骨肉，还为思想所塑造。神经不会"生病"或者"衰竭"。不是神经组织出了问题，而是思想出了问题。让我们生病的是我们错误的思想。这种病通常源于作为动物的人的需求和作为文明产物的人的需求的冲突。

我们中的大部分人——从教皇到农民——身上有四分之三仍是非常原始。我们原始的这个部分有时会越过"监管"，入侵我们的意识。有时候我们完全意识不到，但是它会借由各种奇特的伪装通过潜意识来表达……大自然的日历中没有青春期。在生物学上，我们大多数人在青春期中段就已经成熟了。但是，在这个阶段，社会把我们关在学校。而我们的本能，比如饥饿、繁殖或者其他，在今天与类人猿或者尼安德特人的时代同样强烈（尽管文明了）。自然不认可罪，但社会却认可。所以，矛盾产生了。我们总是有意或者无意地觉得我们做错了；我们想要逃避。我们不能面对现实……世上本没有罪，是社会定义了罪。治愈的方法就是接受再教育。

我寄去的这本书也许会对你有所帮助。认真读一读，仔细找找你的麻烦所在……你说你的病因是缺少关爱。这有可能。但是不应该。如果是这样，那是由于精神分析学家所说的恋母或者恋父情结：个体在母爱或父爱阶段停留太久；在心理学上，这是一种延迟断奶的现象。你必须克服。所有思乡病或多或少都是一种执着。这种情绪严重时，会变成一种精神折磨。告诉自己，你不再是两三岁的小孩了……要学会选择自己的情绪。好吧，我想我已经唠叨了很多，而你还会在书里找到许多。

希钦斯现在在高拉疗养院。昨天我去看他的时候跟他说，你现在是《牛津保守党》的助理编辑兼版面设计，他哈哈大笑……谢卡尔明年就要嫁给德哈里[①]的女儿了。注意，是"嫁给"。

[①] 拉姆·德哈里的兄弟，在第58号信中提到过。

昨天，卡姆拉给萨蒂寄来了几本书……有地理和英国文学，或者是英国文学史。还有一些画册，印得很棒。自从发了那封电报说她已经完成了学位考试，她就没有给我们写过信。这到底是怎么回事？古怪的丫头，跟你一样！……我不知道如何评价这些短篇。共十二篇，但怎么看都不像能凑成一本正常篇幅的书！应该还得三四篇。

下次给我们的信要写得长一点，用心一点。

我还是老样子。

爸爸

*137 / 西帕萨德·奈保尔写给 V.S.奈保尔

52/7/17

亲爱的维多：

我刚得知你在卡皮迪欧家所受的待遇。我不知道卡皮迪欧夫人是那样的人。是的，看起来她欺负了你。彻底忘了他们吧。我想我暗示过你，他们不会给你什么好处。几年前，我曾病得很重，从那时起，我就意识到他们有多么卑鄙，甚至无情——整个卡皮迪欧家族都是这样。有一次，我很想要两个先令买一瓶 Sanatogen①，但你外婆拒绝了。她说她没有钱。她当时在经营一家干货店。而我非常落魄。

不用担心；你会克服这些。经历会让我们看清人的真面目。我怀疑是不是欧华德做了什么，让卡皮迪欧这样对你。我不知道，但我不相信

---

① 英国一种维生素补充剂品牌。

那个家伙。

你离开了那里,这很好。否则我会感到难过。因为这样,她就没有得逞。我希望你不要让这件事对你有太大影响。如果你受这件事影响太大,那正中他们下怀。

我随信给你寄了四英镑。帮你交点房租。收到了告诉我。事实上,我希望确认你已经收到了钱。我会尽量在每个月底给你寄点钱,好帮你渡过目前的经济困难。如果那些家伙给我应有的工资,我就可以给你更多帮助;但过去三年,他们没有给我加半点工资。

萨蒂和你妈妈让你给萨蒂买书,增加了你的负担,对此我很生气。虽然那些书在西班牙港确实买不到。

早点回信,告诉我们你们的近况。我不知道你隔多久能拿到多少钱,你是怎么花钱的。你妈妈告诉我,联邦相关部门已经要求殖民地政府增加对殖民地大学生的补助。她是从报上看到这条消息的。我希望这是真的。

现在我必须停笔了,我还有些着急的工作要完成。

一旦你遇到麻烦,需要几英镑,写信给我。我会帮助你。

抬起你的头。

爱你的爸爸

138 / V.S.奈保尔写给卡姆拉·奈保尔

大学学院
牛津
1952/7/19

亲爱的卡姆拉:

我真是个蠢蛋。我带着愤怒的情绪给你写了那封信。但我知道这整件事愚蠢透顶，我已不再生气。我听你的，不会再提这事。

我不是在牛津而是在哈罗盖特给你写信。这是约克郡中部的一个小城。我以客人的身份住在一个朋友家里，要交一些住宿费。在这个国家，母子关系比我们那里要亲昵。母亲们总是把她们二十四岁的儿子当作可怜的小宝宝来对待。所以，我这样的外来者和闯入者被人以猜疑的眼光看待也没什么奇怪的。天知道他们是怎么想我的。他们也许把我看作一个酗酒的无神论者，或者更糟糕，一个共产主义者。

我告诉过你，我明年七月参加学年考试。之后，我想我会在牛津再待两年，拿一个文学学士学位，或者类似的没用的文凭。工作前景确实灰暗。假如我回特立尼达，就只能进女王皇家学院教书或者去政府部门工作。这也意味着一切野心的终结。这的确是个问题。我发现自己一毕业就要养家。我该怎么做呢？

萨蒂定期给我写信。我一收到就立即回复。我收到很多来信，及时回信成了难题。但我已下定决心，一收到信就立刻回复。这可能得耗费些时间，但是会让我没有心理负担。

爱
维多

139 / V.S.奈保尔写给德拉帕蒂·奈保尔

大学学院，牛津
1952/7/27

亲爱的妈妈：

大约十天前，我从卡姆拉那里听说了这件事[①]，我非常吃惊。现在，我的惊讶劲儿已经过去了。我想告诉你，我认为这件事不会给我们带来多少影响，除了对你。我希望姑娘们能帮助你。如果她们不帮忙，请来信告诉我，我会写信给她们的——如果我的建议她们还能听得进去。

我在哈罗盖特愉快地度过了两个星期。战争期间，我这位朋友的父亲在海军潜艇部队服役。他讲了一个有关腐败、欺骗与告密的故事，同爸爸讲的政府部门或者《卫报》的故事一样精彩。如今，这个六十岁的老人领着微薄的退休金赋闲在家。他从战争中得到的就是一枚英帝国勋章以及精神崩溃。他精神崩溃与他瘸了一条腿有关。世上的事情看起来都差不多。

我觉得你没有必要为卡姆拉太过担心。她是一个充满力量、有决断的好女孩儿。她想回家帮你走出困境，我认为她能做到。请相信我说的，她不给你们写信并不表示她不爱你们了。

至于我，只要我健康，你尽可以依靠我。这并不是说现在我是一个指望不上的人。我觉得，随着年龄的增长，我变得越来越复杂，在很大程度上继承了我们家族的神经质。我也继承了其他一些特质。根据照片，我发现我扣扣子的方式同爸爸一模一样。我们的坐姿也一样。还有表面上轻松愉快的气质。你大概知道，爸爸习惯每天早上五点左右起床，嚷嚷着把别人叫醒，然后自己又去睡回笼觉。我身边没有可以吵醒的人，但我有时也会在五点起床，然后又回到床上睡觉。

我想，当你看到这封信的时候，我寄给萨蒂的书应该也到了。我只希望包裹打得结实，一本书都没丢。我在哈罗盖特时，为了避免行李过重，给自己邮寄了一些书。书寄到后，发现少了三本，包装用的东西也被换

[①] 即德拉帕蒂怀孕的消息，卡姆拉的信里提到了这个消息。

掉了。所以,我还是那么粗心,那么不记事。朋友的母亲为我准备了几个三明治,让我在回牛津的七个小时的旅途中吃。当然,我忘了它们。

有一件事,我希望永远不要在我们家发生。昨天,我去了戈金家,发现他们家凌乱不堪,令人反感。当妈的和女儿们一边吵架,一边交谈。那情形真是折磨人。我希望我们家永远不要出现这种情形。

一两天内我会给爸爸写信的。请告诉他,我收到他寄的钱了。告诉他目前不用再寄钱了;学院会给我提供帮助。他们不会让我挨饿。我也听说了增加津贴的传闻。最重要的,爱你,保重。——儿子,维多

140 / V.S.奈保尔写给萨蒂·奈保尔

1952/8/21

亲爱的萨蒂:

抱歉,拖了这么久才给你回信。我很高兴你喜欢那些书。我要向你道歉,关于《曼斯菲尔德庄园》那件事,我冤枉你了。

我想,家里每个人都很担心卡姆拉,或者是生她的气。我刚收到她一封信,她说会尽快给家里写信。因此,不要生气了,也不用为她担心。

我同一个朋友[1]一起在肯特郡待了两个星期,感觉就像在家一样。现在我担心,我能否适应住回小屋子。我在朋友家住过的所有房间都是精致的圣克莱尔[2]风格。我现在已经对此习以为常。我想,这就是到牛津上学的危险之一。

---

[1] 盖伊·洛里曼,V.S.奈保尔在《牛津保守党》的同事。
[2] 西班牙港北部的高档社区,在女王皇家学院近旁。

钱的问题解决了。学院给了我四十英镑,但第二天殖民地部就给我寄来了四十五英镑,于是我又把那四十英镑还给了学院。我们的补贴增加了。

我想,卡姆拉大约会在十个月内回家。我打算在五三年或者五四年回家待四个月左右。这场始于一九四九年(仅仅三年前)的奥德赛之旅就要结束了。

跟我讲讲你的学习情况。记住,我会回复所有来信,在我收到信的当天就回复。大约三个星期前,我给家里写了好几封信,但只收到你的回信。我没有生气。我猜大家都很忙。代我转达对爸妈的爱;也爱你,还有米拉、萨薇和希万。

爱
维多

141 / 西帕萨德·奈保尔写给 V.S. 奈保尔

52/8/28

亲爱的维多:

整个八月份,我们没有收到你一封信。你写给萨蒂的信昨天刚到。似乎你寄给"家人"的信都在途中遗失了。事实上,我一直在想,为什么你不来信。至于卡姆拉……我只是无法理解她。她难得给我们写信,总是回避或忽略我们的问题。草草写封信又能花多长时间呢?收信即复是种好习惯。这样写信就会变得容易。

得知你摆脱了经济困难,而且补贴增加了,我大大地松了一口气。

你还焦虑吗？你收到我寄给你的书了吗？读读那本书，会对你有帮助的。

我听说《卫报》的工作人员将要涨工资了，从九月份开始。可能是发一个月的奖金，也可能是整体加薪。我还不清楚。我希望能得到些好处。

我们全家——当然，除了你妈妈和我——都和苏克迪欧家的人一起去了马亚罗。他们是星期四走的，星期六或星期五回来。希万每次都盼着去海边，但几乎不碰水。上上个星期天之前，我们开着老1192去了趟巴兰德拉。老家伙表现不错。

卡皮迪欧家最近发生了不少事。主要是由他们家那几个自命不凡的姑娘引起的。唉，他们这不是自找的吗？不久前，萨汀·拉姆纳瑞①小姐带来一个寄宿生，这人是长老会教友，来政府培训学院上学。如今，萨汀想要嫁给他；而他是个已婚男人，已经有一个孩子，另一个孩子即将出生。因为这件事，卡珀S那伙人已经不再去罗伯特街了。至于苏克迪欧家的其他几个姑娘，她们的出嫁时间无法预测。到目前为止，似乎只有我们奈保尔家淳朴依旧。天哪！人变得真快！

我想你已经听说谢卡尔就要结婚了，他将成为又一个早婚的印度教徒。他要"嫁给"德哈里的一个孙女……顺便说一句，你的一位叫帕特②的女朋友给你寄了一封信——我忘了是从哪里寄来的——但这封言辞亲密的信最终落到了我们手上。家里人都读了这封信。我正躺在床上，萨蒂把信拿给我，对我说，瞧瞧，你儿子在英国干了什么。我们绞尽脑汁猜测，这封信怎么会寄到我们手里。我估计登记员或别的类似角色收到这封信的时候，你不在牛津；他们认为你大约正在特立尼达度假，就把信寄到这里来了。别紧张。男孩应该有一两个朋友，不然算什么男孩？只是不要作茧自缚……务必每周都给家里写信，直到养成习惯。不管有

---

① 即萨汀·佩尔曼南德，V.S.奈保尔的表妹（其父名为拉姆纳瑞）。
② V.S.奈保尔于1952年2月9日遇见了他未来的妻子帕特丽夏·安·黑尔；她当时正在派发学院戏剧演出的节目单，他负责宣传工作。

没有收到我们的信，你都要写。

永远爱你的爸爸

142 / V.S.奈保尔写给家里

大学学院
牛津
1952/9/6

亲爱的家人：

这星期我收到两封信。我遵守承诺，一收到信就立即回复。漫长的暑假就要结束了。事实上，还有一个月就开学了。一年后大考。

去年这个时候我在巴黎。现在我在牛津，得以第一次见识圣吉勒斯市场。圣吉勒斯是一条宽阔的街道，从牛津市中心北部一直延伸到班伯里（就是那个"骑白马的美人儿"所在的地方）和伍德斯托克。连着两天，这条街道禁止车辆通行，成了一个露天市场。今天（星期天），这里到处都搭起了帐篷和货摊。天气看上去会越来越差。又冷又下雨。

现在，我必须表达一下对某件事的不满。那封写给我的信被寄到了家里，因为学院的门房认为我有钱回家度假。无论如何，你们不应该拆开。即使拆开了，也不应该从头读到尾（不管那结尾是苦涩的还是热情的）。

不过，我将充分满足你们的好奇心。帕特丽夏·安·黑尔是个二十岁的姑娘。也是这所大学的学生，算得上聪明迷人。我在今年二月认识了她。一直对她心存感激。在我病得最严重的时候，她像朋友那样关心我，容忍我所有的坏脾气——我的恶劣言语，我的痛苦发作。我们的关系，虽然不是柏拉图式的，但迄今为止仍是纯洁的。爸在信里用了"作茧自缚"一词，有些愤世嫉俗了。我相信你们不会为难我们。她的父亲正为此事大惊小怪。我希望你们不要同样狭隘。

关于她的性情：她善良而简单。或许有点太过理想主义，这点有时让人很恼火。她坚持只看美好的东西，对于丑恶视而不见。她和我有相似的文学品位。我发现我们之间的友谊能给我以极大的鼓舞。

我应该早点儿写信告诉你们，但我没想到事情会这样发展。我以前也有过女朋友，有的被我拒绝了，有的拒绝了我。她们没有一个人有帕特的品质——她单纯，善良，有魅力。假如爸爸能给她写一封表示安慰的信，或者给我写一封表示理解的信，这样更好，我会很感激。我想，这样一封信会极大地鼓舞她。她在照片上见过你们所有人，非常喜欢希万。

我希望没有给你们留下很快就要结婚的印象。我们还得再看看未来的进展。

爱
维迪亚

143 / V.S. 奈保尔写给德拉帕蒂·奈保尔

1952/9/8

亲爱的妈妈：

非常感谢你寄来的信和生日卡。我总共收到三张生日卡——两张来自家里，一张来自帕特（所有人都看了她的来信）。帕特（亲爱的姑娘）送给我一双袜子，因为前段时间我曾抱怨说，我脚上穿的是我最后一双袜子了!

从精神崩溃的状态中恢复过来很耗时间。不过现在,我真的可以提笔写信,并自信地说,最坏的阶段已经过去了。我正在考虑去看心理医生。但是,过去两三天,我的精神状态加速好转,让我觉得已经没有必要这样做了。不过做一次检查也没坏处。牛津这样的地方很危险——它让人变得迟缓;性生活失调;焦虑。

交友必须谨慎。这导致了一种恐惧——几乎对一切都心存恐惧。要想不受这种情绪的影响,需要顽强的意志。我这样夸自己:我那清教徒式的教养对我应对这些大有帮助。

我认为当妈的往往不能理解儿子的行为。年轻男子对异性的渴望非常迫切,如果受到压制,会让他很不开心。一个寄宿男人的生活包括在餐厅就餐和持续的孤独感。这样的生活能让人干出任何事。所以,如果我试图通过与女性的友谊来摆脱孤独,也无可厚非。我很幸运,找到了一个合心意的女孩。

我得停止谈我自己的事了。我再次向你保证,我是爱你的。我希望你身体健康,万事如意。我相信会这样的。

英国有句俗话:来自热带的访客在这里度过第一个冬天时感觉很舒服,但第二个冬天就没那么舒服了。这话很对。此刻,我清楚地感觉到了秋天的凉意,不过这种凉意令人神清气爽,有益健康,不会让人感到不舒服。

我很长时间没有收到卡姆拉的信了。她上次写信过来,表达了对婚姻的厌恶,说婚姻基本上等于性关系。而我认为一个二十三岁的女孩应该结婚。听说了表兄妹们的事,我感到遗憾。我相信我的妹妹们不会干蠢事。

亲爱的妈妈,请多保重。记着,我爱你们所有人。

维多

144 / 西帕萨德·奈保尔写给 V. S. 奈保尔[1]

52/9/11

亲爱的维多:

今天早上,詹金斯将斯万齐的年中评论转给了我,我看见他提到了你。下面是引文:

"除了这些名字,在过去半年里,我们还看到一些新面孔:有给人带来轻松愉悦感受的天赋的弗兰克·皮尔格林[2]、表述精准的杰弗里·德雷顿[3]、对文体形式很有感觉的高登·沃尔福德[4],以及擅长尖刻讽刺的V. S. 奈保尔。"

我想他指的是《土豆》。

现在,我的目录里有十六个题目了;关于古鲁德瓦,我又打出来三章:古鲁德瓦归来——古鲁德瓦变成了禁酒者和素食者——古鲁德瓦变成了祭司。我当时正在给一个短篇——〔题目无法辨认〕——做最后的润色,突然想到了这种形式。我想把这个短篇也放到目录里,算上古鲁德瓦,一共十七篇。

我这么做是为了出版一本篇幅足够的书,而不仅仅是一本小册子。我经常想,对于《古鲁德瓦》,我不应该就此停笔,而应该把它扩展到一本书的长度,取名为《古鲁德瓦的冒险》。〔这里有两句话无法辨认〕

---

[1] 这封信污渍斑斑,有好些地方几乎无法辨认。
[2] 圭亚那剧作家,最有名的作品是喜剧《米里亚米》(1962),于 1989 年逝世。
[3] 巴巴多斯经济学家和作家,最有名的作品是长篇小说《克里斯托弗》。
[4] 圭亚那作家、播音员,后成为 V. S. 奈保尔在 BBC 的同事和朋友(《通灵的按摩师》的献辞:以此书纪念我的父亲,并献给高登·沃尔福德)。在《自传之前言》中,V. S. 奈保尔描述了沃尔福德对《米格尔街》第一个故事的反应。

我已经开始写我的"印度日记"——这是最容易的，搭建在印度教节日的骨架上。家里发生的事情、巴布拉尔和我兄弟帕萨德家发生的事就提供了足够的素材。

你知不知道塞尔文到处〔字迹无法辨认〕我？

卡姆拉对我们家将迎来第九个成员很不开心。她对你妈妈和我说：你们就是没有文化的农民……你们不爱孩子——还说了很多其他的话。

她说的大部分是事实。但是，我希望她在你妈妈生下这个引起争议的小家伙以后再提醒她这些。事实上，除了信头和署名，她的信从头到尾都在指责。作为回应，你妈暴怒。〔你写给她的言辞体贴的信〕给了她勇气……那些帮不上忙的人至少不该再添麻烦。你的爸爸

145 / 西帕萨德·奈保尔写给 V. S. 奈保尔[①]

星期三　52/9/17

亲爱的维迪亚：

你的信很有趣，但也让我很不安。一方面，我不会做也不会说任何让你不快的事；另一方面，我怕将来会痛恨自己曾鼓励你去做可能会让你后悔的事。（如果你大一些，比如说二十三或二十五岁，我可能会对你的决定更有信心。）我毫不怀疑那个女孩就像你描述的那样；而且，我们由衷地感激在你特别需要别人的理解和同情的时候给予你理解和关

[①] 这封信有两个版本被保留下来。第一封没有写日期，单面打字，边缘和背面有笔记，看上去像是第二封的草稿。第二封完全手写。这里选用的是第二封。

怀的人。但是，如你所言，她的父亲并不同意你们在一起。①

我知道，你最终只会做合你心意的选择。我想让你知道，无论你做什么，对我和家里人来说，唯一重要的就是你能快乐。我很高兴你不打算很快结婚。我建议你们至少再多交往两年。到那时，你们年龄更大些，不但会看见各自身上的美德，也会发现对方的缺点以及同自己不合拍的地方。

你要反复跟她解释，看她是否能理解特立尼达人对异族通婚的反应。几乎没有例外，这样的婚姻就没有圆满的——不是因为两人的性格差异，而是因为双方亲友对他们的态度。你不被她那边的人所接受；她也不被我们这边的人所接受，除了我们家的人。

这是一个极其严重的问题，我们都希望你能很认真地考虑一下。为什么不在踏上一条你以后可能会后悔的旅途之前先完成学业呢？如果到那时候你们依然确信彼此适合，我会为你们送上最真挚的祝福。

请向黑尔小姐转达我最衷心的感谢，感谢她对你的关心。

爱你的爸爸

P. S. 告诉我你是否有足够的冬衣。你需要钱吗，需要多少？

爸爸

---

① 此处，西帕萨德略去了第一稿中的一段话："……家里人都希望你找个印度姑娘结婚。这也许纯粹是因为她们眼界狭窄，我可以说，这完全是迷信，但大家的感觉就是这样，特别是你妈妈。"

146 / V.S.奈保尔写给西帕萨德·奈保尔

大学学院
牛津
1952/9/28

亲爱的爸爸:

大约六天前我收到了你的来信,感谢你的建议。我不想让你伤心,但我希望永远不要回到特立尼达——我的意思是不在那里定居,虽然我想尽可能多地见到你和家里人。你知道,特立尼达不能给我什么。

现在我能够写信谈论将来的计划,这应该会让你感到振奋。你知道,我确实曾为不正常的精神状态所折磨。我陷入了抑郁。我已经看过两次心理医生。现在我不需要再看心理医生了。第一次和医生的交流没有结论。第二次就诊快结束的时候,医生发现了我的问题所在。简单地说,我对牛津和自己感到失望,认为自己是个失败者,但从来不愿意承认这种恐惧。结果,这种对失败的恐惧演变成了对某种荒唐恐怖的东西——未来若干年,我都无法说出它是什么——的恐惧。发现这一点后,我突然如释重负。现在再看我自己,我看见的是一个身心健康的年轻人,就读于一所名牌大学,提前一年开始为考试做准备,再次满怀抱负。我不再糊里糊涂地吃喝混日子。我此时的精神状态再平常不过,对我而言却格外美好。

当然,起码在未来两年内我不打算结婚。

向妈妈转达我的爱。

维多

第八部分
1952.10.3 ~ 1953.8.8

最后一学年

147 / V.S.奈保尔写给德拉帕蒂·奈保尔

大学学院
牛津
1952/10/3

亲爱的妈妈：

我写这封信，是想让你至少记住一件事：在这个世界上，没有什么可以改变我对你的爱和尊敬。所以，不要为了任何事不开心。知道你不开心，我也会不开心的。请你好好照顾自己。我相信妹妹们足够体贴和理智，会尽力让家里顺利运转。

知道吗，大约两个小时前，我新配了一副眼镜——一九四八年四月，你在麦蒂维埃大夫那里给我配了副眼镜，这是从那以后我配的第一副眼镜。我一个朋友的父亲是位眼科医生——我曾在这个朋友位于肯特郡的家中住了两个星期——他为我检查了视力。谢天谢地，近视不会随着年龄的增长而加剧。可是，戴上新眼镜后，我大吃一惊。世界看起来如此明媚。我看人看得更清楚了，街道变得更美了。色彩更鲜艳了。我为自己一直以来错过了所有这些美妙的颜色感到遗憾。

请照顾好自己。身体好些就给我写信。我现在真的非常健康。我精力充沛；哮喘让我免受大部分冬日疾病的侵袭。就这样吧！

所有的爱

你的儿子维多

148 / V. S. 奈保尔写给萨蒂·奈保尔

大学学院
牛津
1952/10/3

我亲爱的十八岁小姐：

你想敲我的头，我知道，因为我完全把你的生日给忘了。我想你会承认，我脑子里得装很多事。你的生日是九月二十一日，对吗？如果我忘了，你应该大吵大闹提醒我。你可以提前一个月给我写信："哦，是的，你可以送我一个金色发箍作为生日礼物，我的生日正好在下个月。现在银色发箍很流行，但我并不介意戴金色的。"这就是你应当采取的方式。有策略一些。这是赢得朋友、影响他人的可靠手段。

你没怎么提学业的事，让我觉得你一定把很多时间花在了家务上，因为妈妈的状态不是很好。请不要让我失望。要求一个十八岁的孩子理解奉献和同情这些美德是很困难的。但请相信我，这些品德是好的。所以，尽力帮助家里。面带微笑提供帮助，将得到十倍回报。面带不悦的帮助是一种侮辱。

你能做的另一件事是，写信给卡姆拉。我有好长一段时间没给她写信了。我一直在等她的回信。不过，我会尽快写给她的。

记住,十八岁不仅意味着权利,也意味着责任。努力成长。尊重自己,别人也会尊重你。

我会另外找时间跟你谈谈"爱"。现在我能说的就是,不要做任何会让妈妈感到丢脸的事。记住,大部分男人一辈子都像个流氓;或者所有男人大部分时候都是流氓。

爱
维多

149 / 卡姆拉·奈保尔写给 V.S. 奈保尔

1952/10/10

亲爱的维多:

听到这个消息,你大概会很吃惊。几天前,我和一个来自斐济的印度小伙子订婚了。他是基督徒,名字很吓人,叫文森特·里奇蒙。我仍然不认为我会得到一个理想的伴侣。这也并不意味着我会变成基督徒。我一辈子都是印度教徒,我的孩子们也将是印度教徒。他还有三年才能毕业。在此之前,我不会结婚。所以,这不会妨碍我近期回家的计划。在我遇到的所有男孩中,我想他是最能让爸妈满意的,尽管他是个基督徒。除此之外,我认为最好是嫁给一个疯狂追求你——几乎是崇拜你——的人,这比嫁给一个你爱的人好。无论如何,我还有好几年才会结婚,所以不用担心。

最近发生了一些事情,让我非常厌恶贝拿勒斯大学以及这里的雇员。我想马上回家。我给爸爸写了一封信,说他应该给这所大学的管理者写一封信,并为了我赶紧发出去。我真的希望他这么做。但是,正如我对你说过的，现在家里每个人都视我为毒药，我觉得我在家里会没了位置。我在贝拿勒斯受到如此巨大的精神压力，以至于我连自己的家人也不相信了。这就是我想立刻离开贝拿勒斯的原因。

这是我上次给妈妈写信的结果："你能否克制一下自己过于激动的情绪，且不管它是对是错。"（萨蒂回复）就是这样。

你能否帮忙给爸爸写封信，让他马上给我寄点钱过来，让我在十二月之前离开这里。

顺便说一句，假如有什么特别的东西想要我带给你，请告诉我。我知道你想要香烟。还有别的吗？

最近有很多特立尼达的学生来到印度，我不知道那边发生了什么。天哪，我不会让我的妹妹们来这里。我一个已经够了。这儿还有一个人叫塞塔·穆哈拉耶，她一心只想着回家。据我所知，她在这里经历过非常难熬的时光。大一点的城市或许还可以忍受，但贝拿勒斯绝无可能。

我现在就盼着能早日回家。等见了面，我们有的是时间聊天；我肯定你对印度的一切都会很感兴趣。我指的不是政治。

好吧，就说这些。希望尽快见到你。

你的姐姐
卡姆拉

150 / 西帕萨德·奈保尔写给 V. S. 奈保尔

52/10/11

亲爱的维迪亚：

这星期我收到很多信。你来了三封，卡姆拉来了七八封；还有一封是卡姆拉的男朋友文森特·戴维·里奇蒙寄来的。我喜欢拉达·克里希南·迪亚尔这种节奏的名字，但这个名字看起来并非如此。

你的来信最让人开心，特别是给萨蒂那封，很有趣。她拿给我看了。这正是我们喜欢的那种信。扫走了我心中的阴霾——直到我收到卡姆拉的信。她让我们马上给她汇三百元，说她很讨厌贝拿勒斯，想立刻离开那里。

这姑娘行事真是出人意料：在两天前寄到的那封信里，她请求我同意她订婚的事情。里奇蒙本人也写了一封得体的信，提出同样的请求，说他们会在两年内结婚。她订婚的事和她离开贝拿勒斯的打算可不怎么合拍。我就是这么对她说的。

根据她信中所说，她似乎在贝拿勒斯印度大学受到了恶意诽谤，她要求对此事展开调查。她让我写三封信，有给副校长的，有给校长的，有给校监和她的学监的，要求调查此事。那些针对她的谣言非常下流，我就不跟你说了。可能是在十月三日到十月五日之间，这些谣言越传越厉害，她于是写信跟我说，她想立刻永远离开贝拿勒斯。

我不知道上哪里能弄到三百元。我的银行存款只有三百分。我希望她改变主意。但是她说，即便我不给她寄钱，她也会在十一月离开贝拿勒斯（没说具体日期）。

顺便说一句，里奇蒙拿到一项印度政府奖学金，正在攻读药剂学课程。你应该还记得，很久以前，我曾为这个家伙责备过卡姆拉。结果她几个月都没给我们写信。唉，即便在特立尼达，这样的婚姻——他是天主教徒——也越来越多了。所以，我同意了这桩婚事，并祝福了他们。我还能做什么呢？让他们结婚，开开心心过下去，就这样吧。对你也一样。我相信帕特是个好姑娘。你妈妈是最难说服的。其他人都是不得罪人的中立者。他们想看看那姑娘和你肩并肩的照片。你寄些过来吧。

爱，爸爸

151 / 卡姆拉·奈保尔写给 V.S. 奈保尔

贝拿勒斯
1952/10/28

亲爱的维多：

昨天下午，我收到了你的来信。我肯定会给帕特丽夏写信的。但是你还没告诉我她是做什么的，或者她是什么样的人。如果你们俩都觉得在一起会快乐，那我只会更为你们感到高兴。

你要完成学业，还要找一份好工作。与此同时，如果你能听取别人的意见，从容行事，对你很有好处。你知道，你总是应该争取保险一点。

顺便说一句，我打算尽快回家，很可能会在十二月份。我想我还得待在玛穆①那儿，而我很久都没给他写信了。所以我最好马上动笔。你同意我和你一起住吗？

你知道，在家乡，他们正在考虑让我做某所学校的校长，每月挣三百到三百五十元。那会是一所国家资助的印度教女子学校。玛穆②是秘书长。而我现在要嫁给一个基督徒，我想，除非我的未婚夫改信印度教，不然我很难得到那个职位。当然，我了解玛穆，我认为，只要他愿意，他肯定能帮我拿到那个职位。但老实说，我一点儿也不信任他。此外，在很长一段时间内我不准备结婚，他没有理由拒绝我。天哪，如果能得到那个职位，就太棒了。

好了，就写到这里吧。我希望你的信能写得稍微频繁点儿。我随时可能会给你发电报，说我到英国了。

代我问候帕特丽夏，爱你。

---

① 楼陀罗纳特。
② 辛伯胡纳特。

>　　你的姐姐
>
>　　卡姆拉

152 / V. S. 奈保尔写给卡姆拉·奈保尔

>　　圣约翰大街49号
>
>　　牛津
>
>　　或大学学院，牛津
>
>　　1952/11/7

亲爱的卡姆拉：

得知你即将离开印度，我很兴奋。我期待见到你。你可以跟我一起住。当然，钱是个问题。你不大可能在这里找到工作。你知道，这里每个人都必须被明确安排做特定的工作。人人都是这种新社会主义的一分子，你也不会例外。我想你将不得不收起骄傲，忍受卡珀R。在这些人眼里，我跟毒药差不多。这是个难解的问题，不过，别被这种事搞到失眠。车到山前必有路。

我希望我的要求没有太过分。你能帮我带下列东西吗：

甘地的自传（只在印度买得到）：《我体验真理的故事》。

一些印度铜器；另外，如果可能，带些艺术品。你能买到湿婆的雕像吗——跳舞的湿婆？

流畅易读、权威翔实的印度史书籍（这种东西存在吗？），还有英译本印度史诗和戏剧。

适合帕特丽夏的东西。

你自行判断。如果可以，带一些这样的东西过来；如果不行，也不必为此太过烦恼。

盼望见到你。

爱
维多

我知道这是一封很敷衍的信!

153 / V.S.奈保尔写给德拉帕蒂·奈保尔

大学学院
牛津
1952/11/11

亲爱的妈妈:

非常抱歉,没有早一点给你写信。希望这个能算作补偿:我要告诉你,我现在一切顺利。我身体健康,恢复了斗志,学习非常努力。我将再次投入为期七个月的刻苦学习中。健康是一切的基础;不过我目前很健康,看上去没什么可担心的。

我的事就说到这里。我希望你们一切都好。得知你们现在面临严重的经济压力,我心烦意乱。我也不理解卡姆拉的行为,但是我了解她,我想,她很快就会弥补这一切,很快。

我想你该牢记这一点,再过两年左右,你的大半子女就能照顾自己了,而且可以帮助你们。坦白地说,任何时候想到你和爸爸,我都觉得你们很高尚。我只能想到这个词,我说出它的时候是真心实意的。你们真的干得很出色,比你们以为的要出色得多。

十二月底的时候,我会寄一点点钱给你们——五英镑——我希望这至少能给你们在新年那天添点儿欢乐。

外婆最后的要求可真逗。[①](在此,我想学究气地跟萨蒂提一句:如果她在写信的时候使用 real big 这种古怪的美式短语,我真不敢想她会怎么写作文。请告诉她,下笔之前应该动动脑子。提醒她毛姆在《寻欢作乐》一书中是怎样评价美国俚语的:美国俚语是如此完美,以至于美国人可以将谈话没完没了地进行下去,而不用考虑该说些什么。)事实上,两个星期之前我就听说了这事。那是个星期六,我在一个美国人——我现在用的就是他的打字机——的陪同下去了伦敦,到位于克拉珀姆的卡珀R家取我的大衣。我去年三月份将大衣落在了那里。卡珀不在家,但欧华德在。他热情地问候我,告诉了我这个不幸的消息。他又问我是否带了香烟。我很难过,给了他几根香烟。他请我吃了一顿饭。

我不在学院里住了。我搬出去了。房租挺贵,不过房子位于市中心,生活很方便。

关于你们急切地想看到的帕特丽夏的照片:这姑娘很害羞,一再推迟同摄影师约好的时间。对于卡姆拉的到来,她既期待又有几分担心。

我正在为无足鸟——学院的知识分子团体——撰写另一篇文章。我是该社的秘书。看起来几乎不可能找到别人在这个学期完成第四篇文章了,所以我决定自己来写。

给你们所有人我最深的爱
维多

(见背面)

---

① 萨蒂在 11 月 8 日的信中告诉了 V. S. 奈保尔他们外婆索姬·卡皮迪欧·马哈拉杰去世的消息:"外婆上个月 23 日去世了,哎呀,她的葬礼办得真不错。"

萨蒂：你能给我寄点真正的好可可吗？但别为此事太费心。

154 / 西帕萨德和德拉帕蒂·奈保尔写给 V. S. 奈保尔

52/11/23

亲爱的维迪亚：

终于收到了你的来信，得知你一切都好，我们很欣慰。我还以为你又病了。你两周也不来一封信——更不必说一周一封——真是糟糕透了。

我四日给卡姆拉汇了三百元，作为她从印度到英国的路费。她急切地催促我，一周给家里写了两三封信，说她想尽快离开贝拿勒斯。但自打给她汇了钱，我就再也没有收到她只言片语。我不知道那边发生了什么。

另外，这里的印度事务专员威胁我说，如果卡姆拉没有修完音乐课程就离开贝拿勒斯，我可能得偿还印度政府为卡姆拉的音乐课程花的钱。但秘书（当然是私下里）告诉我，印度政府不会做那种事；我也没有签署过那样的文件。所以我并不担心这事。

按照卡姆拉的请求，我给那所大学的副校长写了封信。在那封挺长的回信中，他讲了一堆事情，其中提到："她应该修完音乐课程，但是她自己承认对音乐课程不再感兴趣。她继续待在这里最直接最简单的理由是：里奇蒙在这里。"

假如他说的是真的——在我看来并非如此——那显然是卡姆拉态度生硬。你不能一个月领取两百卢比（这超过了那所大学普通教师的工资水平）学习某一门课程却还说对它不感兴趣。这肯定会招来忌妒。我还没有就此给她写信。你要是给她写信，体谅点儿，说得婉转些。

你说会在十二月份寄点钱给我们，你这么想很好，但家里的情况真的没有那么困难。我们还像往常一样度日。当然了，为了给卡姆拉凑路费，我每个月都要还贷款；不过没问题，我能应付。如果你用原打算寄给我们的钱为自己添置几件冬衣，或者买圣诞礼物，我会很高兴的。如果你一定要寄，就给我寄本毛姆的《客厅里的绅士》或《克雷杜克夫人》或《在中国屏风上》。①

我已经把那些短篇都打出来了——现在《古鲁德瓦》的篇幅比原来的两倍还多。如果不会对你的学习造成太大干扰的话，我很乐意把稿子给你寄过去。考试将近。你能设法在圣诞节期间带上书稿去拜访两三个出版商吗？尽早让我知道。

你去伦敦的时候，应该去拜访一下我的表妹柏斯黛·穆图②。我肯定她会好好款待你的。她将于一月十日返回英国。她丈夫和孩子都在那里。地址是：伦敦 N.W.3，亨利国王路 131 号。——一切安好。爸爸

〔写在第一页边缘：〕卡姆拉到英国后，我还得给她寄两百元。我想向维尔玛借点钱。卡姆拉知道。

亲爱的维多：

娜里妮③和我很好。听说你过得也不错，我很开心。妈妈

柏斯黛会给你捎些可可过去。

---

①《客厅里的绅士》(1930) 和《在中国屏风上》(1922) 是毛姆在缅甸和中国旅行时的记录；《克雷杜克夫人》是一本小说。
②苏克迪欧·米西尔的女儿。
③ V. S. 奈保尔最小的妹妹。萨蒂在 10 月 10 日的信中写道："你添了个妹妹，她叫娜里妮·维姆拉·奈保尔。她 4 日出生，这个可怜的小家伙，长得最像我。"

155 / V.S.奈保尔写给家里

> 圣约翰大街49号
> 牛津
> ——
> 大学学院
> 牛津
> 1953/1/9

亲爱的家人:

假期结束了;但对我而言,它就没来过。整个假期我都在牛津。除了待在伦敦那三天,我很不情愿地在伦敦一个贫民窟待了三天,同欧华德和一个从圣詹姆斯来的叫特瓦利布的人一起。到这学期末,我待在牛津的时间就满一年了,在此期间我几乎没有出去过。这对任何人而言都太久了。现在,我渴望离开牛津,换换空气。逃到小村庄去,漫步,享受自由。

我的学业进展缓慢,但效果不错。我就像一台蒸汽滚压机,慢点儿更有效果。我最近状态不是很好。烦人的咳嗽和感冒让我无精打采。但没什么可担心的。

我想,楼陀罗纳特将在七月份回到特立尼达。他希望能把所有事情都解决了。显然,老太太去世三天以后,他就开始处理了。他还表示,希望他那几个贪婪的姊妹不要搅扰卡珀S的休息。我不在乎那家伙有多聪明,我真诚地希望不要再见到他。他对谁都毫无价值。他是个卑微小人。

我真的没有什么新闻跟你们分享;我想说的是——我知道迟到太久了——祝米拉生日快乐。感谢萨蒂的来信(不过,我确实希望她能把字写得好认一些)。也祝其他人新年快乐。当然,我也希望收到其他人的来信——萨薇、米拉,还有希万;但是,人不能期望得到一切。大家遵循的原则似乎是,不主动写信。我十二月初寄出的信,四天前收到了萨蒂的回复。卡姆拉回了张明信片。我不想指责任何人。我知道坚持写信有多难。我自己也不是一个很有热情的通信人。

理想状态下，我应该在六月份离开牛津。但是，我正在攻读文学学士学位，离校时间不得不推迟两年。我真的不知道为何要拿这个学位。

所以，当我做好准备离开牛津的时候，也就是两年半以后，我们几个大都是成年人了。萨蒂二十一岁，米拉十八岁，萨薇十七岁，希万十岁；卡姆拉已经算老女人了。在此，我想向你们承诺：等我工作了，我会竭尽全力每年给家里汇一笔钱；至于数量，我希望是越来越多。

在攻读文学学士学位期间，我不需要一直待在牛津。我将尽力安排在五四年回家待四个月左右，大概是从一月到五月。所有这些都只是暂定。关于这件事我就不再多说了。如果不能回家，我会提前告诉你们；如果可以回家，我就什么也不说——我要给你们一个惊喜。

关于工作：我连最模糊的想法都还没有。不过，在牛津有一个叫作职业委员会的人才交流机构。我想我可以在"壳牌"找一份工作。那儿薪水很高。但是帕特不喜欢这个主意。她是个理想主义者。实际上，我也不喜欢这种工作，可是适合我的工作看起来很有限。

上学期末，我和帕特一起去了照相馆。进门前我们俩争论了有五分钟，所以，毫不奇怪，照片上勉强的微笑没能掩住之前争吵的痕迹。不过帕特有架照相机，我们会在两三周内寄几张生活照给你们。

我想知道今年萨蒂在做什么？萨薇和米拉呢？没有一个人给我写信，我很失落。我甚至不知道希万在干什么，也不知道萨薇是否拿到了中学教育补助金。谁能帮忙告诉我？

爱
维多

你们能否告诉我：

(a) 卡珀 S 乘坐的轮船，以及抵达的大概日期和港口；

（b）柏斯黛在伦敦的住处。

*156 / 西帕萨德和萨蒂·奈保尔写给 V.S. 奈保尔

53/1/17

亲爱的维迪亚：

我们不知道辛伯胡何时启程去印度。他不坐轮船。谢卡尔的婚礼定在二月五日举办，辛伯胡说这就是他推迟行程的原因。如果我是你，我不会热切地期待见到他。我认为，除了他自己，他对其他人都漠不关心。也许我对他有偏见，但我觉得他的卑鄙已经快到极致了。楼陀罗纳特也好不到哪里去。我向你保证，我对他俩都没有好感。辛伯胡很自私，在你外婆去世后，连塔拉都不放过。塔拉一直保存着你外婆的金汉素利①，但他让塔拉把东西交给他的妻子。我已经好几个星期没看见他了，也许有两个月。你应该忘记他，还有他的兄弟。他们只会盼着你倒霉。

这里人人都在讨论板球——印度对西印度哈扎尔，印度队队长，五十分钟得了 111 分，未出局；最后得了 322 分。特立尼达七局得了 246 分。明天是最后一天了，殖民地比赛很可能以平局结束。②

柏斯黛的地址是——呀，我忘了。萨薇知道，但她也说不准确；可能是亨利国王大街 117 号或 120 号。我们让她给你带一些家里制作的可可；

---

①一种很重的项圈。
②这是印度队的第一次西印度巡回赛。对抗赛四场战成平局，一场西印度赢。1月13日至17日，印度队同特立尼达队在西班牙港进行了一场为期五天的比赛，这场比赛确以平局结束。

她答应了，但是她在原定的出发日期前几天就乘飞机走了。她过来跟卡皮迪欧打招呼，却没有跟我们说话。所以你拿不到可可了。〔这一句是萨蒂的笔迹：〕正确的地址是：伦敦 N.W.3，亨利国王路 131 号。

特立尼达政府允许你再读两年吗？我以为课程是三年，再加一年让你取得教育学证书。

〔萨蒂的笔迹：〕
亲爱的维多：

你可能已经猜到了，几天前的晚上爸爸就开始写这封信了。但因为要睡觉或者其他原因，当晚没有写完。现在由我接着写，因为他没法完成这封信了。今天早上，他在办公室突然发病，被送到了医院，医生说情况很糟糕。他大概十点被送进医院，我们十二点半才到这个消息。妈妈赶到医院，爸爸告诉她的第一件事就是，如果他有什么不测，要把他写的《古鲁德瓦》寄给你，让你拿去出版。他最担心的就是出版作品的事。得知他的儿子对此事并不十分上心，他的确很失望。你从未写信鼓励过他，你只提过一次，说要帮他推销作品。他把书稿寄给了你，但从那以后，你再也没有提过这茬。我会再写一封信接着说教。因为你和卡姆拉好像根本不知道家里或者说爸爸发生了什么事。

萨蒂

157 / 卡姆拉·奈保尔写给 V.S. 奈保尔

贝拿勒斯
1953/2/2

亲爱的维多：

这封信大概会让你很难过。

爸爸病得很重，住进了医院。起因是为我们俩担心。按照萨蒂信中所说，"是心脏病发作，很严重，他不能走动，不得不躺着吃饭。梅维斯医生跟妈说，爸再也不能持续工作了。当然，假如让〔他〕知道了，他大概会立刻晕过去"。妈和萨蒂说，爸最焦虑的是他无法让自己的小说出版。萨蒂在信中说爸爸寄了一部书稿给你，而迄今为止你什么都没做。现在，你能否立刻着手处理他的书稿对他来说关乎生死，因此对我们来说也是一样，尤其是对家里那几个可怜的小家伙而言。现在，你能否看在爸性命的分上，立刻着手帮他推销，并且写一封让他高兴的信。妈说："他一共写了大约十四个短篇。如果维多能找到一家出版商出版这些小说，你爸会很高兴的。这对他的健康非常重要。请一定转告维多，如果相关事宜安排妥当，他会感到欣慰。"

这是妈的话。爸的存在对我们来说意味着什么，我无须多言。你明白。所以，务必抽出时间处理此事。立刻给爸写一封鼓舞他的信。

今晚我预订了船票。我正在加紧处理——也许这个月，也许下个月。

你现在就给爸写信。

设法让他的小说出版。

写信告诉我你做了什么。

对这些事情不上心意味着不在乎爸的性命。

爱，卡姆拉

158 / V. S. 奈保尔写给西帕萨德·奈保尔

大学学院
牛津
2/3

亲爱的爸爸：

首先，我想请你不要担心。即使你无法工作，也不用发愁，因为我会在六月考完试后离开牛津。请让米拉或萨蒂同我保持联系。如果预先知道会发生这样的事，我早就去职业委员会登记了。对于我离开牛津一事，你也不必担忧。对任何一个理智的人而言，三年足够了——实际上，大多数人都只在这里待三年。

你不该认为我对你的作品没有兴趣。你应该知道，我恐怕比任何人都对你的作品更感兴趣。此外，就像我常对你说的，你具备写作必需的才能。米蒂霍尔泽[①]就没有这种才能，塞尔文也一样。他最近写的那些所谓的小说在我眼里不过是游记。有二十多个类似的作家在奢侈地出版作品，他们只是其中两位。例如，那本文笔欠佳、矫揉造作的《办公室的清晨》得到高度评价，但我没在这里任何一家公共图书馆看到过它。牛津的书店几乎有所有的书，但没有塞尔文和米蒂霍尔泽的。两天前，我去了一趟伦敦的殖民地部，看见一本《清晨》，降价三分之一。失败的并且其失败为出版商所承认的书才会遭受降阶的命运。

如果我到处兜售你的书，那不是在帮忙，而是在尽力推销值得出版

[①] 埃德加·米蒂霍尔泽，圭亚那作家，属于最早一批以写作为生的西印度作家。1941年至1947年，他居住在特立尼达岛；1947年至1952年，他居住在英国；此时他正凭古根海姆奖学金居住在加拿大。他后来移居巴巴多斯，之后又回到英国。他的作品包括《科提尼雷雨》(1941)、《办公室的清晨》(1950)、卡瓦纳三部曲 (1952–1958)、《我的骨头和长笛》(1955)，以及游记《带着一双加勒比的眼睛》(1958)。因患抑郁症以及为后来的作品寻找出版商而苦恼，他于1965年自杀。

的作品。

我给你讲个故事吧。当今英国最成功也许也是最好的小说家是乔伊斯·卡里。一战期间,在军队服役的卡里开始写作。他曾在尼日利亚服役,现已退休。在好多年里,他的妻子都是别人同情嘲讽的对象。"你丈夫在做什么?"人们问她。"他是我男人,他知道自己在做什么。"她回答。卡里于一九三六年出版了第一本书,那时他已经快五十岁了。那本书一败涂地。一九四四年[①]之前,他几乎每一本书都失败了。然后,这些失败的书渐渐变成了畅销书。评论家们开始认可卡里的耐心和艺术。如今卡里已经老了。他直到最近六七年才尝到了成功的滋味。他有时会来牛津演讲。

请你鼓起勇气,试着相信我。

爱,维多

159 / 卡姆拉·奈保尔写给西帕萨德·奈保尔

1953/2/8

我最最亲爱的爸爸:

萨蒂和妈妈说你病了。在家里正需要我的时候,我却离得这么远,我感到非常难过。

你在为我担心吗?近来我在贝拿勒斯过得很好。你真的不用为我这么操心。你知道,在生活中,我们有时会遇到麻烦。我有自己的麻烦,有一段时间,我独自面对它们,但后来我愚蠢地把你扯了进来。你真的

[①] 这一年,卡里凭借小说《马嘴》取得突破。

不必为这么一点小事担心。我相信你知道,你对我们意味着什么。

相信我,无论我离得远近,你永远都可以向我寻求帮助。无论我结婚与否,我保证永远都会帮助你们。我想我不是那种不知感恩的人,绝不会全然不顾家里。你应该对我有信心。如果老天帮忙,很快我就能在经济上为家里提供一些支持。

女子学院授予我一枚奖章,因为我在一九五二年文学士的考试中名列甲等第三名。我已经照了毕业照。等照片冲洗出来,我就给你们寄回去。

请把你想要的书列个单子寄给我。我想,在贝拿勒斯和加尔各答应该很容易买到。我正在搜罗一些做工精美的小雕像。不过印度南方做得更好。北方产的非常粗糙。

यहाँ संकट मो चन
का प्रसाद है। आप
इसको शिर मे
लगाईए। आपकी बिमारी
अच्छी होजाएगी

तुमहारी
प्यारी बेती
कमला ①

---

①卡姆拉的印地语语法不太好。她写道:"这是山坎莫肯的普拉沙德。请把它放在你的头上,你的病情就会好转。爱你的女儿,卡姆拉。"普拉沙德是印度教寺庙或仪式中用的供品,通常可以吃。山坎莫肯是贝拿勒斯的一所寺庙,为猴神哈奴曼而建。卡姆拉一定是从这所寺庙拿了一点儿普拉沙德——可能是供在神像前的膏状或粉状物——放在了信封里。

160 / 卡姆拉·奈保尔写给德拉帕蒂·奈保尔

1953/2/8

यह है संकात मोचन
का तीका।
इसको माथे पर
लगा लीजिए।[1]

亲爱的妈妈：

我知道你肯定非常为家里担心。爸爸病倒的消息让我很不安。你能告诉我，爸爸到底因为什么担心我吗？他想让我现在就回家？我希望他身体好些了。萨蒂告诉我爸爸不能再工作了，让我很发愁。这对我们全家意味着什么，不用我说。接下来三个月，家里可能会迎来一段艰难的日子。希望到那时候，我能找到一份满意的工作，那样，你就不必为钱的事发愁了。这可不是空头支票。

弟弟妹妹们现在怎么样？其实我并不担心，因为我知道你和萨蒂会让一切顺利运转的。

2/9

我刚收到米拉从家里寄来的信。我现在没有任何计划。我陷入了进退两难的境地。现在我将说出一切，请你告诉我该怎么办。文森特对我回特立尼达持悲观态度。他似乎认为现在分开就意味着永远分开。

我正在争取斐济那边的一份工作，月薪约四十镑。大约相当于特立尼达的一百八十元。我每月可以拿出一百元寄回家里。剩下的钱勉强够

---

[1] "这是来自山坎莫肯的额挂。请放在前额上。"

我度日。现在，要是收到斐济那边的书面通知，我就准备接受这份工作。你怎么看？我在家里那边能找到薪水比这更好的工作吗？你认为，我是应该和文森特一起去斐济，在那里工作，寄钱回家，还是应该回到特立尼达？请尽快回复我。我会完全遵从你的意见。

请尽快答复。

爱
卡姆拉

〔写在第一页边缘：〕

告诉我我是哪天几点出生的。我要看我的星图。如果你不记得确切的时间，告诉我个大概的。

161 / V.S.奈保尔写给西帕萨德·奈保尔

大学学院
牛津
1953/2/20

亲爱的爸爸：

我今天早上收到了你的来信。[①]让我高兴的是，我发现你正在以自己的步调应对发生的事情。在某种程度上，我并不吃惊，因为判断一个人伟大与否只须看他面临困境时的表现。

我跟院长谈过找工作的事。我不打算留在英国，也不想在特立尼达

[①] 西帕萨德写的这封信似乎遗失了。

过一辈子。我希望去的国家必须满足一个条件——是一个大国。这并不意味着我会忘记对你的义务。完全不是这样。只有在大的国家，才能挣到足够的钱。院长认为我在这个国家找到工作的希望很渺茫，而我还没有别的打算。不过，他认为我或许可以担任某公司驻某国的代表，或者从事类似的工作。无论如何，我都不担心，我希望你也不要担心。

毕业考试临近，我必须抓紧学习。

萨薇给我写了几封很棒的信，我希望也能收到米拉的。顺便说一句，我收到了萨蒂和米拉的合影，很迷人。米拉正在成长为气质高傲的美人，她瘦削的脸庞强化了这一点。

现在，我正在学习一些英语演变方面的知识；我现在对人们的发音极为宽容。许多特立尼达人把 court 读作 coat，把 join 读作 jine，有其合理的背景。这些词在十八世纪就是这样读的。还有把 tea 读成 tay，把 dream 读成 draym，等等。这样的研究真有趣。

有一天，我在读霍勒斯·沃波尔的书信——十八世纪的闲谈——里面谈到当时风靡一时的热气球。他鄙视那些乘坐热气球的人。后来我发现，十九世纪早期，热气球技术取得了巨大进步。一八三六年，一只热气球飞离伦敦——飞了十八个小时！——经过五百英里到达德国的拿骚！

请尽快把你写的那些短篇寄给我。我们也许能找到地方出版它们。

尽力保重，不用担心。你的麻烦即将过去。请相信我。

敬你爱你的儿子
维多

162 / 西帕萨德·奈保尔写给 V. S. 奈保尔

53/3/5

亲爱的维多：

你的来信令人愉快，谢谢你。它安慰了我，我知道可以依靠你。我感觉自己恢复得很好，我希望你继续攻读你前段时间提到的文学学士学位。我觉得自己还能让这个家好好运转下去。此外，萨蒂只要能通过十二月份的考试，就可以在永恒之法大会[①]学校得到一份不错的教职。你太年轻，不应该承担养家的责任；同理，我觉得你应该晚几年结婚。你先在社会上闯一闯；或者至少等一等，看看形势。

照顾好你自己；因为，如果你出了什么事，我们"在英格兰最后的希望"就破灭了。

重复一遍，要是你能按照原来的计划继续学业，我会非常开心。

我不确定你会在更商业性的职业中得到快乐。

下次寄信的时候，附一张你的近照——你不用担心。当你获得了文学士之上的学位，你就有机会得到更好的职位。

爱
爸爸

[①] 印度教社会和教育组织，由两个更古老的印度教社团于1952年合并而成，以联合主义者、政治家巴达塞·萨根·迈拉杰为领袖，协调整个特立尼达印度教寺庙的活动，在殖民政府辖下代表印度教徒利益，20世纪50年代建了超过30所学校。（后文简称"大会"。——译注）

163 / V. S. 奈保尔写给德拉帕蒂和希万·奈保尔

大学学院
牛津
1953/3/5

亲爱的妈妈：

很抱歉上周没有给你写信；我真的有很多事情要做。上周二，无足鸟（我担任主席的社团）在学院的高等公共活动室举办双年餐会。作为主席，我必须坐在长桌的一端。院长则坐在另一端。我们有五位来自剑桥的访客。总共有十九个人参加餐会。顺便说一句，高等公共活动室是供教师们用餐和休息的地方。

距离考试只有十三个星期了。这段时间，我得集中复习将近三年所学的内容。我不可能考得特别好，但我相信我会取得不错的成绩。当然，去年的精神状况影响了我的学业。真可惜。

很抱歉没有为希万的八岁生日准备礼物。我的确送上了祝福。但那没有多少价值。我会尽力在三月底寄点钱给妹妹们。不多，大约十五元。[1] 我计划暑假打一份工，这样就有钱寄回家了——五十元左右。

我对卡姆拉的近况毫无了解。她很少给我写信，我一点儿也不清楚她有什么计划和想法。不过我自己也不是一个多么爱写信的人，没有资格说什么。

你告诉我的家里那边发生的事既令我沮丧，又使我警觉。我认为你应该留意身边那些行为不道德的人——并非因为他们生性淫荡下流，而

---

[1] 在 2 月 24 日的信中，德拉帕蒂写道："要是你能省出点儿零钱给姑娘们，那就太好了。她们需要好些东西。"

是因为他们是凡人。我猜塞萝[①]和其他人一样，意识到她的行为会让自己蒙羞。对她来说，骂一句"该死"是很自然的事。接下来，如果有人试图"挽救"她，她会非常生气，大吵大闹。这都是人性，让人悲伤。原因在于：老一辈的印度教徒把他们的女儿在很小的时候就嫁出去。而我们已经变得现代——我们决定让她们自己选择，但同时，我们印度教的严谨规矩却遭到了西方求偶方式的粗鄙的冲击。我们采取了强硬的立场。结果是地下情。婚姻总是可以解决问题。我希望我的妹妹们能够从已经发生的事情中汲取教训，毫无保留地告诉你她们做了什么。

萨薇一长大成人，就把她嫁出去！

哦，她将再也不会给我写信了！

卡珀 R 赶回家执行遗嘱的速度是否给你留下了深刻的印象？

我真不明白，一个人的行为怎么能老是那么戏剧化。

看你的信，家里每个人都互相帮助。这真的很棒，希望他们能继续保持。这给我留下了深刻的印象，我深受感动。我说过，两年之内一切都会好起来，那并不是随口安慰。

爸爸，如果你正在读这封信，请不要觉得我没有想着你。我心里一直想着你。要是我问你好吗，会显得很蠢；我知道，即便我这么写了，也不会得到答复。请你千万不要担心。请对我有点信心。我希望可以像个身披盔甲的骑士，飞驰到你身边，救你于水火。但我只能以平淡乏味的方式做些事情。如果你觉得吃力，就别写信了。我不会介意。

现在，我必须完成一个艰巨得多的任务：向希万解释我为何如此吝啬。

〔给希万的信字写得更大：〕

[①] 塞萝曼尼·佩尔曼南德，V. S. 奈保尔的表妹，丹姨妈的女儿，欧华德和萨汀的妹妹。在 2 月 24 日的信中，德拉帕蒂写道："最近有点儿闲话，其实是事实，塞萝和萨汀在争一个有两个孩子的已婚男人。"

亲爱的希万：

我喜欢你的直截了当。我指的是你直接问我给你准备了什么生日礼物。①你现在太小，还不知道没有实物依托的思念的价值。我知道我应该寄点儿什么给你。但是，我不知道一个八岁的男孩会喜欢什么。告诉我你想要什么，我一定会寄给你。

爱

维多

164 / 卡姆拉·奈保尔写给 V.S. 奈保尔

贝拿勒斯
1953/3/11

亲爱的维多：

我想你完全误解我了。或者是家里人给你写信，说我只会开空头支票，什么也没为他们做？

我对自己的订婚很满意。我定期给家里写信，每周一到两次。当然，如果能做到，我会每天写一封。

我正在争取一份斐济的工作，月薪四十镑。没有学位的教师的月薪是三十五镑。这些我都写信告诉妈妈了。她似乎认为，如果我得到了这份工作，就应该结婚，然后去斐济。这样我可以比在特立尼达多得到很多东西。我能支援家里一个不小的数目。但在得到那份工作之前，我不会去斐济。

我原本可以像你一样发一通牢骚，但是我在印度学会了耐心。在抱

---

① 在德拉帕蒂 2 月 24 日的信末，希万写道："我明天过生日。你会给我什么礼物？"

怨我不给你写信之前，你应该先反省自己是否乐意给我回信。我想知道到底是谁不理谁？但是，我会继续给你写信的。

向帕特转达我的问候。

很多爱，卡姆拉

〔写在第一页边缘：〕

给你一张我的毕业照。

我已经买了湿婆雕像（青铜的，很精美）。假如我不去英国，我会把它寄给你。

165 / 西帕萨德·奈保尔写给 V.S.奈保尔

53/3/27

亲爱的维迪亚：

我终于拿到航空信笺了。我从两天前就一直要求她们三个——萨蒂、米拉、萨薇——帮我买些回来。据她们说，她们抽不出时间去邮局——她们每天早晨、中午、下午上下学都要经过的地方。

好吧，说一个能让你、让我们大家都高兴的消息：我恢复得很好。今天是星期五，下周一我就复工了。我在殖民地医院住了六个星期，大多数时候都照医生的要求躺在床上。我一月十九日被从《卫报》办公室紧急送往医院，三月二日出院，之后又休了四个星期病假，所以，我已经有大约十个星期没有上班了。《卫报》一直付我全薪。

我自觉休息得很充分，但仍感觉疲惫，紧张。

我出院后遇到的最大惊喜是发现我们的26号是个多么整洁的小家。我以前从来没有发现过。姑娘们应该为此得到表扬,虽然她们对其他事情缺乏兴趣。

我开始修改《古鲁德瓦的冒险》最后一章的结尾部分。重写了一两页后,我就想把稿子搁下,等状态好些再说。

娜里妮感冒了,其他人都很好。看上去姑娘们正在为她们第一个学期的考试而刻苦学习。

希万仍旧在私立学校上学。但我想送他去罗米利当校长的东方男童公立学校。

振作起来。

爸爸

166 / V.S.奈保尔写给西帕萨德·奈保尔

大学学院
牛津
1953/4/4

亲爱的爸爸:

这是个节日的周六。[①] 我独自一人在学院图书馆学习。教堂的钟敲了六下。太阳已经落下;但是白天渐渐变长,天还是很亮。

图书馆已经正式闭馆了,但我被允许可以在假期进入。然而,在寂静的学院里独自一人读书学习,令人颇为沮丧。

---

① 复活节的前一天。

此刻，我刚刚中止学习。我正在准备有关斯宾塞的报告的定稿。他在一五九〇年到一五九六年间创作了一部未完成的长诗，叫《仙后》。一页双栏，每栏四十行，印了四百页，篇幅相当于一千页的普通开本的小说。你可以想象，要把握整首诗有多么困难。我只通读了两遍；我所做的就是合上书，根据我的笔记和印象来写文章。我非常惊讶地发现，我学得相当用功。

距离毕业考试还有十个星期。但我已经做好了准备，希望如此。

我不想挑起任何希望——我正在争取牛津大学出版社的一份工作。他们在印度有三家分支机构。我希望能获得和这个国家的人同等的待遇——有频繁休假的机会。这类工作有很多好处。我可以保留同英国和牛津的联系。可以拿到很好的薪水。可以旅行，可以与书为伍。这些看起来太过美好，以至于我确信自己得不到这份工作。

得知你恢复得不错，我很高兴。要是找到了一份好工作，我当然会离开牛津。从商业角度看，文学学士学位毫无用处。但是我们会等等看。我确实非常想家。有意思的是，我总是觉得离家不过是昨天的事。天气晴朗的日子，我会清晰地想起家乡的道路，想起椭圆板球场[①]和那儿的各种标志，想起板球场咖啡馆、华人店铺、警察局和穆库拉波邮局。这一切都清晰地浮现在我的脑海中。

大约十天前，我和一个朋友早上去喝咖啡。一个印度人走进咖啡馆。他的衣着非常考究，显然不是学校里的人。我并没有特别注意他。但是我能感觉到他在看我。然后，他走过来对我说："打扰了，你是奈保尔吗？"我看着他，完全想不起来他是谁。我回答说我是。"维多·奈保尔？"我笑了，说是的。然后我们开始玩起了猜谜。我能猜出他是谁吗。我绞尽了脑汁。他曾经教过我吗？不。

[①] 女王公园椭圆形板球场，女王公园板球俱乐部所在地。

他说:"啊呀!你忘了我曾带你看过板球赛吗?"

这下我想起来了。诺布尔·萨卡尔!他比我矮;比我记忆中还要黑,还要丑;比我以为的还要蠢。一个第一次来牛津的人,不去欣赏建筑,不去逛书店,只谈论钱——他想要多少钱,而他只有多少钱——你能想象吗?恐怕这就是西印度群岛的知识分子。他理所当然地以为我对他的个人事务会很感兴趣。跟诺布尔谈话时,我暗想,尽管他衣着考究,举止优雅,但我知道文化是什么。我很高兴我来了牛津。

保重。
爱,维多

问候萨薇。她的生日,我记得是四月二十一日?
让我理一下。萨蒂:九月二十五日
米拉:十二月三十日
萨薇:四月……?
希万:二月二十五日

167 / V.S.奈保尔写给德拉帕蒂·奈保尔

大学学院
牛津
1953/4/10

亲爱的妈妈:

我有个好消息要告诉你。如果你们在四月二十六日收听"加勒比之声",也许会听到我朗读小说[1]。

故事本身还可以。这是为换稿费而写的东西,我为此深感羞耻。但我认为这是斯万齐想要的。故事内容影射圣路易斯的玛丽。我添加了许多纯属虚构的东西,所以你可能会觉得这故事还有点意思。不过,我肯定你会为能在电台听到我朗诵二十或十五分钟而感到高兴。

这意味着我能寄一些钱——比我预期的要多——回家了。不会少于三十元,而我希望能拿到五十元。我倾向于等到广播公司给我寄来支票再给家里汇钱。如果你们马上就需要钱,请告诉我。等待意味着大约一个月后才能拿到钱——大概在五月的第一个星期。如果你们现在就需要钱,请不要犹豫,告诉我。

我想,六月底我还能再给你们寄去二十四元。希望到那时我能找到一份工作。这样,我就可以在七月底给家里寄去更多钱。

请帮忙告诉我家里那边衬衣、袜子和衣服一般售价多少。你知道,我很害怕在英国买衣服。去年八月,我买了六双袜子,每双一元八角,现在全都穿不了了。我不是让你为我买东西。我不急需任何东西。前几天我做了一笔很合算的买卖。我花了十先令从一个朋友那儿买了件衬衣。

斯普林格给我寄来一张明信片。上面印的是蓝水洼[2],后面那几句话让我回忆起我穿着衣服跳进水里、游到瀑布下再游回岸边的情景!

这张明信片,还有一些别的事,让我的精神状态比过去很长一段时间都要好。

现在必须停笔了。我近期会再给你们写信的。

爱你们大家
维多

---

[1]《老人》。
[2] 西班牙港西北部迭戈马丁山里的瀑布和池塘,曾是远足的热门去处。

168 / 卡姆拉·奈保尔写给 V.S.奈保尔

1953/4/21

亲爱的维多：

你似乎很为我担心。我真的一切都好。家里每个人都在问你未来的打算。我给你一个忠告——为未来做计划的人，必须有钱来保证他的计划得到实施。没有钱的人就别制订计划，否则很可能会陷入困境。你应该做的是，尽力而为，无论有什么机会，都要抓住。

我正是这样做的。我没有计划，也不会制订计划。我想，如果嫁给文森特，我会很幸福。因为他是一个会很投入地去爱的人（和我正好相反，因为我想我不会太爱一个人）。我能理解你的担心，你说得有道理。如果我遇到困难，我会告诉你。所以，不用担心，好吗？

不晓得你是否听说了萨蒂同克里森·比松达特[①]订婚的消息。（你还记得他吗？）如果一切顺利，她将在明年三月结婚。我很为她高兴。因为最让我担忧的就是家里这三个姑娘。她是出于自己的意愿决定结婚的。克里森很有钱，家境殷实。我们这几个妹妹，至少已经有一个找到归宿了。你不能写信批评这桩婚事，明白吗？

我写信申请斐济那边的工作，但恐怕我没有那么幸运。如果得到了那份工作，我已经过去了。现在，我已经开始申请特立尼达的工作了。

帕特最喜欢什么颜色？给她做条裙子需要多少布料？

简单地告知我这些信息。

我所有的爱

[①] 克里森·比松达特，来自桑格雷-格兰德一个有名的家庭，桑格雷-格兰德是西班牙港以东三十英里处的一个小镇。他的妹妹莉拉后来嫁给了 V.S.奈保尔的表弟迪万德拉纳特·卡皮迪欧。

卡姆拉

〔写在第一页边缘：〕

回信时记得有关帕特的事。然后就不要再给我写信了。如果我去特立尼达或者斐济，会是在五月底。〔看不清〕保持通信。

169 / 西帕萨德·奈保尔写给 V. S. 奈保尔

53/4/27

亲爱的维多：

昨天晚上，我们在广播里听到了你的声音，真是太棒了。我们家的收音机收不到那个节目，所以我们都跑到沙玛尔家去听——你知道，就是隔壁那个女人，住在主道上那家。但收听效果始终不是很好。如果不是事先知道你会朗读玛丽的故事，我们根本就听不出那是你的声音。你读得很好，从你的声音里听不出一丝紧张。这个故事挺长的，不是吗？遗憾的是，我们没有听全后面的讨论部分。当然，我们断断续续听到了几句，但大部分时候，声音都被干扰了。

两三天前，我寄了一个短篇到英国广播公司在肯辛顿的办公室。这个故事有三千四百个单词，天知道他们是否会接受那么长的作品。我没有时间删减。我给它起名为《拉姆达斯和母牛》。主人公原型是我的哥哥拉姆帕萨德。我还给林多夫人写了一封短信，问她如果我的故事被接受了，斯万齐先生能否让你来朗读。

有人向萨蒂求婚。因为这姑娘看上去满心向往，我也只好同意。来求婚的是桑格雷－格兰德的克里森·比松达特，就是希黛的儿子。他们家在城里开了一家布店，还有一个儿子在英国学医。因为萨蒂要在十二月份参加高中毕业证书考试，我们自然不同意在今年办婚礼——克里森一直在催促。目前我们只接受明年三月举行婚礼。萨蒂将会以已婚妇女的身份在大会学校教书。反正他们是这么说的。你舅舅卡珀S跟她说，如果她能拿到高中毕业证书，起薪就是九十元。他是秘书长，也是大会学校主要创办人之一。二号人物是巴达塞·迈拉杰。

这意味着我要为婚礼借钱。不过萨蒂向我保证，她每月会还我五十元，我为卡姆拉向银行贷的三百元每月正好要还这个数。前段时间她说要回家，还记得吗？在丢给我这个麻烦之后，她似乎又改变了主意。真的，我怀疑卡姆拉陷入了幻想；她应该知道，靠着区区一百六十五元的月薪外加只及月薪一半的年底奖金，我是怎么维持这个家的。如果她不是一定得回特立尼达，她就不应该让我背上每月五十元的沉重债务。她说她会在这边找一份工作，在一年内把这笔钱还清。现在，她寄来一封口气高高在上的无礼的信。她在信里叫萨蒂留意，等她寄钱过来时，让我们不要乱花。好像她是寄钱给我们用似的！她寄来的每一分钱都会用来偿还我为了她向银行借的债。

我不想让你跟她提这些事。我也不知道为什么会跟你讲这些……但我认为，卡姆拉在特立尼达能得到的工作机会不比她去斐济能得到的少，但她其实想去斐济。她要嫁的那个家伙跟她一样穷。在特立尼达，她可以到大会学校工作。

我们以为她会攒足返家的路费。而她什么都没做，却已经花了两百五十元，楼陀罗纳特给她的。我对卡姆拉滔滔不绝的抱怨毁了这封信。

尽管我们过得不容易，我也不想让你假期去工作。为了我们，不要那么做。试试申请特立尼达教育部或者印度外交部的工作，怎么样？我也不知道，只是随口建议。

爱你的爸爸

170 / 卡姆拉·奈保尔写给 V.S. 奈保尔

贝拿勒斯
1953/5/22

亲爱的维多：

此刻，我正想尽办法要搞到一张马洛亚号的船票。这艘船六日左右离开印度，大约二十一天后抵达英国。我得说，路上的时间真够长的。

我想，对你来说，我来得不是时候。因为那时你正在考试。但我没有别的办法。

我不确定是否能买到船票，不过希望很大。

今天早上，我给爸爸写了封信。我想那不是一封令人愉快的信。如你所知，他们为我借了些钱。在每封信里，他们都会对此喋喋不休。萨蒂上一封信的结尾是这样的：(保密，不要对家里任何人提起。答应我？)我问她手头是否有余钱，我可以帮她买点结婚用的东西。"我当然想要那些漂亮的印度商品，"她答道，"但现在，我们的钱都用来吃饭和偿还为你贷的那三百元了。"这简直是给了我一耳光，我深受伤害，哭了好几天。

今天上午，我在给爸爸的信里说了我的真实感受：他们希望我回家并非为了我，只是因为我可以工作。我还请求他写一封安慰我的信，帮助我打消这种念头。如果他不这样做，我肯定会带着糟糕的心情回家。

别跟家里人提这些事，免得他们抱怨。我不希望那样。你能理解吧。

期待很快相见。

爱

卡姆拉

171 / 西帕萨德和德拉帕蒂·奈保尔写给 V. S. 奈保尔

53/6/1

亲爱的维多：

我刚刚看完你写给萨蒂的信。得知你有好几个星期学业进展不顺利，我很难过。我希望你没有生病。不要灰心丧气。我们每时每刻都在想念着你和卡姆拉。

我很了解，不能更经常地收到家里的来信，你一定非常抑郁。对于萨蒂和其他人不常给你写信这一点，我很生气。当然，我自己做得也不够好。

关于那些短篇小说：我明天或者后天肯定会寄出去。你得重新帮我打一遍《古鲁德瓦归来》中的一小部分。我好像怎么也写不出想要的结尾。我先把稿子寄给你，我知道有很多地方会让你失望。请逐句阅读这些故事。保留一份《古鲁德瓦归来》的底稿。现在我手头只有散乱的章节。不过那几个短篇和《古鲁德瓦》打出来的部分，我都有备份。我想，如果将《达鲁叔叔》仔细删改一番，一定会好很多。你如果愿意，可以在考试后尝试一下。

我希望我已经把古鲁德瓦的"演讲"变成了转述，穿插了一些描述性的文字。就像贝内特的《五镇的安娜》中的布道会那段。说真的，这部小说很多地方写得很不理想，我都不好意思让你和其他人看到。

如果我写的这些东西不够一本书的篇幅，能否把你写的故事加进去？可以这样署名——西帕萨德和维迪亚·奈保尔。我不确定，你拿主意吧。

在收到你的信的同时，我们也收到了卡姆拉的来信。她在信中说，从现在开始，我们写的信将由卡珀 R 转给她。她终于要回家了，她很快就会跟你在伦敦或者牛津见面。她遭遇了很多令她失望的事情，你要好好安慰她。

她在贝拿勒斯的老师们可能有心报复她。音乐学院把考试从四月推迟到七月，却没有相应地为她安排增加三个月的生活补贴。结果，我想，她会不参加考试就离开贝拿勒斯。她对我也很生气，因为我让萨蒂问她是否收到了那三百元。去年十一月我通过巴克莱银行给她汇的钱，我只是想确认一下她是否收到了。因为她从来没有明确回复过我，而银行汇票也可能寄错地方。请你跟她解释一下，告诉她我们爱她，我们希望她回家是因为她自身，而不是因为她挣了钱可以贴补家用。

现在，维多，请不要担心。你为考试所做的准备可能比你意识到的要充分。我相信，一切都会顺利的。我们大家都非常爱你，不管我们在写信这件事上多么拖沓。

爱你的爸爸

亲爱的维多，祝你考试成功。保持身体健康最重要。不要灰心，我们会一直为你祈祷。妈妈

172 / 卡姆拉·奈保尔写给 V. S. 奈保尔

亚丁
1953/6/4

亲爱的维多:

我身体不舒服。事实上,自从上了船我就一直不舒服。

快到季风季节了。海上波涛汹涌。

我碰巧与一个印度家庭同住一个舱室。他们将前往特立尼达,到"印度事务专员办公室"工作。

好了,就说这些。

爱
卡姆拉

173 / 西帕萨德·奈保尔写给 V. S. 奈保尔

53/6/10

亲爱的维多:

今天早上我把《古鲁德瓦的冒险》以及其他故事的书稿寄出去了。当然是普通邮件。就如我之前跟你解释的,你得帮我打一小部分文稿。时间紧迫,我自己打来不及。不过,等你考试结束再做这些事情吧。

请调整一下《五人长老会》的位置。因为《古鲁德瓦的冒险》以五人长老会做结尾,这个具有相同主题的短篇最好放在别的地方。

如果看到你不喜欢的故事，你可以把它们从集子里删除；但是，如果你这样做了，我想你最好用你写的故事来填补。

你很快就要考试了。我还是那句老话：沉着冷静，集中精力。尽力即可，不要焦虑。做一个智者。

你能否抽出五分钟，给我写几句话，告诉我你的近况，尤其是你的健康状况？你上次的来信①让我很沮丧。你说，如果萨蒂去年一直给你写信，要比你在牛津或者伦敦交两百个朋友更有价值；你还说你已经有六个星期没有学习了。

事实很可能是，你比你意识到的要刻苦。我坚信你会顺利通过考试。只要保持冷静。

不要让卡姆拉和萨蒂影响你的心情。姑娘们嫁人后就没有多大出息了。难道我们不知道这一点吗？我们都祝你考试取得好成绩。——爸爸

174 / 西帕萨德·奈保尔写给 V.S. 奈保尔

53/6/22

亲爱的维多：

你可能还没有收到我于六月十日寄出的书稿。你收到稿子后还得做一些工作，我希望不是太多。无论如何，等考完试以后再做。也许你正在考试；放松些，你会顺利通过的。最近几个星期，我一直在担心你；我总是觉得你病了，这让我非常焦灼。

---

①似乎没保存下来。

英国广播公司将在七月十九日播出我的《拉姆达斯和母牛》——无趣的名字。我请林多夫人向斯万齐先生建议,由你来朗读。林多夫人回信说她已经提出了建议,但由于你得赶到伦敦去,似乎不太可行。但我还是希望你能收听到。这个故事是《古鲁德瓦的冒险》中的一章或者一段,但是你不需要跟任何人提起这个。我把"古鲁德瓦"改成了"拉姆达斯"。我在想,万一我寄给你的那些小说不能结集出版,我还可以选出好多故事投给"加勒比之声"。这就是我让你妥善保管《冒险》的书稿的原因。

多试几家出版社;如果有必要,也可以找代理商。基勒姆·罗伯茨在旧版(一九四〇年)的《作者手册》里推荐过一些,包括:

A.P. 瓦特父子,黑斯廷书局,诺福克街,斯特兰德,W.C.2,《作者手册》里说它"作为英国最古老的代理机构,地位超然"。罗伯茨推荐的另外几家有名的代理机构是:柯蒂斯·布朗有限公司[1],亨利埃塔街6号,W.C.2;A.M. 希思有限公司,皮卡迪利大街188号,W.1;雷蒙德·萨维奇有限公司,杰明大街39号,S.W.1;A.D. 彼得斯,白金汉街10号,阿德尔菲,W.C.2;派恩、波林格尔和海厄姆有限公司,贝德福德街39-40号,斯特兰德,W.C.2。其余参见《作者手册》。很抱歉丢给你这份名单。

至于出版商,试试迈克尔·约瑟夫、斯波蒂斯伍德,或者阿兰·温盖特,他们出过塞尔文的书。

卡姆拉今天抵达英国。我希望你们俩见面时身体都好好的;我还希望你没有同卡珀 R 发生争执。为什么我老是这么担心你呢?担忧和各种愚蠢的预感都快把我搞病了。我想让你好好给我写一封信,还希望卡姆拉能给我写一封信,说说你的情况。

你不必想着给我们寄钱。我们没有给你寄任何东西已经够糟糕了。我们家太穷了!或许,你曾许诺过寄钱给我们,但到了那个时候却发现

---

[1] 柯蒂斯·布朗有限公司的格雷厄姆·沃森后来代理 V. S. 奈保尔的文学作品近20年。

自己也等着用钱。这样的情况当然会让你焦虑。请不要这样。

请确切地告诉我你在英国还要待多久。你可以在特立尼达教育部找到好职位，但是必须提前安排。你可以成为一名学监。或者进入女王皇家学院。在巴拉塔利亚将成立一所新的公立中学。由于缺少合适的教职人员，开学日期被推迟了。女王皇家学院的代理院长法雷尔系官方任命。

卡姆拉将在大会学校得到一份工作。当然，卡珀 R 是关键人物，巴达塞是主席。他们在全岛建了二十六所小学，都由政府资助。大会还计划开办一所中学和一所教师培训学院。卡姆拉可以在这些地方找到合适的职位。

我要求你的最重要的一件事就是保持健康。不要抽太多烟。我正在为以前吸烟过多而受罪，因此我很明白自己在说什么。如果你一定要吸烟，就只在饭后吸。这非常非常重要。一天三支烟。

我们都在为你考试取得好成绩而祈祷。我打这封信的时候，你妈妈正在我身边摇着娜里妮哄她入睡。姑娘们刚刚去上学了。现在我必须停笔了。我还要给卡姆拉写信。

永远爱你的爸爸

*175 / V. S. 奈保尔写给卡姆拉·奈保尔

大学学院
牛津
或圣约翰街 49 号，牛津
（寄宿处）
〔日期为后来用铅笔标注：1953/6〕

亲爱的卡姆拉：

谢谢你的来信。我已经跟房东说好了，你来了可以住在我隔壁的49号。

七月二日我要去一趟伦敦。爸爸写的一个故事将被播出（半个小时），他希望我去朗读。但那是八天以后的事情；我想我离开你几个小时没关系。未来几天我全都留出来陪你。你什么时候到我都高兴，越早越好。我想我的导师会请你喝茶；在带你参观完博物馆后，馆长也会请我们喝茶。

振作起来，看在老天的分上，不要担心。

帕特很喜欢你。她觉得你很漂亮，而且有迷人的个性。她很高兴你比我理智。

我想你会喜欢她的；但我不确定。

得空给我回信。没事的时候或想过来的时候就过来。

爱
维多

P.S. 周一我们险些没有赶上火车。

176 / 西帕萨德·奈保尔写给卡姆拉·奈保尔

家：53/7/1

亲爱的卡姆拉：

以下是一封来自纳帕丽玛女子高中董事会的斯克林杰小姐的信，我照抄了过来。我没有把原件寄给你，因为不确定你是否能收到这封信。

我的意思是，这封信寄到的时候，你可能已经离开英国了。你回到家就能看到原件。

纳帕丽玛女子高中
圣费尔南多
特立尼达，B.W.I.
1953/6/25

亲爱的奈保尔先生：

我收到了您女儿卡姆拉从印度寄来的求职信。我之前把它放错地方了。

纳帕丽玛女子高中董事会下辖两所高中——另外一所就是新成立的圣奥古斯丁女子高中①。

圣奥古斯丁女子高中需要一名合格的助理教师。您女儿的条件看起来不错。可否请她给圣奥古斯丁区奥斯汀街的康斯坦丝·韦杰小姐写封信，详细说明一下她所获得的学位。

我会在学校董事会上大力推荐卡姆拉小姐。我想她是一名印度教徒。这意味着我们同她见面的时候，得跟她谈一两个问题。鉴于她的情况，我们不会让她教授《圣经》课程。

可否请您告诉她，这个职位还空着，如果她依旧感兴趣？

我想说，对她而言，圣奥古斯丁比圣费尔南多离家更近。实际上这里也有一个职位空缺。

抱歉写信给您，而不是直接写给您的女儿。我希望她能谅解。

玛格丽特·A.斯克林杰（小姐）敬上
（签名）

---

①建于1950年，圣奥古斯丁区位于西班牙港以东约10英里处。

我们没有告诉任何人你申请了这份工作，以及我们收到的回复。大会也为你提供了一个职位，但要先在小学教书。他们的"教师培训学校"和中学还没建好。我认为你应该写信接受圣奥古斯丁的职位，我希望大会的人，包括你玛穆，不会因此不高兴。萨蒂会到他们那里工作。

我们急切地盼望着你的来信。你见到维多了吗？你们俩一切都好吗？尽快回家。希望我能再给你寄点钱。但请相信我，卡姆拉，我们的生活从来没有这么艰难过。我没有工作。鉴于我的病的性质，《卫报》将在月底终止与我的合同。希钦斯昨天将此事告诉了我。

你知道就行了……千万，卡姆拉，千万不要告诉维多。我不知道他考试考得怎么样了，如果他很忙，最好不要跟他透露家里发生的事。等他完成学业再说。记住，现在不要告诉他一个字。

抱歉，把信划得这么乱。

盼着你回家
永远爱你的爸爸

〔卡姆拉后来手写的，没有日期：〕

我经常会想，他们是怎么度过那一年的。

这是爸爸写给我的最后一封信。^① 我确信，他删掉的内容是想告诉我他没有工作，他们是多么穷困潦倒。

---

①实际上西帕萨德至少还给卡姆拉写过两封信；保存下来的有写于1953年7月8日和7月28日的两封。

177 / 西帕萨德·奈保尔写给 V.S. 奈保尔

家：53/7/1

亲爱的维多：

现在你大概已经考完试了。如果考得不够好，也不必担心。只要及格，我们就满足了。另一方面，你考得可能比你以为的要好。你知道，你从小时候到现在一直都非常努力。你正年轻，这是一个人应该努力工作的时候；但我希望你不要像我一样，长期不断地做苦工。维多，这样不值得，你很快就会累趴下。最终，你会发现你跟多年前一样贫穷。一旦通过考试，就别再想这事，好好放松，尽情玩乐。然后回家。

我猜你已经见到了卡姆拉。我想这段时间也正是你考试的时候。当然，这只是我的猜测。我想知道你是否会跟卡姆拉一起去卡珀 R 那里。我知道要你这样做会让你很为难。我有时也会想，是不是由于你当时生病了，才会对露丝的态度有那样的反应。我不知道。无论如何，如果你能和卡珀 R 夫妇和好，总是件好事。假如你玛穆和卡姆拉乘坐同一艘船返乡，我也不会感到吃惊。

现在，我想，再次看着卡姆拉离开，你肯定很难受。我希望你能轻松面对。我想知道你还要在牛津待多久，以及你目前有什么打算。我知道你之前在信里暗示过，说你不会待在特立尼达。你还提到过去牛津大学出版社的印度分社工作的微小希望。看起来这对你来说是一份很好的工作。还有没有后续消息？绝不要鄙视金钱。假如我有钱，我会比现在快乐得多，也不会给你和其他几个孩子添这么多麻烦。

维多，请尽心推销那些短篇。我知道有些部分看起来很不成熟，很粗糙，但这似乎正是出版商们近来想要的东西。你把稿子通读一遍，把需要打的地方打出来，然后寄给出版商或亲自送过去。我想你知道，如果它们被接受了，对我来说意味着怎样的幸运——不是因为名声，而是因为这将给我带来金钱收入。

记着英国广播公司将在七月十九日播出我的小说。我猜会由塞尔文朗读。我情愿是其他任何人。我向斯万齐建议，最好让你来读。今天就写到这里。我还要给纳帕丽玛女子高中写回信。他们回复了卡姆拉从印度寄来的求职信，为她提供了在圣奥古斯丁一所新成立的女子高中担任助理教师的机会。我把那封信抄了一份寄给了卡姆拉，由卡珀R转交。我希望她能得到这份工作。大会学校也为卡姆拉提供了工作机会，但是必须从小学教师干起。我后来听说，他们计划成立一所教师培训学院，会给卡姆拉在这所学校留一个职位。"他们"当然就是卡珀S。

好了，我得停笔了，维多。给纳帕丽玛女子高中董事会的斯克林杰小姐写完信以后，我和你妈还有娜里妮会去图纳普纳跟苏克迪欧家的人待一天。尽快给我回信，跟我讲讲你的考试，你自己，还有你和卡姆拉见面的情况。

永远爱你的爸爸

178 / V.S.奈保尔写给卡姆拉·奈保尔

圣约翰街49号
牛津
1953/7/14

亲爱的卡姆拉：

很抱歉昨天我们错过了。希望你没有遇到什么不便。今天我收到卡珀S寄来的一封有关你的信。信很短，问我能否为你安排一门拿证书的假期课程。我担心那种证书没有价值。我这么跟他说了。我还给柏斯黛写了感谢信。帕特非常感谢你买的礼物。如果你昨天过来,她也不会介意。

告诉我你想什么时候见我。你想去看戏吗？在斯特拉特福德或者伦敦。告诉我。

维多

179 / V. S. 奈保尔写给西帕萨德·奈保尔

1953/7/17

亲爱的爸爸：

今天我在一堆稿纸中间发现了一封信——已经写完,地址也写好了。我原以为我已经把这封信寄出去了。这就是我隔了这么久才来信的原因。我希望卡姆拉已经写信告诉你们她到了英国。她写信比我勤得多。

你的书稿是在两周前到的（我就是在那时写了那封信）。我通读了一遍。故事很棒,我相信它们最终会出版的。不过打字的工作可不轻松。

我的口试在二十三日举行。之后我就没什么可担心的了。我将在七月底知道考试结果。二十三日之后,我会陪卡姆拉四五天,然后为她送行。接下来我会到一家医院洗六个星期盘子。报酬不错。有两三个朋友邀请我去度假。我可能会在九月下旬过去。十月的前两周,我想我会去欧洲大陆——如果凑得出钱的话。

卡姆拉和我在柏斯黛家过了一个周末。我感到挺愉快的,只是有点无聊。卡姆拉非常开心。当我发现我和家乡的人隔阂日益加深,我倍感孤独。来到这里的年轻人很快就能弄清楚自己的水平。牛津确实是一个好地方。例如，在同像拉梅什①那样的家伙谈上一个小时之前，一个人不会知道什么是高智商的对话。牛津出来的人优雅、能干、仁厚——在我看来是这样。所以，鸿沟每天都在扩大。当然，牛津有很多特立尼达人，但是他们的无知和愚蠢一如既往牢不可摧。

现在我的健康状况好多了。我想过不了多久，我就能彻底康复了。当然，我身体没有任何毛病，但我曾经陷入抑郁。不过现在这种症状正在快速消失。了解自己是最大的难题。不要认为我是这里唯一有心理问题的人。这里有好几个学生陷入了神经错乱。牛津能让一个人性格的所有方面都表现出来。一个人手里握着这么多时间，这么多孤独。

卡姆拉可能会觉得我懒得吓人。她的陪伴有一种奇怪的心理作用：我感到极度疲惫——我从未这样疲惫过。我整天都想睡觉。我想你能明白我的意思。

我写这封信的时候，心情并无抑郁。我能写下这些内容，这一事实应该可以证明，此时此刻，我真的很健康。

我爱你们大家，同时请接受我的道歉。

维迪亚

180 / 西帕萨德·奈保尔写给 V. S. 奈保尔

家：53/7/20

亲爱的维多：

---

① 拉梅什·穆图，V. S. 奈保尔的表弟，西帕萨德表妹柏斯黛的儿子。

从昨天晚上到今天早上，有两件事情让我很高兴。昨天晚上，全家人都听到你在电台朗读我的小说；今天早上，我收到了卡姆拉让人安心的来信……你读得真的很棒。我想没有人能比你读得更好。谢谢你。我希望你朗读所得的报酬足够支付往返牛津和伦敦的路费。

这个月我们的日子很难过。主要原因是你没有写信告诉我们你的健康状况。而且卡姆拉似乎又一次身无分文抵达英国。今天早上，我从她的来信中得知，卡珀 R 拒绝帮她买回家的船票。好吧，这就是这位天才先生做出的事。她可以把我所有的小说稿费都拿走，无论有多少。假如差额只有十五元，我可以从《卫报》给我的最后一笔薪水里扣，这笔钱我这个月底就可以领到。如果卡姆拉能从印度高级委员会贷到钱，或者，像她说的那样，从你手里借点儿，那对我们来说会好很多。告诉我你目前的经济状况。如果你手头拮据，我一收到英国广播公司的稿酬，就寄给你……另外，大约十天前，卡珀 S 说他被印度事务专员叫到办公室，签署了一份担保协议，因为卡姆拉贷了四十五英镑——从伦敦到特立尼达的路费。看起来卡姆拉已经在伦敦的印度事务办公室申请了这笔贷款。他们又联系了这儿的印度事务专员办公室。这件事卡珀没对我说一个字，只跟萨蒂提了一句。萨蒂每周末去 17 号辅导希塔功课。卡姆拉在信里没有提到卡珀 S 为她担保的事，这让我感到奇怪。

原谅我，我没办法不把楼陀罗纳特视为某种萨堤尔[①]一样的怪物。目前我还得同这些人来往，因为萨蒂要去大会学校工作。卡姆拉也是——他们将在九月开办一所中学。我听说卡姆拉将会成为校长，而萨蒂会成为一名助理教师。不过，纳帕丽玛女子高中也给了卡姆拉一个职位——在圣奥古斯丁的一所新学校。

---

①希腊神话中半人半羊形象的森林之神。

卡姆拉告诉我你一切都好,而且,由于她在英国,你的精神看上去更佳。这让我松了一口气。我不想让你担心我们。卡姆拉很快就会回来。我们会渡过这个难关的。当然,我的身体很差,但已不需要卧床休养。我可以做很多事,比如伏案写作,但不能承担较重的体力劳动,也不能着急。感谢上帝,我还能写作,所以我可以用写作来消磨时间。但是,从今年年初,我的身体一直很糟糕,总在卧床休息,我的雇主认为应该终止我的合约。工资付到这个月底为止。但我不想让你为这些事担心。在卡姆拉之后,米拉和萨薇也能帮衬家里一两年,到那时你已经完成学业,也许也开始工作了。所以,用不着担心,只管去做。弗朗西斯·泽维尔嬷嬷建议你在牛津读一年"教育学文凭课程"。这将有助于你在教学领域得到更高的薪水。

我不知道此时卡姆拉是否还在英国,如果还在,你把这封信里提到的一些消息告诉她。比如说,关于她的教职申请,纳帕丽玛女子高中的秘书写信给我了,我在给她的信里抄了一份。校方有意让她在圣奥古斯丁那所新高中担任助理教师。卡姆拉没有说她是否收到了这封信——我让卡珀 R 把信转给她。

我不得不给卡珀 S 好脸色。卡姆拉和萨蒂的工作还没定。他打算让萨蒂继续上学,参加高中毕业证书考试;他每月会付给萨蒂五十元——帮助我们走出困境。至少他是这么说的。但是,如果要在八月假期后开始教书,萨蒂那时就得离开学校了。

我想让你跟我讲讲你考试的情况。写一封详细的、有意思的、令人愉快的信。卡姆拉拿了你的钱,你肯定又没钱了。其实在这里,卡姆拉真正的敌人并不是她的舅舅或舅舅们,而是她那些愚蠢又善妒的姨妈……你能把《古鲁德瓦》的最后一章改为三千个单词的短篇吗?如果可以,就这样做吧。我手里没有完整的底稿,不然我就自己干了。英国广播公司又通过林多夫人向我约稿了。

很多爱

爸爸

（萨蒂用平信给你寄了一些照片和信。）

181 / V. S. 奈保尔写给西帕萨德·奈保尔

大学学院
牛津
1953/7/30

我最亲爱的爸爸：

今晚从伦敦回来后我收到了你的来信。我在伦敦送走了卡姆拉。

首先，不用担心。理由如下：

1. 我已经取得牛津大学的学位。现在我是文学士了。

2. 我会立刻开始找工作——在我能力范围内找薪酬最高的。你似乎认为我只能教书。这种想法并不正确。这里有个牛津大学职业委员会，帮助我这样的人就业。通常，我们遇到的难题不是找到工作，而是如何选择。我不一定非要去教书。

3. 等我找到工作，你就可以过来跟我一起住，帮我实现心愿——让你过得清闲惬意。我当然会让你有威士忌喝。这不需要等很长时间。我希望在一年之内能把你接过来。卡姆拉已经答应照顾妈妈和弟弟妹妹们。

4. 你不要认为我在牛津只待三年会错过什么。百分之九十五的学生都只待三年，就像我一样，他们盼着早日毕业赚钱。文学学士学位并不是必需的，确实是浪费时间。据我所知，它对找工作没有多大帮助。

现在，我想知道家里发生的一切。我不希望你向我隐瞒任何事情。明早我就去职业委员会。

卡姆拉抱怨卡珀 R 不肯帮她，真是愚蠢。为什么他该帮她？我当然不希望他给卡姆拉钱。卡珀 R 在我们家的生活中无足轻重，为了他大惊小怪毫无必要。卡姆拉不该写信跟你说这些，特别是我已经答应借给她钱了。总之，印度高级委员会只给了她十五英镑。天知道卡珀 S 为什么会为了四十五英镑签订担保协议！

听到我下面要说的话，卡姆拉一定会吃惊。她做事依旧那么欠考虑，不知体谅，虽然本意是好的。比如说，在信里跟你说卡珀 R 的事。我反复跟她解释过，这件事是多么不值一提。

我本来可以照顾好卡姆拉。不过我们考虑到，这样做可能会伤害卡珀 R 的感情。从上周开始，卡珀 R 越来越让人不悦。卡姆拉最终做了正确的事。她离开了那里。在柏斯黛家那五天我们过得很愉快，听卡尔没完没了地和所有人讨论政治。

昨晚我没有写完。我不是在牛津而是在一个叫诺斯柯里的小村庄写这封信。这里离汤顿不远，在萨默塞特郡。我和一个朋友[①]在一起，明天我就回牛津。

我去了学校的职业委员会，填写了一些必要的表格。你知道，重要的是避免做出草率的决定，那些决定在帮助我们度过未来两三年的"危机"后可能会让我陷入困境。

昨天，我和我在牛津的一个很好的朋友——一个中年男人——聊天，他相信，单凭你还不到五十岁这一条，你仍处于人生中的黄金时期。

---

① 史蒂芬·达曼。

请你耐心等待，等我找到工作，就接你过来同我一起住，我不会让你再做任何傻事，比如又病了。我再次请求你不要担心。我正在写一个故事，如果被接受了，我保证会把钱寄给你。我给了卡姆拉一笔数目不小的钱。我相信，看到我和卡姆拉费心准备的礼物，你们一定会感到惊喜。希万将得到一件特别的礼物，我不说是什么，因为我们想给他一个惊喜。你是否还记得，当初卡姆拉要走的时候，希万想让她给他买一条绿色的裤子。我想他现在已经过了想要那个的年纪。

卡姆拉希望直接回26号。而且，她希望尽可能少跟卡珀R以及那几个愚蠢的姨妈打交道。在需要去见什么人等问题上，她想完全听你的安排。看在老天的分上，你别因为姨妈们生气。同她们置气是自降格调。我反复告诉卡姆拉，姨妈们和那些让人心烦的亲戚们无关紧要，我希望你也能想得开。你不必因为卡珀R拒绝帮助我们而生气。帮助卡姆拉是我的责任，我希望我能做得好。我能够帮助卡姆拉，这会让很多人吃惊。我现在能照顾好自己了。

下周二，也就是八月四日，我将开始在农场干活。我非常期待这次锻炼，因为英国的田野非常美丽。成熟的麦子像金子一样，随风起伏，宛如波涛。

附带说一句，如果你正在写东西，我建议你写一些真正有分量的东西。如果你能以第三人称讲述你自己的人生经历，肯定非常受欢迎。你曾要求我成为哲学家，我也想让你成为一个哲学家——好好利用被强行塞给你的闲暇时光。

我现在必须去汤顿（你可以在地图集里找找这个地方）寄这封信。我的朋友要开车去那里，我必须停笔了。

爱你们大家——我最深的爱
维多

（抱歉，我用打字机打的落款，钢笔没墨水了。）

182 / 西帕萨德和德拉帕蒂·奈保尔写给 V.S. 奈保尔

1953/8/1

亲爱的维多：

我刚从城里回来。我进城是为了替图纳普纳的萨哈迪欧·马哈拉杰张罗些印刷方面的事务。你妈和我一起出的门，还没回来。她要买些涂料还有其他东西：为了给卡姆拉一个敞亮的家，我们正在清洁墙壁……我现在感觉真的很不错。他们说，我的精神比之前好了很多。消化不良引起的疼痛也消失了。但是我仍旧没有工作。希钦斯对待我的态度不能更冷酷了。

卡姆拉的离开一定让你很难过。多少次，我努力想象，你会感到多么孤独；如果知道你一切都好，我们会开心很多。我时常为你的精神状况忧心忡忡。你必须否认那种黑暗的抑郁，因为它不真实。你必须对自己说："这不是真的。它会过去的。"一两天后，它就会过去。

星期天，八月九日，对我们来说是个重要的日子，卡姆拉将在那天到家。我希望楼陀罗纳特没和卡姆拉乘坐同一艘轮船。我想到船上接卡姆拉，嘱咐她几句。她将会在位于圣奥古斯丁的一所新建的女子高中得到助理教师的职位（纳帕丽玛女子高中刚在丘吉尔－罗斯福公路边上建了一幢气派的大楼）。大会则在桑格雷－格兰德买了一幢楼，将于下个月开办一所由政府资助的中学。大会学校的秘书辛伯胡说卡姆拉会被授予校长一职，他正在为她争取一份两百四十元的月薪。他还将安排萨蒂在这所学校做助理教师。

目前，通过圣奥古斯丁女子高中的秘书诺比夫人，卡珀 S 已经探听到了纳帕丽玛提供给卡姆拉的职位。当然，他不愿意看到这种事。所以我必须上船告诉她事情的原委，这样她就不会对辛伯胡摆脸色，坏了她和萨蒂的事。

现在来说说你。你过得越开心，我就越放心。我唯一时时牵挂的人就是你。如果长时间没有收到你的信，我会认为你病了，然后开始担忧。所以你必须尽量多写信。我向你保证，我们一切都好。

《古鲁德瓦的冒险》怎么样了？我想到你的考试刚刚结束了，所以想问问这事。你不必打太多。只把铅笔写的那部分打出来交给出版社。我不想让你在这件事上耗费太多时间。假如你干不了，找一家好的代理，注意要选一家诚信的。我知道很多代理是骗子。无论如何，推进此事。现在你考完试了，我希望你能更多地来信。——爱你的爸爸

亲爱的儿子：

我希望卡姆拉的离开没让你太难过。你要记住，聚散是常事。不要让情绪控制你。每个人的生活都有喜有悲，不只你一人如此。

昨天娜里妮满十个月了。她会爬台阶，开始抓着东西学走路。她开始学说话了，叫爸爸、妈妈、巴普[①]……

家里每个人都感冒了。我们都急切地等着卡姆拉于八月九日乘坐哥伦比太阳号回家。从她离家到那天一共四年零二天。

祝你考试取得好成绩。也希望二十一岁先生快乐健康。

爱你的妈妈

[①]印地语，意为"父亲"。

183 / V. S. 奈保尔写给西帕萨德·奈保尔

圣约翰大街49号
牛津
1953/8/5

亲爱的爸爸：

这封信会很短，因为我这会儿很累。今天是我打工的第二天。我正在一家农场干活，我想我从来没有这么卖力地干过活。我本可以找轻松的办公室工作，但我更愿意过艰苦的农场生活———两个月。昨天，我帮忙晾晒干草，我认为很少有东西能像干草那么好闻。我打零工的这个农场很不错，农场主允许我们在他的餐厅吃饭；如果下午五点以后还要干活，他会提供茶点。早上有辆车把我从牛津带到农场，晚上再把我送回来。这是一个令人愉快、振奋又有收益的改变。

在你读这封信的时候，卡姆拉肯定已经到家了。我希望没有人做傻事。这样的亲戚关系，一旦没了好处，立刻就无关紧要了。不必努力重新开始，除非大家都怀着真正的善意。

我还在等待家里来的消息：它将指导我的行动。

顺便说一句，卡姆拉可能已经提醒过你，卡珀R将会编造我"堕落"的故事。我想你和卡姆拉都足够了解我，能对这类谣言一笑置之。只有当你把那些事当真，它们才会变得重要。

希万有枪了。在接下来这几天，他会不停地开枪射击，把你吵得头昏脑涨。对于小孩子的成长问题，我很不在行，也不知道希万是否到了合法持枪的年龄！

两天前，我完成了一个短篇的初稿。写的是罗茜[①]的故事，我担心

---

① 罗茜·苏丹，奈保尔家在尼保尔街的邻居家的女儿。

其中的对话可能有些空洞。家乡的人在我脑海里变得越来越模糊,我希望能对他们的事情和言谈保持敏感。我恐怕会使用罗茜这个名字,因为我想不出其他合适的名字——这个名字来自某个印度家庭,给人粗俗艳丽的感觉——也许是受到了毛姆笔下的罗茜[2]的影响。

我正在整理你那些短篇。所以,不要抱怨我不关心你的事。

我期待着家里的消息。你现在先不要写信。让卡姆拉写。

致以最深的爱和同样深的尊重。

爱你的儿子
维多

184 / 西帕萨德·奈保尔写给 V.S.奈保尔

1953/8/8

最亲爱的维多:

那封信真是令人愉快——就是你在那个叫柯里的村庄写给我的信……它让我卸下了重负,心情轻松愉悦。萨薇、萨蒂还有其他人开玩笑地叫我"英国人",因为你说要让我到英国跟你一起生活……当然,我首先应该祝贺你取得文学士学位。我相信你是以很好的成绩获得这个学位的……你应该得到双份礼物,首先是为你取得学位,其次是为你二十一岁生日。我确实应该送你点东西,但现在我还不能说送什么或什么时候。

---

[2] 罗茜·德里菲尔德是《吃喝玩乐》中的人物。

不选遇到的第一个工作机会，这种做法非常正确。别着急，确保你得到的是一份你真心喜爱的工作。家里人全都在责怪我——倒没有大吵大闹——让你现在就离开学校，而你至少可以再读一年，取得教育学文凭。我很赞同他们的想法。我们可以再供你读一年，或者更长时间；不过，当然，假如你已经厌倦了牛津生活，那就另当别论了。我确实总把你设想成老师。特立尼达也有好几所中学和教师培训学校，我肯定你能获得一个满意的职位。但是你妈妈十分反对我引诱你回家工作；我也痛恨这个主意，因为我感觉离开这个小池塘，你会有更好的机会。试一试印度外交部的职位怎么样，或者英国广播公司。你声音不错，发音准确。很快我就不需要挣很多钱支持家里的生活开销了。

我想农场的工作肯定会让你筋疲力尽。试两个星期，假如你觉得太累，就放弃吧……家里很好；而且，很奇怪的是，尽管我没有工作，身体也不是很好，但如果你见到我，绝对看不出我是一个病人。真的，我几乎从未这么快乐过。我担心自己会变得越来越懒。苏克迪欧想让我去他城里的店铺工作——"只要坐在那儿照看货物就行"。薪酬当然无法同《卫报》的薪酬相比——远远不如。但我得说，我欠这个老头很多。他在很多事情上帮过我。有天晚上他来家里，听说医生让我不要爬楼梯，他建议我卖掉房子另外买一套，他不会阻拦；换句话说，他愿意放弃我欠他的贷款。我欠他不少钱。但是，我觉得现在没必要换房子，因为我的身体状况已经好转，我甚至长了小肚子，而且我每天上楼下楼好多次……戴维·拉姆凯松被任命为女王皇家学院的院长……卡姆拉将不得不在两个教职中做出选择：大会中学的校长，这所中学将于今年九月份在桑格雷-格兰德开学（萨蒂也将在该校工作）；或者圣奥古斯丁一所女子高中的助理教师，这所高中由纳帕丽玛女子高中董事会管理……

我听说辛伯胡在为卡姆拉争取两百四十元的起薪。即使他只能为卡姆拉争取到月薪两百，那也已经很高了。但是我担心，圣奥古斯丁高中给卡姆拉工作机会的事肯定让他很不满。但他没理由不满。他从来没有回复过卡姆拉的申请，而纳帕丽玛女子高中迅速给出了友好的答复。此外，直到几周之前，还没有人知道大会会赶在九月开学前在桑格雷－格兰德开办一所政府资助的中学。巴达塞买了一幢建好的楼房……这个月十六日，萨蒂将戴上克里森·比松达特送她的戒指（一百六十九元）。宣布订婚后，我会请比松达特一家吃饭。我们没有邀请很多人，这将是一次小聚……我不会让卡姆拉看到你上一封信，你在信里说她做事依旧欠考虑。我很赞同你的观点。确实很好，这表明你现在可以应对一些事情了，你有很好的分辨能力，有价值观……但是我不会告诉卡姆拉任何事情，她也许会受到伤害。她认为要是让你支付她的全部旅费，你会被"榨干"。她这是以欠考虑的方式来体谅别人。我可以用打字机写很多东西，我想开始写我的自传体小说；事实上，我已经请谢卡尔替我从《卫报》领一些打字纸……但苏克迪欧想让我给他看铺子……

保重身体。说真的，我们都很好。再次谢谢你那封信。

爸爸

第九部分
1953.8.10 ~ 1953.12.14

家庭悲剧

185 / 西帕萨德·奈保尔写给 V.S.奈保尔

〔邮戳日期：1953/8/10〕

亲爱的维多：

卡姆拉的归来让家里热闹起来，大家都很高兴；卡姆拉有那么多话要说，一点没有丢掉她的幽默感。不过，她的近亲们——姨妈们，还有其他人——对她就没有那么满意了。假如她从跳板上走下来时，手里盘弄着玛拉①，或吟唱着《罗摩衍那》中的诗句，她们会满意得多。但实际上，她一开口就带着明显的口音，的确让很多人大吃一惊。迪那特夫人②就说："我的天，别像美国佬那样说话。"

乘坐同一艘轮船的楼陀罗纳特在整个行程中一直和卡姆拉保持着距离。虽然卡姆拉坐的是三等舱，但旅途很愉快。她吃了很多东西，还曾好几次和船长一起吃饭喝茶。到了17号，卡珀R坐下参加苏拉吉普拉礼拜仪式；一分钟后，我吃惊地看到，卡姆拉坐在了他旁边的床单上。

我一直怀疑卡珀S在吹牛，两天前我的怀疑得到了证实。过去的一个多月，卡珀S（通过卡珀S太太）一直声称他正在为卡姆拉争取大会

---

① 祈祷时用的念珠串，也指花环。
② 即V.S.奈保尔的姨妈拉姆杜拉莉，迪那特·蒂瓦里的前妻。

在桑格雷-格兰德刚开办的中学的校长职位,她还将拿到二百四十元的月薪。两天前卡姆拉向卡珀S要求面试的机会,因为如果不这样,似乎不可能见到他,他总在忙别的事。卡姆拉想找他谈谈大会学校的那份工作。他没有亲自来见她,而是让她(和我)第二天到巴达塞的大库房去见大会管理委员会,或者董事会,随便你怎么称呼它。我们等了一个多小时,卡姆拉被告知,她只能在他们位于图纳普纳的学校得到一份教职,在拉里(里基)①手下做事,月薪只有八十多元。一副"干不干随你"的态度。当然,卡姆拉谢绝了那位绅士的提议。我们离开那里时备感羞辱,因为卡珀只是在拿我们当木偶耍。他无疑应该提前跟卡姆拉说明实情。他没必要让她去见他的同僚。

直到现在我还有点生卡姆拉的气。一直以来,她都没有表现出快速决断的能力,或者说商业头脑;她不听我的忠告,过度信赖卡珀S。纳帕丽玛女子高中有意让她去做助理教师,她一回家就应该按韦杰小姐建议的和她取得联系,打电话,或者用其他方式。但是她一个星期后才通过电话留言请求安排面试。同麦瑟斯·巴达塞、卡皮迪欧,以及他们手下的人相比,我相信卡姆拉为长老会的人工作会有更好的发展。那帮人不会给我们带来任何好处。我不会再去17号见楼陀罗纳特,因为我不想见他……后天,卡姆拉会去见圣奥古斯丁那所女子高中的校长。

实际上,巴达塞和卡珀S已经请求(应该说是乞求)楼陀罗纳特担任他们将在圣奥古斯丁开办的学院的院长;楼陀罗纳特接受了,条件是他要先回伦敦,获得他在大学的老板的许可,然后在十月份回来。他们向他提议的时候,我就在17号。他会带一个助教过来。他要求月薪六百元,因为,他说,这是牙买加大学学院②给他开的价码。所以你看,

---

① 拉姆查里塔·里基,教师、文化活动家。
② 即位于牙买加莫纳市的西印度大学学院。此时,这所大学还跟伦敦大学有联系,1962年取得独立地位。

卡姆拉早就被大会的这些家伙抛弃了，这对她是件好事。想象一下，她在巴达塞以及他那些文盲和半文盲追随者手下工作……我想，卡珀R的打算是，长假期间在这里工作，然后回到伦敦大学继续当他的讲师；这样年复一年，直到他从那边带回足够多的文学士和理学士。不过，他明白地表示，他必须掌控一切；他将负责所有培训工作——因为他们还将开办一所教师培训学校；还有一座湿婆庙。

亲爱的卡姆拉带给我很多希望和勇气。但是，你知道，贝拿勒斯印度大学不被特立尼达教育委员会承认，我担心这也许会影响她的薪水。但我相信，比起大会学校，纳帕丽玛女子高中会给她更好的薪酬。

请原谅这页信纸顶端的墨迹。卡姆拉在给什么人写信，我让她给我张信纸……我感觉真的很好，你没有什么需要担心的。斯万齐给了我十六英镑六先令——这是我得到的最多的一笔稿费。

爸爸

〔写在第一页边缘：〕

希望我的信能写得像你的一样好。尽快回信。

你还在农场干活吗？你现在一定很缺钱，如果是这样，告诉我。我可以从稿费里拿出两三英镑寄给你。克里希纳和希塔·拉杰库玛[①]会给你捎几件衬衫、几双袜子，还有一个印度花瓶，作为你的生日礼物。克里希纳和希塔将于八月十八日起程。

[①] V.S奈保尔的表亲，苏克迪欧·米西尔的女儿尤索德拉·拉杰库玛的孩子。

186 / 卡姆拉·奈保尔写给 V.S. 奈保尔

尼保尔街 26 号
圣詹姆斯
西班牙港
1953/8/12

亲爱的维多:

我终于回家了。哥伦比号原本预计十二点靠岸,实际上十点半就到了。妈妈、爸爸和女孩们都来了码头。萨蒂、米拉和萨薇长大了,都很漂亮,我真的认不出她们了。娜里妮很可爱,但长得像中国人。希万害羞而安静,妈妈说他表现出这副模样只是因为我回来了。他什么都不懂,但是很愿意学习。所以,我先给他几天时间来习惯我的存在,然后再教他东西。他即将入读一所私人学校。天知道那是谁办的。不管怎样,我已经见到了罗米利,从九月开始,希万大概会由他来教。

巴卡玛穆①一直对妈妈和孩子们很好。他承诺从八月起每月补贴他们五十元,因为爸爸的薪水只能领到七月份。阿贾②一家也对他们很好。令人吃惊的是,他们去了码头迎接我,那些没去码头的人则在下午来了家里。宝宝和巴格瓦特③(玛米的姐妹和兄弟)竟也来家里看我。还有很多其他的人。

今天早上我和杰斯、傅娃④、希塔、戈什一起去弗雷德里克街⑤散步。街道看起来非常狭窄。

---

①即辛伯胡纳特。
②印地语,意为"祖父"。此处用来尊称西帕萨德的姨父苏克迪欧。
③鲁比(昵称宝宝)和巴格瓦特·拉莫塔,分别为辛伯胡纳特妻子的姐妹和兄弟。
④西帕萨德的表妹尤索德拉的姑姑(苏克迪欧·米西尔的姐妹;"傅娃"是印地语,意为"父亲的姐妹"),希塔是尤索德拉的女儿。
⑤西班牙港市区主街。

爸爸种的那棵有名的"遮阴树"已经能遮阴了。第一眼看到咱们家的房子，我感到〔看不清〕。每个人都对我说，自从听说我要回家，爸爸跟变了一个人似的——他变得开开心心，不那么发愁了。

关于工作——目前我尚未做决定。等下次写信的时候，我应该能确切地告诉你我在哪里工作，薪水多少。

我们请希塔和克里希纳给你带去衬衫和袜子。

全家人都爱你。

卡姆拉

187 / V. S. 奈保尔写给家里

1953/8/17

亲爱的爸爸，还有其他各位：

你们知道我写的信都遭遇了什么吗？写好了，然后忘了寄，或者没时间寄。直到中午十二点，我才突然想起今天是我的生日。我冲到楼下把这事告诉了房东太太。下午，她给我送上来一个蛋糕。

萨蒂的信和照片是今天到的。我必须承认，我对克里森一点印象也没有。萨蒂用她那难看的字告诉我，她要去玛穆家住了。她似乎很高兴，但我恐怕不会为此欢欣雀跃。我并不怀疑玛穆家的善意，但我们现在应该尽力保持独立。把薪水放到一边，如果卡姆拉接受纳帕丽玛的工作，我会高兴得多。我一直在等她来信，但目前还没有收到一封。你看，让卡姆拉接受纳帕丽玛高中的工作就可以消除你的怨气。但我的确没有资格对此事发表评论，因为我不了解事情的前因后果。不过在我看来，萨蒂不在自己家住是一件很荒唐的事。只有圣人才会做事不求回报；有些事情做了，就会将自己置于别人的攻击范围之内。苏克迪欧则完全不一样，我会毫不犹豫地接受他的帮助。

我真是烦透了卡珀 R 对你的影响。但是，正如我努力想要告诉你们的，这一切都不重要。请别误会。我对卡珀 S 没有丝毫敌意；非要说有什么的话，对于玛米和他，我抱着旁观的态度。在我关于特立尼达那个大家庭的内部关系的记忆中，无所不在的绳索紧紧束缚着每个人。我只是希望你远离那些琐碎的、没有尊严的争吵。

我在农场的第三个星期刚刚开始。工作时间很长：从早上九点到晚上八点半，但我还抗得住，我真的喜欢这种体力挑战。我盼着家里来信，我会在五天之内再写一封。

再见
维多

*188 / 卡姆拉·奈保尔写给 V. S. 奈保尔

家
1953/8/18

亲爱的维多：

我不知道你是否收到了我们写的信，还是它们仍在你们学校的收发室。

我得到了一份很不错的工作，你一定会为此感到高兴。这份工作在圣奥古斯丁女子高中，地点当然就在圣奥古斯丁。薪水是每月一百八十元,最高可以拿到两百七十元。每年增加十五元。不错吧?你可以想象大家有多高兴。

这意味着我每天都要跑去圣奥古斯丁。爸爸不上班了,也不能开车。所以他把车给我了,我正在学开车。普拉卡什①在教我。

爸说他已经把大会学校的事和许多其他的事都详细地告诉你了。我就不再重复了。玛穆真坏,把我叫去让一帮蠢货支派,每月只给我八十元。我对他没敌意,但你知道吗,他差点让妈妈把我们的房子卖掉,搬到贫民窟去住——他的理由是妈妈可能需要钱去还债。明白我说的了吧,他们对我们真的没怀好心。他们也许会随意跟我一起说笑,但我绝不会相信那个家族的任何一个人。迄今为止,妈妈娘家这边尽力同我们保持距离,天哪,我可以想象他们是怎么说我坏话的。爸爸这边的亲戚都很好,当然,除了恶毒的拉姆丁姐妹、拉奇敏和沙姆戴②。你知道吗,很多人来是想看我可怜巴巴、操一口粗糙平板的印度英语的样子。可是,他们发现完全没有必要可怜我,自然会狠狠地说我坏话。

顺便说一句,圣奥古斯丁高中是纳帕丽玛董事会(长老会的人)新办的一所女子学校。

你一直没给家里发电报,我想这意味着你得了B。③我觉得你不应该离开牛津。你应该趁着有机会,接着攻读文学学士学位。家里有我就行了。我还能不时给你寄些钱,虽然不多。如果你急需用钱,别怕跟我说。爸爸盼望见到你。他每天都会提到你。他想知道你为他推销小说的事进展如何。他完全依赖你,等着你,现在他把写小说当作收入来源。他提到了《蛙人》。如果你认为BBC会采用,请你通读一遍,寄给他们,或者爸爸必须自己动手?你看着办。关于爸爸的事情,下封信接着说。

---

① 普拉卡什·拉姆丁,苏克迪欧·米西尔的侄子的儿子。
② 西帕萨德的表亲,未经确认。
③ 卡姆拉推测正确。(那时牛津B等成绩不细分。)

傅娃，爸爸的姐妹①，还是像以前那样又瘦又精明。她听到有人说请代他向你问好。所以她说："贝蒂②，下次给维多写信的时候，代我向他问好。"在句尾特别加重了语气。快点给我回信。

爱，卡姆拉

189 / 西帕萨德·奈保尔写给 V.S.奈保尔

53/8/19

亲爱的维多：

现在，我们已经非常习惯有卡姆拉在身边。对家里人来说，她的归来让我们的境况大为好转。但我也知道，很多亲戚不太高兴，因为卡姆拉已经能够照顾我们。更令他们恼怒的是，她竟毕业于一所英式学校。他们希望看到她身披纱丽，说着地道的印地语，像贝拿勒斯本地人那样说英语。但事实并非如此，令他们很失望。所以自从回到家，卡姆拉只去过17号两次——一次是下船后，另一次是出于礼貌的拜访。她回家帮助我们，能够并且乐意帮助我们——这刺痛了很多人。

上周一我陪卡姆拉去了圣奥古斯丁女子高中。康斯坦丝·韦杰小姐——这所学校的校长，出生在加拿大——面试了她。面试非常成功：从九月开始，卡姆拉将在那里教授地理和英国文学。据校长所说，她的月薪是一百八十元。每年递增十五元，最高可以达到两百七十元。大会

---
①此处可能指西帕萨德的姐妹，也可能指西帕萨在186号信中提到的傅娃，即他的表妹尤索德拉的姑姑。
②印地语，意为"女儿"。

让她在拉里当校长的小学做助理教师，月薪只有八十元。她今天就会写信拒掉这份工作。

假如卡姆拉学了印地语，她就可以讲印地语，但了解的印度历史和文化也会非常有限。特立尼达懂印地语的印度教徒很多，但我看不出懂印地语给他们带来了什么好处。他们本质上还是那么无知和迷信。迪那纳特就是个例子。

昨天，朱尔斯·马哈比尔夫人来了我们家。她的丈夫马哈比尔先生是圣奥古斯丁高中管理委员会的主席。[①]当卡姆拉的求职申请（从贝拿勒斯寄过来）被拿出来审议的时候，他大力推荐了她。下个月，卡姆拉会为西班牙港的一个妇女团体做一场报告，讲她在印度期间的经历。这次报告是马哈比尔夫人邀请她做的，并且安排了相关事宜；但卡姆拉并不热心，她不喜欢做这类事。不过，为了避免不愉快，她还是答应了去做报告。

上个星期天，家里来了一些客人。那天萨蒂和克里森·比松达特订婚。除了卡珀S太太，卡皮迪欧家其他人都没来。我这边还来了乔治·拉杰库玛先生和夫人[②]。萨蒂一心想着她的婚礼。但她和卡姆拉本来可以大大改善家里的经济状况。至于我，两三个星期后，我可能要开始为苏克迪欧先生看店了。薪水也许只有《卫报》的一半。不过，这是一份安静轻松的活儿，我应该能够应付。

最重要的事：现在先别离开学校。你要充分利用这个机会，因为一旦失去，就不会再有。有了卡姆拉的帮助，我们至少可以在未来一两年过得很好。

刚才我在教希万词性。他没有你小时候反应快。他身上没有你那种

[①]朱尔斯·马哈比尔是第一位被任命为地方行政长官的印度裔特立尼达人。他和他的妻子明妮是一个印度文化协会密涅瓦俱乐部的赞助人。这个俱乐部经常在他们位于西班牙港圣克莱尔的宅子里举办活动，还出版刊物《密涅瓦评论》（1941–1944），这是特立尼达第一份印度文化杂志，西帕萨德还为其写过稿。
[②]乔治·拉杰库玛娶了西帕萨德的表妹尤索德拉。

独特的早熟气质。他不愿意思考。这会儿卡姆拉正在给他讲罗宾汉的故事，那本书是萨薇得到的奖品。你寄来的《亚瑟王和兰斯洛特骑士》对他来说太深了。不要把他想象成一个蠢笨的、懒洋洋的家伙。他一点儿也不笨，就是太贪玩，不肯专心学习。尽管如此，他还是在私立学校最近的一次考试中得了第一名，他对此非常自豪。从九月份起，他就要去罗米利的东方男童公立学校上学了。罗米利好心答应用自己的车接送他。

我没能把他送进特安贵立提。

请读一下《蛙人》，然后告诉我它是否能获得斯万齐的赏识。我听说目前他们手上攒了"一堆中篇"，所以我的下一篇（"我希望你能尽快寄出"）必须是个短篇，就是说不超过两千五百个单词。《古鲁德瓦》的最后一章应该也可以改成一个很好的短篇。如果你能打一份寄给我，我会非常高兴。

我们眼下用的正是上一篇小说的稿酬，是时候再寄一篇了。千万别忘了——我是说寄给我一份《古鲁德瓦》中的《蛙人》或《五人长老会》。

克里希纳和希塔将给你捎去几件衬衫、几双袜子，还有一个黄铜花瓶。请收下它们，特别是花瓶，当作你二十一岁生日的礼物。它们寄托着全家人对你的爱。——爸爸

〔写在信纸边缘：〕

英国广播公司特地向我提出，希望我给他们写更多故事。

〔卡姆拉手写：〕

爸刚才承认他直到现在都没有习惯跟妈待在一起！有很多关于罗茜等人的闲话，下次写信告诉你。

卡姆拉

190 / 西帕萨德·奈保尔写给 V. S. 奈保尔

〔卡姆拉手写：〕

1953/8/21
尼保尔街 26 号
圣詹姆斯
西班牙港
特立尼达岛

最亲爱的比姆：

我到家了。

〔父亲手写：〕

这是卡姆拉的笔迹。如果我不用这张信纸，它就会被浪费掉。所以请别介意我用它给你写信。——爸爸

亲爱的维多：

星期二，九月一日，卡姆拉就要开始在圣奥古斯丁女子高中教书了。出了点小问题，但最终妥善解决了。首先是关于贝拿勒斯印度大学是否得到英国相关权威机构承认的问题。昨天，这里的印度事务专员收到一封从伦敦寄来的信，说贝拿勒斯印度大学是得到认可的，还附了一份英国承认的印度大学的名单。要没有这份及时寄到的证明，卡姆拉的薪水就会减半。昨天，我陪着卡姆拉去教育部见了莱因斯沃斯先生，他说卡姆拉学位的有效性和价值毫无问题。如果卡姆拉得到的是一个荣誉学位，或者未以甲等成绩通过考试，她的薪水就会低于最高起薪一百八十元。每年增长十五元，最高涨至两百七十元。现在我们都松了一口气。

家里没有什么麻烦。我感觉越来越好，但说实话，任何持久一点的

体力活我都干不了。我能做很多事，但仅限于案头工作——比如我现在正在打字。我倒不担心。给你写完信，我要开始打《达鲁叔叔》——重写了一遍，打算投给英国广播公司。（顺便说一句，我寄给你的那一版你可以完全按你的想法修改。）要是斯万齐采用了这篇，我再把《蛙人》寄给他。我确信，我至少可以拿《古鲁德瓦》的结尾部分改出一个短篇。我指的是"五人长老会"那一段。

萨蒂还没有去卡珀S家。也许是巧合，我也一直反对这样的安排。他并没有给我们他曾答应要给我们的五十元，感谢老天，我们也不想要——当然，除非他主动要给我们。希钦斯答应本月底给我一半月薪（八十二元五角）。给不给还不一定。但我们应付得来。我们可能会在短短的一个月里过得苦一点；但我甚至不应该这么说，因为我发现有些事——你知道我绝对相信神的旨意——来得恰到好处。这不是迷信，儿子，这是一种特殊的真理——也许只对那些信的人来说是这样。

你不可能让萨蒂改变结婚计划。如果她能晚一年结婚，会给我们家带来很多好处。但她就是不愿意。如果你坚持跟她讲道理，她就开始哭！而克里森那个家伙想最晚明年二月办婚礼。我使劲劝他延到五月，他不肯。

有一件事让我的生活变得灰暗：我不能吸烟了。我偶尔也会抽一两口，但马上就会生出严重的负罪感，就好像自己犯了罪。不能抽烟让我很难受，因为这会带来痛苦，虽然只持续几分钟。每次抽完烟，我都发誓再也不抽了，但是一吃完饭，或者喝完一杯茶——我现在不常喝茶，因为这也被禁止了——我就想抽烟，然后就打破了誓言。但现在我已经好几个星期没抽了。

卡珀R完全没有跟我说起过你，我也没有问过他你怎么样。我知道他这个人说话夸张，所以即使他说了贬损你的话，我也不会全信。

别以为我们忘了你二十一岁的生日。我们没有。我们会让克里希纳和希塔给你捎去衬衫,还有一个黄铜花瓶,让你留作纪念。不过克里希纳和希塔九月十八日才出发,算算他们抵达的时间……我们收到你两封信——一封讲了你在农场干活的事,另一封讲了些其他的事。

你应该继续大学学业,因为机不可失。如果你失去了这个机会,我会恨自己。你没有必要放弃。

爸爸

191 / V. S. 奈保尔写给家里

1953/8/25

亲爱的卡姆拉、爸爸妈妈,还有其他人:

我应该先给萨蒂写信,恭喜她订婚。但现在已经是晚上十一点一刻,我在农场工作一整天,我想还是明天再给她写吧。

自从卡姆拉回到家,你们的来信确实让我欣喜。我感受到了你们的兴奋和快乐,这也让我非常高兴。卡姆拉能得到那份工作,我尤为开心。隔着这么远的距离,我简直不敢相信我们会遇到这样的好事。不过有件事让我很不满,没人跟我说过你们曾计划把26号卖掉。但这也没什么大不了的。

我找了人将《蛙人》打出来。恐怕你没必要在信里叮嘱我,我早就看中这个故事了。我会做个改动。在故事展开一半的时候转而描述过去。我想用一般过去时。这篇小说有一个精彩的开头——"关于贾穆尼,有件事令人费解……"——我是根据记忆引用的。我想自己打。但这台打字机是一个美国人的,而我本该前天还给他。他明天一早就会把它拿走。

我听说了一件不寻常的轶事。我去了那个美国人寄宿的公寓。按照他的指引,我来到一栋老房子前面。房子里落满灰尘,杂乱不堪,走道狭窄,楼梯摇摇晃晃。我看到的第一个开着门的房间里遍地垃圾。楼道里飘着油漆的气味,我猜想这栋房子正在重新装修。隔壁房间有人问:"谁在那里?"我说:"这是80A吗?"房门开了,一个男人走了出来。他年纪不小了,戴着一副眼镜和贝雷帽,手里提着一桶油漆。我朝房间里瞥了一眼,天花板中间部分掉了下来,地板凹凸不平,墙板也很旧。他详细地给我指了路,原来他就是我朋友的房东。他带我参观了那栋房子,给我看了一个十五世纪的房间,还跟我说了许多他的事。他曾去监狱里和孤独的囚犯聊天。他住的房间——就是建于十五世纪那个——里面挂的那种风格的画只有在古董店才能见到。那个房间里的每件东西都像是从古董店搬来的。在道别前,他对我说:"你遇到我的那个房间,就是我正在粉刷的那间,你了解它吗?"我说不了解。"刘易斯·卡罗尔曾住在里面。他就是在那里写出了《爱丽斯梦游仙境》。"我不知道这事儿。自从来到牛津,我已经几百次路过这栋房子,但我很难想象"刘易斯·卡罗尔的牛津"的迷人之处。这一片街道越来越破败,流氓恶棍出没其间。在卡罗尔的时代,纳菲尔德还没有在牛津郊外建立莫里斯汽车工厂,牛津对小混混和产业工人没有多少吸引力。如今,一切都变了。

我想我还要在农场干一个多星期。在农场时间长了,有点舍不得离开。尤其是当天气好的时候,我们会用联合收割机收麦子。联合收割机是一种神奇的机器。如名称所示,所有收割工作一次性完成。它可以割麦、脱壳,把麦壳和麦秆顺着一个方向吐出来,同时将麦粒送进一个大箱子。我的工作是装袋。这是一项非常需要技巧的工作。因为麻袋很大,我必须保证不让它折起来。一麻袋麦子重两百五十二磅。事实上,每天工作十一个小时之后,我并不像最初两个星期那样筋疲力尽。我很累,但心情愉快，有种干了一整天活儿之后的满足感。只是记账之类的工作比较无聊。此外，十一个小时的活儿干下来，一天就剩不下几个钟头了，晚上的时间因此显得更加珍贵。我感觉我的体力还不赖。胳膊上虽没有长出大块肌肉，但已经变得又硬又结实。肩膀上的肌肉也变硬了。我感觉身体非常轻快舒畅。

我将在九月十四日去见职业委员会的人。我翻阅了学院的招聘信息目录。我对联合国的某些职位比较感兴趣。如果申请失败，还可以选择东方国家或者海外的一些公司。我不得不继续留在牛津，至少看起来是这样。在我找工作期间，我还需要钱——这段时间可能是四个月、六个月或者八个月。假如我留在牛津却没在修某种课程，殖民地部不会给我津贴。可是选哪种课程呢？我可不想在牛津再待两年。我对现代语言方面的学位很感兴趣——法语和西班牙语。应该和我在一九四八年学过的内容大体类似，但恐怕现在很多都忘了。我不知道。但我并不是太担心。车到山前必有路。

我希望你在认真写作。我想要把特立尼达看得更清楚。我看起来一直在写小说。我不缺素材。但我相信，在特立尼达待三个月，积攒的素材够我写三年。一旦有空，我会寄一本詹姆斯·乔伊斯的《都柏林人》给你。他那篇《泥土》收录在大众文库的选本里。你很喜欢那个故事，还曾读给我听——讲的是一个护士要去拜访一家人，最后发现忘记带蛋糕了。

爱你们大家，祝福你们。不早了，我必须停笔了。

维多

*192 / 西帕萨德·奈保尔写给 V.S. 奈保尔

9/3

亲爱的维多：

我们交了点儿好运。真是出人意料，希钦斯在八月底给了我一个月而非半个月的工资。所以我们有一百六十五元来应付九月份；我可以付一些账单，买点儿东西。我为自己买了一件长外套——这是自从你离家以后我为自己买的第一件衣服——两双袜子、两件睡衣、刮胡子用的镜子，给卡姆拉买了件纱丽。卡姆拉额外得到一些钱，我没有问她是谁给的。我们给你买了四件"精英"衬衫和三双羊绒袜。今天或明天，我会给你买一个印度产的黄铜花瓶。

我每天早晨开车送卡姆拉去位于圣奥古斯丁的学校上课，晚上再把她接回来。一旦她学会开车并且拿到驾驶执照，我就解脱了。昨天我给她上了第一节驾驶课，但是那"太刺激"了，我不会再这么做了。

我听说卡珀 R 这个月十八日就要走了；他还没有到我们家来过。你说得对，这些亲戚关系对我们来说没什么重要的。我去年一月病倒，他们没有一个人问我过得怎么样。就只是到病床前来看望一下，面带悲伤的表情。就这点儿剧情他们也演得很差，看上去很假。

我想卡珀 R 此行主要是为了分割卡珀家的财产，但到目前为止我们没有听到任何消息，除了我们家将分得四桶谷子——我猜这是因为老鼠快把查瓜纳斯楼上库房的谷子吃光了，所以他们想处理掉这些讨厌的东西。

你的东西我们会让克里希纳和希塔给你捎过去，他们九月十八日启程。

所罗门上个星期出发去牛津了。他申请到了三年的奖学金。我希望你好好利用你的奖学金继续深造。卡姆拉工作了,我们的日子过得去。

爱你的爸爸

*193 / 西帕萨德·奈保尔写给 V.S.奈保尔

1953/9/6

亲爱的维多:

我想卡姆拉并没有像她许诺的那样经常给你写信。她的一个坏毛病就是拖延。我刚才问米拉她最后一次给你写信是什么时候,她没有回答。萨蒂告诉我她一周前给你写过信,但是你没有回复她。

卡姆拉似乎已经习惯了教书的工作,但会抱怨一件事:她被分配教数学,而她更擅长教地理。不过,这只是学校由于急缺人手而做的临时安排。可能从明天或者周二开始,她就可以教地理了。她披着纱丽,在那些人中间看上去既特别又非常迷人。

家里其他人都健健康康。不过,卡姆拉应该去找耳鼻喉科医生,看看她的鼻窦炎。但无论如何,她的鼻窦炎没有加重。萨薇将在马亚罗的海边和希黛等人①度过一周……娜里妮今天第一次在没有人扶的情况下走了三步。这是我们家的大事,卡姆拉、米拉和希万都为她鼓掌。

顺便说一句,明天希万就要去东方男童公立学校上学了。我想先把他送到学校,然后再送卡姆拉去圣奥古斯丁。在我接卡姆拉回家的时候,希万还在上私教课,所以他得自己坐公共汽车回家。

---

① 可能是比松达特家的人,奈保尔家未来的姻亲。

我已经把删减过的《达鲁叔叔》寄给林多夫人了。我希望斯万齐能够接受。你的小说进展如何？罗茜很奇怪：这么多年了，她从来不和父母说话——除了吵架的时候。同苏丹先生吵架主要是因为他放短期贷款，苏丹夫人如果烧了鱼，不会给丈夫吃。结果就是吵架。

爸爸

194 / V.S.奈保尔写给萨蒂·奈保尔

大学学院
牛津
9/7

亲爱的萨蒂：

你本该早就收到这封信了；我因为事情太多，一直拖到现在才写。

得知你订婚的消息，我非常高兴。给你和克里森我最深的祝福。你不必为不想推迟婚期而愧疚。所以，尽管爸爸想让你等等，你也不用烦恼。我确信他会理解你的。我这边没有多少新闻。你想知道的，卡姆拉肯定已经告诉你了。我想我肯定要在牛津待到明年六月份，就是说还有九个多月。我希望到那时我能找到一份不错的工作。

我真诚地希望你写字不要那么潦草。我想这不难做到。简单比龙飞凤舞要容易。你的字让人看不下去。毕竟，ABCDEFGHIJKL 写起来和读起来都很容易。ABCDEFGHIJKL〔花哨扭曲的大写字母〕却不是。

如果能经常收到你的来信，我会很高兴。我不是每封信都回，但我并不想这样。

> 再次送上衷心的祝福
>
> 维多

195 / 卡姆拉·奈保尔写给 V. S. 奈保尔

> 家
> 1953/9/7

亲爱的维多：

　　爸急得团团转（字面意义上），这种状况一直持续到昨天晚上——你一定病得很重。爸头脑中关于你的画面让我觉得好笑。我从来没有听到过这么生动的想象。怪不得他写东西写得那么好。在他的想象中，你已经变成了一具骷髅——一具完美的标本——走在圣约翰大街上。他极其渴望见到你。

　　所以，维多，趁着你还在牛津，好好利用那里的机会。你要理智地考虑全局，做那些对你未来最有好处的事。你想离开学校这件事似乎让爸很伤心。所以，你要全力以赴，好吗？

　　我们为你买了"精英"衬衫，两件白色的，一件灰色的，一件蓝色的。我告诉你价格，你可以比较一下。四件衬衫一共十五元三角。我个人觉得很划算。我们还买了三双纯羊毛袜子，每双两元六角四分。等你穿上它们，就能告诉我们感觉如何了。如果穿着舒适，写信告诉我们。我会不时托去英国的朋友给你带一两件过去。

　　我回来以后，家里的气氛变得欢快起来。就好像希望主动找上门来。看到我回来让他们这么高兴，我也很高兴。我很喜欢在圣奥古斯丁教书。

那里百分之八十的女生都是印度人，其中一些非常可爱。

爸爸和家里其他人都在为你明年暑假回家做准备。其实这可以很简单。政府会为你买回特立尼达的船票，我们则为你解决返程的旅费。帮我个忙——你可以预支一部分生活津贴先把返程票买了。别觉得我自私。你知道我工作不久。但是，为了明年夏天你能回家，我会尽全力的。

我的驾驶课成了全家人的乐子。我总能制造出笑料，爸很喜欢。今天下午从学校回家，丘吉尔-罗斯福公路那段全程都是我开车。我的车技有进步。我第一次用两个车轮转弯。这些天，我一直用四个轮子转弯。爸说，我可以去马戏团表演。

罗茜的情况是，她仍旧圆滚滚，红扑扑。理查德去了英国，妈说："那成了她的荣耀。"她还没有网住一个丈夫。罗茜本已订婚，但她抓住未婚夫做了不轨的事情，差点儿剥了他的皮。之后她勾搭上一个有车的男人，她的贝蒂姨妈鼓励她这么做，因为贝蒂想开一间自己的食品店。现在每个人都很失望。罗茜的男人觉得她很丑陋。现在情况就是这样。罗茜又丑又老，还没有嫁出去。她非常沮丧。

贝蒂没开成食品店，于是找了个黑人。罗茜这样忠告我："我很高兴我没有结婚。你认为我会嫁给傻瓜吗？"我为她感到遗憾。

〔没有签名〕

196 / V.S.奈保尔写给卡姆拉·奈保尔

大学
9/7

亲爱的卡姆拉：

我早就该给你写信了；但我一直在农场干活。我在八月底的时候不得不停止在农场的工作，因为从那时开始，我就生病了——这是我离家后最严重的一次哮喘发作。医生跟我说最近很多人哮喘发作。我想这是天气的缘故。只要天气变得炎热，我就不舒服。当然，无法工作令我陷入了经济困境，所以我将不得不请你帮个大忙。不是现在。我只是提前打个招呼。明天我会把《蛙人》寄给斯万齐，把副本寄给爸爸。我只能做这些了。

我并没有不开心：我的哮喘已经持续很久了，现在我的桌子上放着好几种药——样子古怪的吸入剂、餐前服用的药片，还有餐后服用的混合剂。我这辈子从未吃过这么多药。

我还没有听人说过你工作的情况。但是我觉得你应该表现不错，工作投入。你应该读一读莎士比亚和弥尔顿的所有作品。这有助于提高你的洞察力，授课也会更有效率。

哮喘最折磨人的地方在于它让人心烦意乱。我以为随着年纪的增长，我已经摆脱它了，但它又来了。估计一两天后我就没事了。

尽量与更多人为善，无论他们态度如何。

你的维多

197 / 西帕萨德·奈保尔写给 V.S. 奈保尔

1953/9/24

亲爱的维多：

克里希纳和希塔·拉杰库玛已于九月十八日登上了哥伦比号，大约十天或十二天后抵达英国；你可以据此算出他们到家的时间。我们托他们给你捎了几样东西——四件衬衫、三双袜子、一个花瓶和两个半罐的三文鱼。我还给你买了一幅画，中国人用软木做的，上面是一条河流。但这东西太娇气，我不确定克里纳和希塔能把它完整地交给你。事实上，希塔说，她不能保证会将这幅画完整无损地交到你手上。所以我决定把它留在家里，等你明年六月或七月回家时再给你。当然，我们已经讨论过你回来度假的事。卡姆拉认为你可以用你的季度津贴买船票；然后由我们为你补上回程的旅费。如果你能这样做，我会非常高兴。从现在开始就为回家做打算吧。

有一个令人遗憾的话题，我一直拖着不提。我装作一切都将顺顺利利，原本可能还会继续假装下去，但卡姆拉坚持认为我必须将此事告诉你，因为这让我们忧心忡忡。好吧，我直说了：家里每个人（包括我自己）都觉得，如果你结婚了，我们就会失去你。我们不能失去你；我已经不能再干重活了。家里必须要有一两个人工作，直到你的弟弟妹妹们长大自立。他们让我提醒你，你的舅舅楼陀罗纳特就是一个好例子。他公开表示和他的姐妹们毫无关系；至于姐妹们的孩子，就更和他没什么关系了。为了证明这一点，他从来没去拜访过亲戚们；即使这样，他的家族成员们还是卑躬屈膝地送他上了回英国的轮船。

卡姆拉做了很多事情，实际上她包揽了一切；她担起了男人的担子，我非常肯定，我很感谢卡姆拉，但我不愿意成为她的负担。此外，她迟早要嫁人——越早越好。我一直在找工作，但因为我的身体状况，《卫报》不再想要我，没有地方想要我。而我还挑挑拣拣，只能做简单轻松的活儿。没有人愿意雇人做一份轻松的工作，除了苏克迪欧。顺便插一句，他的店还没有筹备好，天知道什么时候能开张。

我也不想拖累你一辈子；但是你应该帮助家里。我原想卡姆拉可以帮助家里一两年；然后轮到萨蒂（但你看萨蒂现在做了什么）；萨蒂之后是米拉和萨薇。但你千万不要跟姑娘们说这些。如果你能将婚期推迟三四年，你将能更好地帮助家里。我并非没看到你的寂寞。

假如你找到了一份收入不错的工作，家里某个人就能去英国或者无论什么地方找你。我们会尽力为你营造家的温馨。

这封信可能会让你很不开心，想到自己是你不开心的起因，我很难过。最终你还是会照自己的心意去做。我只是必须说一两句，现在已经说过了。

现在，我们这里合格的中学教师供不应求。巴拉塔里亚新成立的公立学校圣乔治学院因为缺少教师不得不延期开学。还有好几所不同宗教背景的中学正在兴建，或者即将建成。

有一个曾在牛津读过四年书的名叫阿卜杜拉的家伙[①]被女王皇家学院任命为语言部主任。那个罗韦尔·德比辛格已经去了牛津，进修一个为期三年的什么课程。

女王皇家学院给具备资格的教师开出四百元的月薪。我说这些，并不意味着我想让你待在特立尼达，只是传达一些信息给你。在这个小池塘之外，你可能会有更好的机会；但是我确信你将在这里度过一个愉快的假期。

我全部的爱

爸爸

[①] 可能与 V. S. 奈保尔在第 54 号信中提到的阿卜杜拉是同一个人。

*198 / 卡姆拉·奈保尔写给彼得·贝利

尼保尔街26号
圣詹姆斯
西班牙港
1953/10/5

亲爱的贝利先生：

因为您离维迪亚最近，我想请求您替我们这些他的家人办一件非常难办的事。

维迪亚知道，我们的父亲心脏不好。他现在已经跨过了那道坎，去了我丝毫不了解的地方。

上个星期六[①]，九点左右，他有一次比较轻微的发作，但立刻就过去了。他很快就好了，还跟我们开玩笑，聊天。下午三点左右，又发作了一次，动静比第一次更小。这一次，他让我们去叫医生。梅维斯·拉姆帕萨德医生到我们家的时候，爸爸还在微笑。她为他做了检查，除了肺部有轻微的瘀血（心脏病发作引起的），别的一切都好。我们和他说话，甚至还跟他开玩笑。那个时候，你根本不会觉得他是个病人。我妈妈、我妹妹米拉，还有我和他在一起。但是，四点四十五左右，他的心脏病第三次发作，而且很严重，他痛得呻吟起来。打针之后，他安静了很多。之后，我马上让人把舅舅和弟弟妹妹们叫了过来。他们刚赶得上看他最后一眼。他死得很平静，就像医生所言，"像一支燃尽的蜡烛"。他一直希望那样。他不知道自己快死了，这让我有些安慰。一想到他可能不得不离我们而去，他就很怕死。遵从他的遗嘱，我们火葬了他（昨日三时）。

[①]即10月3日。

他渴望见到维迪亚，想让他明年六月回家一趟，哪怕只待很短时间。我们在家的人希望维迪亚能完成他这个心愿，过了今年，明年六月回来看看我们，特别是妈妈。他走的时候很担心。他以为维迪亚病了。距离维迪亚上次给我爸爸写信已经过去好长一段时间了。他的短篇集一定要出版。他把命都献给它了。

维迪亚一个人生活。请为了我们好好照顾他。

非常感谢
卡姆拉

*199 / 萨蒂·奈保尔写给彼得·贝利和 V. S. 奈保尔

尼保尔街 26 号
圣詹姆斯
1953/10/7

亲爱的贝利先生：

也许您随意一瞥就已明白，这封信是写给我的哥哥维迪亚的。我是他的妹妹萨蒂。在爸爸去世之后给他写第一封信的任务落到了我的头上。我之所以把信寄给您是因为，我想，在您向他转达了这个噩耗之后，他再看到这封信的反应会稍微平静点。① 因此，我请求您在最合适的时候把这封信转交给他。

还有，我听卡姆拉说，他非常喜欢您，因此，我请求您照顾他。再

---

① 收到这封信之前，V. S. 奈保尔可能已经在 10 月 10 日从在伦敦的柏斯黛·穆图那儿获悉父亲去世的消息。

有，如果您觉得他应该回家，请鼓励他这么做。因为我知道他最崇拜爸爸，因此不可避免地想到，他现在很需要精神支持，我想您可以给他这种支持。

先生，我再一次恳请您照顾维迪亚，为了我们的母亲，请尽您所能帮助他。我的姐姐卡姆拉似乎对您充满信心，所以，请不要让她失望。

十分感激
萨蒂·奈保尔

家

最亲爱的维多：

我们这些在家的人和你一样震惊。好在只有几分钟。他并不痛苦，感谢神。就像他所期望的，他走得很平静。同往常一样，他那时还在说笑。但是，亲爱的，我们都深爱着他，所以，我们异常痛苦。我说我们爱他，而不是爱过他，因为，亲爱的，虽然他已经不在人世了，但是他仍在我们心中，永远都在。他走了，怀着对卡姆拉的成绩的自豪，他更为有你这样一个优秀的好儿子感到骄傲。而我们也为他感到骄傲。在物质上，他留给我们的只比平均水平好那么一丁点儿，但在精神上，他留给我们亿万家产。教育是最好的财富。他对你满怀期待，所以，亲爱的，不要让他失望。记住，妈妈现在代表他，此外，你还有五个爱你的姐妹，一个像你一样出色的弟弟。

作为爸爸的长子，你还有一项责任，即出版他的书。那样的维多才是爸爸的珍宝。那是他一辈子埋头奋斗的成果，虽然他无法亲眼见到自己的小说被印制成书，但我们都会在这儿"向他脱帽致敬"。

好了，亲爱的，放轻松点。我知道你一定很悲痛，但是记住，我们一直记挂着你。如果你想回家，就回来，因为毕竟那儿没人照顾你。在这儿我们都愿意照顾你。顺便说一句，如果你需要钱，告诉我们，不要犹豫。

我们每天都会给爸爸的照片挂上花串，听到这，你会感到欣慰吧，我们会一直这么做。他喜欢花，所以，我们每天都会给他献花。

不要担心家里。这儿一切都有条不紊。等你回到家，你会发现家里的一切和你离开时没有什么两样。只是我们的一家之主不在了。但是，亲爱的，我觉得爸爸不会希望我们一直伤心下去。所以，我们要努力让自己高兴快乐、微笑起来，特别是后者，我们会因此一直怀念他。

一收到这封信，请马上写信或发电报回家，这样，我们就可以直接写信给你了。我期待能在写下一封信之前收到你的回复，所以，请尽快回信，哪怕只写一行。

永远爱你的妹妹
萨蒂

200 / V.S.奈保尔写给西帕萨德·奈保尔

大学学院，牛津
1953/10/8

亲爱的爸爸：

很抱歉这么久没给你写信。如果你知道这段时间我是如何度过的，你肯定会被逗乐。如你所知，八月份我都在农场干活。接着我的哮喘犯了（医生告诉我，那个时候这一地区所有有哮喘病的人都复发了）。我不得不卧床休息了两周。有一天，一个朋友说他要去布里斯托尔。你可以在地图上找找。他打算开车去，我决定出去兜兜风。他要去见他的分公司经理。他在一家图书公司当推销员，推销《家庭百科全书》《知识全书》之类的书籍。结果，我发现自己也可以干这个，拿百分之十五的佣金。每卖出一本《家庭百科全书》，我就可以赚到七先令十便士。现在我已经卖出了二十三本。我还卖了一本字典。这生意的利润如此丰厚，以至于我想明年夏天拿着这些书到特立尼达去卖。我想我们能卖出不少。不管怎么说，我挣的这笔钱能让我顺利地度过九月。这份工作并不复杂，想要的人自然会买。

由于没有打字机，我整理你的书稿时很不方便。不过，我已经准备以每周七先令六便士的价格租一台。

现在说说我的计划。你可以指望在十个月内见到我，也就是明年六七月份。我保证，我渴望再次陪在你身边的心情和你渴望见到我的心情同样急切。两个星期以前，我开始厌恶英国的食物。我思乡心切，躺在床上的时候，脑海里都是烙饼、南瓜和炸蔬菜饼——恰好都是你不喜欢吃的。英国食物真是灾难和悲剧。在加工蔬菜这件事上，这儿的人表现得无知而粗鲁。在这里吃蔬菜真是痛苦。

我知道并且也能理解你想让我回特立尼达生活这个愿望。但请听我说，假如我那样做，我会因缺乏知识的滋养而枯萎。两天前我遇到了所罗门·卢奇曼。我从来没有意识到这个人如此丑陋，如此粗糙——低额头，脸又胖又方，嘴唇很厚，鬈曲的头发梳成背头。现在，他也算是一个受过教育的人了。但在我看来，他没文化。在家乡时，我就感觉到和周围的人之间有鸿沟——人们都说我自负，你还记得吧——现在这个鸿沟更宽了。以卢奇曼为例，他见识短浅，思想狭隘，仍旧把特立尼达视作光辉的源泉。他固执己见，拒绝承认问题可能会有另一面。自身对读书并无兴趣：跟大多数人一样，他只在迫不得已时才会读书。他不像你，你会为了一本书的风格，为了创造这种风格的人而阅读。他不会说话，发音粗鄙：他说 preférable 而非 préferable。也就是说，他先读 prefer (pree/fir)，再加上 able (ubble)：pree-fir-able。实际上应该把重音放在第一个 e 上，读作 preff-er-able。在牛津，他身穿一件有"太阳桥联盟"俱乐部徽章的天蓝色运动上衣。我希望他能注意到，那件衣服在一英里之外都能看见。"天哪，你不知道我们？这可是卡洛尼①的板球俱乐部。"在牛津穿着卡洛尼板球俱乐部的夹克。你能想到比这更狭隘和愚蠢的事吗？我跟他谈论过政治。他目光短浅，固执地将五十万人口的特立尼达当作宇宙中心，这种愚蠢的观点让我恼火。他无视那些更大的问题（"多米尼加的局势和牙买加的饥荒与我有什么关系？"）。他看不见肯尼亚或南非人民遭受的不公正。还有这一事实：十二年前，印度军队就是在肯尼亚的沙漠里遭到德国人的屠戮；今天，印度人移民肯尼亚受到阻拦，德国人反而受到邀请。他对更大的全球范围内的不公正和恶行不感兴趣。特立尼达就是他的全世界。

S. 卢奇曼还是一个受过教育的特立尼达人。

现在，让我们再看看另一面：特立尼达的上流阶层。希塔和克里希纳就是很好的例子。希塔的谈话内容："我是'毅力'、'棕榈海滩'和好几家更古怪的俱乐部的会员。他们在皮亚科有一家俱乐部，喝下午茶的时候可以跳舞。人们可以从下午三点一直跳到午夜。我在船上玩得很开心。这是那位船长的最后一次航行，我们每天晚上都跳舞。"我甚至不相信她知道何为教育。接受教育不等于拿学位——卡珀 R 并不合格。教育意味着更多：它应该培养人文情怀，为生命增加闲适的片段，让人具备思考的能力。假如一个人能将社交的优雅（可以读一下切斯特菲尔德写给儿子的信，非常令人愉悦）转化成精神的优雅，教育的目的就会变得清楚一点儿。希塔只是识字；卡皮迪欧只是个技师，最糟糕的一种现代野蛮人——他认为凭借自己有限的优势就有权对所有事情评头论足。如果你能找到《大众的反叛》这本书，读一下（我在家的时候，中

---

① 位于特立尼达中部的卡洛尼镇是制糖工业和印度教文化的中心。

央图书馆有这本书)。作者是个西班牙人,叫何塞·奥尔特加·加塞特。希塔的生活就是一场场布拉姆[①]。钱之于希塔,就如学位之于卡皮迪欧。英国的上流阶层也许会像希塔一样做一些轻浮放荡的事情消磨时间;但他们每天会抽空阅读《泰晤士报》,对世界大事也有兴趣;他们甚至会每年花二十元订阅《泰晤士文库》。就连他们的社团杂志也有书评部分。希塔甚至连书都不读。

我跟卢奇曼和希塔都合不来。看起来我必须通过努力才能找到一个让我有归属感的团体。特立尼达是不可能了。年薪一千英镑很有吸引力;但如果是在特立尼达工作,这样的薪水也毫无价值。

R. 德比辛格没有来牛津。他好像在伦敦东区某所蹩脚的工程学校。

关于结婚的事,我也不是很确定;我理解你说的道理。我会另写一封信跟你详细解释。

十月十八日,你会在"加勒比之声"中听到我的声音。这是一篇有趣的小品文——我觉得非常有趣。这是我在两年多以前写的东西。威利·理查森[②]请我做了一期六分钟的谈话节目,讲英国的农场——我把在农场打工的那一个月的所有经历见闻都贡献出来了。或许以后,我还能做关于推销员的谈话节目。我从来没有如此迫切地感到我必须写作。但是我沮丧至极。我习惯了使用打字机,没有打字机,什么也干不了。现在,我没有属于自己的打字机。

我要告诉你的最好的消息就是,我现在非常健康。我在去年这个时候患上的精神疾病——它让我的生活变成了噩梦——已经缓慢而确定地消失了。每天早晨醒来,我都为自己的活力感到高兴。每一天都是一次探险。卡姆拉在英国待的时间不长,但确实让我开始康复。她刚到的时

[①]特立尼达土语,意为"聚会"。
[②]在 BBC 工作的特立尼达人,广播员、制作人,之后曾在短命的西印度联邦政府(1958 – 1962)任高级公务员。

候,我仍在低谷。她的出现安慰并治愈了我。她给我们带来了很多欢乐。比起我,她才是我们家的核心。

星期二(十三日),我会去牛津大学职业委员会。我希望到明年六月离开英国的时候,可以定下来一份满意的工作。

英属圭亚那现在怎么样了?希塔有一些那儿的照片。我打电话给《每日简讯》,想把照片卖给他们;但他们不感兴趣。

此刻,我正穿着你们请人捎来的灰色衬衫和袜子。非常合适;衷心感谢。

保重。请转达我对全家的爱。

维多

201 / V. S. 奈保尔写给家里

(西印度)电报有限公司

1953/10/10

TBRP329 EK395 马伊达山 25 10 1355 =
GLT =奈保尔/尼保尔街 26 号
西班牙港/特立尼达
= 他是我所知道的最好的人/我的一切都是他给的/勇敢点/我亲爱的家人/相信我=维多+

202 / V. S. 奈保尔写给德拉帕蒂·奈保尔

大学学院
牛津
1953/10/14

我最亲爱的妈妈:

家里最让我担心的就是你,别的事还在其次。不用为我担心。当然,我一直盼着再次见到他;他给了我一切。但是,正如萨蒂所说,现在我们必须安顿下来,重新开始生活。眼泪和懊悔虽然无法抑制,但毫无用处。

目前我们的境况还没有坏到底。虽然没有人能取代他引领全家,但是我们所有人必须勇敢地团结在一起。

首先,我想详尽地了解我们家现在的经济状况。我们欠了多少钱,等等。请让我知道详细情况。昨天我去了职业委员会,拿了一张招聘信息表。我正在给西印度火柴公司写信,希望得到面试的机会。在工作定下来之前,我不打算回家。我只能在这里找工作。前景还是不错的。如果这些都行不通,我总还可以在石油公司找到一个月薪五十英镑的职位。但我确实希望能找到比这好一点的工作。

此刻,我为希万担心。他需要我;你知道男孩多么需要年长的男人在身边陪伴。等我回家以后,我们再详谈此事。

我不认为萨蒂应该推迟婚期,当然,除非她想这么做。但是我怀疑是否应该在 17 号举行仪式。

卡姆拉的担子很重;我希望她不要认为自己会被束缚好几年。我会尽我所能,尽快减轻她的负担。拉尼和德拉维[①]应该继续上学。我不知

[①] 米拉和萨薇在家的昵称。"拉尼"是印地语,意为"女王","德拉维"是"德拉维人"(亦常译作"达罗毗荼人")的缩写,意指萨薇肤色较深。

道德拉维人在学校表现怎样,但我想卡姆拉很快就会告诉我。

现在最重要的是,你不要沉浸在懊悔中。他为我们大家辛苦工作;他让我们变成现在的样子。想想他的起点,你应该为他感到骄傲。

首先,努力乐观开朗,记住你还有
爱你的儿子
维多

203 / 彼得·贝利写给卡姆拉·奈保尔

大学学院
牛津
1953/10/17

亲爱的卡姆拉:

得知你失去了一位亲人,我万分遗憾。我向你和你的母亲以及你全家表示最真诚的哀悼。

你认为可以给我写信,对我如此信任,令我感动和欣慰。我很喜欢维迪亚。请你相信,我会继续喜欢他,并且尽我所能照顾他,虽然他现在正在攻读研究类学位,不会再因公事来找我。但是,我想他知道,我们家随时欢迎他的到来。我们两个希望他继续把我们当朋友,随时可以上门造访那种。

我星期一下午收到你的来信。那封信在学校门房等着我。我上午没去学院,因为我的课程还没有正式开始。我直奔维迪亚租住的房子,但没有见到他。傍晚去学校吃晚饭的途中,我又去找他,还是没人。我给他留了张纸条,叫他来找我。那天晚上十点左右,他来到我家。

然而,他此前已经被叫去伦敦,知道了你们父亲去世的消息。我见到他的时候,他已经从最初的震惊中回过神来。如你所知,他深深地依恋他的父亲,爱他,钦佩他。他经常提到,他很感激他的家人,他的母亲和姐妹们,但尤为感激他的父亲,他所有的兴趣都受到父亲的影响:语言、文学、写作,甚至打字机的样式。他显然很好地抗住了这个巨大的打击,而且,他无疑对姐妹们的关怀心存感激。(尽管我肯定他会在写信时责怪你因为此事打扰我!)但是你丝毫不必担心;萨蒂也是(很抱歉,我不确定另一封信是不是萨蒂写的,当然,我会把它交给维迪亚的)。我一点儿也不介意。事实上,正如我说过的,奈保尔家的人认为可以拜托我,我非常感动和荣幸。命运安排你来到牛津,并且在你停留的短暂时间里遇到我们,我感到无比高兴——不仅因为我们都十分享受那段愉快而难忘的时光,也不仅因为你给我们留下了迷人的印象,还因为,你遇到了我,我希望你不必担心维迪亚在异国他乡感到孤独!

我向你保证,也请你转告你的母亲和妹妹们,我会尽力照顾维迪亚。致以最诚挚的问候。

你真诚的

彼得·贝利

204 / 卡姆拉·奈保尔写给 V.S.奈保尔

家
1953/10/22

亲爱的维多：

我有很多事情想说，但不知道如何开口。爸爸走了——我想我必须接受事实，但我做不到。有几件事情始终萦绕在我心头——他没能见到你，而他是那么想见你；他没有去成英国；特别是，他没有看到他的书出版。真正令我难过的是，他辛劳一生，都是为了我们。

他的葬礼很隆重。火化进行得很快。每一个前来观礼的人都认为火化进行得非常好。

家里的经济状况还跟以前一样。但是没有了爸爸，我觉得很没劲。你知道教书非常有趣。每当遇到什么趣事，我总是记着——"等爸爸今天下午来接我的时候，我要告诉他。"例如，在为四年级学生改作文时，我看到一个学生这样写道："伯恩斯住在苏格兰。当他长大了，他学习，他学习，并写下他的参考书。"我相信你能想象爸听到后哈哈大笑的样子。现在他走了，没有人能体会其中的幽默了。

换个话题。我们希望你明年六月一定回家一趟——哪怕只待很短时间。如果你回来，也算了了爸的心愿，尽管他已经过世了。他至死都是一个骄傲的人——他为我骄傲，也为有一个在牛津的儿子骄傲。他一直认为你又优秀又体贴。他信任你，并且对每一个人都这么说。

关于家里的财务状况，由于爸爸走得太突然，我现在还不能说什么。过一段时间，我会告诉你的。我们听到了你在英国广播公司的访谈，也听到了他们对爸爸的赞扬。老生常谈——你为什么还不给家里写信？你让妈妈很担心。你要想着她。

爱

卡姆拉

205 / V.S.奈保尔写给德拉帕蒂·奈保尔

大学学院，牛津
1953/10/28

我最亲爱的妈妈：

你埋怨我不给家里写信，你说得对。然而，尽管我非常想写，但我就是没法开始。我心里有什么东西在阻止我这么做。帕特没有催促我，但给我写了一封长信，我还没有拆开看。

亨利·斯万齐非常好心，在广播里向爸爸表示了敬意；尤其那时他正处在生命之称的另一头：他马上就要第一次成为父亲了。

我无须告诉你我现在有多么孤独无助。我努力做好每一件事，因为我想——我总是这样想："爸爸会喜欢听到这个。"比如说，今年的考试我翻译考得最好，但现在他听不到了。在某种程度上，我总是把自己的生命看作他的生命的延续，这种延续，我希望也是一种圆满。我现在仍旧这么想。我还没有力量独立。但愿我能有爸爸一半的勇敢和坚韧。

我现在不想给你们虚幻的希望，但是，在大约三周内，我就能确切地知道我是否得到了那份看起来很棒的工作。我将去西印度火柴公司担任行政助理。这家公司控制着印度、缅甸、锡兰和巴基斯坦四分之三的火柴产业。公司有一半属于瑞典火柴公司。我每三年跟公司续签一次合同。头三年月薪一千卢比（三百六十元）。之后每三年月薪增加三百卢比。这意味着，在六年之内，我的年薪可以达到七千二百元。每三年有六个月假期（公司会支付来往欧洲的头等舱旅费）。此外，每年还有两个星期的本地假。公司还提供常规生活所需：汽车、住房等。

找这样的工作很容易：只要有一张牛津大学的文凭！假如爸爸可以再等等就好了！我一再告诉他找工作并不难。

我已经请求火柴公司提前三个月通知我入职——这样我就能回家了，假如他们马上雇我的话。

现在我要面对的问题是该拿希万怎么办。以及，米拉和萨蒂是否想要上某个大学。但是也无须立刻找到解决办法。希望等我回家的时候，我已经有计划了。在卡姆拉结婚之前，我不想再跟她分离。

显然，我收到衬衫、袜子和花瓶时，爸已经走了四天了。

我穿上了你们托人捎来的袜子。这袜子有点女气——你知道，鲜红的菱形图案。黄铜花瓶摆在窗前的桌子上，此时里面插满了菊花，不过品种很普通。花瓶很可爱，肯定很贵吧！

秋天来了。树叶开始枯萎。一棵棵树像在燃烧。大约到喝下午茶的时候，天就开始黑下来，雾气升腾。乡村的景色很浪漫；但在城里这种天气就有些恼人。

贝利很小心地把那个坏消息告诉了我；不幸的是，我两天前就听说了。欧华德很有同情心，我收到消息那晚，他去了柏斯黛家。我什么都不想说，他没有勉强我。卡珀R写了封信给我，还来了趟牛津；但我们没碰上。这样也好，因为我没心情跟他上演感动、亲吻、和好的戏码。

我一直在逛牛津的儿童书店；但我真的不知道希万该读什么（爸爸曾说过，《亚瑟王的故事》对他来说太深了）。我已经忘了我在他那个年纪喜欢读什么。爸爸的去世对希万来说真是很大的遗憾。我的阅读品位是爸爸塑造的，希万却没有这样的向导。

请原谅我拖了这么久才给你写信。不过别担心。

爱你们大家

维多

*206 / 德拉帕蒂·奈保尔写给 V.S. 奈保尔

尼保尔街 26 号
圣詹姆斯
1953/11/3

亲爱的儿子:

到今天,你爸爸去世已经一个月了。希望你不要太担心我们。卡姆拉接替爸爸忙这忙那,所以,一切照常。我希望自己能尽快帮她分担。

每个月都要担心家里的经济状况,月末,我们要还清商店的赊账,付地租、电费、无线电费用、学校的杂费,或者修车的费用。存不下钱,我尽量不为这个烦心。

玛穆、查查①一家、苏迪欧②、傅娃和我们分摊了火葬费和巴汗-达拉③的费用。一切顺利。然后是保险的事。有一项保费为一千元,另一项七百元,我们一共逾期欠缴一百八十八元。我会让你玛穆去处理的。我们还欠两千三百元房贷。

卡姆拉在学开车,在她学完驾驶课程以前,PA1192 还要修理一下。萨蒂这个月参加高中毕业证书考试,米拉明年也要参加证书考试,我想,萨薇后年也要考了。希万进了罗米利的学校。你爸爸去世之后,罗米利先生很关心他。

那个星期六,十月三日,你爸爸早上跟我说:维多可能病了,我很担心他;书是另一个问题,我觉得那孩子对我的书不上心,他会任由塞尔文出版第二本书。我说我会写信,让你全力以赴帮他把书出版。他听

---

① 可能指西帕萨德的兄长帕萨德。"查查"是印地语,意为"父亲的兄弟"。
② 即苏克迪欧·米西尔。
③ 一种印度教仪式,在火葬二十天之后举行。

了很高兴。那天下午五点,他就走了。

十月四日,星期天,他火化的那天,娜里妮满周岁。彼得·贝利告诉卡姆拉,你正在念研究课程,我觉得你应该念完。来自家人的很多爱和鼓励。

一直爱你的妈妈

〔写在信纸边缘:〕
我会在六个月后把萨蒂嫁出去。

207 / V. S. 奈保尔写给卡姆拉·奈保尔

大学学院,牛津
1953/11/25

亲爱的卡姆拉:

我希望你收到这封信后尽快设法给我寄些钱来。很早的时候我就跟你提起过,说我可能需要用钱。恐怕现在真到这一步了。我把写信的时间一天天往后拖,期盼着出现转机。但是什么也没有发生,我真的身无分文了。我知道家里经济非常拮据,但是我无法凭借自己的努力补上夏天的花费。我需要一百五到两百元。我从家里带来的很多东西都用坏了,必须购置新的。我买了两双鞋子(三十元),付给学校七十五元,付给房东太太六十元。相信我,卡姆拉,我为不得不向你要钱感到非常难过,但是我没有其他办法。我在这里最大的开支是食物。我尝试挑便宜的东西吃——唯一的选择就是吃大量煮土豆,这使我体弱多病。我决定不能再拿自己的健康来冒险，所以现在我每天都会好好吃上两餐。每餐花费一元多一点。如果你能拿出钱，请电汇过来，这样我就可以在学期结束前收到钱。这真的让我很难受，请不要认为我残忍无情，不知体谅。我一天天地拖着不写这封信，但是现在，我走投无路了。

印度的那份工作落空了。现在我不得不尝试另外一家公司。这个你不必为我担心。

我想，得知我重新精神焕发，你会为我感到高兴的。我已经开始为自己曾经那样焦虑感到奇怪。但事实令人遗憾。那时的精神状况使得我不给家里写信，妨碍我交朋友，妨碍我正常学习。但是，感谢老天，都过去了。

如果你能让苏克迪欧销掉我们的债务，那就太好了。假如他不同意，那也没什么可担心的。这是我的债务，我会偿还的。但无论如何，我们必须确保希万和有这个意愿的妹妹们接受大学教育。这几天，我一直在想家里的事。

我在上周六被授予了学位。没有纸质文凭。仪式很简短。得穿上黑色衣服和长袍等。所以，现在我已经是个合格的文学士了。

我写的那篇关于罗茜的短篇被退稿了，这只是许多退稿中的一篇。目前我仍处于学习阶段，退稿是完全可以预料的。

请不要因为我写信少就停止给我写信。现在我比以前更加盼望收到家里的来信。

替我问候家里其他人。请转达我对妈妈的爱。

〔没有签名〕

*208 / 卡姆拉·奈保尔写给 V.S. 奈保尔

家
1953/12/3

亲爱的维多:

今天早上,妈妈会汇钱给你。这几天我们设法为你筹集了一百五十元,如果以后还需要,我们再想办法。你知道,找人借钱给我们不容易,所以我们没能立刻给你汇钱。妈妈这四天来每天都出去跑,今天才把钱凑齐。我们必须每个月还五十元。我希望,在我能再次给你寄钱之前,这笔钱能帮上忙——我会尽力在一月到二月间再给你寄点钱。

十二月十一日学校就放假了——就是下个星期五。之后我会有五个星期的假期。这就是教书的好处。教书不容易,但有全薪假期。

我本来打算下周去领驾照,但是发证部门说我们家的车已经不适合上路——方向盘晃动得太厉害,除此之外还有很多地方需要检修。无论如何,我会很快领到驾照的。

你知道吗,露丝给在伍德布鲁克的玛穆写了一封信,信里说路德玛穆身体不适。原因是"他急匆匆去找维多,告诉他他父亲去世的消息"。真见鬼,我不知道谁叫他这么干了。那个人真是虚伪。我感觉在我去牛津找你的时候,他读了所有家里写给我的信。他回到特立尼达,说了所有信里的内容,还说了许多信里没有的内容。这些人里没有一个我能信任的。

家里一切都好。但是我想我们都希望你能回家待上一段时间。你知道,我不能很好地表达自己,但我感觉不完整。爸爸在的时候,我备受宠爱。我想,我们需要一个人来代替他,而这个人就是你。

尽力保持好状态。只要情况允许,我就会给你寄东西。吃饭不要节省。

爱

卡姆拉

209 / V.S.奈保尔写给德拉帕蒂·奈保尔

1953/12/8

我最亲爱的妈妈：

自从上次写信要钱以后，现在我一提笔写信就感到非常羞愧。但请你相信，我不是一个坏孩子，我实在无计可施才向你们求援。

我不想让你不开心或者为我担心。我每天都会想你，我希望你能感觉到；就像我知道你也会想我一样。请记住这点，还要记住，无论我计划将来如何，都会考虑到你和家里每一个人。你必须相信这一点，这样也许你就会好受一些。

塞萝曼尼正在英国，在我看来还是老样子。她给我看了那份登载爸爸去世的消息的《星期日卫报》。让我欣慰的是，这则消息被刊登在头版。我想这大概是《卫报》为他做过的最好的事。但我必须要说，我对他们在爸爸还活着的时候对他的态度并无好感。

我认为爸爸那边的亲戚真的很棒——比如苏克迪欧家的人——塞萝曼尼告诉我，他们齐心协力帮助我们渡过了难关。等我回家以后，我会去向他们表示感谢。你看，妈，你不必感到失落。你还有我们，我想，我们当中任何一个都不会令你失望的。请不要担心。

尽管如此，我还是有点为希万担心。他似乎越来越野。我希望能尽快见到他，看看我们该拿这个小坏蛋怎么办。他像我那时候一样爱看电影吗？我过去每个星期天都去"老伦敦"，你还记得吗？对他而言，里亚尔托要近得多。

萨蒂肯定觉得我不关心她，因为我从来没问过她考试的事。但她应该知道，我非常希望她考得好，而且我相信她的成绩不会让大家失望。还有，德拉维人的情况怎么样？米拉仍旧是十四名吗（或者十三名）？

我希望你们无论如何也要守住的重要的东西就是独立和尊严。不要被任何人强迫做违心的事。

我现在状态很好。我希望能和你们一起过圣诞节，不过你们很快就会见到我了。所以不用担心。

我刚想起来，我还没有告诉你，我昨天收到了汇款。非常感谢，我希望你们把这看作给我的贷款，我会尽快偿还的。

过几天我会再给你写信。我希望从现在开始保持写信的频率。请带着爱思念我，就像我对你一样。

你的儿子维迪亚

*210 / V. S. 奈保尔写给家里[①]

1953/12/14

亲爱的家人：

这个国家的天气在开玩笑。你们大概知道，十二月是冬季。气温只有华氏五十六度，比特立尼达低了三十度。但是在英国，这样的温度

[①] 这封信看上去不完整，可能一直没有寄出。

让人感觉很舒服。不需要烤火或者穿厚衣服。这可能是近年来最温暖的十二月，虽然人们说稍后就会冷起来。

亲爱的卡姆拉，我希望你不要理会那些来自英国的信。我从来不愿相信人会为了说谎而说谎，但是那些人让我相信了。萨蒂，你说得对，十二月五日广播中的人是我——但那一点也不重要，所以我都没有跟你们说。

等我回到家的时候，你们会发现我的外貌和谈吐还和以前一样：你们不会失望吧？所有的变化都在内部。我现在了解了某些有关自己的事——我不能一个人待着，周围必须有我认识的人。对别人说"让我一个人待着"真是一件奢侈的事。但我现在状态不错，真的非常安心，我相信未来车到山前必有路。

恐怕在三个月内，我还有一次小考。我有些厌倦考试了。从一九四六年起，我一直在考试。

第十部分
1954.1.8 ~ 1957.6.30

作家

211 / V.S. 奈保尔写给家里

1953/1/8 [1]

最亲爱的家人:

我得解释一下这么久没有写信回家的原因,但是首先,我要感谢你们寄来的信和圣诞贺卡,还有小妹妹、妈妈、巴顿[2]的照片。顺便说一句,我听说希万在谢卡尔的婚礼上当了小傧相。你们可能在信里讲过这事,但是我给忘了。好吧!好吧!想象一下小希万裹上缎子,叮当作响的样子!

实际情况是,殖民地部给了我一笔旅游经费,我去了趟西班牙,过圣诞节和新年。大部分时间我都在马德里。老实讲,这是我自离家之后度过的最快乐的时光。西班牙人很喜欢印度人,他们发现我会说西班牙语之后,对我更有好感了,不过,我得说明一下,我现在讲起西班牙语有古怪的英语口音,不像在家时那么纯正。起码有两个西班牙姑娘跟我调情——我到那儿才两个星期就遇到了这种事,我当然喜欢这个国家了。英国和西班牙相比,简直是一潭死水,英国人都是蜡像。他们是我所知道的最缺乏道德感的人,但是,他们在做这种事的时候冷静坚决得吓人。

---

① 日期有误,应为1954年。
② 即希万,"巴顿"是印地语,意为"小儿子"。

我觉得萨蒂在复活节结婚是个不错的主意。唯一的遗憾是我无法出席。对此我无能为力。现在请你们原谅，我跟小奈保尔讲两句。

亲爱的希万：

你真是个好学生！你花多少时间在书本上？你要记住，不要一直埋头苦学。你打板球吗？你应该打。我像你这么小的时候，很喜欢打保龄球。问妈妈，她会告诉你我的事的。你还要记住，看书——不光是学校的教科书——非常重要，也很有趣。你自己单独给我写一封信吧。但请让米拉或萨薇帮你修正拼写。你的拼写真是糟糕。做个好孩子，代我亲亲妈妈。

非常感谢卡姆拉所做的一切，我答应过她，几个月后她就轻松了。我会尽力的。顺便说一句，能给我一张米拉和萨薇的合影吗？我的皮夹里有每个人的照片，就缺她俩的了，手头有的她们的照片都不好看。

我决定今后好好安排每天的日程。十二点睡觉，八点起床。事情会简单很多。我打算每周在固定的时间给家里写信。相信我。

爱你们的维多

*212 / 卡姆拉·奈保尔写给 V.S. 奈保尔

家
1954/1/15

亲爱的维多：

好吧，我得说我开始变得有点像爸爸了，惦记着你是不是病了，或者有别的事。无论如何,你的信里说的都是开心的事,所以,我也很高兴。

我想在这封信里说几件事情,都是很严肃的事。首先是房子的事。爸爸还活着的时候,苏克说会帮我们还贷款。大约两天前,妈妈在公车上遇到他,他让妈妈去找玛穆续贷。"你知道的,巴胡①。你运气来了,萨蒂已经工作了,维多马上要工作了。天,你有钱的。"想象一下爸爸像苏克那样说话,你会觉得很有意思。反正,看这情况,我们要自己付房贷了。我敢肯定,这是因为他们忌妒我们。我们在客厅挂的窗帘五角钱一码。阿吉②注意到了。爸爸走了,圣诞节我们应该什么也没准备才对。我们本应消沉抑郁,榨取他们的怜悯(不包括帮助),那会让他们获得极大的满足。他们还说,萨蒂的婚礼我们应该只邀请"十二个人"。他们让我感到恶心。总之,如果保持以往的士气,我们是要付出代价的。

现在来说说另一边。巴卡玛穆最和气,最令人惊讶。希塔现在和我们住在一起。我告诉你,我正在努力帮米拉和希塔学西班牙语,你不要笑。我不是在教。我让他们翻译,收集单词、习语,分析结构。还不赖,是吧。这是我想让你回来的另一个原因,孩子们很好学,但是没人帮他们。关于米拉——她今年要参加剑桥高级证书考试。她非常用功,但是西班牙语和法语比较薄弱。她很想学医(她现在在学生物)。我想让你看看她到底该学什么。如果我们负担得起,我想让她考完之后马上就去。要是学不了医,她想考高中毕业证书。你看看哪所学校最好,问问学费和入学条件。这很重要。

萨薇跟你走的时候一样,仍旧说个不停。天哪,她这样很危险。不过,她想安静的时候也能安静下来。她很为我骄傲,她最大的乐趣就是向别人炫耀我。萨蒂满脑子都是结婚的事,没别的。希万——他需要你。

---

① 印地语,意为"媳妇"。
② 指苏克迪欧·米西尔的妻子。"阿吉"是印地语,意为"奶奶"。

最后，妈妈说，你回来的时候把你的床单毛巾都带上。我们有用。是的，如果我们有钱就会给你寄过来。妈妈还想让你给她带些纯银制品回来。玛米说那儿比较便宜，勺子、刀子、叉子什么的。每样带一打左右。再问问一套茶具的价格。如果不太贵，送给妈妈，她会很喜欢。〔信纸边缘写道：这些妈妈都想要。〕嗯，你知道那种可以打开变成床的沙发吗（柏斯黛傅娃①有那样的沙发）？妈妈很想让你带两张回来。别的都可以忘记，但这是妈妈想要的。特立尼达买不到。买两张质量好一点的，看看你是不是可以邮寄回来或带回来。跟我们讲下价格。没地方写了。爱，卡姆拉

*213 / V.S.奈保尔写给家里

1954/3/17

亲爱的家人：

过去几周我忙得要死，很抱歉没有写信回家。其实我在努力找一份工作，这样，等我六月或七月回家的时候，各种事情都安置妥当了。

我在卢奇曼②那儿看到一份旧《星期日卫报》，上面有萨汀的名字，说的是转校的事情。很高兴获悉萨蒂拿到了高中毕业证书。替我祝贺她好吗？也替我祝贺迪万和达悠③，虽然他们俩的成功对我来说毫不意外。

---

① 即柏斯黛·穆图。
② 即所罗门·卢奇曼。
③ V.S.奈保尔的表弟达悠·佩尔曼南德，姨妈卡拉瓦蒂的儿子，谢卡尔的兄弟。

这个学期上周结束，牛津人去楼空。我想我会在伦敦待一周左右，然后去某个小镇或小村待上一段时间。学校现在聚集了一群很有趣的人：一个波斯人，是摩萨台①的表亲，一个来自香港的中国人，还有一个来自东非的印度人。

　　我很好，这儿的生活很平静。我没有做什么激动人心的事。就是去图书馆，去餐馆吃饭，晚上回寝室。

　　好像印度政府对外国人压制得很厉害。我在印度政府眼中恐怕就是一个外国人。我现在正在申请土耳其的一份工作，希望会有好消息。

　　请不要为我担心。事实是，没有什么事发生，写信真是一件苦差。我在这儿的生活如此简单，如此一成不变，有时连我自己都感到惊讶。我很想离开牛津去看看外面的世界，干点什么。

　　希望卡姆拉好好照顾她自己，不要太沮丧。我得说，考虑到爸爸刚刚去世，我们手头没有多少能支配的钱，我不太理解你们为萨蒂大办婚礼的想法。不过，还是按你们的心意来吧。

　　如果你们能列个单子，详细写明我要带回家的东西，我会很高兴的。（单子要能放进皮夹里。我把卡姆拉罗列那些东西的信给弄丢了。）

　　希万，祝你九岁生日快乐！有空给我写信，给我讲讲你的奖学金考试之类的事。

　　希望下封信我会写得比这封好玩点。

爱你们每个人
你们的维多

---

① 即穆罕默德·摩萨台，1951年至1953年任伊朗总理。

*214 / 德拉帕蒂·奈保尔写给 V.S.奈保尔

1954/3/21

亲爱的维多：

　　现在家里正忙着准备萨蒂的婚礼。我们当然有很多担忧，但是我肯定事情到最后一定会顺顺利利的。

　　你很久没有写信回家了。我给了你很长一段时间确定未来的计划，但你似乎什么都没有定下来。我不是在命令你，但我真的觉得你应该回家，我很期待你回家，最好在六月之前。不要觉得你会给我们造成负担。

　　要是你在家，我会放心得多，特别是考虑到希万。你至少应该说清楚你回不回来，因为一直为你担心可能真的会影响我的身体。

　　卡姆拉的工资比你爸爸的稍微多一点，我们可以像过去那样支持你。不要觉得你回到家我就会强迫你一直待在特立尼达。你想走随时可以走。我只是想让你回来一趟，至少假期回来看看。

　　记住，我们还欠着爸爸，就是出版他的书，本地也好，国外也好。

很多的爱

妈妈

*215 / V.S.奈保尔写给萨蒂·奈保尔

（西印度）电报有限公司

1954/4/17

TBRP280 EKC668 牛津 19 17 1205=
GLT=萨蒂·奈保尔/尼保尔街26号
西班牙港/特立尼达
=新婚快乐/为何无请帖/爱你=维多+

216 / V.S.奈保尔写给德拉帕蒂·奈保尔

大学学院，牛津
1954/5/3

我最亲爱的妈妈：

要是你认为我不想回家，认为我有意忘了家人，那你就错了。回家对我而言是莫大的快乐。我非常想在今年夏天回家，但是现在无法确定日期。可能是下个星期，也可能是下个月，或者三个月后。

事实是，我觉得自己不适合特立尼达的生活方式。要是让我这辈子剩下的时间都待在特立尼达，我想我会死。那地方太小，价值观都是错误的，那儿的人很狭隘。还有，那儿没有什么适合我干的。原则上，首先，我想在印度或别的地方找份工作，然后回家过个假期，我迫切需要休息一下。你们要明白，在特立尼达找份工作一点用都没有。回家住六个月，非常好。那是最开心的事了。但六个月之后能不能找到合适的工作是个问题。你们明白吗？对我而言，在这个国家多待两个月找份工作，比回家享用美食要有益得多。但是，不管发生什么事，你们可以放心，我今年一定会回特立尼达看望你们。

不要以为我喜欢待在这儿。这个国家种族歧视严重，我当然不想待在这儿。我讨厌继续待在这个国家，就跟我害怕待在特立尼达一样。希望你能理解我目前的处境，不要觉得再也见不到我了。

我经常想家，不是想特立尼达，而是想你。我常常梦到你。我盼望能马上回家。有时，我甚至会想，要是睡上一觉，睁开眼就在尼保尔街上了，那该多好。因为现在没有什么好消息告诉你，所以写信对我来说很痛苦。如果我关于家里的所思所想能被你直接感知，我肯定你会觉得，我是世界上最烦人的人。

我离开牛津的日子越来越近了，我很快就要和英国的朋友们告别。①我将用余生来淡忘曾经来过牛津。但可能不用那么久。对很多人而言，牛津可能是世界上最好的大学。但同时也是个暗藏危险的地方，把你和周遭的世界隔离开来。你忘记了牛津之外的人可能比牛津人更蠢，而且粗俗得多。你忘记了很多重要的东西，令人不快的意外正在前方等着你。

我很幸运，一九五二年至一九五三年间的精神崩溃让我对凡事都有了心理准备，只追求适度的、自身处境所能承受的快乐。那个时候我曾说过，若能恢复内心的平静和安宁，若能让我的精神重获健康，我愿意用双臂来换取。然而，除了两年的牛津时光，我无须付出任何东西。现在，我真的很好，虽然身体不算完全健康。你知道吗，我现在一百四十七磅了。过去三个星期，我重了十五磅左右。所以，你不要为我担心。要是有什么事，我会马上告诉你，相信我。

萨蒂从巴巴多斯②给我寄了一张明信片。她看起来很开心，我也很高兴。你能代我向她提个建议吗：生两三个孩子足矣。

我挨个想你们大家。卡姆拉自然最贴近我的心。还有米拉可爱的脸

---

① 在 V. S. 奈保尔认为不公平的情况下，他的文学学位口试没有通过。直到 1954 年 7 月前后他才彻底离开牛津，搬去伦敦。
② 她在那儿度蜜月。

庞和可爱的嘴巴。萨薇能让东西振动的歌声。希万那张可爱的奈保尔家的脸看上去像个中国人。最小的女孩我还没见过,不过很快了。不知道希万还记不记得我。还有你,我非常爱你。

所以,我会回家,但是说不准什么时候。不要担心这担心那。世界很糟糕,但我们的星星依然闪亮。

爱你们,你傻乎乎的儿子
维多

〔在第一页上方写道:〕

五月十日收到了你的信。我个人觉得印度是地球上最适合居住的地方。

妈妈想要那种可以打开变成床的沙发(漂亮一点的)。她说会去问问价格。她会寄钱过来。当然啦。

妈妈还想要一套优质银餐具:刀子和叉子。她说每副最多两元。反正,要是你能找到好的,就带一套回来。

〔德拉帕蒂手写:〕

娜里妮和妈妈给你很多吻

*217 / 卡姆拉·奈保尔写给 V.S. 奈保尔

1954/5/9

亲爱的维多:

我早就该给你写信了,但是你知道,萨蒂的婚礼让我们快忙晕了。

我的手还在痛。不过，她看起来很漂亮，很上相。我记得她说她从巴巴多斯给你寄了张明信片。现在，我们全家出动，把房子收拾得更漂亮些，因为你要回来了。我正在种几盆矮牵牛。

奈尔①写信回来说她见到你了，但是她被你的口音惊呆了，所以什么话也没跟你说。

哦，是的，婚礼前一个星期，姨妈们和表姐妹们都住在我们家，当然，每天都要争吵。他们所有人似乎都对我们恨之入骨，总在外面诋毁我们，议论我们。

塔拉茂希在波地谷给自己盖了幢房子。现在17号只有玛穆和他那帮朋友（我一个也不喜欢）。

希万整天和沙玛尔②的儿子们一起打板球。我们上个星期一直在放假。但希万不放假。星期一吃早饭的时候，我突然记起来他要上学。但是他说："学校要维修，要到星期二才上学。"你知道，我信了。

比彻姆星期天结婚。我们这个周末自然要过去。

好了，我不知道还能写些什么。对了，妈妈说让你别找工作了，回家来。

妮拉③是你所能想象的最可爱又有点丑丑的宝宝。她很有趣。你会喜欢她的。

爱你
卡姆拉

---

①可能是奈尔·拉姆丁，苏克迪欧·米西尔的侄女。
②即 V. S. 奈保尔在第169号信中提到的邻居。
③即娜里妮。

218 / V. S. 奈保尔写给家里

大学学院
牛津
1954/5/17

我的卡姆拉和家里其他人:

希万这个小淘气鬼难道不是很像我吗？玩板球，撒点小谎不去上学。一九四〇年的时候，你们知道，我在特安贵立提上四年级，妈妈和爸爸觉得让我在老罗米利那儿开开小灶不错。我不喜欢，于是熟练地告诉罗米利他们最后还是觉得不开小灶为好。所以我回家了，然后麻烦来了。罗米利后来发现了，他叫我"小捣蛋"。我不得不接受一个星期五天的折磨。

我希望妈妈再次认真考虑沙发床的事。刚开始，这些玩意儿挺好使。几个月后，它们就成了麻烦，糟透了。我看了柏斯黛的沙发床（欧华德现在在用）。看上去不怎么样。睡在上面很不舒服。偶尔用一下还可以。但如果你打算每天都用，那还是用别的吧。还有别的呢。

萨蒂从巴巴多斯给我寄了张明信片和一封信。我还没有回信，希望很快就能回。她似乎很快乐。希望她受得了桑格雷－格兰德的一头蓬发。她在上班吗？我想她在习惯相夫教子之前应该教教书。哦，天哪，多了个妹夫，感觉有点古怪，不是吗？很奇怪。我觉得自己很老，马上就该当心白头发了。

我不该为奈尔心烦。这个讨厌的女人，对我非常无礼，让我很伤心。我流着眼泪睡着了，第二天一早不得不打扫房间，每样东西都沾上了我的泪水。这为我想要逃离特立尼达提供了又一个理由。我想，这是我欠你的，我会尽我所能帮你离开那个地方。是谁沾染了所谓的西方生活方式的恶习——跳舞喝酒？反正不是我。我太傻了，专注于西方的书和油画，不是吗？大家看到我，会对我失望透顶。我全身上下没有什么能证明我念过牛津。如果奈尔觉得我的口音是那种被错误地称为牛津口音的东西，那只能证明她的无知。

家里那群傻瓜一直找你们麻烦，我深深地为你们感到伤心。我能说的就是，尽你们所能少跟他们来往，别把他们的谎言和冒犯放在心上。他们蠢死了，为这样的人烦恼，不值得。你们生在有他们的家庭里真是不幸，好在彼此的关联没有那么牢固。他们既无法让人快乐，又不能给我们什么好处，如果你们表现得冷淡客气，也没有什么损失。他们想说什么就让他们说。希望没有邀请他们参加萨蒂的婚礼。我们必须靠自己，记住。我们足够坚强，可以做到。

随信附上两张照片。你们也许会有兴趣。卡姆拉肯定认得出那个靠着布莱尼姆宫马尔伯勒纪念柱的人。左边是我的土耳其朋友，很和善热情的一个人。中间的女孩是塞萝曼尼，她非常不开心。几个星期前，我邀请她在伦道夫过了一个周末。（我还是像往常那样，上午除了睡觉没干别的。）另一张照片是在阿宾顿的一座桥上拍的，牛津往南五英里左右。我们四个——我，土耳其人，中间的德国人，来自坦噶尼喀的印度人，就是拍照片的那个——在耶稣受难日去河上划了两个小时船。主河道不是照片上那条，在靠左边一点。

你们会照顾好自己，相亲相爱，并且爱我吗？

维多

*219 / 卡姆拉·奈保尔写给 V. S. 奈保尔

1954/5/24

亲爱的维多：

今天是星期一，萨蒂和克里森在这儿过了周末，刚刚离开。

你寄来的照片真不错。不过，家里人看到你和塞萝曼尼在一块，不是很开心。可是，你也不能怪他们，她在特立尼达的生活很吓人，那些人已经不承认跟丹姨妈家和萨哈迪欧家是亲戚了。现在，没人知道萨汀①在哪儿，和谁在一起。

不要担心，我根本没去拜访亲戚。我只去卡皮迪欧家——我在教希塔。迪万真是个讨人喜欢的小笨蛋。他用砖块和"土豆"估量一切。希塔说："我们给房子买个花瓶吧。"他会说："想想你拿这些钱可以购买多少砖块吧。"——他们在谈建新房子的事。

如果我是你，我不会让奈尔烦扰到我的。她和那帮人是典型的特立尼达人。我没有交到新朋友，因为我找不到同类。但我一点也不担心。

今天，我种了二十一盆花，希望能在一个月内看到它们开花——牵牛花之类的。我已经全权接管花园啦，真是有趣的爱好。

嘿，那个"克劳福德"人给我们拍的照片怎么样？你拿到照片了吗？

不要再为沙发烦恼了。呃，找点别的事做吧。你觉得你会在印度找到工作吗？我倒是觉得，你应该继续在印度或别的好地方找找看。特立尼达不过是个"山窝窝"。但是，当然，你过节得回家过。

我请了个黑女人来洗衣服。我还请了个印度人，她明天过来做饭，打扫卫生。所以，妈妈可以好好休息了——妮拉在身边，她也无法彻底休息。天哪，她现在正是干什么错什么的可怕年龄。

关于萨蒂的工作。我可说不上来。她现在没在工作。但是我不愿问她这个问题。我想，你也最好忘了这茬吧。

就此搁笔。

---

①即 V.S. 奈保尔的表妹萨汀·佩尔曼南德。

家里人都爱你
卡姆拉

*220 / 德拉帕蒂·奈保尔写给 V. S. 奈保尔

54/7/24
家

亲爱的维多：

我们收到你的上一封信已经是两个月前的事了，我非常担心。

我不知道你是不是在忙着找工作。如果是这个原因，我觉得你不必担忧，回家来。我不是在命令你，但我能肯定，你会在女王皇家学院找到一份每月最少三百元的工作。

你不一定要一直待在特立尼达，你可以休息一阵再回去。

卡姆拉现在身体很好，但是这个学期余下的时间她不会去学校。她气色很不错。同往常一样，她总在担心，这回是因为怕他们会削减她的薪水。她已经有五个星期没有教书了。

维多，不管你怎么花钱，都花在自己身上。不要想着给我们带东西回来，不要花额外的钱，让你自己陷入困境，因为，你知道，儿子，我真的没有钱。

说实话，要是你八月还不回家，我会很失望的。卡姆拉种了花，因为她希望你回来的时候看到院子漂漂亮亮的。萨蒂和克里森经常来看望我。保重，尽快回家。

爱你的妈妈

*221 / V. S. 奈保尔写给德拉帕蒂·奈保尔

1954/8/5

亲爱的妈妈：

这么长时间没有给家里写信，真的非常抱歉，但是我没有想到，那会让你怒气冲冲、大喊大叫。我没什么事——既不好也不坏，那也是我没写信的主要原因。

我一直跟你说，我想尽快回家。对我而言，回家是最最容易的一件事。但是，接着，我们会遇到一个问题：之后怎样？你说我可以在女王皇家学院教书，然后离开。但如果我那样做，就等于放弃了在这儿找工作的所有机会：我辛辛苦苦建立起来的人脉就断了，那些也许可以帮助我的朋友就没了；等我再回到英国的时候，我得从头开始。我现在在等两个结果：一个是印度的一份工作（我已经面试过了）；另一个是美国电视台的一份工作，我觉得我很有希望。① 如果我接受你的建议，很早之前就回家，我就不会有这些机会了。还有，我在女王皇家学院一年最多赚一千二百英镑，那样我就没法送希万念大学，没法许他一份职业，而我必须做到这些。你难道看不出来，再等一阵，找一份前途光明的好工作，而不是一遇到挫折就马上飞回家，是更好的选择吗？一个人要是太容易放弃，就什么也做不成。但是，我猜，家里现在很困难。如果你能写信告诉我家里确切的经济状况，我可能会去女王皇家学院谋份工作，让你们松口气。然后，我将不得不跟很多东西说再见——我的、你的、大家

---

① V. S. 奈保尔在6月4日写信给斯万齐："有一份工作需要'聪慧、创造力、对重大事件的敏锐嗅觉和良好的表述能力'，您觉得我符合要求吗？如果您认为我能胜任，请写一封推荐信，我会非常感激的。这是美国的一个'电视台实习生'职位。不一定要有电视台工作经验，在电台或'创造性写作'方面有经验者为佳。"

的好日子。我去年答应过卡姆拉，会尽全力把她从特立尼达接出来。如果没找到好工作就回家，我如何实现我的承诺？

不要以为我没有灰心过。至今，已经有二十六个工作机会拒绝了我：没有人会把这样的消息写在家书里。但是，即使是牛津的英国男生，运气也可能比这更差。我在这儿的生活并不快乐。每天早上，我都盼望着收到跟工作有关的信件。要是没有收到消息，我会很失望。

我请你务必告诉我，你们的状况有多么糟糕。要知道，我是如此在乎你，可现在我什么都没做，我很痛心。但是，见到第一块石头，不看看别的就跳上去，那太不明智了。勇敢点儿。下个星期印度那边会有消息。我不能承诺什么，但如果我抓住了这个机会，你就没有什么好担心的了。

下次来信的时候，尽量不要让我感觉自己不孝了。爱你的儿子

维多

*222 / 卡姆拉·奈保尔写给 V.S.奈保尔

家

〔邮戳日期：1954/9/28〕

亲爱的维多：

我生气极了，我想骂人。听着，如果你不给我来信，我也不会再给你写信了。就这样。

我今天本应在学校。但是，你知道特立尼达。现在正在流行"脊髓灰质炎"，只有初高中的学生去上学。他们给我重新安排了课表，我现在一星期上三个半天的课。当然，下星期人人都要去上学，我也会恢复日常的课表。

娜里妮真是个小坏蛋,但是很可爱。妈妈宠她宠得过分。希万继承了爸爸的所有习惯,无一例外。我不明白他为什么不能参加奖学金考试。他们今年给了一百七十五个名额。

萨蒂怀孕了,但她已经开始教书了。我不知道她的薪水是多少。她会给妈妈一些。她也想为买房子存点钱。

查尔斯·约翰(还记得他吗?)现在成了海关官员。他问起过你。莱昂斯沃思也问起过你。

我很认真地在考虑,等米拉的成绩一出来,就把她送到你那儿去。我有很多理由。首先,你会发现,米拉是个很讨人喜欢的伴儿。其次,妈妈知道有人跟你在一起,照顾你,会放心很多。第三,要是米拉跟你在一起,那你今后几年都不用写信回家了,我们也会很放心。最后,要是遇上经济困难,米拉懂速记和打字,很容易就能找份工作。还有,你要是找到工作了,务必让她继续念理科。特立尼达没有这个条件。

好了,就这样吧。家里都好,有希万和妮拉在,热闹得很。她叫一声"哥哥",希万就回答:"怎么了,我亲爱的。"

我全部的爱
卡姆拉

〔第一页上方,孩子的笔迹:〕

我十月四日就两岁了。

我艾[①]你

妮丽[②]

〔卡姆拉的笔迹:〕

[①] Love(爱)被写成了 Wove。——译注
[②] 即娜里妮。——译注

(我握着她的手写的。)

*223 / V. S. 奈保尔写给家里

英国广播公司
广播大楼，伦敦，W1

(在另行通知以前，来信寄牛津大学学院)

1954/12/7

亲爱的卡姆拉、妈妈，还有其他人：

现在，你们每个星期都能在广播里听到我的声音了，如果你们收听的话。我在主持"加勒比之声"，就是亨利·斯万齐之前做的那档节目，播出过爸爸的短篇小说。这份工作相当简单，但很有趣。我只要在录音那天去上班，其余时间可以在家休息，写东西。他们每星期付我八几尼作为起薪，节目制作人肯尼思·阿布拉克①对我说，要是我多干了活，他们会付我额外的报酬。所以，我不用太拼命。当然，我仍然在找印度的工作，因为现在这个国家不是谁都住得起。

我每个星期大概能存下二十到二十五先令寄回家，因为我知道你们很困难。我什么都没在做的时候，真的没法给你们写信，因为我能感受到你们的责备。但是，你们知道，我每时每刻都在想念家里的每个人，你们千万不要以为，我会在哪个时候忘了你们。我怎么会忘了你们？你

---

①特立尼达板球运动员，1946年至1949年间效力于北安普敦郡队。回到特立尼达之前，在英国广播公司担任播音员和制作人。

们是我人生中最重要、最美好的部分，你们的困苦就是我的困苦。如果我能用自己的右手换你们的幸福，我愿意交换。

我计划做的所有事情都没有实现，这让我的生活变得灰暗。但是我从未放弃。我为你们担心。我请求你们，无论发生什么事情，请一定要相信我，相信我会竭尽全力，不是为我自己，而是为你们。但是，想要获得成功得付出卓绝的努力。这需要时间，我一定会成功，如果你们现在担心，将来怎么会有机会享受成功呢。请相信我。因为我自己的缘故，如果不是因为你们。

关于米拉，我想知道，她考的是剑桥高级证书，还是高中毕业证书。如果是后者，那么应该过来，我会看看能怎么帮她。写信告诉我。关于我打算寄给希万的十元钱，我本来要去邮局寄，路上经过一家画廊，转而决定寄画回家。花一样的钱。希望你们都爱我，日子过得好一点，大家相亲相爱。家本该如此。

我全部的爱
维多

*224 / 卡姆拉·奈保尔写给 V. S. 奈保尔

家
1954/12/11

亲爱的维多：

今天早上收到了你的来信。妈妈失声痛哭——为你已经找到一份工作喜极而泣。当然，我们全都非常高兴，每个星期天晚上都会聆听你的声音。

关于米拉：她刚刚参加了剑桥高级证书考试。她学习很刻苦，应该会考得不错。现在，我真不知道该怎么做。她明年就上高中了。我们想把她送到你那儿去，更多地是为了你，你可以多个伴儿，同时也能让她继续学理科。一想到你一个人，我们就不放心。我能肯定，你会发现米拉是个相当不错的伴儿。

但是，当然，如果你认为她应该先念完高中，然后再到你那儿去，也可以。她会在一九五七年十二月参加高中毕业证书考试。米拉起先很迷理科，但是现在，她有点犹豫不决，我们建议的她都愿意学。所以，就由你来全权决定吧。不管你说什么，我们都照做。

我个人觉得，希万很聪明。他对绘画非常感兴趣。我最近注意到，他开始自己看书了，看《汤姆和麦琪》[①]。今天我去了镇上，他求我给他买几本简写本名著，《雾都孤儿》之类的。但我没钱买。我们花了四元给他买了一整套板球装备，作为圣诞节礼物。我看见他开心得跳了起来。罗伊·苏丹也买了一套放在家里。

关于你自己：只有当你不写信回家的时候，我们才责备你。关于你不回家：我们都认为这是最好的决定。特立尼达是讨厌的山窝窝。妈妈想让你回家是因为她觉得在家待上三个月对你有益无害。我觉得她想得没错。你不这么觉得吗？但是我们知道你不会回来，所以，下一步是把米拉送到你那儿去。

家里很好。萨薇突然开始用功起来，还威胁说，要是有人想要和她共用餐厅的桌子，她就用书砸他。1192仍旧每天早上突突突地驶到圣奥古斯丁。米拉在圣诞节的时候自告奋勇给它擦洗了一番。

萨蒂预产期在五月。她很快乐。妮拉长得很快，是个再皮实不过的

[①] 可能是指《小汤姆和小麦琪的故事》(1903)，乔治·艾略特《弗洛斯河上的磨坊》的青少年版，美国丹娜埃斯蒂斯公司出版的系列丛书中的一本。

小家伙。

我们永远想着你。

大家都爱你
卡姆拉

*225 / V. S. 奈保尔写给家里

圣朱利安路 14 号
伦敦，NW6
1955/1/27

我最亲爱的家人：

最近我工作压力很大，无法像答应你们的那样经常写信。比如，为了第五百期节目，我整个十二月都很忙。我得花好多时间让自己真正熟悉"加勒比之声"的工作。

你们的来信我终于全都收到了。还有，亲爱的家人们，我这么久才收到一英镑，你们一定牺牲了很多。拜托，拜托你们不要再做这样的事了。你们比我更需要钱，从你们那儿拿钱太不好受了。我打算最近给家里寄点钱，但我还在等钱存够一个拿得出手的数额。

我很高兴，欧华德和琼回家了，希望他们提到我都是好话。事情不顺心的时候，他们对我很好，不过，要是我知道怎样处理事情就好了，我就不会老有麻烦了。我想让你们明白一件事，不管我写不写信回家，我一直想着你们。我一点也不怀疑，将来有一天，不会太久的，我们的境况会比你们梦想的还要美好。我爱你们每个人，你们一定要明白，我是在为你们工作，因为我自己是那样觉得的。我想做很多事，可是现在，我能做的很少。这让写信回家变得很困难。但是现在，你们每个星期天都能听到我的声音，知道我身体强健，总算是个安慰。我现在很安心。虽然一个星期还有两三个晚上，我会梦到爸爸——总是好梦。我在梦里看见他，跟在家里看得一样清晰，比我醒着的时候头脑中想象的还要清晰得多。所以，那也是有好处的。我工作也是为了他。我说自己努力想成为一名作家更多是为了他，而不是为了自己，我并没有说谎。我现在就在修改润色他的小说，准备寄给出版代理，只要一见到他的字迹，我就忍不住流下泪来。

但是，我们大家都要好好的，要坚定不移，因为他是我认识的最好、最勇敢的人。我为他自豪，那也是我绝对不会忘记你们，一刻也不会的原因。

听到我亲爱的弟弟表现不错，我真的很高兴。妈妈、卡姆拉、萨薇，你们一定要把他照顾好，因为他一定会成为一个好孩子，比我要好得多。

现在，你们一定很想知道我的计划。我把目光投向印度，但是，在我出版至少两本书之前我还不能离开英国。如果事情进展顺利，明年就会出版了。我打算在五个星期内完成我的长篇小说（你们可能已经在英国广播公司的节目中听说了）。你看，我现在做的工作是任何一个想成为作家的人所能期望的最好的工作了。每个星期大概只占用我一个小时，剩下的时间很自由。反正现在是这样。实习期已经结束了。

卡姆拉，你要的书我给你寄过去了。① 同时也给希万寄了一本。还有，哦，天哪，米拉生日的时候，我正在忙着赶第五百期节目，根本顾不上记起她的生日。你会原谅我吗？我亲爱的拉尼？真遗憾，这么迟才收到你的信，我本可以很快就回复的。亲爱的米拉，你似乎没有明确的学习方向。我强烈建议你学理科。不过前提是，你觉得你可以学得好，而且

---

① 在1月13日的信中，卡姆拉要一本托马斯·哈代的《还乡》作为生日礼物。

419

(这点非常重要)你是发自内心想学,你真心喜欢。学理科可以让你在任何地方找份好工作,而且很快就能找到。但是你必须牢记,将来要学习的人是你,不是我,是你要摆弄试管和本生喷灯!如果你喜欢那些东西,那么就〔选〕理科。但是,如果你不想学,不要让自己痛苦地硬学。请来信告诉我你最近在学什么。

希万给我写了封信,我打算单独给他回信,但是你们有谁能转告他:他想要什么样的书,跟我说一声。你们知道,我早就忘了十岁男孩爱看什么书了。

只有萨薇决定把我忘了。其他人给我写信,我非常感动,虽然我很少写信回家。但是,我已下定决心,从今往后每周日上午给你们写信。

不,亲爱的家人们,我不想要家里任何东西——至少现在不要。但是,务必把我的地址和电话号码(梅达谷 1054)告诉阿卡尼家的人①。如果你们可以请他们给我捎些巧克力,那就太好了。寄点家里人的照片给我看看吧。我希望保持联系。我给你们寄了两张。现在你们应该看到维多有多丑了!两张都是几个月前拍的,我刚从一本书里翻出来。划船那张是在阿宾顿附近一段宽阔平静的河道上拍的。阿宾顿是牛津边上的一个小集镇,很古雅,很无趣。

跟妈妈说不要担心,因为我确信她看不懂我潦草的字。跟她说,那是她现在能为我做的最棒的事。她跟我无忧无虑住在一起的日子很快就会来了。到那时,无忧无虑,她将会多么痛苦啊。我有这样的感觉。一九五三年从精神崩溃中逐渐恢复过来的时候,我曾说:"不,这都是焦虑。你的头脑没问题。不,这都是焦虑。"所以我会误会自己。我其实没有什么大毛病,你知道。我只是没有勇气早点去看医生,把病情描述给他听。当我意识到自己抑郁的原因的时候,我好多了,确实就是那样。

---

① 珍妮·阿卡尼是卡姆拉的同学。

现在，请帮我转告两个消息，拜托，拜托。第一个消息给迪万。谢谢他的来信。转告他我会很快给他回信的。[1]替我问候他和他的家人。请转告欧华德和琼，我写了他们的故事，问问他们最近怎么样，他们的儿子（最小的那个）怎么样。我会给他们写信的。

至于我那个很快就会让妈妈变成外婆、让我变成舅舅（想想看吧！）的可爱妹妹，给她和克里森捎去我最深的爱。请帮我带到，我没有给萨蒂写信，她一定很难过。我真是个很烂的收信人。我欠她最起码三封信。

现在，时刻记挂你们的人送上对你们每个人的爱。

维多

*226 / 德拉帕蒂·奈保尔写给 V.S.奈保尔

1955/1/28
家

亲爱的维多：

我每个星期一晚上九点到九点半通过特立尼达电台收听你的节目。我认为这个节目你做得很好。祝你成功。

这个圣诞节我们过得很平静，就在节前几天，米拉和萨薇出麻疹，发烧。萨蒂也是，没法回家过圣诞节。她和克里森同我们一起过了新年。娜里妮也出麻疹了。不过现在大家都好多了，都去学校了。

听着，维多，不要误会我的意思。我告诉你家里的事，你不必把我说过的话再说一遍。我厌倦了考虑应该干什么，所以我下定决心要告诉

---

[1]迪万在1954年12月29日写过信，咨询在牛津念法律的条件。

你。卡姆拉把她赚的每一个子儿都交给我,供家里开销,对此我必须感激,但她也带给我同样多的痛苦。她说我的生活没有未来,我会一直年轻,而她会先于我变老。她将会一直〔说〕:我要累死啦。但我已经把这个问题解决了。首先,她不得不把她的薪水都〔交给〕我用以维持这个家,但还不够。第二,车经常要修。现在就在修理厂检修,要花一百四十元。光是知道要花这么多钱,她回到家就晕倒了。第三,如果她今年六月之前还不嫁人,我能想象她的样子,因为她一直唠叨个不停。我每个星期都要面对这些,但精神还不错。现在,我们家雇了两个人,每天开销都在涨。米拉在等高级证书考试的结果。萨薇今年十二月也要考。你要是能帮上哪怕一点忙,对我们都会很有用。希望哮喘没让你太苦恼。

始终爱你
妈妈

〔信纸边缘手写:〕

娜里妮正坐在餐桌上叫维多哥哥。

谢谢你,吻你一下。

哈里·比松达特医生,克里森的兄弟,明天一早坐哥伦比号出发。我今天下午去 S. 格兰德那儿。妈妈

*227 / 卡姆拉·奈保尔写给 V.S. 奈保尔

1955/3/31

亲爱的维多:

好吧,我想你过得不错。总之,我很焦虑,我真的很想听听你的建议。

你知道,我已到了出嫁的年纪,但我不知道要嫁给谁。我很喜欢一个在美国的印度小伙子,但是,当然,他不太可能来特立尼达,我自然也没钱去美国。但是,他给我写过信,说他会努力在特立尼达找工作,六月左右会有消息。

还有一个在特立尼达的男人,我或许会喜欢,但是他不适合结婚,我对他丝毫不能确定,所以我想他已经出局了。

玛穆前不久把我介绍给一位律师,他刚来特立尼达,想娶我,但是我发现自己很难想象跟他生活在一起。换句话说,我不喜欢他。他不是那种我想跟他说话的类型。

你觉得我该为了结婚而结婚吗?我会很不开心的。你觉得我还有机会离开特立尼达吗?如果有,结了婚还能轻易离开吗?这最后一点完全指望你了。我非常非常焦虑,所以请给我回信,至少帮我做个决定。

卡姆拉

228 / V.S.奈保尔写给卡姆拉·奈保尔

圣朱利安路 14 号,伦敦,NW6
1955/4/6

亲爱的卡姆拉:

我刚刚收到你的信,我非常担心你。要给出这样私人性质的建议,人们总是会犹豫。但是,有一件事我很确定,你一定不能为了结婚而结婚。

我真不知道你为什么这么恨嫁。如果单身于你而言变成了一个难以承受的负担，那么尽一切办法结婚。但如果不是那样，那么我想，等待一个你真正喜欢的人比较明智。我不能接受你嫁给一个不喜欢的人，然后郁郁寡欢。那样的话，你肯定会发现自己的生活一团糟。所以你看，要我给你建议是多么困难。但是，亲爱的卡姆拉，你才二十五岁，我不知道你为什么会开始恐慌。当然，我全都明白，但是，我不想你为这事日思夜想。这对你不好。

现在，在我回到或者说继续那个话题前，我想先回答你的信的第二部分。我在滑铁卢送你那天答应过你，我会尽我所能帮你离开特立尼达，把你接到离我比较近的地方。这个承诺仍然有效。我在广播行业的进步很慢，但一直在进步，照此发展下去，我向你保证，最多两年，我会把你从家庭职责中解放出来。不要认为我这么说是不想承担责任。我强烈感觉到我很快就能帮助家里所有人了。因为，我答应你，如果不能很快开始赚大钱，我就去非洲或别的地方找一份薪水很高的工作。最亲爱的卡姆拉，我知道，我们俩在生活中都遭受了苛待，你的处境比我的更糟糕，但我请求你，我们能否把彼此看成是照顾家人的伙伴呢？你不必坚持很久。这也是我不想让你草率决定之后又反悔的原因。我希望你能明白。但是，如果，比方说，你遇到了自己喜欢的人，你能想象你们俩长长久久在一起，那么就结婚吧，别管其他问题。我知道你鄙视我，我总是在拖延，推迟维多奋起战斗解救全家的那一天。但我正在朝着那个目标努力。我不会为了承诺而承诺。但在开始之前我需要一点时间。你不要把特立尼达看成"山窝窝"，如果你把它看成是一个驿站，我不知道你会不会快乐一点，你明白我的意思吧。听着，我会成为一个成功的作家。我很清楚。我把我的未来全押在这个可能上了。你要把你的赌注也一并押进来吗？所以你瞧，我真的不想让你做任何会让你不幸福的事。我要你一直一直觉得，我是在为你们努力。因为我的确是。

从你的来信我看不出你是不是想马上离开特立尼达。或许你在下一封信中可以解释一下。请告诉我，因为我会尽我所能的。

还有一件事，我不希望你为钱发愁。我几个星期后会再给你寄一点。只要家里需要钱，请立刻问我要。我会千方百计寄给你。很抱歉，这次我只能寄十五英镑，不能再多了，但如果情形不变，我将来能寄更多。你经常问我要，好吗？

之所以无法定期寄钱，是因为要等英国广播公司给我寄支票，但总是有这样那样的麻烦，烦琐的手续，经常推迟。

把我的爱给家里每一个人。

维多

*229 / 卡姆拉·奈保尔写给 V.S.奈保尔

家：4/17

亲爱的维多：

好吧，首先，今天下午，欧内斯特·艾特尔[1]和雷·罗宾森[2]还有芭芭拉·阿苏恩[3]都在这儿。这姑娘看起来很肤浅，我不太喜欢她。我喜

---

[1] 板球记者、播音员，生于英属圭亚那。1963年出版了弗兰克·沃雷尔的传记。1968年逝世。
[2] 可能是亚瑟·N.R.罗宾森，律师、政治家，从1986年至1991年任特立尼达和多巴哥总理，1997年至2003年任总统。
[3] 演员、播音员，曾获英国文化教育协会奖学金，于1949年赴英国学习戏剧。20世纪60年代之前主要待在英国（参演各种舞台剧和电视节目），之后回到特立尼达做电台播音员。

欢雷·罗宾森。另外，艾特尔真的很有魅力。他们明天下午六点还会和我们一起喝茶。

很好，我决定不结婚。我烦透了特立尼达的印度人。

关于我的工作。你知道我和这儿的教会的人一起工作。我已经教了一年多课，他们还没有正式任命我。无论如何，我是个印度教徒，我想这就是原因所在。他们当然会找到借口，比如之前缺乏教学经验。我想在巴拉塔里亚新成立的一所公立男女混合学校找份工作。我下个星期去看看。要是能得到这份工作，我就有退休金可领了。我还打算通过这儿的印度事务专员办公室在印度高级委员会找工作，一个星期大约十二英镑。如果我得到了这份工作，你觉得我应该过去吗？你能帮我付旅费吗？

关于钱，我们现在就需要。可能令人难以置信，但是有时快到月末的时候，我们手头真的连一个子儿都没有了。不管你寄多少，我们都很感激，如果在十五日到月末之间寄过来，我们会尤为感激。请认真考虑这件事，别等到我们不得已开口的时候。即使只有一英镑也能帮到我们。

我想，你应该给米拉写封信祝贺她以一等的成绩通过了高级证书考试。你的冷漠让她伤透了心。

我们都爱你，卡姆拉

*230 / 卡姆拉·奈保尔写给 V.S. 奈保尔

家
1955/5/14

亲爱的维多：

从几个星期前，我就想给你写信了。

因陀罗①和傅娃②是在十二日星期四那天走的，她们给你捎了一套睡衣、可可、酸辣酱、腰果和辣椒酱。

哦，顺便说一句，万一你结婚了，请不要像特立尼达那些印度人一样，也不跟我们说一声。当然，我觉得你不会那样，但万一你什么时候想结婚了，记住，我们一定会送上美好的祝福。③

我刚刚在希万的后脑勺上敲了几下。他老是在板球记分板上写写画画，或者宣传某部电影，或者详细地抄广告——就是不做功课。讨厌的是，我总是那个出面训斥他的人。

我需要钱。请寄点钱给我。有几件事要付账，而我手上没钱。所以请马上寄点钱给我。你知道，要是把钱寄给妈妈，可能连她自己都没意识到，就全花在家里了。我等着你寄钱过来。

顺便提一下，萨蒂生了个男孩，起名叫尼尔·迪万德拉。④这听起来也许很讨厌，但是你知道，萨蒂可能帮上忙的所有希望全部落空了——就像其他所有她承诺过但从来没有兑现过的事情一样。当然，他们在圣诞节送了我们一些耳环之类的礼物作为弥补。很抱歉，以这样苦涩的语气作结，但在爸爸过世后，我已经找到了另一个朋友。

保重，我全部的爱
卡姆拉

---

①因陀罗·穆图，柏斯黛的女儿。
②即柏斯黛。
③ V. S. 奈保尔在四个月前的 1 月 10 日和帕特丽夏·黑尔结婚了。虽然 V. S. 奈保尔的表兄迪欧·拉姆纳瑞出席了婚礼，但是其余家人都不知情。到了五月，特立尼达的奈保尔一家应该是听到了传闻。
④ V. S. 奈保尔的外甥尼尔·比松达特 1973 年离开特立尼达赴多伦多约克大学学习，后定居加拿大，在加拿大颇有文名。出版了短篇小说集《掘山》(1985)，长篇小说《随意的残忍》(1988)、《不确定的明天的前夕》(1990)、《她的世界》(1998)、《夜晚不屈的喧闹》(2005)，以及对加拿大多元文化政策的长篇评论《出卖错觉》(1994)。

〔信纸第一页上方写道：〕
我会尽力每星期都给你写信。

*231 / V. S. 奈保尔写给德拉帕蒂·奈保尔

英国广播公司
广播大楼，伦敦，W1

1955/5/26

亲爱的妈妈：

我昨天给你和卡姆拉各寄了点钱。只要我办得到，我就会给家里寄钱，因为我意识到家里真的很需要钱。唯一的遗憾是我没法寄更多。但是我会尽力的。我给你寄了三十元，也给卡姆拉寄了三十元。我想下个月也许能再给你们寄点儿。

我想柏斯黛已经到伦敦了，我近期会去她那儿拿你们托她捎给我的东西。

顺便问一句，家里人有没有在收听我做的节目？很差劲，对吗？但是不得不做，因为要生活。我给你们讲讲我真实的收入状况。我每个星期从"加勒比之声"赚八几尼，缴税后余七英镑十五先令。但是这个节目每星期只占用我一天半到两天。其余时间我都闲着，我努力多做点事。上个星期，我多赚了五英镑，这个星期七英镑。但是，要在伦敦生活，每星期大约需要十英镑。

但我真正在忙的是写作，我自己的创作。我的第一部长篇小说马上就要写完了，现在阿瑟·考尔德-马歇尔①正在帮我看。我真的不想对此抱什么希望，但倘若能出版，而且获得一定的成功，我帮助你们的机会就大得多。接下来我计划撰写三部长篇小说，今后两年就忙这个了。我眼下的计划是，大约十八个月后，想办法去印度或这个世界的别的地方：为了我的写作。我毫不怀疑，事情最终会顺利的。我有强烈的预感。

卡姆拉之前写信告诉我萨蒂生孩子的事。我今天也会给萨蒂写信，以弥补之前对她的忽视。我还想给希万、米拉、萨薇单独写信，但问题是怎样才能给每个人都写得不一样。你自己试试就知道了。很难。但我想知道希万怎么样，他现在玩什么游戏，看什么书，如果他看书的话。我坚信，他迟早会跟我一起生活。

今年春天天气一直很阴沉。现在已是五月下旬，但是晚上有时还是很冷，风也还是很烈。

在和澳大利亚的比赛中，西印度群岛板球队表现得很糟糕，我都没兴趣看联赛了。②

不管家里的状况有多差，请来信告诉我一切。需要帮助的时候，及时告诉我。我会尽力而为的。

给你们我所有的爱

维多

---

①作家阿瑟·考尔德-马歇尔曾在20世纪30年代游历西印度群岛，根据所见所闻写成《已逝的荣光》(1939)。他是"加勒比之声"的顾问，曾帮助乔治·兰明在英国出版《皮肤城堡》一书。他也是奈保尔所著《世间之路》中的人物福斯特·莫里斯的原型。

②澳大利亚队于1955年3月至6月在西印度群岛参加巡回赛，作为客队赢了三场对抗赛，平了两场。

*232 / 卡姆拉·奈保尔写给 V.S. 奈保尔

1955/9/25

亲爱的维多：

好吧，让我们先谈令人不快的事情吧。我现在需要钱，用来付车辆保险。大约需要三十元，我手头没钱了，下个月月中就要付。你觉得你能寄点过来吗？请尽量吧。

我昨天见到了琼和欧华德。他们谈起你来就没完没了了。不止对我，他们和别人聊天的时候，你也是一个常谈的话题。

家里都好，一切照旧。妮拉的话越来越多。希万，呃，他是个与众不同的孩子。十足的哲学家，我觉得他是我们中最像爸爸的。他算术不行，我也不知道他的奖学金考试会怎么样。

特立尼达人人都在谈飓风。天哪，飓风把巴巴多斯和格林纳达变成了木料场。①

妈叫我跟你说一声，玛穆下个星期去英国。我不知道他会不会去看你。我希望妈妈别让他去。我，其实是我们（奈保尔家）和他们的关系很客气，就应该这样。

你明年真的会回家吗？这对孩子们很好。只是放假回家还是不走了？我可不建议你在这儿一直住下去。米拉说她想让你明年回来。她要跟你讨论点事情，当然是希望你帮她决定高中的事。

爱，卡姆拉

---

① 飓风珍妮特于 9 月 22 日过境巴巴多斯南部，造成 38 人死亡。次日经过格林纳达岛和卡里亚库岛之间，在格林纳达岛和格林纳丁斯群岛造成 122 人死亡。圣文森特岛和圣卢西亚岛也遭到严重破坏。

〔孩子的笔迹:〕

亲爱的维多哥哥:

我爱你。我吻你。(啊,跟他说"抱我"。)抱我。下午好。明天见。

〔卡姆拉的笔迹:〕

(这都是妮丽自己的话。)

很多的爱,卡姆拉

233 / V.S.奈保尔写给卡姆拉·奈保尔

英国广播公司
广播大楼,伦敦,W1

圣朱利安路 14 号
伦敦,NW6
1955/10/3

亲爱的卡姆拉:

我四天后给你寄钱,如果我觉得电汇更好,我会电汇的。

我欠你和家里所有人一个大大的道歉,我相信你永远不会对我丧失信心。你瞧,我至今做的每个计划,不管是关于自己的,还是关于大家的,都没有实现,我感到无比惭愧。

所以,这是最后一个计划——绝对是最后一个。我的确打算明年回家,但是我不希望在家待太久。坦白说,你瞧,我指望自己的创作能出点成绩。我希望自己或多或少有点建树,这样,我就可以离开英国去做些有价值的事。我还在关注印度。所以，当你想骂我的时候，记住，我骂自己骂得更凶。今年我已经写了两本书。第一本现在在几个出版商那儿，我抱了很大的希望，每天都在等回音。其实，本该上个星期就有结果了，这也是我这几天没有给家里写信的原因，因为我想写点好消息。我对这本书期望很高，因为读过打字稿的人都认为不错，那是个好迹象。第二本书还要修改。我上个星期刚写完，还只是草稿。但是你瞧，我并非无所事事，我正在向着一个明确的目标努力前行。我并不像你说的，在伦敦享乐。我还有很多能写成书的点子，但是，现在如果能出版一本，会让我信心百倍，而现在我很需要信心。

还有个消息，想必你已经猜到了。我和帕特结婚了。我觉得保持沉默，直到现在才告诉你们是明智之举，因为我觉得这个消息会让你们很生气，因为我还没有为你们做任何事。但是，你们要知道，这丝毫不会影响我为家里做的打算。实际上，帕特一直催促我回家帮忙，对我留在这里继续写作则是勉强同意。现在的计划是，如果我的写作毫无起色，我们就会尽快回到特立尼达，在那儿工作，把养家的担子从你的肩头卸下。我知道，这个消息会让妈妈和你非常生气，但我真的希望得到你们最大的祝福。

所以，你现在明白了，我留在英国的原因真是写作，我觉得你会同情我，鼓励我。回到特立尼达，还清借债，这样的短期解决方案从长远来看，其实反而牵制了我们大家。要是我能写出点名堂，通过我的不懈努力，我们大家都会得益。宽恕我，我求你了。我也不轻松：我不会挨饿，但我时时记挂着自己对你们的责任，我自觉有愧。

我不想见特立尼达来的人，要是你能让他们别来烦我，我会很高兴的。因为现在，我发现我越来越难以做到对我不喜欢的人客客气气的，我受不了当面一套背后一套。

谢谢你为我做的一切，谢谢你在我没有回信的情况下依旧给我写信，谢谢你们托人带来的可可和睡衣，我已经收到，已经吃了，穿了，满怀感谢，最重要的是，感谢你们源源不断的爱。这最后一点对我尤为重要。

希望你们很快就能收到一封信，上面写着我的书被出版社接受的消息。这会为我们打开一个不同的世界。

把我的爱传达给每个人：给萨蒂，我对她很粗鲁，不可原谅；给米拉和萨薇，我想起她们就很愉快；给希万，当然，当然！给娜里妮，给妈妈，给你。

我爱你们大家，请不要写信骂我！

维迪亚

*234 / V.S.奈保尔写给卡姆拉·奈保尔

圣朱利安路 14 号
伦敦，NW6
1955/10/12

亲爱的卡姆拉：

我给你寄了二十元，希望过几天能给你寄余下的。对不起，我现在手头没有更多钱了，因为合同拖到现在还没到我手上。

恐怕没有什么新的消息可以汇报了，事情都还没有定下来。但是我相信，这个周末，我就会收到确切的消息，可以写信告诉你们，希望是好消息。

录音刚刚结束，我正在英国广播公司的打字机上打这封信。录好的小说会在十月二十三日星期天播出，所以，你可以清楚地看到我这个下午是怎么度过的。我朗读了一个短篇，但是我觉得它不是特别好。

爱你们大家,我很快就会再给你们写信的。

爱
维多

*235 / 德拉帕蒂·奈保尔写给 V.S. 奈保尔

1955/10/28
家

亲爱的儿子:

　　恭喜你结婚了!我希望你们俩万事如意,愿神保佑你们。

　　你在给卡姆拉的信中提到要我们别骂你,但我必须要说几句。我一点也不生气,但我一直在等你告诉我。收到你的信前一个月,我就对卡姆拉说,你没有写信回家是因为你结婚了,她说:"我觉得维多会告诉你的,妈妈。"

　　好了,我很失望,你真的不了解你妈妈。

　　没有提前得知你结婚的消息,我很伤心。我本想,你即使不考虑弟弟妹妹们,最起码会为我想想。另外,很伤人的一点是,你让别人对我保密。我得说,你对你叫妈妈的这个人太不了解了。

　　家里目前一切都好。我真心希望你们也很好。

　　希万参加了奖学金考试,这次没什么希望。萨薇正在认真准备高级证书考试,米拉则是高中毕业证书考试,卡姆拉教书,萨蒂也在教书,我做点缝补的活儿,娜里妮很让人头疼。

　　你大玛穆现在在印度,他十一月会去英国看眼睛。看在我的面子上,尽可能跟他见个面。

　　祝你出书成功。我觉得现在是时候让你每个月给我一点钱了，这样，我就可以让卡姆拉松口气，考虑一下她的终身大事了。她想去纽约，我很乐意她去。这能让我们俩都活得久一点。

　　从今往后，记牢了，对每个孩子，我都是个好妈妈。你们完全可以自由地选择和自己喜欢的人结婚，但是挑的时候要睁大眼睛。不要再隐瞒什么了。很多的爱，吻你们俩。

爱你的妈妈

〔信纸上方写道：〕

　　你寄钱过来时收款人写我，在信中说明是给谁的。这会省去很多麻烦。妈妈

236 / V.S.奈保尔写给家里

（西印度）电报有限公司

1955/12/8

TBRP153　EK238　邦斯贝利　10　8=
GLT= 奈保尔 / 尼保尔街 26 号 / 西班牙港
特立尼达 =
= 小说[①]已被接受 / 爱 = 维多 +

---

①指《通灵的按摩师》。

*237 / 卡姆拉·奈保尔写给 V.S. 奈保尔

1955/12/19

亲爱的维多：

家里一团糟，圣诞节前两个星期，通常都是如此。我们洗刷油漆了整个屋子。

听说你的书被出版社接受了，我们大家都很高兴。如果爸爸还活着，他会看到壮志得酬。书名是什么？哪家出版社？另外，你和帕特确定明年回来过节吗？

萨蒂给你寄了一张圣诞贺卡，但是我给错了地址，所以我猜你没收到。

希万没通过奖学金考试，妮丽还是那么淘气。希万现在正在外面擦洗篱笆——上面长满了青苔。

我听萨薇说，她会给你写信，要你回家的时候带张地毯。她想给客厅配张大一点的。

我们几天前去了迪欧和萨汀那儿。他们去马亚罗过圣诞。我想他们会在那儿待一个月。

祝你和帕特新年万事如意。

爱

卡姆拉

*238 / V.S. 奈保尔写给卡姆拉·奈保尔

英国广播公司

广播大楼，伦敦，W1

圣朱利安路 14 号
伦敦，NW6
1956/2/10

亲爱的卡姆拉：

自从离开特立尼达，我一直想写这么一封信回家。是关于我的书的。我之前给你们发过一封电报，说我的小说被出版社接受了。这封信可以解释为何从那时起我再没有写信回家。首先，我去年写了不止一本书，而是三本。第一本我寄给了一个评论家，他把它批得体无完肤，我彻底放弃了，根本没有把它寄给任何出版社。我觉得那是好事，因为之后我决定彻底改变我的写作风格。六月初前后，我开始写关于西班牙港一条街道的一系列相互勾连的故事。每个看过这些故事的人都很喜欢它们。我在七个星期里写了十七个这样的故事。打字的姑娘花了五个星期把它们打了出来。我把它们寄给出版社（其实是我和一个朋友一起送过去的），出版社将它们保留了十一个星期。我给出版商打电话。[1]她说她很喜欢那些故事，大家都很喜欢，但是他们不知道该不该出版，因为没人会买一本短篇小说集，即便是系列故事。她自己很喜欢那些故事，也想出版，但是她的合伙人不同意。在这十一个星期里，我花了不到六个星期写出了一部长篇小说的初稿，并最终写好了前三〔章〕。我对出版商说了这事，她很感兴趣，想看看写好的三章。他们如果喜欢，就会先出版长篇小说，再出版短篇小说。所以，十一月底，我送去了小说的前四章，十一天后，我收到一条电话留言，说他们很喜欢，打算预付我二十五英镑，收到完

---

[1] 戴安娜·阿西尔当时在安德烈·多伊奇的出版社工作。她在《删除：一个编辑的人生》（2000）一书中讲述了同 V. S. 奈保尔见面以及阅读他手稿的事。

本后再付我七十五英镑。所以我努力撰写,终于在一月底完稿。他们很喜欢完本。那天晚上,我去了出版商家里,我们一边喝酒,一边商量她想让我对结尾做的几处修改。我还没有收到那七十五英镑。这整件事有趣的地方在于我没有遭到一次拒绝。我圣诞节给家里寄的十英镑就来自预先支付的二十五英镑。我暂时不想再动用这笔钱,这就是原因。我想把钱放在银行。要是这本小说能卖一万册——小说的平均销量是两千册——我就有足够的钱偿还家里的欠债,我是指买26号欠的钱。所以,一切都得看这本小说以及之后要出的那本书的情况。小说的名字是《通灵的按摩师》,出版商是安德烈·多伊奇。我想这本书最早九月或十月能出来。要是这本书获得成功,那么下一本就是描写西班牙港一条街道上的故事的《米格尔街》。我正在写另一本书,叫《伦敦生活》,这是第三本,才刚开始动笔。但这最后一本目前还只有大纲。我觉得或许能写本好书出来。

我知道现在不该预测,但是我预感能从《通灵的按摩师》上赚笔钱,这是我现在能给卡姆拉的仅有的承诺。这本小说很有可能在美国出版,美国那边拿的版税都给卡姆拉。所以,如果书卖得好,对我们大家都有利。

我想,从我刚才的讲述中你们可以看出来,我并非无所事事,家里的人我一个都没忘。我记挂你们每一个,我做的所有事都是为了你们。我相信,艰难的路我们已经走到尽头。我无法向你们形容,当我知道自己专注写作并不是在浪费时间的时候,我有多么高兴。我相信自己有点天赋,在过去的一年里,我在写作方面学到很多,我现在写出来的东西比去年年初要好六倍。

另一方面,这本书也可能挣不到一点钱。但是我不该让这样的念头困扰你们。我很快会再写信回家的。

爱
维多

❦

"我真心希望七月或八月能回家一趟。"维多在五月十五日给卡姆拉的信中写道,"我真的希望在年底之前看到我的书有点成绩,但是这儿的印刷工人的罢工持续了很久,很多书因此延迟出版……"在八月二十日给德拉帕蒂的信中,对于已经拖了太久的回特立尼达的行程,他给出了明确的回复:"已经定下来了。我本月二十八日离开英国。"

他于九月十二日乘坐卡维纳号抵达西班牙港,恰好赶上一九五六年特立尼达和多巴哥的大选。他在特立尼达的两个月里,自然没有家书往来。维迪亚十一月初离开特立尼达后通信又恢复了。他在戈尔菲托号上给家里写了一封很长的信,在牙买加等着换船的几天里又写了两封。他回到伦敦,发现《通灵的按摩师》的出版又被延期,很失望。

❦

*239 / V. S. 奈保尔写给德拉帕蒂·奈保尔

圣朱利安路 14 号
伦敦,NW6
星期三　11/28

亲爱的妈妈:

我回到伦敦了。这儿很冷,钻进两层冰冷床单之间的感觉真奇怪。我拿到了授权表格,正在找人当见证人。①

我似乎还没有转运。我回到伦敦时指望能见到书的校样,但是出版商告诉我,书不是明年三月面市,而是明年八月。也就是说,在完稿二十个月后。我无法描述我有多么失望。我很沮丧,很绝望。我什么也写不出来,因为我觉得自己是个失败者,是个傻瓜。我觉得当下的生活必须很快改观,不然我就要被压力压垮了。以前在伦敦一边维生一边努力写作,压力很大,现在从家里回来,压力更大了。要是书到八月才出版,我就没法像先前承诺的那样给家里寄钱了。我会好好考虑一下,另找一家出版社是否明智。与此同时,我知道自己应该动笔写作,但我现在没法连贯地思考。

真抱歉,我这么哭哭啼啼,但是,好在我还有帕特,要是她不在这儿,英国真的会是一个令人痛苦的地方。她很温柔,很善解人意。她说她想给你写信,但是她觉得(根据英国的习惯)这不太合适。你说你觉得像在做梦的时候,我明白你的意思。我有同样的感觉。我觉得我现在正在伦敦做梦。在家里和你们在一起的时候,比起在这儿,做梦的感觉更强烈。我觉得很奇怪,好像我从未来过这儿一样。

过海关的时候没有扣税,大概是因为我跟他们说我很快就会离开英国,我希望真是如此。无论如何,税也不会太多。帕特很喜欢那些东西。裙子她穿着很合身。我猜她这个周末会写封感谢信。

我想一月份我会继续录制"加勒比之声",十二月的节目已经安排妥当了。所以,你们得过四五个星期才能再听到我的声音。

我真的很想家,我非常挂念家里每一个人。我很高兴带了许多照片回来。它们让我觉得离你们近了些。那天我走后,埃迪·方②他们怎么

---

① 跟财务事项有关,在第240号信中也提到了,大约是为了从英国广播公司领取报酬。
② 埃迪和多丽丝·方是奈保尔家的朋友,在随后几封信中亦有提及。

样了？

顺便问一句，你后来和贝里奇太太①大吵大闹了吗？

我每个星期都会写信回家。

我全部的爱
维多

*240 / V.S.奈保尔写给德拉帕蒂·奈保尔

圣朱利安路14号
伦敦，NW6
1956/12/6

亲爱的妈妈：

好吧，这个星期，我起码可以以好消息开场了。那家出版社决定在五月而不是八月出版我的书，算是有点进展。英国广播公司对我很好。二月之前我都不用参与"加勒比之声"的录制，但是，与此同时，他们分配给我别的事情。本月十四日，你可以在一档叫作"评论"的节目中听到我的声音；将在十六日录制的节目，我也参与了讨论，我想，你们可以在之后的星期二，即十八日收听到。

我开始写另一部小说，从上个星期三到现在，我已经写了一万个单词。我想这部小说会顺利写完的，但是，长篇小说说不准。这部小说是关于选举的，但是整个故事波折不断。

我总想着家里，我不停地看钟，想着特立尼达现在是几点，想着你

---

① 奈保尔家的一个朋友，住得很近。

们在干什么。比如,现在(在特立尼达)是清晨五点差一刻。我在这儿刚吃完早餐:一杯咖啡。我稍后会喝点美味的可可。帕特刚去学校。她工作很努力。她太在乎教书这份工作了,早上七点起床,这样八点就可以出门,晚上六点回家,做饭,然后工作到十一点半甚至半夜。现在正是期末考试阶段,她工作加倍投入。但我想,这儿的老师大概都这么拼命。没有所谓的加班之类的。正是因为这个原因,她一直没能给你们写信。她真的没有时间。

等我觉得手头在写的小说初具雏形,也就是说,写得比较顺畅时,我会去问清楚米拉的事。就目前的情况来看,最好的打算是她先来这儿,然后去理工科学校念理科,然后,我们可以试试让她进医学院。但是,不知怎的,我总觉得她在美国会开心一点。唯一的问题是太贵了。不过,几个星期之内,我会再写信回家谈谈此事。我会尽力收集所有信息的。(让米拉把她的科目表寄给我。这段时间,她可以在家学些理科方面的东西吗?)

我这段时间就待在家里写作。至少对我来说,治疗抑郁的唯一方法就是写作,这是不是很奇妙?只要开始写一些似乎还不错的东西,我就会将所有烦恼抛诸脑后。这就是为什么像阿诺德·贝内特这样的作家可以在经历各种家庭变故的时候仍然笔耕不辍。我一直待在家里写作。这真是一个有趣的职业。我昨天写了一整天——通常我每天只写几个小时——没抱太大希望,然后,在下午三点左右,突然越写越顺手,我感觉很好,一整晚心情都不错。今天早晨我收到了出版商的信,信上说"因为我非常喜爱这本书",他们决定五月出版。所以,怀着这样的好心情,我立刻坐下开始写信。

我在找合适的人签那张表格的时候遇到了一点麻烦,希望会顺利。钱你们留着。但我想知道,他们出了多少钱,因为我得把其中一部分给这儿的一个合作者。(我会在这儿自己给他的,你们手上的钱全部归你们。)

但我想向米拉和萨薇保证,她们会学门专业的。这没有问题,我很希望她们学门专业。能在这个上面帮助她们，我非常高兴。卡姆拉也会顺顺利利的。但是，我到四月份才能给她准信。我在埋怨的时候，并不是从我自身出发的。你们要记住这一点。因为我真的挺好，生活在一个公道的地方，吃得还不赖，睡在温暖的床上。我埋怨的时候，只是因为我觉得我帮助家人的计划遇到了挫折。

要是我不寄圣诞贺卡，你们会原谅我吗？反正也没法准时寄到了，我在信中可以用自己的语言表达更多。

爱你们大家，特别是卡姆拉。我很担心咱们那辆车。希万在干吗？妮丽还记得我吗？

爱
维多

那些照片怎么样了？埃迪拍的那些。卡姆拉，替我问候多丽丝。

*241 / V. S. 奈保尔写给德拉帕蒂·奈保尔

圣朱利安路 14 号
伦敦，NW6
1957/1/24

亲爱的妈妈：

好了，我终于从出版社那里拿到了书的校样。已经是一本书的样子了，我只须做几处修改。当然，没有硬封面，连封面也没有。这些会在最后装订的时候装上去。今天，我还去看了护封的设计样稿。有点疯狂。

他们给我的男主角包了巨大的圆头巾,看起来就像厨师的帽子。腰布是波尔卡圆点的!画面上的人盘腿坐在那儿。但是,这些都改不了了。比如,波尔卡圆点的腰布会出现在护封上。其实,我是被叫去弄头巾的,但是,我长这么大根本不记得男人的头巾包好是什么样。

另一本小说的初稿已经完成。事实上,写得不如我预计的那么好,但是我想,我干得也还不赖。写的是特立尼达的选举。我很快就会对它进行修改,一页一页地改,直到它变得精彩,简洁,生动。修改很费功夫,但比写初稿省事。

几天前,住在楼上的女人飞快地跑下来说:"我丈夫病了,痛得打滚。"我们不知道该做什么,说什么。但是后来医生来了,第二天又来了,第三天也来了。今天,那个男人因阑尾炎被送去医院。医生直到今天才诊断出来。我六年前得阑尾炎的时候,直接打车去医院,他们几个小时后就给我做了手术。

让拉尼和希万给我写信。我想知道拉尼的功课怎么样。希万在女王皇家学院表现如何。辛普莱克斯那儿的人给萨薇回音了吗?很奇怪,我不担心萨薇。我相信她会做得很好。她干劲十足,精力充沛。希望她的花粉症没有变严重。妮丽怎么样了?她把我忘了吗?我可没有忘记她。我星期六把她在马亚罗拍的可爱照片给我的几个朋友看了,他们都印象深刻。

我顺便给他们看了我的国际驾照。这引起了一阵大笑。在英国,只有通过严格的驾驶考试之后才能拿到驾照,比一般考试难多了!他们搞不懂我怎么能在第一次驾驶考试通过的当天就拿到了国际驾照。

帕特一直在改试卷。她看到了这么一句杰作。她让他们解释subtle(微妙)这个词,并根据解释造句。一个女生写道:

微妙:柔软、顺从。造句:他像个柔软的小东西一样微妙。

现在很冷,虽然有微弱的阳光。风特别大,寒冷刺骨。我不讨厌冷天,还挺喜欢。只要天一冷,我的哮喘就无影无踪了。

帕特问候你们。

我也爱你们,包括卡姆拉,尽管我在这封信里一次也没有提到她。

维多

*242 / 卡姆拉·奈保尔写给 V.S.奈保尔

家
1957/1/26

亲爱的维多:

我今天上午去福格蒂买了几本书,在那儿遇到了圣奥宾[1]先生。你还记得他吗?呃,他说他收到了你的书的手稿,现在正在看。是你寄的,还是出版社寄的?他说书会在两个月内出版。他保证会好好宣传(顺便说一下,我们是很好的朋友,他会想尽办法让大家关注你的书)。他对我说,他希望弄到书封和一张你的照片。帮帮他。这对做宣传很重要。你从阿拉丁[2]那儿弄来的画稿怎么样?

我觉得你应该拍一张好点的照片,给我寄一张,一旦确定书即将面市,马上来信告诉我。你可以连同评论家们的好评(?)一起寄过来。

我们在"汤姆·索耶"中听到你的声音了,直到节目快结束的时候

---

[1] 莱昂内尔·圣奥宾,特立尼达知名书商,当时在福格蒂百货商店经营图书部。20 世纪 50 年代,他以这里为基地支持西印度群岛作家的作品。
[2] 即 M.P.阿拉丁,参见第 89 号信。

我们才听出来是你。每次你一上节目（时间很不规律），就会有朋友打电话通知我们。

　　尽快回信。

爱，卡姆拉

*243 / 卡姆拉·奈保尔写给 V.S. 奈保尔

1957/2/2

亲爱的维多：

　　全家都在看你的书，他们寄了份清样给福格蒂。我们差不多都是一起看的，所以你可以想象一下，每看一页，我们都不顾形象地大呼小叫。几乎每个到家里来的客人都会被要求读"尾声"。写得真不错。拉尔夫说"中国人就是那样的"。

　　我不知道妈妈那边的亲戚是不是也喜欢你的书。我个人认为，他们肯定会让我们的孤立（？）板上钉钉。不过，谁在乎！

　　萨薇说你的写作风格很像爸爸，但是我不这么认为。爸爸的文字中有种质朴和微妙的东西，是你的文字中所没有的。你知道何时该停顿，来表达你的观点。爸爸的用词比较简单。但是，当然啦，只是风格上的差异。

　　还有，读过这本书的人可以很清楚地看出，你在小说中没有表达出什么复杂的情结。你仅仅是一个捧腹大笑（或者说狂笑不已）的旁观者。和其他西印度群岛作家的作品比起来，我觉得你的小说令人耳目一新。其实，我已经做好充分准备，如果有人问起，我知道怎么回答这个问题。

　　我觉得你需要在特立尼达再待一个假期，体会这儿的日常俗语的特色。你知道那些尽人皆知的"俗话说"。

PA1192仍旧痛苦地来往于圣奥古斯丁和家之间。

妮丽的脓疮好得差不多了,她已经重新开始上学了。

过去两天我由于感冒发烧一直待在家里,这儿晚上的气温只有六十八华氏度,可想而知。

多丽丝·方昨天在我们家,她给妈妈念贺卡,看到你"面朝大海"。给我们寄张好一点的照片,也寄一张帕特的。

> 爱你们俩
> 卡姆拉

〔写在信纸边缘,萨薇的笔迹:〕

卡姆拉从来不好好听我说话。她只是支着耳朵!

基本如此。(萨薇)

*244 / V.S.奈保尔写给德拉帕蒂·奈保尔

> 圣朱利安路14号
> 伦敦,NW6
> 1957/2/10

亲爱的妈妈:

我不确定书寄到萨薇手上的时候是不是还完好无损。我寄出的时候,不得不在上面开了个洞。因为邮寄图书有特定的邮费,普通包裹的邮费差不多要六先令。

我听说娜里妮长了脓疮,可怜的小姑娘。谢谢她写的信,让她再跟我讲讲她的范恩老师。启蒙读物她看了多少?

卡姆拉提到特立尼达晚上的气温只有六十八华氏度。我想,有炎热的白天作对比,感觉一定特别冷。英国今年冬天的气温温和得有些反常。过去两三个星期就跟春天一样,都不用经常生壁炉。

我没有什么新闻,因为我基本上一直待在家里写作,外出就是去英国广播公司写脚本。帕特七点左右起床。(你们可能不觉得早,但在英国,能起床就是胜利。)她大概七点四十叫我起床,常常是匆匆忙忙的,因为她怕上班迟到。然后,我煮杯咖啡,穿着睡衣和浴袍下楼拿报纸,边喝咖啡边看。帕特八点左右出门。八点半之前我就看看书,抽抽烟。然后洗漱,铺床,开始工作。我午饭(工作日)就吃一罐汤——亨氏蔬菜、克罗斯和布莱克威尔牌奶油鸡肉和奶油蘑菇——很简单,足够我吃饱。讨厌的是,因为久坐不动,我胖了点。虽然我有做运动!我想,等写完这本可恶的小说,我开始四处打探情况,体重应该会降下去。但是现在,我只好忍受一下了。啊,天哪!刚回到英国的时候,我胖了很多,谁让我在家那样胡吃海喝,还在牙买加、在船上大吃大喝。

我们现在每两个星期去一次剧院。我迷上了舞台剧。看到幕布拉起,台上有真人在表演,我总是非常激动。和看电影完全不一样。伦敦剧院很多,如果你每晚都去一个不同的剧院,要用六个星期才能去个遍。大部分表演水平不高,但我喜欢剧院。我花了大约七年时间才培养起这种爱好!

迪万来看望过我们两次。他是个令人愉快的人,很认真。听他谈得天花乱坠,很惬意。

我们今天下午要和帕特学校的一个老师一起喝下午茶。我爱你们大家,包括希万和米拉,还有你。

维多

*245 / V. S. 奈保尔写给卡姆拉·奈保尔

圣朱利安路 14 号
伦敦，NW6
1957/3/3

亲爱的卡姆拉：

你得直接写信给你想去的地方。没有你的申请，我什么都做不了。我想，你申请去某个学校读一年进修课程，应该不难。你马上动笔。你很早之前就该这么做了。明天，星期一，我会去拜访学生联络员，然后再给你点建议。但是申请你得自己写。①

我正在努力让自己在各个方面都安定下来。我已经对威利·理查森说了，要是联邦政府机构有好机会，而且薪酬也理想，我随时能工作。我会填张表格，连同自荐书一起寄给法雷尔。

另外，这儿可能有发展的空间。就像我在给米拉的信中写的那样，读书协会推荐了我的小说：这意义重大。已经有一家出版社写信给我，问能不能出版我的下一部小说。我的经纪人也给我写了信，要我快点完成下一部小说。我承诺会在一个月内完稿。你看，我努力面面俱到。万一小说不成功，美国市场不成功，我会回到特立尼达（要是只待三年，对我的写作大有裨益）。我将有能力让米拉和你来英国。除此以外，我真的觉得希万现在需要我在他身边，妮拉也一样。我一月份给你写信时说过，我们应该等到我的小说出版之后再议。它可能会让我一举成名，也可能什么都没有改变。

很抱歉，我忘了你的生日。我从几个星期前就一直记着这事。但真

---

① 卡姆拉当时考虑去英国念研究生。2 月 25 日，她写信给 V. S. 奈保尔："你能帮我咨询一下怎么进伦敦经济学院吗？"

到了那天，我工作太投入，反倒忘了。我想你会体谅我的。

收到你的信（那是昨天）的前一天，我寄了封信给米拉。信中含糊地批评了她，因为她没有告诉我她通过了高中毕业证书考试。我现在想向她道歉。

真高兴我回了趟家。我无法清楚地告诉你，那对我意味着什么。我不再觉得离你们很远。你们似乎就在我身边，我完全不用害怕会和你们失去联系。

把我的爱转达给妈妈，告诉她我很想她，很爱她，很感激她。不管我们这些不顾及他人的孩子说了什么，做了什么，她的耐心和爱永不枯竭。我曾揍过希万一两次，我现在万分后悔，有时，我真希望打他的那只手断掉。

还有，卡姆拉，很爱很爱你。问候萨薇。

爱，维多

*246 / 卡姆拉·奈保尔写给 V.S. 奈保尔

1957/5/10

亲爱的维多：

今天你的书上市，我们都希望你能成功。萨薇说她做梦梦到你的书了，她为自己做了个"真实的梦"感到自豪。

我昨晚也梦到你了，但我不记得梦的内容。反正，我相信全家都为这件事激动万分，我想，在收到你的信之前，我们会一直忐忑不安。

萨蒂和克里森在家过的周末。

昨晚，妮丽受够了我们聊天，她建议妈妈去买一只"阿拉丁老师在学校用的"沉默铃铛。

5/11

今天我会去福格蒂找找你的书，我记得圣奥宾先生说过他会在月底拿到书。我给蒂瓦里一家①写了信，告诉他们我将去英国，请他们帮我把落在他们家的衣服邮寄过来。蒂瓦里太太回了封信，邀请我去牙买加玩几个星期。她愿意支付旅费。

我给伦敦经济学院写信了。学院十月三日开学。我必须提前三个月通知我工作的学校，所以我想知道我离开特立尼达的确切日期。

就写这么多。尽快来信。我们特别希望获悉你的书的情况。

爱，卡姆拉

*247 / V.S.奈保尔写给德拉帕蒂·奈保尔

圣朱利安路14号
伦敦，NW6
1957/6/4

亲爱的妈妈：

非常抱歉，耽搁了这么久才写信。因为我想等一等，看看我的书反响如何。我先抄点评论。

---

① 奈保尔家在牙买加的朋友，第10号信中提到过。

《泰晤士报》：有一种好笑而一本正经的世故。这本小说本身很有阅读价值。

《星期日泰晤士报》：……一位老于世故、诙谐幽默的年轻特立尼达小说家，迅速跻身西印度群岛一线作家之列。

《泰晤士文学增刊》：奈保尔先生拥有一对机敏的耳朵，对对话和方言非常敏锐，他一本正经的幽默令人愉悦。对笔下人物有着深刻的同情和理解……毫无疑问，他的才华独特而有趣。

《周日快报》：我近年读到过的最机敏、最欢乐的作品。

《标准晚报》：明快的特立尼达背景，不动声色的幽默，对话就像芒果一样刺激。

还有一些别的评论，除了一篇发表在《新政治家和国家》上的[1]，其余的都是赞誉。对于一个毫无名气的作家的处女作，这些真的算是很不错的评价。因此，我的第二本、第三本书的评价会更好（顺便提一句，它们都已经被出版社接受了。所以，我在一九五八年和一九五九年都会有书出版）。但是，帕特肯定跟你们说了，这些评论让我有点沮丧。我想要的远不止这些。我希望能一举成名。唉！事与愿违，但是其他人都很高兴：我的出版社，我的经纪人。

现在，我会尽最大努力找份工作，我相信很快就能找到。小说的出版让我有了点资本可以展示给别人。我相信，很快我就能给家里寄钱了，可能是三四个星期之后。之后，我将尽力定期寄钱。

关于卡姆拉的事，我单独给她写一封。

我没有写信回家的另一个原因是，我去伯明翰看对抗赛了。开局很

---

[1] 作者是安东尼·昆顿。

不错，后面却一团糟。① 有人让我搭车，还给了我一张免费的票，不去太说不过去了。天气很好，非常适合打板球，结果是，我现在黑得不像样。关于这个，我会专门写一封信给希万。所以，这封信只是住在26号的人将要收到的三封信中的一封。

我先前的计划一个接一个落空，但是我觉得霉运快要到头了。是时候转运了。我很肯定，我会在一个月内找到一份体面的工作。

顺便提一句，出版社的销售经理告诉我他们卖了五百本我的小说给特立尼达。

爱你们大家，多鼓励萨薇。希望她工作顺利，我相信她会的。

我很快就会再给你们写信的。

来自维多的爱

*248 / V. S. 奈保尔写给德拉帕蒂·奈保尔

圣朱利安路14号
伦敦，NW6
1957/6/20

亲爱的妈妈：

我之前写信给卡姆拉，讲了我的小说收到的书评，第二天，《每日电讯报》发表了一篇精彩的评论，写得太棒了，我在这儿全文转引：

"V. S. 奈保尔这位年轻的作家将牛津式的机智和他家乡特有的喧闹

---

① 西印度群岛板球队从1957年5月至9月在英国比赛。第一场对抗赛在伯明翰进行，从5月30日至6月4日，平局。

融合在一起,使两者相得益彰。他是西印度群岛的格温·托马斯[1]:尖锐、仁慈,有着拉伯雷式的幽默。他关注人生体验的细微转变,仿佛那是金子铸的。

"他的第一本小说《通灵的按摩师》描写了格涅沙·拉穆苏米纳尔的职业生涯,从早期在教师位置上的奋斗到最后摇身一变成为英帝国勋章获得者G.莱姆萨·缪尔先生。在这期间,格涅沙写了好几本书,诸如《上帝告诉我的事》之类的,并且通过当一名神秘顾问取得了极大的成功('除周末外,随时可在此获得精神慰藉')。

"对于配角(包括一对可怕的女家长乔治王和打嗝大婶),奈保尔先生有着狄更斯式的热情。他对政治具有敏锐的眼光。当我们在思考电视对特立尼达可能产生的影响时,他已经注意到:'从某种意义上说,格涅沙的生平就是我们这个时代的历史。'"

我估计出版社已经把这则评论寄给了圣奥宾先生,如果他想用来做宣传的话,作者的姓名是彼得·格林。

现在说说工作。我上个星期参加了一次面试。虽然我迟到了四十五分钟,但面试很顺利。(我迷路了,去错了地方。)他们立刻打算录用我,但一年只给六百英镑。我跟他们说,我没法接受这样的薪水,起薪最少一千英镑。他们说,他们不知道我是不是值那个价。我表示理解,然后建议可以先试写一篇,这样他们就可以看出我的价值。所以我将会试写一篇稿子。他们今天上午把所有材料都给我了。这不是一份让人兴奋的工作。为水泥与混凝土协会写东西,我每天的任务就是描述水泥建筑物,但是他们作为雇主还是不错的:他们每年至少会给我涨一百英镑。[2]

---

[1] 格温·托马斯(1913—1981),威尔士作家、剧作家、专栏作者、电台主持人。——译注
[2] V.S.奈保尔以《水泥与混凝土季刊》的助理编辑的身份工作了两个月左右。

还有几个别的机会。老实说，恐怕我还能收到两三份录取通知，从中做出选择可不容易。

现在我手头事情很多。正在为小说补写六个新段落(出版社要求的)：真是要命。小说已经完稿，怎么都加不上去。还要做两次关于亨利五世的访谈①(总报酬：三十几尼)。还要写那篇试用稿。

爱你们大家
维多

*249 / 德拉帕蒂·奈保尔写给维迪亚和帕特

1957/6/30
家

亲爱的维多：

很高兴每个星期都能收到你的来信。我在上一封信中说过会解释为什么要你每个月寄钱给我。

因为每个月两百元不够支付家里的开销。我过去会做些缝补的活计补贴家用缺口，但是整个五月份，我都病着，干不了缝补的活，所以没法付清所有账单。艾贝尔先生好心借了点现钱让我应付过去。好了，说说我们每月的开销：食品杂货一百五十元到一百六十元，电费六元，土地租金五元，报纸和广播五元，小指头②十二元，电话十元，熨衣工十元，还有付给市场摊贩、药店和修鞋匠的钱。我们每个月的开销就是这样，

---

①为英国广播公司的殖民地学校单元。
②奈保尔家的女管家的绰号。

过去五年一直让我头疼不已。

  在收到你的两封信得知你已经给我寄了五十元之后，我给巴克莱银行打了电话，他们告诉我钱已经到账，我去把钱取了出来。我买了煤气，付了电费，以及米拉配眼镜的费用，还留了五元准备做礼拜，祈祷你的书大获成功。两个星期就销售了两百本。我绝对相信书很成功，谢神保佑。

  关于工作，我想你会做出正确的选择。好了，我也给帕特写几句。

亲爱的帕特：

  很高兴能收到你的信。我可以想象你早上去学校，晚上回来还得做晚饭，还要批改成堆的作业。我理解你到了晚上一定已经筋疲力尽了。不要因工作而过度劳累。

  好了，祝你和维多好运，身体健康。

爱
妈妈

后 记

娜里妮于一九七一年离开特立尼达赴布里斯托尔大学深造。她在那儿遇到了她的丈夫奈杰尔·查普曼律师。他们在伦敦定居,她生了两个女儿、一个儿子。

一九五八年末,米拉离开特立尼达去伦敦。一开始,她住在维迪亚和帕特那儿,之后前往利兹大学攻读西班牙语和法语学位。毕业后,她和萨薇在爱丁堡住了一年,取得教育学文凭。她于一九六三年返回特立尼达,成为一名教师,后嫁给阿马尔·伊纳尔辛格医生。后来他们移居美国。她生了两个女儿、一个儿子。

萨薇获奖学金学习牙科,但是没有去读。她在一九五七年遇到了年轻的医生梅尔文·阿卡尔,几个月后结了婚。二十世纪六十年代初,他们住在爱丁堡,梅尔文在那儿学习皮肤科。他们返回特立尼达后,萨薇一度在西印度大学教授社会学。后来,她开了一家奢侈品商店,获得成功。她生了一个女儿、两个儿子。

萨蒂继续在学校教书,有了尼尔之后,她又生了一个女儿和一个儿子。她一九八四年逝世,享年五十岁。

希万跟他的哥哥一样,就读于女王皇家学院,一九六五年获得岛国奖学金。他在牛津大学学院获得中文本科文凭,于一九六七年和珍妮·斯图尔特结婚。就像奈保尔预言的那样,他也决定从事文学创作。他的第一本长篇小说《萤火虫》出版于一九七〇年。之后又写了五本书:长篇小说《收集小贝壳的人》(1973)、《炎热的国家》(1983),游记《南之北》(1978),研究琼斯镇惨案的《黑与白》(1980),还有一本散文集《龙嘴之外》(1984)。他于一九八五年死于心脏病,年仅四十岁。

卡姆拉于一九五七年至一九五八年这一年间在伦敦教书。回到特立尼达后,她和奈保尔家在牙买加的朋友蒂瓦里家的儿子哈里南丹(大家都叫他哈里)订了婚。他们于一九五八年在金斯顿结婚。一九七七年之前,她一直在牙买加教书,与哈里离异后返回特立尼达。她生了两个女儿和一个儿子。

二十世纪六十年代初期,德拉帕蒂帮她哥哥辛伯胡纳特管理采石场。她在那儿工作得很愉快。一九九一年,她见证了自己的儿子因文学成就被授予爵位,同年在熟睡中辞世,享年七十八岁。

让全家挂虑的西帕萨德的短篇小说集最终于一九七六年由英国出版商安德烈·多伊奇出版,名为《古鲁德瓦的冒险及其他故事》。在序言中,维迪亚写道:

一九五三年,父亲在他逝世前不久把他希望保存下来的所有小说都收集起来寄给我……对他而言,出版一本真正的书是指在伦敦出版。但在当时,我觉得这本书不可能在特立尼达之外的地方出版,我什么也没有做。

他接着写道:

> ……如今，我的视野变得更开阔了。我不再关注那些故事中缺了什么，我现在把它们看成是地方文学宝贵的组成部分。

继《通灵的按摩师》之后，一九五八年，他又出版了《全民选举》，小说的灵感来源于一九五六年的特立尼达和多巴哥大选。一九五九年，《米格尔街》出版。

维迪亚花了三年时间将他父亲的一生写成了一本小说《毕司沃斯先生的房子》。一九六一年，奈保尔又回了趟特立尼达，这回是和帕特一起。几个月之后，这本小说出版。《毕司沃斯先生的房子》的"尾声"中有一段话，可以视作对本书中这些信件的一个简短而直率的总结。阿南德的原型即维迪亚，毕司沃斯先生即西帕萨德：

> 阿南德刚开始很少写信，后来越来越频繁。字里行间充满沮丧、自怜之情。后来还流露出歇斯底里的意味，毕司沃斯先生立刻就明白了。他给阿南德写很长的幽默的信。他写他的花园，给予宗教建议，他甚至花费巨额邮资航空邮寄了一本由两位美国女心理学家撰写的《智胜神经》。之后，阿南德的信又变少了。毕司沃斯先生除了等待什么也做不了。

图书在版编目(CIP)数据

奈保尔家书 /（英）奈保尔著；冯舒奕，吴晟译
. —— 2版. —— 海口：南海出版公司，2019.11
 ISBN 978-7-5442-7390-9

Ⅰ. ①奈… Ⅱ. ①奈… ②冯… ③吴… Ⅲ. ①书信集
－英国－现代 Ⅳ. ①I561.65

中国版本图书馆CIP数据核字(2019)第132994号

著作权合同登记号　图字：30-2011-037
LETTERS BETWEEN A FATHER AND SON
Copyright © 1999, 2009, V. S. Naipaul
All rights reserved.

奈保尔家书

〔英〕V. S. 奈保尔 著
冯舒奕 吴晟 译

出　　版	南海出版公司　(0898)66568511
	海口市海秀中路51号星华大厦五楼　邮编 570206
发　　行	新经典发行有限公司
	电话(010)68423599　邮箱 editor@readinglife.com
经　　销	新华书店
责任编辑	黄宁群
特邀编辑	杨 初　陈 蒙
营销编辑	王蓓蓓　梁 颖
装帧设计	韩 笑
内文制作	田晓波
印　　刷	北京天宇万达印刷有限公司
开　　本	850毫米×1168毫米　1/32
印　　张	14.75
字　　数	368千
版　　次	2016年3月第1版　2019年11月第2版
印　　次	2019年11月第2次印刷
书　　号	ISBN 978-7-5442-7390-9
定　　价	88.00元

版权所有，侵权必究
如有印装质量问题，请发邮件至 zhiliang@readinglife.com